[우크라이나]원전 공상과학소설
과거를 통해 우리는 배워야 한다

Ĉernobil(2)

체르노빌(2부)

유리 셰르바크(Jurij Ŝĉerbak)지음

체르노빌(2부)

인 쇄 : 2023년 1월 06일 초판 1쇄
발 행 : 2023년 1월 13일 초판 2쇄
지은이 : 유리 셰르바크(Jurij Ŝĉerbak)
에스페란토역 : 엘레나 세브첸코, 알렉세이 주라블요프
　　　　　　　 (Elena Sevĉenko, Aleksej Ĵuravljov)
옮긴이 : 이낙기
펴낸이 : 오태영
출판사 : 진달래
신고 번호 : 제25100-2020-000085호
신고 일자 : 2020.10.29
주 소 : 서울시 구로구 부일로 985, 101호
전 화 : 02-2688-1561
팩 스 : 0504-200-1561
이메일 : 5morning@naver.com
인쇄소 : TECH D & P(마포구)

값 : 20,000원
ISBN : 979-11-91643-80-0(04890)

[우크라이나]체르노빌 원전 장편소설
과거를 통해 우리는 배워야 한다.

Ĉernobilo(2)

체르노빌(2부)

유리 셰르바크(Jurij Ŝĉerbak)지음

엘레나 세브첸코, 알렉세이 주라블요프

(Elena Sevĉenko, Aleksej Ĵuravljov) 에스페란토역

이낙기 옮김

진달래 출판사

Tradukis: Elena Sevĉenko
          Aleksej Ĵuravljov
Redaktis: Aleksandr Ŝevĉenko
          Dmitrij Perevalov

Traduko en Esperanto

C Eldonejo "Progreso" , 1990

C «С о в е т с к и й   п и с а т е л ь», 1988

1910000000–312
014 (01)–90   – 322–90
ISBN 5-01-002344-X

목 차

에·한대역판의 목적

이낙기(전 한국에스페란토협회 부회장)

본 대역은 자가학습이 그 목적이다. 최근에는 비대면으로 나마 학습의 기회가 많아져 다행이지만, 우리에게는 초급을 마치고나면 더 이상 학습 기회가 쉽지않았다. 그러니 전부가 자가학습으로 전환하다보니 효과가 그리 크지않았던 것이 사실이었다. 이를 해소하고자 한 방편으로 본 대역판을 내보았다.

그런데 이 대역본 안에는 무수한 오류나 수정해야 할 문안들이 많다. 그런 오류를 발견하거나 수정의견을 제시할 때 읽는 이의 자가학습효과가 있다고 본다.

더하여 우리는 낯선 우크라이나 국가, 체르노빌원자력 발전소 폭발에 대해서 잘 모르는 건 사실이다. 우리는 과연 방사능이니 방사선이니 하는 말글을 얼마나 알고있는지 곱씹어볼 필요가 있다.

에스페란토인은 에스페란토 말글을 잘 숙지해야한다. 쉽지만은 않다. 도움되기를 희망한다.

DUA PARTO 제2부

"...oni komencis paroli pri tio, kia estos baldaŭ materiala progreso, kiel elektro ktp. Kaj mi ekkompatis ilin, kaj mi komencis diri al ili, ke mi atendas kaj revas, kaj ne nur revas, sed ankaŭ penadas pri la alia sole grava progreso ne de elektro kaj flugado laŭ aero, sed pri la progreso de frateco, unueco, amo..."

"...그들은 곧 전기 등등等等 물질적 발전이 어떻게 될 것인지에 대해 이야기하기 시작했습니다. 그리고 저는 그들에게 안타까움을 느끼기 시작했고 저는 그들에게 기다리며 꿈을 꾸고 꿈을 꾸는 것뿐만 아니라 노력하기도 한다고 말하기 시작했습니다. 다른 하나는 전기와 비행기가 아니라 형제애, 화합, 사랑의 진보가 중요합니다..."

L.N.Tolstoj, "Taglibro", la 25-an de aprilo 1895
레오톨스토이 "일기장" 1895.4.25.

La 25-an de aprilo 1987. Malvarma, malserena tago, malaltaj nuboj pendas super Ĉernobila AEC. Post kelkaj horoj estos jaro ekde la tempo de la akcidento, enirinta la historion de la 20-a jarcento.
1987년 4월 25일. 춥고 우울한 날, 낮은 구름이 체르노빌 원전 위에 드리워져 있습니다. 몇 시간 후면 20세기의 역사에 들어선 사고로부터 1년이 됩니다.

Ni staras je dek metroj de tiu loko, kie antaŭ unu

jaro eksonis eksplodoj, detruintaj la nuklean reaktoron. Nia blinda kredo "je scienco", "je tekniko" detruiĝis ĉi tie kune kun la betonaj tegaĵoj de la kvara bloko.

우리는 1년 전 폭발이 시작되어 원자로가 파괴된 곳에서 10미터 떨어진 곳에 서 있습니다. 네 번째 블록의 콘크리트 라이닝과 함께 "과학에 대한", "기술에 대한" 우리의 맹목적인 믿음이 여기에서 파괴되었습니다.

De ĉi tie, de grandega alto (ni troviĝas sur la 65-a marko), malfermiĝas pejzaĝo de ĉirkaŭaj kampoj, ankoraŭ ne tuŝitaj de printempaj verdaĵoj (en 1986 ĉi tie jam ĉio estis verda), de senvivaj blankaj domoj de Pripjatj, ĉirkaŭitaj per dorndrato.

여기에서 거대한 높이(우리는 65번째 표시에 있음)에서 주변 들판, 아직 봄철 녹색이 닿지 않은 풍경, (1986년 여기에서는 모든 것이 이미 녹색이었습니다), 철조망으로 둘러싸인 프리피야트의 생명 없는 하얀 집의 풍경이 열립니다.

Ni staras nemalproksime de tiu loko, de kie komenciĝas blanke ruĝa striita tubo vertikalo, strekita inter la tria kaj kvara blokoj de ĈAEC, maltrankvila orientilo por helikopteristoj, kiuj flugis ĉi tien printempe de 1986 por "bombado" de la reaktoro per sablo kaj plumbo.

우리는 1986년 봄에 원자로를 모래와 납을 "투하" 하기 위해 이곳으로 날아온 헬리콥터 조종사들에게 걱정스러운 랜드마크인 체르노빌 원전의 3호 블록과 4호 블록 사이에 연결된 흰색 빨간색 줄무늬 수직 튜브가 시작되는 곳에서 멀지 않은 곳에 서 있습니다. .

Apud la malfermita pordo, kondukanta sur tegmenton de la sarkofago, estas videblaj truoj en la muro. Nun ili estas ŝtopitaj per plumbo. Kvazaŭ embrazuroj de pafpunkto, jam ne bezonataj por pafado.

석관의 지붕으로 이어지는 열린 문 옆에는 벽에서 볼 수 있는 구멍이 있습니다. 이제 그들은 납으로 막혔습니다. 마치 발사 지점 가늠쇠(총안銃眼)처럼, 더 이상 투하가 필요하지 않습니다.

Ankoraŭ antaŭ kelkaj monatoj tiuj embrazuroj estis tre bezonataj: de ĉi tie eblis ekrigardi en la disrompon de la kvara bloko, fari hastan mezuradon.

몇 개월 전까지만 해도 이러한 가늠쇠가 매우 필요했습니다. 여기에서 4호 블록의 붕괴를 살펴보고 제빠른 측정을 할 수 있었습니다.

Por ĉio ĉi estis donataj malmultaj sekundoj. Hodiaŭ oni povas eliri sur tegmenton de la sarkofago, labori.

이 모든 것을 위해 몇 초가 주어졌습니다. 오늘 당신은 석관의 지붕에 나가서 일할 수 있습니다.

Kaj, kvankam ankaŭ nun malgranda ruĝa dozometro en mia mano senĉese pepas, mia akompananto, kieva fizikisto Jurij Nikolaević Kozirev, nur ironie ridetas, prononcante neglekteme: "Najtingaloj, najtingaloj, ne maltrankviligu soldatojn".

그리고, 지금도 내 손에 든 작은 빨간 선량계가 끊임없이 쨱쨱 소리를 내고 있지만, 내 동반자인 키이우 물리학자 유리 니콜라 예비치 코지레프Jurij Nikolaević Kozirev는 부주의하게 발음하면 서 다만 아이러니하게 미소를 지었습니다. "나이팅게일, 나이팅 게일, 병사들을 불안하게 하지 마십시오."

Ĉar la hodiaŭa nivelo estas infana pepado kompare kun tio, kio estis ĉi tie ankoraŭ aŭtune de 1986.

1986년 가을에 이곳에 있었던 것에 비하면 오늘날의 수준은 어 린아이의 재잘거림 정도이기 때문이예요.

Kozirev ŝercas, proponas doni al mi ateston, konfirmantan, ke mi estas la unua en la mondo verkisto, atinginta tiom rimarkindan punkton de Ĉernobila AEC.

코지레프는 농담으로 저에게 인증서를 주겠다고 제안하여 제가 세계에서 처음으로 체르노빌 원전의 놀라운 지점에 도달했음을 확인시켜줍니다.

Li demandas: ĉu mi deziras trairi laŭ tegmento de la sarkofago?

그는 묻습니다. 내가 석관의 지붕을 따라 걷고 싶은가?

Sed mi rememoras, kiel Phil Donahew, gvidanto de la televidponto USSR - Usono, ĝentile rifuzis de la

promeno laŭ AEC, referencinte al la promeso, donita al edzino.
그러나 소련-미국 텔레비전 브리지의 지도자인 필 도나휴Phil Donahew가 아내에게 한 약속을 언급하면서 원전AEC을 따라 걷는 것을 정중하게 거부했던 것을 기억합니다.

Ankaŭ mi promesis. Sed mi tamen ne retenis min, elrigardis eksteren tra la pordo.
나도 약속했습니다. 하지만 주저하지 않고 문 밖을 내다보았습니다.

Iĝis timige pro alto kaj radiado...
방사능 그리고 높은 농도에 겁이 났습니다

En la unua parto de "Ĉernobil", akcepteblan kaj ĝustan formon de rakonto: en atestoj de la homoj realaj, neelpensitaj, en iliaj rakontoj - emociaj, subjektivaj, eble, ne ĉiam skrupule precizaj, foje kontraŭecaj, ne ĉiam racie prikonsideritaj, sed ĉiam sinceraj - mi ekvidis vivan fonton de la popola vero negladumita, ne kribrita tra filtroj de burokrata optimismo.
"체르노빌"의 첫 번째 부분에서, 수용 가능하고 올바른 형태의 이야기, 꾸며낸 것이 아닌 실제 사람들의 증언에서 - 감정적, 주관적, 아마도 항상 세심하게 정확하지는 않으며 때로는 모순적이며 항상 합리적으로 고려되지는 않습니다.
그러나 항상 진지합니다. - 나는 관료주의적 낙관주의의 필터를 통해 걸러지지 않은 단조로운 사람들의 진실의 살아있는 근본을 보기 시작했습니다.

Fordonante la novelon por presado, mi kredis, ke la legantoj kompenos kaj subtenos min en tiu serĉado de la vero.

인쇄용 단편 소설을 제출할 때, 나는 독자들이 진실을 찾는 이 과정에서 나를 이해하고 지지해 줄 것이라고 믿었습니다.

Kaj efektive, tuj post la publikigo de la unua parto en la redakcion komencis veni leteroj. Multaj leteroj.

그리고 실제로, 1부가 출판된 직후 편집실에 편지들, 많은 편지들이 도착하기 시작했습니다.

Sed mi komencu de la plej netipa, sola en sia speco, abrupte diferencanta kaj laŭ tono, kaj laŭ enhavo de ĉio, kion mi devis poste tralegi.

그러나 나중에 읽어야 했던 모든 것들의 내용과 어조語調면에서 갑자기 다른 가장 독특하고 색다른 것부터 시작하겠습니다.

Mi komencu de la demento, rapidinta el Kiev, post kiam mi apenaŭ komencis presi mian "Ĉernobil".

나의 "체르노빌" 을 간신히 출간한 후, 키이우에서 덤빈 사람부터 시작하겠습니다.

Ĝia aŭtoro estas tiama vicprezidanto de Konsilio de Ministroj de Ukraina SSR N.Nikolaev (aŭtune de 1987 li estis liberigita de la okupata posteno lige kun pensiiĝo).

그 저자는 우크라이나 SSR 니콜라에프Nikolaev 장관회의 부회장입니다 (1987년 가을 그는 은퇴와 관련하여 직위에서 풀려났습니다).

Pri kio nur li min ne kulpigas: kaj pri troa gloramo, kaj pri la strebo al dubinda populareco...
그가 나를 비난하지 않는 이유는 과도한 영광과 모호한 인기를 얻으려는 것입니다.

Mi citos nur du eltiraĵojn: "La aŭtoro de la novelo indignas pri tio, ke ekde la momento de la akcidento neniu kriis pri la minacanta al la sano de homoj radiado.
두 가지 발췌만 인용하겠습니다. "단편 소설의 작가는 사고 순간부터 사람들의 건강을 위협하는 방사선에 대해 아무도 소리를 지르지 않았다는 사실에 분개합니다.

Efektive, tia krio ne estis. Ĝi ne estis, ĉar la radioaktiva situacio en la urbo la 26-an de aprilo ne prezentis, laŭ konkludo de specialistoj, tian minacon, kaj troaj emocioj en pritakso de la situacio povis sekvigi nur panikon".
사실 그런 외침은 없었습니다. 4월 26일 도시의 방사능 상황이 존재하지 않았기 때문에 전문가의 결론에 따르면 그러한 위협과 상황 평가에 과도한 감정은 공황으로 이어질 수 있습니다."

"Same senpruvaj kaj fitendencaj estas ankaŭ kelkaj aliaj citataj en la novelo deklaroj.
"단편 소설에 인용된 다른 많은 진술들도 마찬가지로 근거가 없고 신뢰할 수 없습니다.

Nek Ju.Sĉerbak, nek aŭtoroj de la citata de li letero mencias familinomojn de tiuj "altaj gvidantoj", kiuj kvazaŭ sendis siajn infanojn en krimeajn sanatoriojn jam la 1-an de majo.
셰르바크도, 그가 인용한 편지의 저자 모두 5월 1일에 이미 자녀를 크림 요양소에 보냈다고 주장하는 "고위 지도자"의 성姓씨를 언급하지 않으렵니다.

Tian "ateston" ne eblas taksi alie, ol kiel provon malhonorigi antaŭ la publiko la gvidantojn de la respublikaj kaj lokaj organoj. Estas demando: por kio? Kiu profitos el tiaj senbazaj kulpigoj?"
이러한 '증언'은 국민 앞에서 공화당과 지방단체 지도자들을 욕되게 하려는 시도 외에는 평가할 수 없다. 질문이 있습니다. 무엇을 위해? 그런 근거 없는 비난으로 누가 이득을 볼 것인가?"

Nun mi citu alian leteron de la estinta loĝantino de Pripjatj Roza Timofeevna Popova: "Mi havas al vi grandan peton: helpu trovi k-don Dobrenko el via novelo "Ĉernobil". Sur p. 61 (revuo "Junostj", n-ro 6, 1987) li diras pri tio, ke ili devis entombigi homon el kadavrejo.
이제 프리피야트의 로자 티모페예브나 포포바Roza Timofeevna Popova라는 전 거주자가 보낸 다른 편지를 인용하겠습니다. "나는 당신에게 큰 요망이 있습니다. 당신의 단편 "체르노빌"에서 도브렌코 씨를 찾는 것을 도와주세요. 61페이지("유노스티" 잡지, 1987년 6)에서 그는 그들이 한 남자를 시체 안치소에서 내와서 매장해야 했다는 사실에 대해 말합니다.

Mi tre bezonas ekscii detalojn, ĉar ankaŭ nia patro mortis nokte de la 26-a al la 27-a de aprilo kaj ni ĝis nun ne scias precize, kie li estas entombigita".
저희 아버지도 4월 26일부터 27일까지 밤에 돌아가셔서 정확히 어디에 묻혔는지 모르기 때문에 자세한 내용을 알고자 합니다."

Popova rakontas, ke ŝia patro estis grave malsana, kaj tiunokte, kiam ŝi kompiladis en sia loĝekspluata kontoro listojn por evakuado, la patro forpasis.
포포바는 아버지가 중병을 앓고 있었고, 그날 밤 주거아파트 사무실에서 대피 목록을 작성하던 중 돌아가셨다고 말했습니다.

Elveturigi la korpon ŝi ne sukcesis - mankis aŭto, ŝi lasis lin en la kadavrejo.
그녀는 시신을 내오지 못했습니다. 운구할 차가 없어 아버지를 영안실에 놔두었습니다.

Komence de majo en Kiev kunvenis ŝiaj gefratoj el aliaj urboj, sed ili ne ricevis permeson por veturi en Pripjatj, rekonfidis entombigon de la patro al la loka estraro, kiuj sin devigis sciigi, kie kaj kiam okazis entombigo.
5월 초에 다른 도시에서 온 그녀의 형제 자매들이 키이우에 모였으나 프리피야트로 여행할 수 있는 허가를 받지 못하고 아버지의 장례를 지역 위원회에 맡기겼는데, 지역 위원회는 장례가 거행된 장소와 시간을 스스로 알려줘야 했습니다.

Pasis tempo, tamen neniu al ili ion komunikis...
시간이 흘렀지만, 아무도 그들에게 어떤 것도 알려주지 않았습니다...

"Reveninte post longdaŭra oficvojaĝo, mi devis min turni al la provinca plenumkomitato, ili donis taskon al la fako pri internaj aferoj.
"오랜 공식 출장을 마치고 돌아와 도 집행위원회에 가보니 내무 부서에 일을 맡겼습니다.

El la fako pri internaj aferoj oni respondis, ke, laŭ la vortoj de laborantoj de loĝadministracio, la patro estis entombigita en tombejo Ĉistogalovskoje la 1-an de majo.
내무부서 주택관리직 종사자들의 말에 따르면 아버지는 지난 5월 1일 치스토갈로프스코예Ĉistogalovskoje 공동묘지에 안장됐다고 답해 주었습니다.

La plenumkomitato de Pripjatj respondis, ke en tombejo Pripjatjskoje la 6-an de junio.
프리피야트 집행 위원회는 6월 6일 프리피야트스코예 묘지에서 이에 대해 응답했습니다.

Do min interesas: kie tiutempe estis tiu strikta organizeco sur alta nivelo, pri kiu oni tiom ofte

devas aŭdi?"
그래서 나는 관심이 있습니다. 그 당시 당신이 그토록 자주 들
어야 했던 그 엄격한 높은 수준의 조직이 어디 있었습니까?"

Eble, k-do Nikolaev povos respondi al tiu demando?
아마도, 니콜라에프 동지가 그 질문에 답할 수 있을까요?

ANTAŬSENTOJ KAJ AVERTOJ
예방 조치 및 경고

"Kaj la tria anĝelo trumpetis, kaj falis el la ĉielo granda stelo, brulanta kiel torĉo, kaj ĝi falis sur trionoj de la riveroj kaj sur la fontojn de la akvoj; kaj la nomo de la stelo estas Absinto; kaj triono de la akvoj fariĝis absintaĵo; kaj multe da homoj mortis de la akvoj, ĉar ili maldolĉiĝis".

"세째 천사가 나팔을 부니 횃불같이 타는 큰 별이 하늘에서 떨어져 강들의 삼분의 일과 여러 물샘에 떨어지니 이 별 이름은 쑥Absinto이라. 물들의 3분의 1이 쑥이 되매 그 물들이 쓰게 됨을 인하여 많은 사람이 죽더라."

(Apokalipso de Sankta Johano, 8, 10-11) Tiu teksto, nomata Apokalipso, havas preskaŭ du mil jarojn.

(요한 계시록, 8장 10~11절) 계시록이라고 하는 이 글은 거의 2천 년 전이나 됩니다.

El kiuj profundoj de homa maltrankvilo kaj malsereno ĝi venis, de kie estas tiu malhela poetika forto de la vortoj, portantaj minacajn kaj malklarajn aŭgurojn?

인간의 불안과 파란波瀾의 깊이는 어디에서 왔는가, 위협적이고 막연한 징조를 지닌 그 어두운 시적 힘은 어디에서 왔는가?

Jam kelkajn tagojn post la akcidento disvastiĝis laŭ la kieva tero la onidiro pri ia mistera ligo inter

Apokalipso, ĝia artemizia, absinta simbolaro kaj detruiĝo de la kvara energibloko, inter ĉiela metafiziko de nigraj anĝeloj kaj nuklea fiziko-kreaĵo de mensoj kaj manoj homaj.

사고가 난 지 며칠 후, 아포칼립소Apokalipso 사이에 어떤 신비한 연관성이 있다는 소문이 나돌았고, 그것의 아르테미시아, 압생트의 상징주의 그리고 검은 천사의 천상의 형이상학과 핵물리학 사이의 네 번째 에너지 블록의 파괴 - 인간의 마음과 손의 창조

Kiel la eklezio mem, konsternita de la ĉernobila plago, rilatas al tiu aŭguro?

체르노빌 대재앙으로 인해 당황한 교회 자체가 그 징조와 어떤 관련이 있습니까?

Kun tiu demando mi venis maje 1986 al la domo en la strato Puskinskaja en Kiev en rezidejon de la ĉefo de ukrainia ekzarkato, metropolito Kiev kaj Galiĉa Filaret.

그 질문을 가지고 나는 1986년 5월에 키이우의 푸스킨스카야 Puskinskaja 거리에 있는 우크라이나 총독 저택으로 갔고, 키이우 대주교와 갈리차 필라레트Galiĉa Filaret의 집을 찾아 갔더랬습니다.

Sur la muroj de la akceptosalono estas pentraĵoj de Vasnecov, Ajvazovskij, Nesterov.

리셉션 홀의 벽에는 바스네트소프Vasnetsov, 아이바조프스키 Ajvazovskij, 네스테로프Nesterov의 그림이 있었습니다.

Brulas lucerno. El flanka pordo eliras grizbarba homo en nigra monaka sutano, invitas en sian ofican kabineton.

흰등이 켜져 있습니다. 검은 수도복을 입은 회색 수염의 남자가 옆문에서 나와 사무실로 안내합니다.

Tio estas metropolito Filaret. En la kabineto estas masiva skribotablo, fotelo, super la tablo - portreto de patriarko Pimen. Du grandaj ikonoj en arĝentaj kadroj, sur tableto sub la ikonoj - telefono kaj horloĝo kun verda lumo de elektrona tabelo.

대주교 필라레트Filaret입니다. 실내에는 탁자 위에 거대한 책상과 안락 의자가 있습니다 - 피멘Pimen 총대주교의 초상화.

아이콘 아래 태블릿에 있는 은색 프레임의 두 개의 큰 아이콘 - 전화 및 전자 보드의 녹색 표시등이 있는 시계.

- Via Sankta Moŝto, kiel Vi rilatas al la asertoj pri tio, ke en "Apokalipso de Sankta Johano" kvazaŭ estas rekta indiko de la akcidento en Ĉernobila AEC kiel ebla fino de la mondo?

- 성하, "성 요한의 묵시록" 에 체르노빌 원전AEC 사고가 세상의 종말 가능성이 있다는 직접적인 암시가 있다는 주장과 어떤 관련이 있습니까?

- La homo ne povas scii limtempon, antaŭdestinitan en Apokalipso.

- 인간은 종말에 미리 정해진 기한을 알 수 없습니다.

Kristo diris tiel: pri la tago kaj horo de tio scias nek filo homa, nek anĝeloj, nur la Patro, tio estas Dio.

그리스도께서 이와 같이 말씀하셨습니다. 인자도 천사도 그 날과 그 때는 알지 못하시며 오직 아버지시니 곧 하느님이시니라.

Apokalipso estas aplikebla al diversaj epokoj, kaj dum du mil jaroj estis sufiĉe da situacioj, koincidantaj kun Apokalipso de Sankta Johano.

묵시록은 다양한 시대에 적용할 수 있으며, 2천년 동안 성 요한 묵시록과 일치하는 상황이 충분했습니다.

Kaj tiam la homoj diris: "Jam venis tiu tempo". Sed ni vidas, ke finiĝas la dua jarmilo, kaj tiu tempo ne venis. Estas ne nur tio, ke la homo ne povas tion scii. De la homo mem dependas, ĉu proksimigi aŭ malproksimigi tiun tempon.

그러자 인간들은 "그 때가 왔다." 고 말했습니다. 그러나 우리는 두 번째 천년기가 끝나고 있고 그 때가 오지 않았다는 것을 알고 있습니다. 사람만 알 수 있는 것이 아닙니다. 그 시간을 더 가깝게 또는 더 멀리 가져갈 것인지 여부는 사람 자신에 달려 있습니다.

Nun ni estas atestantoj de tio, ke la homaro havas forton, kapablan neniigi sin mem.

오늘날 인류가 스스로를 전멸시킬 수 있는 힘이 있다는 사실에 대한 증인은 없습니다.

Estas atoma armilaro, kaj en tia kvanto, ke eblas eksplodigi nian Teron.
원자 무기고가 있으며 지구를 폭발시킬 수 있는 量입니다.

Sed bona homa volo povas neniigi atoman armilaron. Ĉio dependas de la morala stato de la homaro entute.
그러나 선한 인간의 의지는 핵무기를 파괴할 수 있습니다. 그것은 모두 인류 전체의 도덕적 상태에 달려 있습니다.

Se la homaro estos morale sur inda nivelo, do ĝi ne nur ne aplikos nuklean armilaron, sed ankaŭ neniigos ĝin, kaj do tio, kio estas skribita en Apokalipso, tiu tempo estos forigita je nedifinita distanco.
인류가 도덕적으로 합당한 수준에 도달한다면 핵무기를 사용하지 않을 뿐만 아니라, 그것을 파기해버릴 것입니다. 그리고 계시록에 기록된 바와 같이 그 시간은 결정되지않은 거리에서 제거될 것입니다.

Dio ne volas, ke la homo pereu, ke li sin pereigu.
하느님은 인간이 자가멸망의 길을 원치 않으십니다.

Baldaŭ laŭ la invito de metropolito Filaret mi venis en la katedralon Vladimirskil, kie okazis diservo por paco por la animoj de tiuj, kiuj fordonis siajn vivojn en Ĉernobil, por la sano de tiuj, kiuj iris por likvidi la akcidenton.

얼마 지나지 않아 필라레트Filaret 대주교의 초청으로 블라드미르스킬Vladimirskil 대성당에 왔는데, 그곳에는 체르노빌에서 목숨을 바친 이들의 영혼을 위한 평화와 사고를 청산하러 간 이들의 건강을 위한 미사가 있었습니다.

Solenaj estis ornamaĵoj de la katedralo; ore brilis rozkoloraj, flavaj kaj oranĝkoloraj ornatoj[1] de la pastroj; funebre kaj emocie sonis voĉoj de AB kantantoj; maljunaj virinoj en kaptuketoj fervore krucsignis sin, aŭskultante la vortojn de la metropolito.

엄숙한 것은 대성당의 장식이었습니다. 제사장들의 분홍색, 노란색, 주황색 예복은 금색으로 빛났습니다.

압AB 성가대가수들의 목소리는 슬프고 감정적으로 들렸습니다. 머리에 미사포를 두른 노파들은 대주교의 말을 들으며 열렬히 십자가를 그었습니다.

Kaj post unu jaro mi konatiĝis en Ĉernobil kun la homo, portanta en sia animo propran Apokalipson.

그리고 1년 후 나는 그의 영혼에 자신의 묵시록을 담고 있는 그 남자를 체르노빌에서 만났습니다.

Diference de la nebule-abstrakta Apokalipso de Sankta Johano, lia antaŭvido estis ekstreme konkreta...

흐릿한 성 요한 묵시록과 달리 그의 비전은 매우 구체적이었습

---

1) ornat-o〈가톨릭〉(사제의)제복(祭服).

니다...

Aleksandr Grigorjević Krasin, inĝeniero, ĉeflaboristo de fako de Ĉernobila AEC: "Mi mem dufoje aŭdis, kiel akademiano Anatolij Petrović Aleksandrov diris: "Atomaj reaktoroj de la sistemo RBMK estas absolute sendanĝeraj.

알렉산드르 그리고리예비치 크라신Aleksandr Grigorjević Krasin, 엔지니어, 체르노빌 원전 부서 수석 작업자: "아카데미회원" 인 아나톨리 페트로비치 알렉산드로프Anatolij Petrović Aleksandrov 가 말했듯이 나는 두 번 들었습니다. "RBMK 시스템의 원자로는 절대 안전합니다.

Neniaj grandaj akcidentoj povas esti en tio. Tio estas simple ekskludita.

큰 사고는 있을 수 없습니다. 그것은 단순히 배제됩니다.

Mem konstrukcio, teknologio ekskludas tiun akcidenton". Kaj ni estis iel hipnotitaj.[2] Kvazaŭ ĉe ni nenio povas okazi.

건설, 기술은 그 사고를 배제합니다.." 그리고 우리는 어떠한 최면에 걸렸습니다. 마치 우리에게 아무 일도 일어나지 않을 것처럼.

Nu, trarompiĝos tubodukto. Nu kaj kio? Oni ŝirmos, veldos ĝin.

---

2) hipnot-o 〈의학〉 최면(催眠). ☞ hipnozo, somnambulismo, mit-omanio. ˉigi, ˉizi 최면을 걸다. ˉiĝi 최면에 걸리다. ˉismo 최면술.

글쎄요, 파이프라인이 끊어질 것입니다. 그래서 무엇? 차폐할 것이고, 용접할 것입니다.

Se ie riglilo difektiĝos ni anstataŭigos. Se klapo deŝiriĝos - diablo kun ĝi! Estas neniaj problemoj. Produktado estas produktado. Ĉiuj tiel pensis. Kaj ankaŭ mi.
빗장이 어딘가 손상되면 교체해 드립니다. 벨트가 찢어지면 - 그것으로 지옥에! 문제가 없습니다. 생산은 생산입니다. 모두 그렇게 생각했습니다. 그리고 나도.

Sed fojfoje mi sonĝas aŭgurajn sonĝojn, kiuj poste realiĝas.
그러나 때때로 나는 나중에 현실화되는 징조의 꿈을 꾸기도 합니다.

Kaj júlie de 1984 mi sonĝis tute konsternan sonĝon: sonĝis mi, ke mi troviĝas en mia ĉambro en Pripjatj kaj kvazaŭ vidas de tie la centralon, kvankam el tiu fenestro mi ne povis vidi la centralon, ĝi situas en alia direkto.
그리고 1984년 7월에 나는 완전히 충격적인 꿈을 꾸었습니다. 나는 프리피야트에 있는 내 방에 있고 마치 그곳에서 발전소가 보이는 것처럼 꿈을 꾸었습니다. 그 창에서 나는 발전소를 볼 수 없었고, 그 방은 다른 쪽에 있습니다.

Kaj mi sonĝas, kiel eksplodas la kvara bloko, kiel disflugas supra parto de la kvara reaktoro.

그리고 4호기가 어떻게 폭발하는지, 4호기 상부가 어떻게 날아 갈지 꿈을 꿉니다.

Flugas platoj en diversajn flankojn. Kaj mi en songô komandas al miaj familianoj: ĉiuj malsupren, ĉar tio povas tuŝi ankaŭ nin, kvazaŭ moviĝas al ni eksplodondo.

다양한 방향으로 플레이트가 날아가고. 그리고 꿈에서 나는 내 가족들에게 명합니다. 모두들 밑으로 내려가. 마치 폭풍우가 우 리를 향해 움직이는 것처럼 우리에게도 폭발파도가 영향을 미칠 수 있기 때문입니다.

- Kial vi sciis, ke tio estas ĝuste la kvara bloko?
- 그것이 정확히 4호 블록이라는 것을 어떻게 알았습니까?

- Kiel mi ne sciu... Mi ekvidis reale la centralon, tubon, ĝiajn aĵurajn[3] tegaĵojn, la trian blokon.
- 어쩐지 모르겠지만... 발전소, 파이프, 장식용 덮개, 3호 블록을 실제로 봤습니다.

Kaj de la kvara bloko platoj flugas...
그리고 4호 블록에서 플레이트가 날았습니다 ...

Mi volis eĉ iri al la ĉefoj de la centralo kaj rakonti al ili: mi "vidis" tion kaj tion.
나는 심지어 발전소 책임자에게 가서 다음과 같이 말하고 싶었 습니다. 나는 이것 저것을 "봤습니다."

---

3) aĵur-o 장식물을 달기 위하여 직물 위에 배열된 구멍.

Sed mi imagis renkontiĝon kun la direktoro de la centralo.
하지만 발전소 관리자와의 만남을 상상했습니다.

Venas al li serioza homo - mi tiam estris la instalaĵbazon en la centralo, ni havis en la bazo instalaĵojn kontraŭ 200 - 300 milionoj da rubloj, komunisto, kaj diras: "Jen mi sonĝis, la centralo eksplodos".
진지한 사람이 그에게 옵니다. - 나는 그 때 발전소의 설치 기지의 책임자였습니다. 2억~3억 루블 상당의 시설이 기지에 있었습니다. 공산주의자, 그리고 말했습니다. "이것이 내가 꿈꾸었습니다. 발전소가 폭발할 것입니다."

Kaj mi imagis, kiel Viktor Petroviĉ Brjuhanov diros: "Bone, ni konsideros". Mi foriros, kaj li premos la butonon: "Ĉi tien venis unu malsanulo, vi prenu lin sub kontrolon". Mi pensas bone.
그리고 저는 빅토르 페트로비치 브류하노프가 어떻게 말할지 상상했습니다. "좋아, 우리가 고려해보겠습니다." 나는 떠날 것이고 그는 버튼을 누를 것입니다. "아픈 사람이 왔다, 당신이 그를 확인해봐라." 나는 그러마고 생각했습니다.

Mi iru al la ĉefinĝeniero, Nikolaj Maksimović Fomin.
수석 엔지니어인 니콜라이 막시모비치 포민Nikolaj Maksimović Fomin에게 가보겠습니다.

Mia filino kaj lia filino studis en la sama klaso. Mi kaj li estas kvazaŭ samklasanoj. Mi pensas, mi diru al li: "Nikolaj Maksimoviĉ, estas tiaj aferoj. Eksplodo baldaŭ estos".

내 딸과 그의 딸은 같은 반에서 공부했습니다. 그와 나는 동급생 같다. 나는 그에게 다음과 같이 말해야 한다고 생각했습니다. "니콜라이 막시모비치Nikolaj Maksimoviĉ, 그런 것들이 있습니다. 곧 폭발이 일어날 것입니다."

Kaj li estas - mi opinias - la gvidanto eĉ en plia grado   Viktor Petroviĉ Brjuhanov. Brjuhanov estas homo bonanima, li havas molan koron, li en komunismo nur devus labori, kiam estos altega konscio.

그리고 그는 - 제 생각에 - 빅토르 페트로비치 브류하노프의 리더이기도 합니다. 브류하노프는 마음이 좋은 사람이고 부드러운 마음을 가지고 있으며 높은 의식이있을 때만 공산주의에서 일해야합니다.

Kun anĝeloj. Kaj Nikolaj Maksimoviĉ - li povis kaj postuli kaj, se necesos, li povis, kiel oni diras, ankaŭ hundojn ellasi. Kaj li estas sufiĉe klera homo. Mi imagis, kiel li al mi rigardos... Kaj mi ne iris.

천사들과 함께. 그리고 니콜라이 막시모비치 - 그는 요구할 수 있고 필요한 경우 개를 보낼 수도 있습니다. 그리고 그는 꽤 교육받은 사람입니다. 그가 나를 어떻게 바라볼지 상상했습니다... 그리고 나는 가지 않았습니다.

Ĉiujn miajn konsiderojn pri tiu kazo mi nun sendis en Moskvon. Mi opinias, ke necesas krei komisionon, kiu prikonsiderus Ĉernobil en historia kaj psikologia aspekto.

나는 이제 그 사건에 대한 모든 고려 사항을 모스크바에 보냈습니다. 역사적, 심리적 측면에서 체르노빌을 고려할 수 있는 위원회를 만드는 것이 필요하다고 생각합니다.

Maljunulinoj loĝis en niaj lokoj, ili diradis: "Venos tempo, kiam ESTOS VERDE, SED NE ESTOS GAJE".

할머니들은 우리 구역에 살았습니다, 그분들은 말하기를 "녹색이 되겠지만 유쾌하지는 않을 때가 올 것입니다."

Mi, kiam mi pripensas tiun informon, konsterniĝas pri ĝia kurteco.

나는, 그 정보를 곰곰이 생각해 볼 때, 그 간결함에 깜짝 놀라 어리둥절했습니다.

Verde, sed ne gaje. Ĉu vi imagas? Ankoraŭ estas informo el alia vilaĝo, de aliaj maljunuloj: "Venos tempo, kiam estos ĉio, sed estos neniu".

"녹색이 되겠지만 유쾌하지는 않을거예요. 당신은 상상할 수 있나요? 다른 마을, 다른 노년들의 정보가 아직 있습니다. "모든 것이 있을때가 오겠지만, 하지만 아무도 없을 때가 올 것입니다."

Kaj kiam mi somere kaj aŭtune de 1986 iris laŭ Ĉernobil, kiam ĉio estis - vi scias tion - kaj domoj estis, kaj ĝardenoj, mi pensis: tio estas la plej kurta informo, pli kurta ne povas esti. ESTOS ĈIO, SED ESTOS NENIU.

그리고 내가 1986년 여름과 가을에 체르노빌을 따라 갔을 때 모든 것이 – 당신도 알다시피 – 거기에 집과 정원이 있을 때 나는 생각했습니다. 그것이 가장 간결한 정보이며 이보다 더 간결할 수 없습니다. 모든 것이 있게 될 것이지만 아무도 없을 것입니다.

Ni, modernaj homoj, skribis pri la temo de la ĉernobila akcidento centojn de tunoj da papero, informaro pri ĈAEC okupas la unuan lokon en la mondo en 1986, tion agnoskis ĉiuj, sed tie la tuta informaro eniras kelkajn vortojn.

우리 현대인들은 체르노빌 사고를 주제로 수백 톤의 문서를 작성했으며, 1986년 체르노빌 원전ĈAEC에 대한 정보는 세계 1위를 차지했습니다. 모두가 인정했지만 모든 정보는 몇 마디로 나옵니다.

Komenco de la akcidento: "Verde, sed ne gaje". La dua etapo: "Ĉio estas, kaj neniu estas".

사고의 시작: "녹색이지만 유쾌하지 않음" 두 번째 단계: "모든 것이 있고 아무도 없음."

Oni diras, ke post kiam tataroj forbruligis Kiev, ili direktiĝis supren laŭ Dnepr.

타타르인들은 키이우를 불태운 후 드네프르를 따라 윗쪽으로 향했다고 합니다.

Ili volis konkeri iun nordan urbon. Kaj kvazaŭ ĥano Batij havis aŭguristinon, oni nomis ŝin "Nigra korniko".

그들은 북부 도시를 정복하고 싶었습니다. 그리고 칸 바티Batij에게 점쟁이가 있는 것처럼, 그녀를 "검은 까마귀"라고 불렸습니다.

Kaj ŝi diris: "Norden ne iru. Se vi iros – vi pereigos la trupon". Li ne obeis ŝin, iris. Kaj ili ĝisiris ĝis Ĉernobil, konkeris Ĉernobil kaj iris plu, laŭborde de la rivero Pripjatj.

그리고 그녀는 말했습니다: "북쪽으로 가지 마세요, 당신이 가면 – 당신은 군대를 괴멸시킬 것입니다." 그는 그녀에게 순종하지 않고 갔습니다. 그리고 그들은 체르노빌까지 갔고, 체르노빌을 정복했고, 프리피야트 강 유역을 따라 더 나아갔습니다.

Kaj do, en niaj lokoj, kie nun estas la atomcentralo, kvazaŭ tiam estis marĉoj.

그래서, 지금 원자력 발전소가 있는, 우리 지역에는, 마치 늪이 있는 것 같았습니다.

Kaj ilia ĉevaltrupo dronis en la marĉoj. Kaj en la popolo ekde tiam, de generacio al generacio, oni transdonas legendon: kvazaŭ en tiuj lokoj, kie estas niaj Kopači, Nagorci, estis marĉoj, kaj oni nomis. ilin iam "Kriĉali" (Kriis').

그리고 그들의 기마騎馬 부대는 늪에서 침몰했습니다. 그리고 그 이후로 사람들에게는 대대로 다음과 같은 전설이 전해졌습니다. 마치 우리 코파치Kopači, 나고르찌Nagorci가 있는 곳에 늪이 있는 것처럼, 그리고 한때 "크리찰리Kričali"(고함치다)라고 이름을 붙였더랬습니다.

Ĉar la stepanoj terure kriis, kiam ilia ĉevaltrupo dronis. Kaj niaj prauloj, drevlanoj, kiuj retiriĝis, kaŝiĝis en tiuj arbaroj kaj marĉoj, aŭdis tiujn kriojn...

대초원 사람들은 기마 부대가 익사하자 크게 비명을 질렀기 때문입니다. 그리고 그 숲과 늪에 숨어서 후퇴한 우리의 조상 드레블란사람들은 그 외침을 들었습니다...

Al mi ŝajnas, necesas pli profunde trafosi historiajn fontojn, kronikojn, trarigardi legendojn.

전설을 살펴보기 위해서는 역사적 출처, 연대기를 더 깊이 파고들 필요가 있는 것 같습니다.

Eble, efektive ekzistas tiaj lokoj, kiuj sekvigas plagon? Eble, ekzistas iaj, ankoraŭ nekonataj al ni, magnetaj linioj, linioj de fortoj.

어쩌면 대재앙을 따를 장소가 실제로 있을까요? 아마도 우리에게 아직 알려지지 않은 자기선磁氣線, 힘선線이 있을 것입니다.

Verŝajne, ankaŭ tion necesas konsideri, kiam oni konstruas tian giganton, kiel atomcentralo.

아마도 이것은 원자력 발전소와 같은 거대한 것을 지을 때도 고려해야 할 사항입니다.

Ja kiam oni konstruis templojn en malnova tempo - ekzistis tiaj homoj, kiuj posedis dian genion kaj elektis tian lokon, kie ĉiuj fartis plej bone.

결국, 고대에 사원이 지어졌을 때 - 신성한 천재성을 가진 사람들이 있었습니다. 모두가 최고인 그런 곳을 선택했습니다.

Tial do mi proponas - Krei specialan komisionon, anigi en ĝi historiistojn, kuracistojn, psikologojn, specialistojn pri parapsikologio, pri neklaraj fenomenoj.

그래서 내가 제안하는 바입니다. - 역사가, 의사, 심리학자, 초심리학 전문가들을 회원으로 입회시켜, 모호한 현상을 포함하는 특별 위원회를 만드십시오.

Povas esti ankaŭ aliaj sciencistoj. La fenomeno ekzistas, ĝin necesas studi".

다른 과학자들도 있을 수 있습니다. 현상이 존재하므로 연구해야 합니다."

Ni povas iom ajn moki aŭgurajn sonĝojn kaj antaŭdirojn, deklari ilin absurdaĵo, mistikaĵo, kio ajn.

우리는 궤변의 꿈과 예측을 약간 조롱할 수 있고, 그것들을 터무니없고 신비로운 것이라고 선언할 수 있습니다.

Ni imagu, ke en la 16-a jarcento estus montrita funkcianta televidilo: kiel al ĝi rilatus tiamaj seriozaj sciencistoj, ekleziuloj, politikistoj?

16세기에 가동하는 텔레비전이 다음과 같이 표시될 것이라고 상상해 봅시다 : 당시의 진지한 과학자, 성직자, 정치인들은 그것에 어떤 관련이 있습니까?

Tial ni ne rapidu pri neado. Eble, nur post cent jaroj la sciencistoj deĉifros la naturon de biokampo kaj de tiuj nekompreneblaj signaloj, kiuj naskiĝas en nia subkonscio, pruvos ilian tute materian, kvantuman aŭ alian, devenon kaj tiam la citataj ĉi tie atestoj iĝos ankoraŭ unu pruvo de ekzisto de la Trarompo-en-Estonton, pri kio rezonadas hodiaŭ la fikciistoj.

그러니 너무 성급하게 부정하지 맙시다. 아마도 100년 후에야 과학자들은 생물장의 본질과 우리의 잠재의식에서 태어나는 이해할 수 없는 신호를 해독하고 그 신호의 완전한 물질적, 양자적 또는 기타 기원을 증명할 것이며, 그러면 여기에 인용된 증언이 또 하나의 증거가 될 것입니다. 미래로의 돌파구의 존재, 그것이 오늘날 픽션 작가들이 추론하고 있는 것입니다.

Sed eble, oni nenion pruvos, kaj la naturo de la neklaraj antaŭsentoj restos nedivenita.

그러나 아마도 아무 것도 증명되지 않을 것이며, 불명확한 예감의 본질은 추측되지 않을 것입니다.

Sed ja, krom la similaj signaloj de la proksimiĝanta tempesto, estis ankaŭ la antaŭdiroj, kiujn simple DEVIS aŭskulti tiuj, kiuj respondecis pri la atoma energetiko.

그러나 실제로, 다가오는 폭풍의 유사한 신호 외에도 원자력을 담당하는 사람들이 듣기만 해야 한다는 예측도 있었습니다.

Estis la homoj, kiuj sobre kaj racie antaŭdiris venon de la nuklea Apokalipso. Kaj ne ie ajn, sed ĝuste en Ĉernobila AEC.
핵 종말의 도래를 냉정하고 합리적으로 예측한 것은 사람들이었습니다. 그리고 어디에도 없고 바로 체르노빌 원전에 있습니다.

El la letero de Valentin Aleksandroviĉ Ĵilcov, ĉefo de laboratorio de Tutsovetia sciencesplora instituto pri ekspluatado de atomaj elektrocentraloj: "En 1984 la laboranta tiam en ĈAEC k-do V.G.Polakov (supera inĝeniero pri manipulado de reaktoro SIMR) sendis senpere al akademiano A.P.Aleksandrov la leteron kun siaj konsideroj pri pliboniĝo de apartaj konstrukciaj solvoj pri la sistemoj de kontrolo kaj manipulado de reaktoro, al kiu li ricevis simple formalan respondon.
원자력 발전소 개발을 위한 전소비에트 과학 연구소의 연구소장인 발렌틴 알렉산드로비치 질초프Valentin Aleksandrovich Zhiltsov의 서신에서: "1984년, 당시 체르노빌 원전(원자로 조작 SIMR을 위한 수석 엔지니어)에서 근무하던 폴라코프Polakov는 학자 알렉산드로프Aleksandrov에게 원자로의 제어 및 조작 시스템을 위한 특정 건설적 솔루션 개선에 대한 고려 사항을 담은 서신을 직접 보냈습니다. 그는 단지 형식적인 답변을 받았습니다.

Jam post la akcidento li sin turnis al CK KPSU, al Konsilio de Ministroj kaj al la fako pri ŝtata atomenergia kontrolo.

사고 후 이미 그는 CK KPSU, 각료 회의 및 국가 원자력 제어 부서로 향했습니다.

Ĉio, pri kio avertis k-do Polakov (kaj sendepende de li ankaŭ multaj aliaj, ankoraŭ en la stadioj de ellaboro de la projekto, de ekspertizo), okazis en Ĉernobila AEC.

폴라코프Polakov 동지가 경고한 모든 것(그리고 그와 별개로 많은 다른 사람들도 여전히 프로젝트를 작성하는 단계에 있으며 전문 지식)은 체르노빌 원전에서 일어났습니다.

Jen kia prezo estis pagita pro la neglekte bienula rilato al ĉio, kio venis el aliaj departementoj.

이것은 다른 부서에서 온 모든 것과 관련한 대지주 관계에 대해 지불한 대가입니다.

En tio kun la tuta evidento manifestiĝis la malperfekta sistemo, en kiu la prove neaprobitaj kaj nesufiĉe pruvitaj per kalkuloj kaj eksperimentoj solvoj estis sen vasta kaj kompetenta ekspertizo tuje enpraktikigataj kaj vaste multobligataj".

거기에는 모든 증거와 함께 불완전한 시스템이 나타났습니다. 잠정적으로 승인되지 않고 충분하지 않은 수치와 실험을 통해 솔루션이 즉시 실행되고 광범위하고 유능한 전문 지식 없이 널리 확대되었습니다."

Tiaj estas realaĵoj de la epoko de burokratisma bonfarto: tute ne mistikaj antaŭsentoj, sed la plej realaj teknikaj prognozoj kaj timoj estas entombigataj en departementaj ĝangaloj, ĉirkaŭplektataj per araneaĵo de silento kaj indiferenteco al la sortoj de centmiloj da homoj, kiujn povas tuŝi - mha - maksimume hipoteza akcidento (teknikuloj havas tian terminon).

관료적 복지 시대의 현실 존재는 : 신비로운 예감이 아니라 가장 현실적인 기술적 예측입니다.

그리고 두려움은 부서별 정글에 묻혀 있으며, 기껏해야 가상의 사고(기술자들이 그런 용어를 사용함)의 영향을 받을 수 있는 수십만 명의 사람들의 운명에 대한 무관심과 침묵의 거미줄로 둘러싸여 있습니다.

"De kie ĝi aperis, tiu "Stelo Absinto", - ĉu el noktoj bibliaj aŭ jam el la noktoj venontaj?

"그 "압생트 별"은 어디에서 나타났습니까? - 성서의 밤에서인지 아니면 이미 다가올 밤에서인지?

- amare demandas Olesj Gonĉar.

- 올레시 곤차르Olesj Gonĉar는 씁쓸하게 묻습니다.

- Kial ĝi elektis ĝuste nin, kion ĝi volis tiel strange kaj terure diri al tiu ĉi epoko, pri kio ĝi volis averti ĉiujn nin?"

- 왜 꼭 우리를 선택했는지, 이 시대에 이토록 이상하고도 무섭

게 말하고자 했던 것은, 우리 모두에게 무엇을 경고하고 싶었던 걸까?"

Kaj li respondas: "La moderna scienco kun ĝia fantastika, ne ĉiam kontrolata kaj, eble, ne ĝisfine konsciita potenco ne devas esti tro memfida, ne devas neglekti la publikan opinion...
그리고 그는 다음과 같이 대답합니다. "환상적이고 항상 통제되지 않으며 아마도 완전히 실현되지 않은 힘을 가진 현대 과학은 너무 자신만만해서는 안 되며 여론을 부정해서도 안된다고..

Malvaste fakajn interesojn ni ĉie kaj ĉiam metas pli supre ol la interesoj de la socio, opinion de loĝantaro pri celkonformo de departementaj novkonstruaĵoj neniu kaj neniam demandas, malvastfrunta, kaptita de gigantomanio burokrato trudripetadas, ke "la scienco postutas viktimojn".
협소하게 전문화된 이익 우리는 언제나 어디서나 사회의 이익보다 우선시하며 부서별 신축 건물의 목표 준수에 대한 인구의 의견 없음과 편협하고 과대망상적인 관료는 "과학은 희생자를 요구한다"고 고집스럽게 되풀이하지 않습니다.

EL LA TAGLIBRO DE USKOV I
우스코프의 일기에서 1

Granda knabo kun harditaj vizaĝtrajtoj, kun sinĝena, preskaŭ infana rideto, Arkadij Uskov personigas la plej bonajn trajtojn, karakterizajn por liaj samteranoj, apudmaraj nordanoj: firmecon kaj neflekseblon de karaktero, verecon kaj memstarecon de opinioj.

거친 얼굴윤곽을 가진 건장한 소년, 자의식이 있고 거의 어린애 같은 미소를 지닌 아르카디 우스코프는 그의 동포인 해변 북부 인의 특징인 최고의 특징을 의인화합니다. 성격의 경직성과 비 융통성, 의견의 진실성과 독립성.

En la momento de la akcidento li havis 31 jarojn, li laboris kiel supera inĝeniero pri ekspluatado de la reaktora fako n-ro 1 (RF-1) en la unua bloko de ĈAEC.

사고 당시 그는 31세였으며 체르노빌 원전ĈAEC의 1호 원자로 1 부서(RF-1)에서 운전 선임 엔지니어로 일하고 있었습니다.

Uskov kreis la dokumenton de granda forto - la taglibron, en kiu li detale rakontis pri ĉio, kion li traspertis dum kaj post la akcidento.

우스코프는 대단한 기록을 만들었습니다. - 일기를 써왔는데, 사 고 중과 사고 후 경험한 모든 것에 대해 자세히 기술해놓았습니 다.

Mi esperas, ke la publikigo de eltiraĵoj el tiu taglibro altiros al li atenton de eldonistoj.

나는 그 일기에서 발췌한 출판물이 출판인들의 관심을 끌 수 있기를 바랍니다.

"Pripjatj, la 26-an de aprilo 1986, la 3-a kaj 55 min., str. Lenin, 32/13, loĝ. 76. Min vekis telefonvoko. Mi ĝisatendis sekvan signalon. Ne, mi ne sonĝis. Mi alplandis al la telefonaparato. En la aŭskultilo estis la voĉo de Vjaceslav Orlov, mia ĉefo, vicestro de la reaktora fako n-ro 1 pri ekspluatado.

"프리피야트, 1986년 4월 26일, 오전 3시 55분, 레닌가, 32/13, 76 거주지. 전화로 잠에서 깼습니다. 다음 신호를 기다리고 있었습니다. 아니, 꿈이 아니었습니다. 전화로 수화기에는 개발담당 원자로 부서 1 부국장인 뱌체슬라프 오를로프Vjaceslav Orlov의 목소리가 들렸습니다

- Arkadij, saluton. Mi transdonas al vi la komandon de Ĉugunov: ĉiuj komandantoj urĝe venu al la centralo en sian fakon.

- 아르카디Arkadij, 안녕. 추구노프Ĉugunov의 명령을 전달합니다. 모든 지휘관은 급히 해당 부서의 본부로 올것.

Maltrankviliĝis la animo.

마음이 떨렸습니다.

- Vjaĉeslav Alekseeviĉ, kio okazis? Ĉu io grava?

- 뱌체슬라프 알렉세비치Vjaĉeslav Alekseeviĉ, 무슨 일이 있었나

요? 중요한 건가요?

- Mi mem nenion ĝuste scias, oni komunikis, ke estas akcidento. Kie, kiel, kial mi ne scias. Mi nun kuras en la garaĝon por auto, kaj je 4.30 ni renkontiĝu apud "Raduga".
- 나 자신도 정확히 아는 바가 없는데, 사고였다고 연락이 왔습니다. 어디서, 어떻게, 그 연유를 저는 모릅니다. 나는 지금 자동차를 가지러 차고로 달려가고 있고, 4시 30분에 "라두가Raduga" 옆에서 만나요.

- Mi komprenis, vestiĝas.
- 알았어요, 옷 갈아입고.

Mi metis la aŭskultilon, revenis en la dormoĉambron. La dormemo kvazaŭ ne estis.
나는 수화기를 내려놓고 침실로 돌아갔습니다. 졸음은 없는것 같았습니다.

En la kapon batis la penso: "Marina (la edzino) nun estas en la centralo. Oni atendas halton de la kvara bloko por okazigo de eksperimento".
생각이 머리를 스쳤습니다 : "마리나Marina (아내)는 지금 발전소에 있습니다. 직원들은 실험을 하기 위해 4호 블록에서 정지하기를 기다리고 있습니다."

Mi rapide vestiĝis, dumkure formaĉis pecon de bulko kun butero. Elkuris eksteren. Renkonten estis dupersona milica patrolo kun gasmaskoj (!!!) surŝultre.

빨리 옷을 갈아입고 뛰면서 버터를 바르고 빵 한 조각을 씹었습니다. 밖으로 뛰어 나갔습니다. 방독면(!!!)을 어깨에 멘 2인조 민병대 순찰조를 만났고.

Mi eksidis en la aŭton de la alveturinta Orlov, ni elveturis al la avenuo de Lenin. Maldekstre de la medicin-sanitara servo en la vojon impetis kun freneza rapideco du ambulancoj kun bluaj signallampoj, rapide foriris antaŭen.

나는 도착한 오를로프Orlov의 차에 앉아, 우리들은 레닌Lenin 대로大路로 갔습니다. 의료 위생소의 왼쪽에는 파란색 신호등을 켠 구급차 2대가 미친 속도로 도로를 질주하며, 빠르게 직진해 갔습니다.

En la vojkruco ĈAEC - Ĉernobil estas milicistoj kun radio. Estas demandoj pri niaj personoj, kaj denove "Moskviê" de Orlov akceliĝas.

체르노빌 원전ĈAEC 교차로 - 체르노빌에는 라디오를 가진 민병대가 있습니다. 우리 사람들에 대한 질문이 있으며 다시 오를로프Orlov의 "모스크비Moskviê"로 속력이 더해갔습니다.

Ni elkuris el la arbaro, de la vojo estas bone videblaj ĉiuj blokoj.

우리는 숲에서 뛰쳐나와 도로에서 모든 블록을 명확하게 볼 수 있습니다.

Ni rigardas larĝokule kaj... ne kredas al niaj okuloj. Tie, kie devas esti centra halo de la kvara bloko (CH-4), estas nigra truo... Terure...

우리는 눈을 크게 뜨고 그러고는... 우리의 눈을 믿을 수가 없습니다. 4호 블록(CH-4)의 중앙 홀이 있어야 할 곳에 검은 구멍이 있습니다... 끔찍해...

4.50. Ni alvenis...

4시 50분 우리는 도착

Preskaŭ kure mi impetis en sanitarejon. Mi rapide revestiĝis en blankan veston- en trairejo renkontis Saŝa Ĉumakov, samskipanon de Marina. Li tuje komunikis, ke Marina revestiĝis.

나는 거의 뛰다시피 요양원에 달렸습니다. 나는 재빨리 흰 가운으로 갈아 입었습니다. - 통로에서 나는 마리나의 작업반원인 사샤 추마코프Saŝa Ĉumakov를 만났습니다. 그는 마리나가 옷을 갈아 입었다고 즉시 알렸습니다.

Ŝtono defalis de la animo...

마음속에서 돌이 떨어졌습니다

Telefonvoko de la ĉefo de la reaktora fako n-ro 1 Ĉugunov. Bonega homo. Ĉugunov estas ĵus ĉe la 4-a bloko. La aferoj estas, supozeble, aĉaj. Ĉie estas alta fono. Estas truoj, multe da ruinoj.

원자로 1부서 추구노프 국장의 전화. 좋은 분입니다. 추구노프는 4호 블록에 있습니다. 상황이 좋지 않다고 합니다. 어디에서나 높은 가림막이 있습니다. 구멍이 나 있고, 군데군데 폐허가 보입니다.

Ĉugunov kaj vicĉefinĝeniero pri ekspluatado de la unua konstruvico (tio estas de la 1-a kaj 2-a blokoj) Anatolij Andreeviê Sitnikov duope provis malfermi sektoran armaturon de la sistemo de malvarmigo de la reaktoro.

추구노프와 첫 번째 건설 행열 (즉, 1호 및 2호 블록) 작동을 위한 수석 엔지니어 아나톨리 안드레비치 시트니코프Anatolij Andreeviê Sitnikov는 원자로 냉각 시스템의 섹터 전동자를 쌍으로 열려고 했습니다.

Duope ili ne sukcesis ĝin "deŝiri". Estas streĉe kuntirite.

둘 다 "떼어내기"에 실패했습니다. 촘촘히 연결돼 있습니다.

Estas bezonataj sanaj, fortikaj knaboj. Sed ĉe la bloka panelo n-ro 4 la fidindaj ne estas.

건강하고 힘센 건장한 소년들이 필요합니다. 그러나 4호 블록 패널에서는 믿을 곳이 못됩니다.

La blokistoj jam perdas spiron.

블록종사자들은 이미 숨을 잃었습니다.

Ni malfermas akcidentan kompleton de "rimedoj por individua protekto".

우리는 「개인보호대책」 의 사고 킷트를 개봉합니다.

Mi trinkas flakonon[4] de joda kalio, posttrinkas per akvo. Kraĉ, kia aĉaĵo! Sed necesas.

나는 플라스크에 든 요오드화 칼륨를 마신 다음 물을 마십니다. 퉤!, 몹쓸 께! 그러나 그것은 필요합니다.

Al Orlov estas bone - li glutis jodan kalion en tablojdo. Ni silente vestiĝas. Surmetas plastikajn botegojn sur piedojn, duoblajn gantojn, "petalojn"*.

오를로프는 괜찮아 - 그는 요오드화 칼륨 정제를 삼켰습니다. 우리는 조용히 옷을 입습니다. 발에 플라스틱 장화, 두겹 장갑, "페탈/흡입기"를 착용합니다.

Elprenas el la poŝoj dokumentojn, cigaredojn. Kvazaŭ ni iras skolti. Ni prenis ministan lanteron. Kontrolis lumon. La "petaloj" estas surmetitaj, alligitaj. Sur la kapoj estas kaskoj.

그는 주머니에서 서류와 담배를 꺼내고는. 마치 정찰하러 가는 것처럼. 우리는 광부용 랜턴을 가져갔습니다. 조명 체크 "흡입기"가 붙어 있고, 머리에는 헬멧도 있고요.

6.15, ĈAEC, koridoro 301. Ni eliris kvarope (mi iris helpi al miaj kamaradoj, trafintaj en malbonon, kune kun Vladimir Ĉugunov, Vjačeslav Orlov kaj Aleksandr Neĥaev) en la koridoron de nia fako, moviĝis en la direkto de la 4-a bloko.

---

4) flakon-o ①(향수·약품·술 따위를 담는)작은 병. ②〈화학〉 플라스크(유리병).

6시15분, 체르노빌 원전, 301 회랑. 우리는 4인조로 나갔습니다. (나는 블라디미르 추구노프, 뱌체슬라프 오를로프 및 알렉산드르 네카에프와 함께 곤경에 빠진 동료들을 돕기 위해 나갔음) 우리 부서의 복도로 이동하여 4호 블록 방향으로 이동했습니다 .

Mi estis iom malantaŭe.
나는 조금 뒤쳐져 있었습니다.

Surŝultre estis "nutranto" speciala armaturo por pligrandigo de levilo ĉe malfermo de riglilo.
어깨에는 볼트를 열 때 레버를 증가시키는 "피더" 특수 뼈대가 있었습니다.

Ni transiris en la teritorion de la 3-a kaj 4-a blokoj, rigardis al la kontrolpanelo de radioaktiva sekureco.
우리는 3호 블록과 4호 블록의 영역을 넘어 방사성 안전 제어반 을 보았습니다.

Skipestro Samojlenko estis ĉe enirejo. Mi demandis lin pri individuaj dozometroj.
사모이렌코 감독이 입구에 있었습니다. 나는 그에게 개인선량계 에 대해 물었습니다.

- Kiaj dozometroj?! Ĉu vi scias, kia fono estas?..
- 어떤 선량계?! 기본구조가 뭔지 아시는지요..?

Antaŭ la blokpanelo n-ro 4 difektiĝis la pendanta plafono, desupre fluas akvo.

4호 블록 패널 앞에는 매달린 천장이 손상되어 위에서 물이 새고 있습니다.

Ĉiuj kliniĝis - trairis. La pordo de la blokpanelo n-ro 4 estas vaste malfermita.
모두가 고개를 숙였습니다. 지나갔습니다. 블록패널 4번의 문이 활짝 열려 있습니다.

Ni eniris. Ĉe la skribotablo de skipestro de la bloko sidas A. A. Sitnikov.
우리는 들어갔습니다. 시트니코프는 블록의 작업팀장의 책상에 앉아 있습니다.

Apude estas skipestro de la kvara bloko Saŝa Akimov. Sur la tablo estas dismetitaj teknologiaj skemoj.
그 옆에는 4호 블록 사샤 아키모프의 팀장이 있습니다. 기술 도해가 테이블에 헤쳐놓여 있습니다.

Sitnikov, supozeble, malbone fartas. Li metis la kapon surtablen. Li sidis iomete, demandis al Ĉugunov: - Kiel vi?
시트니코프는 아마도 몸이 좋지 않나봅니다. 그는 테이블에 머리를 얹어놓고 있습니다. 그는 잠시 앉아 추구노프에게 묻습니다. - 잘 지내고 있나요?

- Pli malpli.
- 그럭저럭

- Sed mi denove naŭzas (Sitnikov kaj Ĉugunov estis en la bloko ekde la dua nokte!).
- 그러나 나는 다시 구역질이 납니다 (시트니코프와 추구노프는 밤 2시부터 블록에 있었음!).

Ni rigardas al la indikiloj de la panelo de SIMR. Nenio kompreneblas. La panelo de SIMR estas morta, ĉiuj indikiloj silentas.
SIMR 패널 표시기를 살펴봅니다. 아무것도 알아볼 수 없습니다. SIMR 패널이 작동불능이며, 모든 표시기들이 조용합니다.

Voka instalaĵo ne funkcias. Apude estas SIMR Ljonja Toptunov. Maldika juna knabo kun okulvitroj. Li estas embarasita, deprimita. Li staras silentante.
호출 기능이 작동하지 않습니다. 옆에는 SIMR 료냐 토프투노프 Ljonja Toptunov입니다. 안경을 쓴 약한 어린 소년. 그는 당황하고 우울합니다. 그는 조용히 서있습니다.

Konstante sonoras telefono. La grupo de komandantoj decidas, kien kondukigi akvon.
전화기가 계속 울리고 있습니다. 지휘관 그룹은 물을 끌어 올 방법을 결정합니다.

7.15. Ni ekmoviĝis en du grupoj. Akimov, Toptunov, Neĥaev malfermos unu regulilon.
7시 15분. 우리는 두 그룹으로 움직이기 시작했습니다. 아키모프, 토프투노프, 나카에프는 레귤레이터 하나를 열 것입니다.

Orlov kaj mi, kiel fortikuloj, estos ĉe la dua. Al la laborloko nin kondukas Saŝa Akimov.

오를로프와 나는 건장한 남자로서, 두 번째 팀이 될 것입니다. 사샤 아키모프는 우리를 현장으로 안내할 것입니다.

Ni supreniris laŭ ŝtuparo ĝis la marko 27. Ensaltis en koridoron, plonĝis maldekstren.

우리는 마크 27까지 계단을 따라 올라갔습니다. 복도로 뛰어들어 왼쪽으로 뛰어내렸습니다.

Ie antaŭe muĝas vaporo. De kie? Nenio videblas. Ni ĉiuj havas unu ministan lanternon. Saŝa Akimov alkondukis min kaj Orlov ĝis la loko, montris regulilon.

어디선가 증기가 치솟습니다. 어디에서? 아무것도 볼 수 없습니다. 우리 모두는 광부용 랜턴 하나를 가지고 있습니다. 사샤 아키모프는 나와 오를로프Orlov를 그 장소로 데려 와서 조정기를 가리켜주었습니다.

Revenis al sia grupo. Li plie bezonas lanternon. Je dek metroj de ni estas distordita pordoaperturo sen pordo, lumo por ni sufiĉis: jam mateniĝis. Sur planko abundas akvo, desupre fluegas akvo.

각자 팀으로 돌아갔습니다. 그는 손전등이 더 필요합니다. 우리에게서 10미터는 문짝이 없는 뒤틀어진 문틈새입니다. 빛은 우리에게 충분했습니다. 이미 아침이 되었습니다. 바닥에 물이 많고 위에서 물이 흘러내립니다.

Estas tre malkomforta loko. Mi kaj Orlov laboras seninterrompe. Unu turnas radon, la alia ripozas. La laboro fariĝas vigle.

굉장히 불편한 곳입니다. 나와 오를로프는 쉬지않고 작업을 합니다. 하나는 바퀴를 돌리고, 다른 한 사람은 쉬고. 작업은 활발하게 이루어집니다.

Aperis la unuaj simptomoj de akvofluo: malforta siblo en la regulilo, poste bruo. La akvo ekfluis!

누수의 첫 증상이 나타납니다. 조절기에서 희미한 쉿 소리가 난 다음 소음이 발생했습니다. 물이 흘러나오기 시작했습니다!

Preskaŭ samtempe mi eksentis, kiel la akvo ekfluis ankaŭ en mian maldekstran botegon. Verŝajne, mi ie kroĉis kaj disŝiris ĝin.

거의 동시에 왼쪽 장화에도 물이 흐르기 시작하는 것이 느껴졌습니다. 어디선가 잡아서 찢어버렸을 텐데.

Tiam mi ne honorigis per mia atento tiun bagatelaĵon. Sed poste tio transformiĝis je radioaktiva brulvundo de la dua grado, tre dolora kaj longe ne cikatriĝanta.

그런 다음 나는 관심을 가지고 그 사소한 일을 드러내놓지 않았습니다. 그러나 나중에 그것은 방사성 2도 화상으로 바뀌었고, 매우 고통스럽고 장기간 치유되지 않았습니다.

Ni ekmoviĝis al la unua grupo. Tie estis malbonaj

aferoj. Regulilo estis malfermita, sed ne plene.
우리는 첫 번째 그룹으로 이동하기 시작했습니다. 거기에는 나쁜 일이 있었습니다. 레귤레이터가 열려 있지만 완전히는 아닙니다.

Ljonja Toptunov fartas malbone - li vomas, Saŝa Akimov apenaŭ teniĝas.
료냐 토프투노프는 기분이 좋지 않습니다. - 그는 구토를 하고 있으며 사샤 아키모프는 간신히 버티고 있습니다.

Ni helpis al la knaboj eliri el tiu malhela koridoro. Denove laŭ ŝtuparo.
우리는 그 어두운 복도에서 소년들을 도왔습니다. 다시 계단을 내려갑니다.

Saŝa tamen vomis, verŝajne, ne la unuan fojon, kaj tial estis nur galo. La "nutranton[5]" ni lasis post la pordo.
그러나 사샤는 구토를 했고, 아마도 처음은 아니어서 담즙뿐이 었습니다. 우리는 "돌보미nutranto"를 문 뒤에 놔 두었습니다.

7.45. En la tuta grupo ni revenis al la bloka panelo.
7시 45분. 전체 그룹에서 우리는 블록 패널로 돌아 왔습니다.

Raportis - la akvo estas kondukigita. Nur tiam ni malstreĉiĝis, mi eksentis – la tuta dorso estas

---

5) nutrantino . Virino, kiu ˜as infanon: ĉu mi voku al vi virinon ˜antinon el la Hebreinoj, ke ŝi ˜u por vi la infanon? X . ☞ suĉigi .

malseka, la vestaĵoj estas malsekaj, en la maldekstra
botego gluglas, la "petalo" malsekiĝis, estas tre
malfacile spiri.

보고됨 – 물이 돕니다. 그제서야 우리는 긴장을 풀었습니다. 나
는 그것을 느꼈습니다. 등 전체가 젖었고 옷들이 젖었고 왼쪽
장화에 물이 철벙거리는 소리가 있었고 "페탈petalo" 이 젖어 호
흡하기가 매우 어렵습니다.

Ni tuje ŝanĝis la "petalojn". Akimov kaj Toptunov
estas en necesejo - vomado ne ĉesas. Necesas urĝe
sendi la knabojn en medicinejon.

우리는 즉시 "페탈petalo"을 교체했습니다. 아키모프Akimov와 토
프투노프Toptunov는 화장실에 있습니다. 구토가 멈추지 않습니
다. 소년들을 의료 센터로 보내는 것이 시급합니다.

En la blokpanelejon eniras Ljonja Toptunov. La tuta
estas pala, okuloj ruĝas, larmoj ankoraŭ ne sekiĝis.
Suferis li multe.

료냐 토프투노프가 블록 하우스에 들어갑니다. 전체가 창백하고
눈이 붉으며 눈물이 아직 마르지 않았습니다. 그는 많은 고통을
겪고 있습니다.

- Kiel vi fartas?
- 좀 어때요?

- Normale, jam pli bone. Mi povas ankoraŭ labori.
- 정상이긴하네, 이미 더 좋아졌습니다. 나는 여전히 일할 수 있
습니다.

- Ĉio, sufiĉas por vi. Kune kun Akimov ek en la medicinejon.
- 모든 것, 그것으로 충분합니다. 아키모프와 함께 그는 의료 센터에 갔습니다.

Por Saŝa Neĥaev jam tempas fordoni alternon. Orlov signas al Akimov kaj Toptunov kaj diras al li: - Iru kun la knaboj, helpu al ili ĝisiri ĝis la medicinejo kaj revenu fordoni alternon. Ĉi tien ne venu.
사샤 네카에프의 경우 교체를 포기할 때입니다. 오을로프는 아키모프와 토프투노프에게 손짓하며 그에게 말합니다. - 소년들과 함께 가서 그들이 의료 센터에 갈 수 있도록 도와주세요. 근무교대를 위해 보냅니다. 여기 오지 마세요.

Laŭ radio oni anoncas kunvenon de ĉiuj estroj en la bunkro de civila defendo. Sitnikov kaj Ĉugunov foriras.
민방위 벙커에서 모든 지도자의 모임이 라디오에서 발표됩니다. 시트니코프와 추구노프가 떠납니다.

Nur ĵus mi atentis: al la bloka panelo n-ro 4 jam venis "freŝaj homoj".
나는 최근에야 깨달았습니다. "싱싱한 사람들"이 이미 패널 4를 차단하기 위해 왔습니다.

Ĉiujn "malnovajn" oni jam forsendis. Prudente. Pri la dozosituacio neniu scias, sed vomado indikas altan dozon! Kiom da mi ne memoras.

모든 "오래된 것들은" 이미 보냈습니다. 신중하게. 복용 상황에 대해 아무도 모르지만 구토는 높은 복용량을 나타냅니다! 얼마나 많은지 기억이 나지 않습니다.

9.20. Mi ŝanĝis la ŝiritan botegon. Iomete ni ripozis, kaj denove antaŭen. Denove laŭ la sama ŝtuparo, la sama marko 27.

9시 20분. 찢어진 부츠를 교체했습니다. 우리는 조금 쉬고 다시 앞으로 나아갔습니다. 다시 같은 계단, 같은 마크 27로 내려갑니다.

Nian grupon kondukas jam alternulo de Akimov skipestro de la bloko Smagin. Jam estas rigliloj. Ili estas riglitaj kun fervoro.

우리 그룹은 스마긴Smagin 블록의 아키모프 감독의 교대자가 이끌고 있습니다. 이미 빗장이 있습니다. 빗장은 철저하게 고정되어 있습니다.

Denove mi laboras pare kun Orlov, ni komencas duope kun plena forto de niaj muskoloj "subfosi" riglilojn.

다시 나는 오를로프와 둘이서 일하기로 하고는, 우리는 빗장을 "파내려고" 둘이서 있는 힘을 다해 시작합니다.

Poiomete la afero ekmoviĝis. Bruo de akvo ne estas. La gantoj estas tute malsekaj. La manplatoj brulas. Ni malfermas la duan - bruo de akvo ne estas.

조금씩 일이 진척되기 시작했습니다. 물소리는 안납니다. 장갑이 완전히 젖었습니다. 손바닥에 불이 납니다. 우리는 두 번째를 엽니다 – 물소리는 안납니다.

Ni revenis al la kvara bloka panelo, ŝanĝis "petalojn".
우리는 4호 블록 패널로 돌아가 "페탈petalo"을 교체합니다.

Mi tre volas fumi. Mi ĉirkaŭrigardas. Ĉiuj okupiĝas pri siaj aferoj.
정말 담배를 피우고 싶습니다. 주위를 둘러보니. 모두가 자기 일에 몰두하고 있습니다.

Bone, mi toleru, des pli ke tute ne indas nun demeti la "petalon".
좋아, 견뎌보자, "페탈petalo"을 떼어낼 사정이 아니니 더 그래.

Diablo scias, kio nun estas en la aero, kion mi enspiros kune kun la tabakfumo.
악마는 지금 공기 중에 무엇이 있는지, 내가 담배 연기와 함께 무엇을 흡입할지 알고 있습니다.

Krome, ni ne scias la dozosituacion ĉe la blokpanelo. Stulta situacio - almenaŭ unu "dozulo" (dozometristo) alkurus kun mezurilo.
더군다나 우리는 블록패널의 용량상태를 알지 못합니다. 어리석은 상황 – 적어도 하나의 "도저"(선량기사)가 미터기와 함께 작동할지도 모르고요.

Skoltoj, diablo ilin prenu! Nur mi ekpensis kaj ĝuste tiam "dozulo" enkuris.
스카우트, 악마가 그들을 잡아! 나는 생각하기 시작했고 바로 그 때 "도저"가 들어왔습니다.

Ia malgranda, kvazaŭ batita. Li ion mezuris kaj for. Sed Orlov rapide kaptis lin je kolumo. Kaj demandis: - Kio vi estas?
맞은 것처럼 어떤 작은것. 그는 무언가를 측정하고 떠났습니다. 그러나 오를로프는 재빨리 옷깃을 잡습니다. 그리고 물었습니다. - 당신 뭐예요?

- Dozometristo.
- 측정기사요.

- Se vi estas dozometristo - mezuru la situacion kaj raportu, kiel necesas, kie kaj kiom da. La "dozulo" denove revenas. Mezuras.
- 당신이 선량계라면 상태를 측정하고 얼마나 필요한지, 어디서, 얼마나 많은지를 보고해야지. "도저dozulo"가 다시 돌아왔습니다. 측정해봅니다

Laŭ la muzelaĉo videblas, ke li volas pli rapide fuĝi de ĉi tie. Li nomas ciferojn.
불량부리가 보이니 그는 여기에서 더 빨리 도망치고 싶어한다는 것을 알 수 있습니다. 그는 숫치를 읽어봅니다.

Oho! La mezurilo eksterskalas! Fonas ĝuste de la koridoro. Post la betonaj kolonoj de la blokpanelo la dozo malplias. Kaj la "dozulo" forkuris tiutempe. Ŝakalo!

오! 미터기가 스케일을 벗어났습니다! 복도 바로 아래에 있어요. 블록 패널의 콘크리트 기둥 뒤 분량이 감소합니다. 그리고 "도 저"는 그 때 도망쳤습니다. 샤칼같은 놈!

Mi elrigardis en la koridoron. Ekstere estas hela suna mateno. Renkonten estas Orlov. Li svingas per mano.

나는 복도에서 내다보았습니다. 밖은 화창한 아침. 오를로프 Orlov를 만나고, 그는 손을 흔듭니다.

El la koridoro ni eniras malgrandan ĉambron. En la ĉambro estas paneloj, manipuliloj. Vitroj de la fenestroj estas rompitaj. Ne elŝoviĝante el fenestro, ni singardeme rigardas malsupren.

복도에서 우리는 작은 방으로 들어갑니다. 방에는 널빤지, 조작 기가 있습니다. 유리창이 깨졌습니다. 창밖을 몸을 내밀지않고, 조심스럽게 아래를 내려다봅니다.

Ni vidas angulon de la 4-a bloko... Ĉie estas amasoj de derompaĵoj, deŝiritaj platoj, muraj paneloj, el la disrompitaj produktejoj sur dratoj pendas torditaj klimatiziloj...

4호 블럭 모퉁이가 보이네요... 곳곳에 파편더미가 있고, 찢어진 판넬들이랑, 벽 패널, 비틀린 에어컨이 부서진 생산 공장의 전선에 매달려 있습니다...

El la disŝiritaj kontraŭincendiaj akvoduktoj verŝiĝas akvo... Estas rimarkeble tuj - ĉie estas tenebra malhel-griza polvo.
찢어진 소방용 수도관에서 물이 쏟아져 나오고 있습니다... 바로 눈에 띕니다. 사방에 어둡고 짙은 회색 먼지가 있습니다.

Sub niaj fenestroj ankaŭ multas derompaĵoj. Rimarkeble reliefiĝas derompaĵoj kun korekta kvadrata sekcaĵo. Orlov ĝuste pro tio min vokis, por mi rigardu al tiuj derompaĵoj. Tio ja estas reaktora grafito!
창문 아래에도 쓰레기가 많이 있습니다. 정확한 정사각형 단면 파편들이 눈에 띄게 드러납니다. 그것이 바로 오를로프Orlov가 저를 부른 이유입니다. 그래서 저는 그 잔해들을 볼 수 있었습니다.
그것이 바로 원자로 흑연입니다!

Tio estas jam ekstremaĵo. -
그것은 이미 끝자락을 의미합니다.

Ni ankoraŭ ne sukcesis pritaksi ĉiujn postsekvojn, revenas al la blokpanelo n-ro 4.
4호 블록 패널로 돌아가서 모든 결과를 평가하는데 아직 성공하지 못했습니다.

La evidento estas tiom terura, ke ni timas diri buŝe.

Ni vokas rigardi la vicĉefinĝenieron de la centralo pri scienco Lutov.
증거가 너무 끔찍해서 말하기가 두렵습니다. 우리는 루토프 Lutov 과학 발전소의 수석 엔지니어를 보기 위해 전화합니다.

Lutov rigardas tien, kien ni montras. Li silentas. Orlov diras: - Tio ja estas reaktora grafito!
루토프는 우리가 가리키는 곳을 봅니다. 그는 침묵하다 다음과 같이 말합니다. - 그것은 바로 원자로 흑연입니다!

- Nu ne, amikoj, ĉu tio estas grafito, tio estas la "dekunua muntaĵo", Laŭ formo ankaŭ ĝi estas kvadrato. Ĝi pezas ĉirkaŭ 80 kilogramojn!
- 아니, 친구들, 그것 흑연, 그것은 "열 한 번째 조립품"입니다. 모양도 정사각형입니다. 무게는 약 80kg입니다!

Eĉ se tio estas la "dekunua muntaĵo", kreno ne pli dolĉas ol rafano.
비록 '열 한 번째 조립품'이라 해도 고추냉이는 열무보다 달지 않으이.

Ĝi ne pro la sankta spirito forflugis de la reaktora plato kaj estiĝis ekstere.
원자로판에서 날아와 외부로 나온 것은 성령聖靈때문이 아니네요.

Sed bedaŭrinde, tio ne estas muntaĵo, estimata Mihail Alekseeviĉ!

그러나 불행히도 이것은 조립품이 아닙니다, 미하일 알렉세에비치Mihail Alekseeviĉ 님!

Kiel vicestro pri scienco, tion vi devas scii ne malpli bone ol ni. Sed Lutov ne volas kredi al propraj okuloj.
과학 부국장으로서 당신은 우리만큼 이것을 알고 있어야 합니다. 그러나 루토프는 자신의 눈을 믿고 싶지 않습니다.

Orlov demandas al la apude staranta Smagin:
오를로프는 옆에 서 있는 스마긴Smagin에게 이렇게 묻습니다.

- Ĉu eble, ĉe vi pli frue ĉi tie grafito kuŝis? (Ankaŭ ni alkroĉas nin al pajlero.) -
- 더 일찍 여기에 흑연이 있을 여지가 있을까요? (우리도 지푸라기에 매달리고 있습니다.) -

- Ne, ĉiuj sabatlaboroj jam pasis. Tie ĉi estis pureco kaj ordo, eĉ unu grafita bloko ĝis la hodiaŭa nokto ne estis.
- 아니요, 모든 토요일 작업은 이미 지났습니다. 오늘 밤까지 흑연 블록 한 개도 없었고 이곳에는 청결하고 정돈돼 있었습니다.

Ĉio okupis siajn lokojn.
모든 것이 제자리에 있습니다.

Fino.
상황 완료

Kaj super tiuj ruinaĵoj, super tiu terura, nevidebla danĝero brilas malavara printempa suno.

그리고 그 폐허 위에, 그 끔찍하고 보이지 않는 위험 위에 스스럼없는 봄 햇살이 비치고 있습니다.

La racio rifuzis kredi, ke okazis la plej terura, kio povis okazi. Sed tio estas jam realaĵo, fakto.

이성은 일어날 수 있는 가장 끔찍한 일이 일어났다는 것을 믿기를 거부했습니다. 그러나 그것은 이미 현실이고, 사실입니다.

EKSPLODO DE LA REAKTORO. 190 TUNOJ DA HEJTAĴO, PLENE AŬ PARTE, KUN PRODUKTOJ DE DISERIĜO, KUN REAKTORA GRAFITO, REAKTORAJ MATERIALOJ ESTAS ELĴETITAJ EL LA ŜAKTO[6) DE LA REAKTORO.

KAJ KIE NUN ESTAS TIU AĈAĴO, KIE ĜI PRECIFITAS,[7) - TION NENIU DUME SCIAS!

원자로의 폭발. 190톤의 난방재煖房劑, 전량 또는 부분적으로, 분해된 생성물과, 원자로 흑연과, 더불어 원자로 재료가 원자로의 수직홀로 배출되었습니다. 그리고 그 쓰레기가 어디에 깔아앉아있는지, - 아무도 모릅니다!

---

6) ŝakt/o
1 Vertikala truo, ĝenerale profunda, kiun oni boras en tero por ekspluati minaĵon, karbon, nafton, salon ks. 수직 구멍
2 □ Spaco, en formo de vertikala truo, aranĝita en konstruaĵo por ricevi ŝtuparon aŭ lifton. → skafaldo.
7) precipit-i [타] 〈화학〉 침전시키다, 가라앉히다. ˉaĵo, ˉito ①〈화학〉 침전물. ②〈기상〉 강우(량). ˉiĝi 침전되다.

Ni ĉiuj silente eniras al la kvara blokpanelo. Sonoras telefono, oni elvokas Orlov. Ĉugunov malbone fartas, oni sendas lin en hospitalon. Sitnikov jam estas en hospitalo. Oni transdonas direktadon de la fako al Orlov kiel al pli supra laŭ posteno.

우리 모두는 조용히 4호 블록 패널로 들어갑니다. 전화벨이 울리고 오를로프가 불려나갑니다. 추구노프는 몸이 좋지 않아 병원으로 보내집니다. 시트니코프는 이미 병원에 입원해 있습니다. 부서 관리는 직위면에서 상급자로서 오를로프에게 이양됩니다.

10.00. Orlov jam en la rango de anstataŭanto de la ĉefo de la reaktora fako n-ro 1 ricevas permeson por foriri al la blokpanelo n-ro 3.

10시. 이미 원자로 부서 1 국장 직위에 있는 오를로프는 3호 블록 패널로 떠날 수 있는 허가를 받았습니다.

Rapidpaŝe ni foriras en la direkton de la blokpanelo n-ro 3. Finfine ni vidas normalan dozometriston. Li avertas, ke ni ne proksimiĝu al la fenestroj — estas tre alta fono.

빠른 걸음으로 3호 블록 패널 방향으로 떠납니다. 마침내 정상적인 방사선측정기사를 보게 됩니다. 그는 우리에게 창문에 접근하지 말라고 경고합니다. 매우 높은 수치에 처해 있습니다.

Ni jam sen li komprenis. Kiom da? Li mem ne scias, ĉiuj mezuriloj eksterskalas. La mezuriloj havas altan sentkapablon. Sed nun estas bezonata ne

sentkapablo, sed granda skalo de mezurado! Eh, hontego...
우리는 그가 없어도 이미 알게 되었습니다. 얼마나? 그 자신은 알지 못합니다. 모든 게이지가 스케일에서 벗어났습니다. 미터는 감도가 높습니다. 하지만 이제 필요한 것은 감각능력이 아니라 측정 스케일 크기입니다! 에, 부끄럽다...

Ni laciĝis treege. Preskaŭ kvin horojn ne manĝante, en pezlaboro. Ni eniras al la panelobloko n-ro 3.
우리는 매우 피곤합니다. 거의 5시간 동안 먹지 않고, 힘든 일을 합니다. 3호 패널 블록으로 이동합니다.

La tria bloko post la eksplodo estis urĝe haltigita, estas efektivigata akcidenta malvarmigo.
폭발이 긴급히 중단된 후, 3호 블록의 사고 냉각이 시행되고 있습니다.

Ni iras al ni "hejmen" - al la unua bloko. Ĉe la limo jam staras transportebla sanitara kluzo.
우리는 "집"으로, 1호 블록으로 - 이동합니다. 경계境界에는 이미 이동가능한 위생 수조가 있습니다.

Mi momente rimarkis - tio estas nia sanitara kluzo, el la reaktora fako n-ro 1.
나는 순간적으로 알아차렸습니다. - 그것은 1호 원자로 부의 위생 수조입니다.

La knaboj estas bravuloj, laboras bone. Ne tuŝante

per la manoj, mi demetis la botegojn.
소년들은 용사들이고, 일을 잘 합니다. 손으로 만지지 않고 병을
내려놓습니다.

Lavetis la piedplandojn, viŝis la piedojn. Ĉe Orlov
aperas vomemo. Li rapidas en viran necesejon. Mi
dume havas nenion, sed estas iel abomene.
발바닥을 씻고 발을 닦았습니다. 오를로프에게 구토증세가 나타
납니다. 남자화장실로 급히 들어갑니다. 그동안 내게는 아무 일
도 없었는데 좀 징그럽네요.

Ni rampas kiel dormantaj muŝoj. La fortoj estas
antaŭ finiĝo.
우리는 잠자는 파리처럼 기어갑니다. 체력이 소진되기 직전입니
다.

Ni atingis la ejon, en kiu sidas la tuta
komandantaro de la reaktora fako n-ro 1. Mi
demetis la "petalon". Oni donis cigaredon, mi
ekfumis. Du enspiroj - en 'mia gorĝo aperis
naŭzeco.
1호부서 지휘관 전원이 앉아 있는 자리에 도착했는데, 나는 "페
탈petalo"을 내려놓았습니다. 그들은 나에게 담배를 줘, 담배를
피우기 시작했습니다. 두 번의 들어마시니 - 목구멍에 메스꺼움
이 나타났습니다.

- Ni iras en sanitarejon bani nin kaj revestiĝi. Jen
tie mi "trarompiĝis". Mi estis inversata kaj renversata

post ĉiuj 3-5 minutoj. Mi ekvidis, kiel Orlov klakfermis iun revuon. Aha... "Civila defendo", kompreneble.

우리는 위생소에 가서 목욕을 하고 옷을 갈아 입습니다. 여기에서 나는 "깨져버렸습니다" 3~5분 간격으로 계속 뒤집혔어요. 나는 오를로프가 어떤 잡지를 꽉 접는 것을 보았습니다. 아... "민방위" 물론이죠.

Nu, kion vi tie ellegis?
글쎄, 당신은 거기에서 무엇을 읽었습니까?

Nenion bonan. Ni iru kapitulaci en medicinejon.
좋은 건 없어. 의료 센터에 손들러 가자고.

Jam poste Orlov diris, kio estis skribita en tiu revuo: vomemo estas jam simptomo de radimalsano, kio respondas al la dozo de pli ol 100 BER (rentgenoj). Jara normo estas 5 BER".

이미 나중에 오를로프는 그 잡지에 쓰여진 내용을 말했습니다. : 구토는 이미 방사선 질병의 증상이며, 이는 100BER(x-선) 이상의 선량에 해당합니다. 연간 표준은 5BER입니다."

ENKETADO
조사調査

Mi jam citis la leteron de Valentin Aleksandrović Ĵilcov - sinceran, emocian.
나는 - 성실하고 감상적인 - 발렌틴 알렉산드로비치 질초프 Valentin Aleksandrović Ĵilcov의 편지를 이미 인용했습니다.

Poste mi renkontiĝis kun li en Kiev - Ĵilcov veturis en Ĉernobil por funkciigo de la tria bloko.
나중에 나는 키이우에서 그를 만났습니다. 질초프는 3호 블록의 작업을 위해 체르노빌로 갔습니다.

Valentin Aleksandroviĉ estas spertega inĝeniero-fizikisto, li finis Moskvan inĝenier-fizikan instituton. Li partoprenis en ellaboro, funkciigo, ekspluatado de reaktoraj instalaĵoj de diversaj specoj kaj destinoj.
발렌틴 알렉산드로비치는 경험 많은 엔지니어이자 물리학자이며 모스크바 엔지니어링 물리학 연구소를 졸업했습니다. 그는 다양한 유형과 목적지의 원자로 시설의 개발, 운영, 개발에 참여했습니다.

Li esploris la akcidenton en Ĉernobila AEC. Pro aktiva partopreno en likvidado de postsekvoj de la akcidento en ĈAEC li estis dekorita per la ordeno "Signo de Honoro", sed li diris al mi: "Ricevante tiun dekoron, mi sentis nek emociiĝon, nek ĝojon, nek ĉagrenon.

그는 체르노빌 원전에서 사고 조사를 했습니다. 체르노빌 원전 ĈAEC에서 사고의 결과를 청산하는 데 적극적으로 참여했기 때문에 그는 "명예표지" 훈장을 수령했지만 그는 나에게 이렇게 말했습니다.

"그 훈장을 받고 감정도 기쁨도 슬픔도 느끼지 못했다고요.

Ankaŭ la sento de dankemo ne estis. Kaj ĉu eblas ĝojo en totala doloro?"

감사의 느낌도 아니었습니다. 그리고 고통 속에서 기쁨을 누릴 수 있습니까?"

Por mi la voĉo de Valentin Aleksandrović estas unu el la plej kompetentaj, unu el la plej honestaj. Post ĝi estas nekoruptebla vero.

저에게 발렌틴 알렉산드로비치의 목소리는 가장 유능하고, 가장 정직한 목소리입니다. 그 후에는 썩지 않는 진리입니다.

V. Ĵilcov: "Mi estis sciigita pri la akcidento la 28-an de aprilo, lunde, frumatene. Mi iris al laborejo, dum unu horo estis aranĝitaj necesaj dokumentoj, oni donis al mi specialajn vestojn, inkluzive botojn, kaj ĉion ceteran.

질초프 : "4월 28일 월요일 이른 아침에 사고 통보를 받았습니다. 작업장에 가서 1시간 동안 필요한 서류를 정리하고, 장화를 비롯한 특수복장과 나머지 장비세트 전부를 받았습니다.

Oni venigis aŭton, kaj nian grupon kune kun dozometristoj - al ni aliĝis ankoraŭ kamaradoj el

Ministerio pri sanprotekto - oni veturigis al la flughaveno Bikovo. Speciala aviadilo JAK-40 senprokraste forflugis al Kiev.

자동차를 보내왔습니다, 우리 그룹은 선량계와 함께 (우리는 또한 보건 보호부의 동지들과 함께) 비코보공항으로 차를 몰고 갔습니다. 특수 비행기 JAK-40이 즉시 키이우로 날아갔습니다.

En Ĵulani oni nin renkontis, kaj per aŭto ni veturis al Pripjatj. Kaj tuje la dozometristoj komencis mezuradon de la fono, faris la unuan radiadan esploron.

그들은 줄라니Ĵulani에서 우리를 만났고, 우리는 차로 프리피야트까지 갔습니다. 그리고 즉시 선량계는 주위를 측정하기 시작했고, 첫 번째 방사선 조사를 했습니다.

Jam en la flughaveno Ĵulani la indikoj kompare kun la ordinara fono estis duoble pli altaj.

이미 줄라니Ĵulani공항에서는 통상 환경에 비해 표시가 두 배나 높았습니다.

Dum proksimiĝo al Ivankovo ili kreskis, kaj de Ivankovo ĝis Pripjatj estis observebla eĉ kresko laŭ la formulo R-kvadrato: potenco de radiado estas inverse proporcia al kvadrato de distanco.

그들이 이반코보Ivankovo에 접근하는 동안 방사선들은 커져갔습니다. 그리고 이반코보에서 프리피야트까지 R-제곱 공식에 따라 균일한 확산을 관찰할 수 있었습니다. 방사선의 힘은 거리의 제곱에 반비례합니다.

La radiado kreskis tre konsiderinde. Kaj en la regiono de Ĉernobil nia aparataro eksterskalis.
방사선이 상당히 증가했습니다. 그리고 체르노빌 지역에서 우리 하드웨어는 규모를 벗어났습니다.

La kaŭzo estis en tio, ke ni havis tre sensivan laboratorian aparataron.
그 원인은 우리가 매우 민감한 실험실 장비를 가지고 있었기 때문입니다.

Pluan esploron oni efektivigis nur per la armea aparataro... Mi bone sciis la vojon ĝis Ĉernobil - ja mi vizitis ĈAEC ekde 1977, ekde funkciigo de la unua energibloko.
추가 조사는 군사 장비로만 수행되었습니다 ... 나는 체르노빌로 가는 길을 잘 알고 있었습니다. 첫 번째 발전소가 가동된 이래로 1977년부터 체르노빌 원전ĈAEC을 방문했습니다.

Mi estis tie plurfoje, konis ĉiun turnon -- mi venadis en Pripjatj eĉ en mia aŭto.
나는 그곳에 여러 번 갔고, 매 턴(회전回轉)마다 알고 있습니다. -- 심지어 내 차를 타고도 프리피야트에 갔었습니다.

Sed nun ĉio estis aliel. Ekstreme peza, deprima impreso.
그러나 이제 모든 것이 달라졌습니다. 극도의 중압감과 좌절감에 찌든 인상.

Renkonten al ni iris kiel fluo vicoj de busoj, agrikulturaj maŝinoj, kamionoj kun brutaro.
줄지어 늘어선 버스, 농기계, 가축을 실은 트럭이 시냇물처럼 우리를 향했습니다.

Ĉernobil mem vivis tiutage ankoraŭ per ekstere normala vivo, en ĝi kvazaŭ ne senteblis la akcidento...
체르노빌 그 자체가 사고가 느껴지지 않는 것처럼 겉보기에는 여전히 평범한 삶을 살았던 그날...

Oni alveturigis nin al Pripjatj - Pripjatj jam estis malplena. Vespere ne estis lumoj - nur la hotelo, kie ni loĝis, lumis. Kaj apude estis urba partia komitato, kie dislokiĝis la registara komisiono.
우리는 프리피야트로 갔습니다. 프리피야트는 이미 비어 있었습니다. 저녁에는 조명이 없었습니다. - 우리가 머물렀던 호텔에만 불이 켜졌습니다. 그리고 그 옆에는 정부위원회가 있는 시당위원회가 있었습니다.

Ni eniris la konsiston de la labora grupo, kies tasko estis determini la teknikan kaŭzon de la akcidento. Nian grupon gvidis Aleksandr Grigorjeviĉ Meŝkov.
우리는 사고의 기술적 원인을 결정하는 작업을 수행하는 작업 그룹의 조성에 들어갔습니다. 우리 그룹은 알렉산드르 그리고리예비치 메슈코프Aleksandr Grigorjeviĉ Meŝkov가 지휘했습니다.

Ni loĝis en la hotelo preskaŭ diurnon. La 29-an de aprilo oni proponis al ni evakuiĝi el Pripjatj, kaj ni translokiĝis en la pioniran tendaron "Fabela".

우리는 거의 하루를 호텔에 머물렀습니다. 4월 29일, 우리는 프리피야트에서 철수하라는 제안을 받고 개척자 캠프 "동화 Fabela"로 자리를 옮겼습니다.

Fakte en la tuta komisiono ni komencis labori la 29-an, ĉirkaŭ la 16~17 horo, en la "Fabela".

사실 전체 위원회에서 29일 오후 16~17시쯤 '동화Fabela'에서 작업을 시작했습니다.

Ni kolektiĝis en plena konsisto kaj faris pristudon de la unuaj fontaj materialoj. De la centralo estis alportitaj operaciaj taglibroj, ceteraj dokumetoj.

우리는 완성된 조직체로 모여 첫 번째 소스 자료에 대한 예비 연구를 수행했습니다. 운영 일지 및 기타 문서는 중앙 사무실에서 가져왔습니다.

- Ĉu ekzistas en AEC-oj siaspeca "nigra kesto", kiel en aviadiloj?

- 원전에 비행기 "블랙박스"와 유사한 것이 있는지요?

- Ekzistas iaspeca similaĵo de "nigra kesto" simple unu el programoj sub koda nomo DREG (diagnozado kaj registrado) en la baza inform-komputa maŝino "SKALA".

- 기본 정보 컴퓨팅 기계 "스칼라SKALA"의 코드명 DREG(진단 및 기록) 아래의 프로그램 중 하나일 뿐인 "블랙박스"와 유사한 유형이 있습니다.

Por ni tio estis sola objektiva informfonto, kiu ebligis konformigi la eventojn kun tempo, lokigi ilin en sinsekvo, kompari kun la informoj, ĉerpitaj el operaciaj skribaĵoj en la taglibroj, el klarigdeklaroj de la personaro kaj personaj konversacioj kun partoprenantoj de la akcidento.

우리에게 이것은 사건을 시간과 정렬하고 순서대로 배치하는 것, 일지에 운영 기록, 직원의 설명 및 사건 참가자들과의 개인적인 대화에서 추출한 정보와 비교를 가능하게 하는 유일한 객관적인 정보 소스였습니다.

Tiu valorega informaro konserviĝis en formo de du bobenoj de magnetofona bendo.

이 귀중한 정보는 두 개의 테이프 릴 형태로 보존되었습니다.

Ni prilaboris ses diversajn versiojn - inkluzive la plej ekstremajn.

우리는 가장 극단적인 버전을 포함하여 6가지 버전으로 작업했습니다.

Tiam ankoraŭ ĉiuj versioj havis rajton por ekzisto. La klarigdeklaroj de la personaro estis kontraŭecaj. Al unu el tiuj kamaradoj ŝajnis, ke la eksplodo okazis en la flanko de la maŝinejo.

그런 다음 여전히 모든 버전이 존재할 가치가 있습니다. 직원의 설명은 모순적이었습니다. 그들 동지 중 한 사람은 엔진룸 옆면에서 폭발이 일어난 것 같았다고 했습니다.

La alia asertis, ke la eksplodo estis ie en la subreaktora spaco.
다른 한 사람은 폭발이 하위 원자로 공간 어딘가에 일어났을 것이라고 주장했습니다.

La tria aŭdis kaj tion konfirmis ankoraŭ kelkaj personoj, ke estis du eksplodoj en loko de la centra halo.
세 번째 사람은 폭발소리를 들었으며 그리고 몇몇 사람들도 중앙 홀에 두 번의 폭발이 있었다고 확인했습니다.

Tio koincidis ankaŭ kun la opinio de laborantoj de la centralo, kiuj hazarde troviĝis sur la sepa etaĝo en administr-mastruma konstruaĵo n-ro 2 kaj ne nur aŭdis eksplodojn, sed ankaŭ VIDIS ĈION ĈI.
이는 우연히 2호 행정동 7층에 있던 발전소 노동자들의 의견과도 일치했습니다. 폭발음뿐만 아니라 이 전체를 눈으로 보았다고 했습니다.

La 2-an de majo ni telefonis al Moskvo kaj petis niajn kamaradojn interparoli kun Akimov, Djatlov kaj aliaj, kiuj estis evakuitaj en Moskvon en la 6-an klinikon.
5월 2일 우리는 모스크바에 전화를 걸어 동지들에게 아키모프, 디야트로프와 모스크바 6차 진료소로 대피했던 다른 이들과 대화를 나누도록 요청했습니다.

La direktoro de AEC Brjuhanov estis tiutempe stabestro, ni kun li konstante interkomunikiĝis en la "Fabela", invitis por la kunsidoj de la komisiono.

원전AEC의 브류하노프Brjuhanov 이사는 당시 비서실장이었고 우리는 위원회 회의에 초대된 "동화Fabela"에서 지속적으로 그와 의사 소통을 해왔습니다.

Kiel la - la 29-an de aprilo - ni aŭskultis ĉefinĝenieron Fomin. Li al ni rakontis, kiel li konfirmis la horaron de laŭplana riparo de la kvara bloko (la 25-an de aprilo estis komencita malaltigo de kapacito, la bloko estis preparata por riparo), kiel pasis la procedo de haltigo de la bloko...

4월 29일 현재와 같이 우리는 수석 엔지니어 포민Fomin의 말을 들었습니다. 4호 블록의 계획된 수리 일정을 어떻게 확인했는지 (4월 25일에 용량 축소가 시작되어 블록을 수리할 준비가 되었슴), 블록을 중지하는 과정이 어떻게 되었는지...

Post la komuniko pri la akcidento li venis al la centralo ĉirkaŭ la kvina matene kaj ekokupiĝis pri kontrolo de energiprovizado, akcidenta malvarmigo de la reaktoro...

사고 소식을 전한 후 새벽 5시쯤 발전소에 도착해 에너지 공급 통제, 원자로의 우발적 냉각 등에 개해 다루기 시작했습니다.

Enkadre de la devoj de ĉefinĝeniero Fomin agis principe korekte. Post la akcidento. Li faris plene, miaopinie, prudentajn ordonojn, kion necesas kontroli kaj kiel. Sed mi ĝis nun ne povas kompreni: kial la klaran komprenon - kio tamen okazis? - kaj li, kaj Brjuhanov ekhavis nur dek du horojn post la akcidento al la 14-a horo la 26-an de aprilo?

수석 엔지니어 포민Fomin은 임무 범주내에서 멎게 행동했습니다. 사고 후. 그는, 내 생각에, 합리적인 명령, 확인해야 할 사항과 방법을 완전히 만들었습니다. 그러나 나는 아직도 이해할 수 없는점이라면: 왜 명확한 이해를 - 무슨 일이 일어났는지? - 그와 브류하노프는 4월 26일 오후 14시에 사고 후 불과 12시간 후에 알기 시작되었는지?

Fomin pretere menciis ankaŭ tion, ke antaŭ haltigo estis efektivigataj vibraj provoj de la turbogeneratoro n-ro 8, ĉar tiu turbo funkciis kun troa vibrado.

포민은 또한 셧다운 전에 8번 터보 발전기가 과도한 진동으로 작동했기 때문에 진동 테스트가 수행되었다고 언급했습니다.

Eĉ estis invititaj harjkovanoj de la turba uzino "S. M. Kirov".

"키로프" 이탄 공장의 하리코프 거주자들도 초대되었습니다.

Kaj samtempe, li diris, estis efektivigataj provoj de energiprovizado por propraj bezonoj dum inerciado de la turbogeneratoro n-ro 8. Li tion diris tiel, kvazaŭ tiuj provoj havas nenian rilaton al la akcidento.

그러면서 동시에 8번 터보 발전기가 공회전한 상태에서 자체적으로 필요한 에너지 공급 테스트를 하고 있었다며. 그는 그 테스트가 마치 사고와 무관하다는 듯이 말했습니다.

Kiam mi faris al li demandon: "Kiaj estis tiuj provoj, ĉu oni povas rigardi la programon?" li diris al mi: "Tio estis pure elektraj elprovoj". Li ne atentis tion. Post tio mi tamen proponis trovi la programon kaj montri ĝin al la komisiono.

내가 그에게 질문을 했을 때 "그 테스트는 무엇이었습니까? 프로그램을 볼 수 있습니까?" 그가 나에게 말했습니다: "그건 순전히 전기적 테스트였습니다." 그는 그것에 주의를 기울이지 않았습니다. 그런데 그 후에 프로그램을 찾아 위원회에 보여주겠다고 제안했습니다.

Ĝi estis trovita de la ĉefo de produktadteknika fako A. D. Gellerman, alportita de la centralo, kaj kiam ni ĝin trarigardis, tralegis, ni malkovris en ĝi tre multe da deflankiĝoj, Mi malkovris en gi multe da deflankiĝoj, malobservoj.

본부에서 가져온 생산기술부장 겔레르만A.D.Gellerman이 찾아냈고, 샅샅이 뒤져보고, 읽어보았더니 그 안에 많은 편차가 있음을 알게 되었습니다. 나는 그 안에서 많은 편차, 위반 사항을 발견했습니다.

Ĝi absolute ne reflektis la staton de la reaktoro, ne limigis ĝian funkciadon, funkciadon de protektosistemoj...

그것은 원자로의 상태를 전혀 투영하지 않았고, 작동을 제한하지도 않았고, 보호 시스템의 작동을 제한하지도 않았습니다...

Sed eĉ tio, kio laŭ tiu nekvalifika programo devis esti kontrolata, ne estis kontrolata. Tio koncernis la kapaciton- ja ili la kapaciton ne sukcesis konservi.

그러나 그 부적격 프로그램에 따르면 확인해야 했던 것조차 확인되지 않았습니다. 그것은 용량과 관련이 있습니다. 결국 용량을 유지하는 데 실패했습니다.

Por efektivigo de vibraj provoj de la turbogeneratoro oni malfunkciigis unu protektilon, kaj post kiam ili finis tiujn provojn, ili forgesis refunkciigi tiun protektilon...

터보제너레이터의 진동 테스트를 수행하기 위해 보호 장치 하나가 비활성화되었고 테스트를 마친 후 보호 장치를 다시 켜는 것을 잊었습니다...

Tiu programo estis konfirmita de Fomin.

이 프로그램은 포민Fomin에 의해 확인되었습니다.

Ni laboris ekde la 7-a matene ĝis la 11-a vespere.

우리는 아침 7시부터 저녁 11시까지 일했습니다.

Kiam estis necese, ni veturadis al la centralo. La Registara komisiono aŭskultis nin fakte ĉiutage.

필요할 때면 우리는 발전소로 차를 몰았습니다. 정부위원회는 실제로 우리의 보고를 매일 경청했습니다.

Kaj al la dek kvina de majo, kiam ni renkontiĝis - jam en Moskvo - kun akademiano A. P. Aleksandrov, ni havis solidan imagon pri la akcidento de la vidpunktoj de fiziko, tekniko, homa faktoro.

그리고 5월 15일, -이미 모스크바에서- 학자 알렉산드로프를 만났을 때 우리는 물리학, 기술, 인적 요소의 관점에서 사고에 대한 확실한 아이디어를 얻었습니다.

Kaj mi faris la horaron de disvolviĝo de la akcidento - laŭ minutoj kaj laŭ sekundoj".

그리고 나는 사고의 전개 일정을 분 단위로 그리고 초 단위로 짰습니다."

EL LA TAGLIBRO DE USKOV II
우스코프의 일기에서 2

"Mateno la 28-an de aprilo. Moskvo, klinika hospitalo n-ro 6, 4-a fako, 2-a posteno, ĉambro n-ro 422.
"4월 28일 아침. 모스크바, 임상 병원 No.6, 제4부서, 제2임상 2, 병실 No. 422.

La humoro estas normala. Fakte, oni ĝin iom malbonigis. Sangon el fingreto ‑ estas bagatelaĵo, sed sangon el vejno ‑ estas jam ne tro agrable.
컨디션은 정상. 사실상, 기분을 약간 망쳤습니다. 새끼 손가락에 서 나온 피 ‑ 그것은 사소하다해도, 정맥에서 나온 피 ‑ 더 이 상 유쾌한 것은 아닙니다.

La flegistinoj "trankviligas" — baldaŭ tiuj proceduroj okazos ĉiutage. La kuracistoj konstante, ĉiutage bezonos detalan analizon de nia sango.
간호사들은 "진정"시켰습니다. 곧 이러한 절차는 매일 반복됩니 다. 의사들은 매일 지속적으로 우리 혈액에 대한 세밀한 분석을 필요로 합니다.

En nia situacio unuavice ĉio reflektiĝas en la sango. Kompreneble.
우리 상황에서는 우선 모든 것이 혈액에 반영되지요. 물론입니 다.

Aperis sekeco en la buŝo. Trinkado ne helpas. Oni

alportegis por gargarado diversajn flakonetojn.
입안이 마르는 느낌입니다. 음주는 도움이 되지 않습니다. 양치
질을 위해 다양한 플라스크를 가져 왔습니다.

Mi rigardis la surskribojn. Sur unu estas "lisocimo".
Lisocimo, lisocimo... Ie mi jam aŭdis pri ĝi. Aha, mi
rememoris.
레테르를 살펴보았습니다. 하나는 "리소찌모lisocimo"입니다. 리
소찌모, 리소찌모 어디선가 이미 들어본 적이 있습니다. 아, 생
각났습니다. 어디서 그것에 대해 들어본 적이 있습니다.

Kiam la hundoj prilekas vundojn, sur iliaj langoj
produktiĝas ĝuste tiu lisocimo. Tial la vundoj ne
pusumas[8] kaj rapide cikatriĝas. Kion do, ankaŭ ni
prileku la vundojn.
아하, 개가 상처를 핥으면 바로 그 리소찌모가 혀에서 생성됩니
다. 따라서 상처는 고름이 나지 않고 빨리 치유됩니다. 뭐라고,
우리도 상처를 핥아보자.

Ni konatiĝas kun la uloj de nia etaĝo. Kiu nur ne
estas ĉi tie!
Gardistoj kaj deĵorantoj, kiuj gardis siajn "kontorojn"
proksime de la kvara bloko, fiŝkaptistoj, kiuj
fiŝkaptadis ĉe la alkonduka kanalo, operacia personaro
de la nokta kaj matena alternoj, fajrobrigadano Ivan
Savrej, brigado de "kontraŭkemia defendo", suboficiroj
de la gardistaro de ĈAEC.

---

8) pus-o [G9] 고름[膿].

우리는 우리 층에 있는 사람들을 알게 됩니다. 누구 여기 없어!
4호 블록 근처에서 "사무실"을 지키는 경비원들과 사무직원들,
수로 입구에서 낚시를 한 어부, 야간 및 아침 교대 근무 직원,
소방대 이반 사브레이Ivan Savrej, "화학 방어"여단, 체르노빌 원
전ĈAEC 경비의 하사관.

Saŝa Neĥaev troviĝas en la najbara ĉambro. Li
aspektas malbone. La tuta estas ruĝa, plendas je
kapdoloro.
사샤 네카에프Saŝa Neĥaev는 근처 방에 있습니다. 그는 몸상태
가 나빠 보입니다. 전신이 붉은데다가, 두통도 호소합니다.

La 1-an-2-an de majo. Malgraŭ la festo, la sangon
el fingro oni prenas ĉiutage. Oni jam elsortimentis la
knabojn, hazarde trafintajn inter tiuj ĉi muroj.
5월 1-2일. 파티에도 불구하고, 매일 손가락에서 채혈을 합니다.
그들은 이미 이 벽 사이에 있었던 소년들을 분류했습니다.

Tio estas hazardaj spektintoj, fiŝkaptistoj de la
alkonduka kanalo. La farto estas bona.
그것은 유도수로의 어부인 우연히 보게된 구경꾼입니다. 몸상태
는 좋습니다.

La apetito estas lupa. Oni pligrandigis la nutroporcion
por ni. Aperis sukoj, minerala akvo. Necesas pli multe
trinki! Kaj eliminigi, eliminigi, eliminigi.
식욕이 왕성합니다. 우리를 위해 식량 배급이 증가했습니다. 주
스, 미네랄 워터가 보이고요 더 마셔야지! 그리고 없애버려야,

없애버려야, 없애버려야.

La 3-an de majo. Hodiaŭ nin kure vizitis Anatolij Andreeviĉ Sitnikov - por razi sin. Li aspektas ne malbone. Li sin razis, iom sidis, foriris al sia ĉambro.
5월 3일 아나톨리 안드레에에비치 시트니코프가 오늘 우리한테 와서는 면도를 했습니다. 그는 나빠 보이지 않습니다. 그는 면도를 하고 잠시 앉아있다가, 자기 방으로 가버렸습니다.

Li troviĝas sur la oka etaĝo. Mi ankoraŭ ne sciis, ke mi vidis lin la lastan fojon. Post du tagoj li abrupte ekmalbonfartos, kaj ne plu leviĝos.
그는 8층에 보입니다. 나는 내가 그를 마지막으로 본 것이 언제였는지 아직도 모릅니다. 이틀 후에 그는 갑자기 아프기 시작하고 다시 일어나지 못할 것입니다.

La 4-an de majo. Oni komencis poiome relokigi niajn etaĝanojn. Oni forprenas de ni al la 7-a etaĝo Ĉugunov, el aliaj ĉambroj - Jura Tregub.
5월 4일. 점차 우리 층 멤버들을 재배치하기 시작했습니다. 추구노프는 유라 트레굽Jura Tregub의 다른 방에서 우리에게서 7 층으로 보냈습니다.

La translokigon oni fiksis por la 4-a de majo, kaj dematene oni anoncis: ĉiuj, kiuj restos en la kliniko, - friziĝu ĝisnude. Venis frizistoj, rapide pritondis la kapojn de la knaboj "ĝisnude".
이주는 5월 4일로 결정되었으며, 다음 날 아침에 발표되었음 :

클리닉에 남아 있을 모두들, - 당신이 맨살이 드러나게 머리를 자르십시오. 미용사가 와서 빨리 소년들의 머리를 "맨살이 드러나게" 자릅니다.

Mi friziĝis la lasta. Per konvinka voĉo mi diris, ke al mi necesas fari nur mallongan frizaĵon.
나는 마지막으로 머리를 했어요. 짧은 머리로 자르면 된다고 설득력있는 목소리로 말했습니다.

La flegistino-frizistino ne kontraŭis. Ĉiu kolektadis siajn harojn en celofanan saketon.
간호-미용사는 반대하지 않았습니다. 모두가 셀로판지 지갑에 머리카락을 모았습니다.

Ankaŭ la haroj estos enterigitaj. Mi ĝis tiam ne sukcesis ilin delavi.
머리카락도 땅에 묻힐 것입니다. 나는 그때까지 그것들을 씻는데 성공하지 못했습니다.

Ofte ni rememoras nian karan fakon, niajn amikojn. Eh, ne ĝustatempe ni "enflugis"! Nun nia loko estas tie.
종종 우리는 우리의 사랑하는 부서 친구들을 기억합니다. 어, 우리는 제 시간에 "비행"하지 않았습니다! 이제 우리의 자리가 거기에 있습니다.

Hodiaŭ ni iris sur la 8-an etaĝon - en la asepsan blokon. Per ia ruza usona teknikaĵo oni elprenis el nia sango trombomason - por la kazo, se estos bezonataj transfuzoj.

오늘 우리는 무균 블록 - 8층으로 갔습니다. 약간의 교활한 미국식 기술을 사용하여 수혈이 필요한 경우를 대비하여 혈액에서 혈전 덩어리를 제거했습니다.

Dum du horoj mi kuŝis surtable, kaj antaŭ miaj okuloj laŭ travideblaj tubetoj cirkulis mia sango. Ŝajne, oni preparas nin por la plej malbona...

두 시간 동안 나는 탁자 위에 누워 있었고, 내 눈앞에서 내 피는 투명한 튜브속에 순환되었습니다. 우리는 최악의 상황에 대비하고 있는 것 같습니다...

La 5-an - 6-an de majo. Saŝa Neĥaev malbone fartas, oni translokigis lin sur la 6-an etaĝon, en apartan ĉambron.

5월 5일 ~ 6일. 사샤 네카에프는 몸이 좋지 않아 6층의 별실로 옮겼습니다.

Ĉe Ĉugunov aperis brulvundo sur la dekstra flanko, ankaŭ ĉe Perevozĉenko estas brulvunditaj la flanko kaj postaĵo. Nin vizitis Djatlov - ĉe li aperis brulvundoj sur vizaĝo, fortaj brulvundoj sur dekstra mano, sur piedoj.

추구노프 한테는 오른쪽에 화상이 나타났고, 페레보즈첸코도 옆구리와 등쪽에 화상이 나타났습니다. 드야트로프Djatlov는 우리를 방문했습니다. 그는 얼굴에 화상을 입었고 오른손과 발에 심한 화상을 입었습니다.

La paroloj estas nur pri la kaŭzoj de la akcidento.
대화는 사고 원인에 대한 것뿐입니다.

Mi estas jam sola en la ĉambro. Tiuj, kiuj restis, kuŝas en apartaj ĉambroj. La kuracisto diras, ke baldaŭ finiĝos la kaŝita periodo.
나는 벌써부터 방에 혼자 있습니다. 남은 사람들은 별도의 방에 누워 있습니다. 의사는 은폐 기간이 곧 끝날 것이라고 말합니다.

La 8-an 9-an de majo. Mi translokiĝis en la ĉambron n-ro 417. Saŝa Neĥaev pli kaj pli malbone fartas, sed dume li ankoraŭ leviĝas de la lito.
5월 8일 9일. 나는 417번 방으로 옮겼습니다. 사샤 네카에프는 점점 더 나빠지고 있지만 그 동안 그는 여전히 침대에서 일어나기도 합니다.

Mi vidis Viktor Smagin - li diris ke hodiaŭ, tio estas la 8-an de majo, mortis Anatolij Kurguz... Kiel terure. Estas malagrablega sento. - -
나는 빅토르 스마긴Viktor Smagin을 보았습니다. 그는 오늘, 즉 5월 8일에 아나톨리 쿠르구즈Anatoly Kurguz가 사망했다고 말했습니다... 끔찍합니다. 엄청 불쾌한 느낌입니다. -

Entute sur nia etaĝo estas 12 ĉambroj, do - 12 malsanuloj.
우리 층에는 총 12개의 방이 있는데, 그러니 - 12명의 환자가 있는 셈입니다.

Mia najbaro maldekstre estas Jura Tregub, dekstre - dublanto de SIMR Viktor Proskurjakov. La knabo havas gravajn brulvundojn sur la manoj.

왼쪽의 제 이웃은 유라 트레굽Jura Tregub이고 오른쪽은 SIMR 스턴트맨 빅토르 푸로스쿠랴코프Viktor Proskuryakov입니다. 그 소년은 손에 심각한 화상을 입었습니다.

Li kaj Saŝa Juvĉenko provis trarompiĝi en la detruitan centran halon. de la kvara bloko, Vitja lumigis per lanterno el post la ruinaĵoj.

그와 사샤 유브첸코Saŝa Juvĉenko는 파괴된 중앙 홀에 돌파해보려고 시도했습니다. 4호 블록에서 비트야Vitja가 폐허더미 뒤에서 랜턴으로 비춰보았습니다.

Kelkaj sekundoj sufiĉis por ricevi terurajn brulvundojn.

끔찍한 화상을 입기에는 몇 초면 충분했습니다.

Vespere ni spektis la festan salvon. Sed ĝojo malmultas.

저녁에 우리는 축제 축포를 관람했습니다. 그러나 기쁨은 조금 이었습니다.

Ni komprenas, ke la mortintaj knaboj ne estas la lastaj, sed ni tre volis, ke ĉiuj restintaj supervivu. Estas domaĝe morti en disfloro de fortoj, de juneco...

우리는 죽은 소년들이 마지막이 아니라는 것을 이해하지만, 우리는 정말 남은 모든 사람들이 살아남기를 기원했습니다. 강인

함과 젊음의 꽃 속에서 죽는 것은 애석한 일입니다...

La 10-an 11-an de majo. Oni jam ne ellasas el la ĉambroj. Ĉiuj interkomunikiĝoj finiĝis. Ĉugunov pli kaj pli malbone fartas. Lia dekstra brako estas grave brulvundita: fingroj, mano.

5월 10일 11일. 그들은 더 이상 방에서 나갈 수 없습니다. 모든 통신이 종료되었습니다. 추구노프는 점점 더 나빠지고 있습니다. 그의 오른팔은 심하게 화상을 입었습니다. 손가락들, 손.

La brulvundo sur la flanko pli kaj pli disvastiĝas. Samkiel antaŭe ni glutas tablojdojn 21 en freneza kvanto - po 30 ekzemplerojn tage.

옆구리의 화상이 점점 번지고 있습니다. 이전과 마찬가지로 우리는 하루에 30 단위의 미쳐버릴 분량分量 - 하루에 정제 30알씩을 삼킵니다.

La sangon oni analizas ĉiutage. Ĉiun trian tagon oni prenas po 4-5 provtubetoj da sango el vejno. Perdon de sango mi eltenas trankvile, sed la vejnoj jam estas trapikitaj - doloras.

혈액은 매일 분석됩니다. 3일마다 정맥에서 4~5개의 시험관에 혈액을 채취합니다. 나는 침착하게 혈액 손실을 견디지만 정맥은 이미 구멍이 뚫려 있습니다. - 아프다.

Mi dume ne havas videblajn vundojn, krom tiu sur fingro. La kuracisto konstante tiras min je haroj - kontrolas, ĉu elfalas la haroj. Dume ili ne elfalas, ĉu, eble, mi evitos?

한편, 손가락에 상처를 입은 것 외에는 눈에 띄는 상처는 없습니다. 의사는 끊임없이 내 머리카락을 잡아당기며 머리카락이 빠지는지 확인합니다. 그 사이에 안 빠지면, 내가 피할 수 있을까요?

La 12-an de majo. Mi ne evitis. Hodiaŭ dum observado ĉe vica provo en la mano de Aleksandra Fjodorovna restis tuta fasko.

5월 12일 나는 피하지 않았습니다. 오늘 뒤이은 테스트에서 관찰하는 동안 머리카락 전체 묶음이 알렉산드라 표도로브나의 손에 쥐어져 있었습니다.

Kion do, endos tondiĝi ĝisnude. Oni razis min. Mi kuŝas kalva. Diablo kun ili, kun la haroj.

뭐가 어떨까, 그것은 맨살이 드러날때까지 끝까지 잘릴 것입니다. 나는 면도했습니다. 나는 대머리로 누워있습니다. 악마는 머리카락과 함께.

Sed elfalo de haroj estas jam malbone. Tio estas ankoraŭ unu simptomo de alta dozo.

그러나 탈모는 이미 나쁩니다. 그것은 고용량高容量의 또 다른 증상입니다.

Post la fenestroj jam ĉie la arboj kovriĝas per folioj.

창문 뒤에는 나무들이 사방에 나뭇잎으로 덮여 있습니다.

Ekstere estas bonega vetero. Post la barilo de la

kliniko bruas la ĉefurbo.
밖은 날씨가 아주 좋습니다. 진료소 담장 뒤로 시내市內는 웅성 거립니다.

Mi iris en necesejon, en la koridoro estas neniu - mi kuris al la sesa etaĝo.
나는 화장실에 갔습니다. 복도에 아무도 안보이고, - 나는 6층으로 뛰어갔습니다.

Fumis kun viroj en interŝtuparo. La humoro malboniĝas, multaj fartas pli malbone. La 11-an de majo mortis Saŝa Akimov, du fajrobrigadanoj...
비상계단에서 남자들과 담배를 피웠습니다. 기분이 나빠지고, 많은 사람들이 기분이 더욱 나빠지는가 봅니다. 5월 11일 사샤 아키모프Saŝa Akimov가 사망하고 2명의 소방관이...

La 13-an de majo. En la kliniko aperis novaj purigistinoj, plejparte junaj knabinoj.
5월 13일. 새로운 청소부가 클리닉에 나타났는데, 보아하니 대부분 어린 소녀들이었습니다.

Nun en la ĉambroj purigas ili. (Antaŭ tio purigis la soldatoj, revestitaj en hospitalajn vestaĵojn. Survizaĝe estas bindaĵoj, surmane gantoj, tolbotoj. Protektita normale, sed li lavas plankon, kvazaŭ pasigas punperiodon.)
지금 그들은 방 청소를 하고 있습니다.
(그전에는 군인들이 청소를 했고, 병원복을 차려입었습니다. 얼

굴에는 붕대, 손에는 장갑, 캔버스 부츠차림. 평소에는 보호받고 있지만, 마치 형기를 채우는 것 처럼 바닥을 닦습니다.)

La knabinoj venis de la atomaj elektrocentraloj.
그 청소부소녀들은 원자력 발전소에서 왔습니다.

Oni faris ĉe ili alvokon, ke tie ĉi estas malfacilaĵo pri suba priserva personaro.
낮은 유지 보수 인력으로 인해 어려움이 있다고 그들은 호출돼 왔습니다.

Ili esprimis deziron. En nia etaĝo estas Nadja Korovkina de Kolskaja AEC, Tanja Makarova - ankaŭ de Kolskaja AEC, Tanja Uhova - de Kurska AEC.
그들은 소원을 표했습니다. 우리 층에는 콜스카야 원전의 나댜 코로프키나Nadja Korovkina, 또 콜스카야 원전의 타냐 마카로바, 쿠르스카 원전의 타냐 우호바가 있습니다.

Ĉiuj knabinoj estas komunikemaj, humuremaj. En la ĉambro iĝis pli gaje. Almenaŭ estas kun kiu babili. Sen tio mi kuŝas, kiel noktuo, konstante sola kaj sola.
모든 소녀들은 사교적이고 유머러스합니다. 방안은 더욱 화기애애 해졌습니다. 최소한 대화할 사람이 있습니다. 그것 없이 나는 밤올 **빼**미처럼 계속 혼자, 그리고 혼자서 누워 있었습니다.

La 14-an de majo. Apetito preskaŭ mankas, - mi devigas min manĝi perforte. Sed Ĉugunov multe pli malbone fartas.

5월 14일 식욕이 거의 없다 - 억지로라도 먹게 한다. 그러나 추구노프는 훨씬 더 상태가 나쁘다.

Ni konas jam preskaŭ ĉiujn flegistinojn. Luba kaj Tanja estas junaj, ceteraj flegistinoj havas averaĝe kvardek jarojn. Ĉiuj estas tre atentemaj, bonaj virinoj.
우리는 이미 거의 모든 간호사들을 알고 있습니다. 루바Luba와 타냐Tanja는 젊고, 나머지 간호사는 평균 40대입니다. 모두 매우 세심하고 착한 여성들입니다.

Ni konstante sentas ilian varmon, zorgon. Mirindaj virinoj.
우리는 쉬임없는 그들의 따뜻함과 보살핌을 느낍니다. 대단한 여성들.

Sur iliajn ŝultrojn estas metita la plej peza ŝarĝo. Injekcioj, pogutigiloj, mezurado de temperaturo, proceduroj, prenado de sango kaj multo, multo alia. En la ĉambroj estas pureco sterila aŭ proksima al tio.
그들의 어깨에는 가장 무거운 짐이 놓여 있습니다. 주사, 부스터, 체온 측정, 시술, 채혈 등 많은 일들. 방에서 청결은 무균 상태이거나 그에 가까울 정도입니다.

Ĉe ni estas konstante ŝaltitaj la kvarcaj[9] lampoj. Tial mi kuŝas en kontraŭlumaj okulvitroj. La kuracistoj tre timas infekton. En nia stato tio estas preskaŭ fino.
우리의 석영 램프는 항상 켜져 있습니다. 그래서 나는 빛 차단

---

9) kvarc-o 〈광물〉 석영(石英), 수정(水晶).

안경을 쓰고 누워 있습니다. 의사들은 감염을 매우 두려워합니다. 우리 상황에서는 그것은 거의 끝나가고 있습니다.

Krom la knabinoj, laboras ankaŭ etataj subflegistinoj:
소녀들 외에, 유급 조무사들도 일하고 있습니다.

Matrena Nikolaevna Evlahova kaj Evdokia Petrovna Krivoŝeeva. Ambaŭ virinoj jam havas grandan aĝon, post sesdek.
마트레나 니콜라에브나 에블라호바와 에브도키아 페트로브나 크리보셰바 두 여성들 모두 육십이 넘은 이미 나이많은 이들입니다.

Laŭ aspekto ili estas klasikaj vartistinoj, kiaj oni montras ilin en kino. Ambaŭ estas malgrandaj, rondetaj, kun simplaj rusaj vizaĝoj. Simpla, senruza parolo. Ambaŭ ŝatas grumbleti pri la flegistinoj.
외모 면에서 그들은 영화에서 보듯이 고전적인 베이비 시터입니다. 둘 다 작고 동그랗고 단순한 러시아인의 얼굴을 하고 있습니다. 단순하고 뻔뻔한 말. 둘 다 간호사에 대해 투덜거리는 것을 좋아합니다.

Nia kuracistino Aleksanda Fjodorovna Ŝamardina havas sendisputan aŭtoritaton en la etaĝo. Ŝin estimas ĉiuj, la subflegistinoj iomete timas. Ŝi estas nealta, maldika. Tre moviĝema, vigla. Ŝi havas tre agrablan, simplan rideton, sed la karakteron fortevolan.
우리 담당 여의사 알렉산드라 표도로브나 샤마르디나는 그 층에서 확실한 권위를 가지고 있습니다. 모두가 그녀를 존경하고 조무간호사들은 그녀를 조금 두려워합니다. 그녀는 키가 작고 마른 체격입니다. 매우 활동적이며 활기가 넘칩니다. 그녀는 매우 유쾌하고 단순한 미소의 소유자이지만, 성격은 강한 의지의 소유자입니다.

Vespere ni aŭskultis la deklaron de M. S. Gorbaĉov laŭ la centra televido. Sep personoj jam pereis. El ili kvin - niaj knaboj, de ĈAEC: Hodemêuk, Ŝaŝenok, Leleĉenko, Akimov, Kurguz.

저녁에 우리는 중앙 텔레비전에서 고르바초프의 연설을 들었습니다. 이미 7명이 사망했습니다. 그들 중 5명 - 체르노빌 원전 출신의 우리 소년들: 호데메욱, 샤셰녹, 렐레첸코, 아키모프, 쿠르구즈

La fajrobrigadanoj kuŝas ie sur alia etaĝo, ni pri ili nenion scias. Vitja Proskurjakov, mia najbaro dekstre, estas tre grave malsana. Li havas centprocentajn brulvundojn, terurajn dolorojn. Praktike konstante li estas senkonscia.

소방관들은 다른 층 어딘가에 누워있고 우리는 그들에 대해 아무것도 모릅니다. 오른쪽에 있는 내 이웃인 비트야 프로스쿠랴코프는 매우 중병에 걸렸습니다. 그는 100% 화상을 입었고 끔찍한 고통을 겪었습니다. 그는 거의 계속해서 의식이 없습니다.

La humoro estas deprimita. Eh, nu faris oni aferojn...

기분이 우울합니다. 에헤, 사건들이 만들어졌습니다...

En la kliniko laboras usonaj profesoroj Robert Gail kaj Tarasaki. Hazarde mi renkontiĝis kun ili en la aseps a[10] bloko sur la oka etaĝo post preno de trombomaso.[11] Mi jam estis forironta, ili nur vestiĝis en specialajn vestaĵojn.

미국인 교수 가일과 타라사키 씨가 클리닉에서 일하고 있습니다. 혈전 검사를 받고 우연히 8층 무균동에서 그들을 만났습니다. 나는 이미 떠나려 하고 있었습니다, 그들은 단지 특별한 옷을 입고 있었습니다.

Gail estas nealta, svelta juna viro. Ordinara vizaĝo, nenio rimarkinda. Profesoro Tarasaki estas iom pli alta, aspektas pli june. La trajtoj de la vizaĝo estas preskaŭ eŭropecaj, sed la japanaj trajtoj estas travideblaj.

가일 씨는 키가 크지않고 날씬한 청년입니다. 주목할 점이 없는 평범한 얼굴. 타라사키 교수는 키가 조금 더 크고 젊어 보입니다. 얼굴의 특징은 거의 유럽형으로, 일본인의 특징은 보이지않습니다.

La usonanoj estas specialistoj pri transplanto de medolo.[12]

미국인들은 골수 이식 전문가들입니다.

Sur la oka etaĝo situas la ĉambroj, kie kuŝas la plej

---

10) aseps-o 〈의학〉 방부처치(防腐處置).
11) trombo 혈전 (血栓). ˉ증 trombo zo. (血戰)
12) medol-o ①〈해부〉 골수(骨髓), 골. ☞ kerno, suko. ②〈비유〉 정수(精髓), 진수(眞髓). ③〈식물〉 목수(木髓), 나무골. ˉito 〈의학〉 골수염. ˉkanalo 〈해부〉 수관(髓管).

gravaj malsanuloj. Estas jam faritaj 13 transplantoj de medolo.

8층에는 가장 심각한 환자들이 누워 있는 병실들이 있습니다. 13건의 골수 이식시술이 이미 시행되었습니다.

Interalie al Petja Palamarĉuk, Anatolij Andreeviĉ Sitnikov.

그 중에 페트야 팔라마르축, 아나톨리 안드레비치 시트니코프에 게.

La usonanoj alportis la plej bonan, kion ili havas, instalaĵojn, mezurilojn, instrumentojn, serojn,13) medikamentojn.

미국인들은 시설, 게이지, 기구, 혈청, 약품 등 그들이 가진 최고의 기기들을 가져왔습니다.

La ĉambroj de la oka etaĝo estas zono de ilia speciala atento. Mi vidis la instalaĵojn ankoraŭ pakitajn. Estas malfermita la "dua fronto". -

8층의 객실은 특별 주의구역입니다. 아직 묶어있는 시설들을 보았습니다. "둘째 전선" 이 열려진 것입니다.

Ĉugunov tre malbone fartas. Alta temperaturo, elfalas haroj sur brusto, sur gamboj. Li estas tenebra, kiel rokoj de Ĉearkta regiono.

추구노프는 몸상태가 매우 좋지 않습니다. 고온, 머리카락이 빠져 가슴위, 다리위에 흘러내립니다. 그는 북극 지역의 바위처럼

---

13) ser-o 〈생리〉 혈청(血淸)

어둡습니다.

Teon trinkas, fumi ne volas. Li demandis: "Kiel fartas Sitnikov?"
차는 마시지만 담배를 피우고 싶지 않아합니다. 그는 "시트니코프는 어떻습니까?" 라고 물었습니다.

Mi diris, ke li batalas.
그는 싸우고 있다고 말했습니다.

Al Ĉugunov oni komencis transfuzi trombomason, antibiotikojn. Preskaŭ tutan nokton en lia ĉambro estas lumo... Ĉiuj gravaj malsanuloj timas nokton...
추구노프는 혈전대비 수혈과 항생제를 투여했습니다. 거의 밤새도록 그의 방에 빛이... 모든 중증 환자들은 밤을 두려워합니다...

La 14-an 16-an de majo. Dum observado Aleksandra Fjodorovna diris, ke hodiaŭ oni faros al mi punkcion de ruĝa medolo.
5월 14일 16일. 관찰하는 동안 알렉산드라 표도로브나는 오늘 내가 적색 골수 천침술(穿針術) 시술을 받을 것이라고 말했습니다.

Oni kondukis min sur la okan etaĝon. Kuŝigis per vizaĝo malsupren. Injekcio de novokaino. Kaj longa kurba pikilo profundiĝis en la korpon.
나를 8층으로 데려갔습니다. 얼굴을 아래로 해서 눕힙니다. 국소 마취 노보카인 주사. 그리고 길고 구부러진 침을 몸 깊숙이 찔

러넣었습니다.

La doktoro longe penadis, sed fari punkcion ne sukcesis.
의사는 오랫동안 시도했지만 침 삽입에 성공하지 못했습니다.

Li ŝanĝis la pikilon je pli longa. Mi jam apenaŭ toleras. La flegistinoj tenas la kapon kaj la brakojn, por mi ne konvulsiu.
그는 침을 더 긴 것으로 교체했습니다. 더 이상 참기 힘듭니다. 간호사들은 내가 경련을 일으키지 않도록 내 머리와 팔을 붙잡아주었습니다.

Ĉio, faris. Estas malagrabla proceduro, mi diru al vi.
전부 다, 했다. 괴로운 처치입니다. 말해 줄게요.

Mi ricevis mesaĝeton de Marina. Si petas veni al la malfermita fenestro ĉe la flanko de la strato Novikova. Mi vidis Marina, sed tre malproksime... Tio estas fenestro en la koridoro.
마니라로부터 문자 메시지를 받았습니다. 노비코바 거리 쪽에 있는 열린 창으로 오라는 요청을 받았습니다. 마리나를 보았지만 아주 멀리... 복도에 있는 창입니다.

Mi kunpuŝiĝis kun Aleksandra Fjodorovna. Ŝi pelis min en la ĉambron. Faris al mi edifon. Promesis: se ŝi ankoraŭfoje min kaptos, do ŝi forprenos la pantalonon, kaj se tio ne sufiĉos - do ankaŭ la kalsoneton.

알렉산드라 표도로브나와 부딪혔습니다. 그녀는 나를 방안으로 쫓아 넣었습니다. 나를 훈도했습니다. 약속했습니다. 그녀가 나를 한 번만 더 잡으면 바지를 벗길 것이고, 그것으로 충분하지 않다면 팬티마저 벗길 것입니다.

Mi diris, ke sen pantalono ĉe mi tuje leviĝos la temperaturo. Aleksandra Fjdorovna minacis per pugneto: "Atendu ĉe mi".
나는 바지가 없으면 체온이 즉시 올라간다고 말했습니다. 알렉산드라 표도로브나는 주먹으로 위협했습니다. "기다려주세요"

En "Komsomolka" ("Komsomolskaja pravda") la 15-an de majo oni priskribis min kaj Ĉugunov. Kaj, certe, ĉion misinterpretis.
5월 15일 "콤소몰카Komsomolka"("콤소몰스카야 프라우다 Komsomolskaja pravda")에서 그들은 나와 추구노프에 대해 설명했습니다. 그리고 물론 모든 것이 잘못 통역되었습니다.

Kiu ŝakalo prezentis al ili niajn agojn? Laŭ priskribo de la jurnalisto, min endas senprokraste mortpafi kiel malutiliganton.
어떤 샤칼이 그들에게 우리의 행동을 보여주었습니까? 기자의 설명에 따르면 나는 쓸모없듯 지체 없이 총에 맞아 죽어야 합니다.

Mi telefonis al "Komsomolka" - esprimis al ili mian opinion pri ilia laboro. Kaj ĝenerale senteblas laŭ gazetaro, ke materialo en la ĵurnaloj estas "malseka", ili skribas, kiu kion volas, fojfoje blagon!

나는 "콤소몰카Komsomolka"라고 불렀습니다. - 그들에게 그들의 작업에 대한 내 의견을 표명했습니다. 그리고 일반적으로 언론에 따르면 신문의 자료가 "젖은" 것으로 느껴질 수 있습니다. 그들은 누가 무엇을 원하는지, 때로는 장난삼아 거짓말도 씁니다!

Cugunov - mia ĉefo malbonfartas. Li preskaŭ nenion legas. Kuŝas silente. Kiel povas, mi provas vigligi lin. Sukcesas mi malbone. Li nur trinkas teon. Mi penas meti al li pli da sukero.

추구노프 - 내 상사가 몸이 좋지 않습니다. 그는 거의 아무것도 읽지 않습니다. 조용히 거짓말을 합니다. 내가 할 수 있는 한, 나는 그를 격려하려고 노력합니다. 나는 그를 힘나게 해야하는데 어떻게 해야하지. 그는 그냥 차를 마십니다. 나는 그의 잔에 설탕을 더 많이 넣어주려고 합니다.

La 14-an de majo mortis Saŝa Kudrjavcev kaj Ljonja Toptunov, ambaŭ el la reaktora fako n-ro 2, SIMRoj.

5월 14일, SIMR 2호 원자로 부서의 사샤 쿠드랴브체프Saŝa Kudrjavcev와 료냐 토프투노프가 사망했습니다, 둘 다 원자로 부서 2번 SIMR에 있었습니다.

Ambaŭ estis junaj knaboj. Eh, sorto... Kaj kio do nin ankoraŭ atendas? Mi penas pri tio ne pensi. Al Ĉugunov mi pri la knaboj ne diras.

둘 다 어린 소년이었습니다. 어, 운명... 그리고 우리를 기다리고 있는 것은 무엇입니까? 나는 그것에 대해 생각하지 않으려고 노력합니다. 나는 추구노프에게 소년들에 대해 말하지 않습니다.

La 17-an de majo. Nokte mi dormis malbone. En la animo estas malagrable, flegistinoj konstante kuradas en la najbaran ĉambron al Vitja Proskurjakov.
5월 17일 밤에는 잠을 잘 못잤습니다. 마음이 언잖습니다. 간호사 비트야 프로스쿠랴코프는 종종 걸음으로 옆방으로 뛰어갑니다.

La antaŭsentoj ne trompis: tiu nokto estis la lasta en lia vivo... Li terure mortis, turmente...
예감은 속이지 않았습니다. 그날 밤이 그의 인생의 마지막 밤이었습니다... 그는 고통 속에서 끔찍하게 죽어갔습니다...

La 18-an 19-an 20-an de majo. Hodiaŭ niaj knabinoj alportis siringon. Metis al ĉiu en la ĉambron. La bukedo estas rimarkinda. Mi provis flari - odoras per mastruma sapo?! Ĉu, eble, oni aspergis[14] ĝin per io?
5월 18일, 19일, 20일. 오늘 우리 소녀들은 라일락을 가져 왔습니다. 모든 방에 넣었습니다. 꽃다발이 인상적입니다. 냄새 맡아봤어 - 가정용 비누 냄새?! 무언가를 끼얹은 것은 아닐까?

Oni diras, ke ne. La siringo estas vera. Sed mia nazo ne funkcias. La mukozo estas brulvundita. Preskaŭ

---

14) asperg-i [타] ①〈종교〉 성수(聖水)를 뿌리다, 세례를 주다(어떤 사람이나 물건을 성스럽게 하려고 물이나 기름을 뿌리다). ②(꽃 따위에) 물을 뿌리다, 끼얹다. ˉilo 물뿌리개.

tutan tagon mi kuŝas. La farto estas ne tre.

사람들은 아니라고 말합니다. 라일락이 맞습니다. 그런데 코가
냄새를 못맡아요. 점막이 화상을 입었습니다. 거의 하루 종일 누
워 있습니다. 상태가 별로 좋지 않습니다.

Saŝa Neĥaev estas grave malsana. Estas tre gravaj
brulvundoj. Ni tre maltrankvilas pro li.

사샤 네카에프는 중병입니다. 매우 심각한 화상을 입었습니다.
우리는 그를 매우 걱정하고 있습니다.

Mi preskaŭ nenion manĝas. Pene el la unua manĝo
mi formanĝas buljonon.[15]

나는 거의 아무것도 먹지 못합니다. 첫순갈 뜨기가 힙들어서 부
용수프부터 삼킵니다.

Konstante oni alportas ĵurnalojn - kun ĝojo mi legas
en a "Komsomolka" pri Saŝa Boĉarov, Miŝa Borisjuk,
Nelja Perkovskaja - ĉiujn ilin mi bone konas.

신문은 계속 배달되고 있습니다. 나는 "콤소몰카Komsomolka"에
서 사샤 보차로프, 미샤 보리슉, 넬랴 페르코브스카야의 기사를
즐겨 읽었습니다. 나는 그들 모두를 잘 알고 있습니다.

Mi estas ĝoja pri ili. Mi envias al ili. Ili ĉiuj estas en
la batalo, kaj ni, ŝajne, "elbrulis", kaj forte... Ne
ĝustatempe...

나는 그들에 대해 즐겁습니다. 나는 그들을 부러워합니다. 그들
은 모두 싸우고 있고 우리는 분명히 "소진"했고 힘을 다하여 ...

---

15) buljon-o 〈요리〉 부용(맑은 고기 스프의 일종).

때가 아니네요 ...

Ĉugunov ankoraŭ pli malbone fartas. Fera virego. Eĉ ne unu plendo. Kaj ankoraŭ al mi ŝajnas, ke li turmentiĝas: ĈU LI KOREKTE FARIS, KE KOLEKTIS NIN POR HELPO AL LA KVARA BLOKO?
추구노프는 상태가 더 나쁩니다. 철의 사나이. 불만이 한 건도 없습니다. 그러나 여전히 그는 고통으로 힘들어하는것 같습니다.
: 그가 우리를 돕기 위해 4호 블록에 우리를 모은 것이 옳았는지?

Dum observado Aleksandra Fjodorovna avertis, ke ŝi faros provon pri koaguleco de sango. Tio estas io nova.
관찰하는 동안 알렉산드라 표도로브나는 혈액 응고 검사를 할 것이라고 경고했습니다. 그것은 새로운 사실입니다.

Venis agrabla virino, Irina Viktorovna, tiu sama, kiu okupiĝis pri prenado de trombomaso el nia sango.
Ŝi pikis la orellobon kaj kolektis sangon sur specialan tuketon. Si kolektadis longe kaj persiste, sed la sango ne volis ĉesi flui.
우리 혈액에서 응고 덩어리를 채취하느라 바빴던 바로 그 사람 이리나 빅토로브나 라는 멋진 여성이 왔습니다.
그녀는 귓불을 찌르고 특수 냅킨에 피를 모았습니다.
그는 오랫동안 끈질기게 모았지만 피는 흐르는 것을 멈추고 싶지 않은가 봅니다.

Post duonhoro ni finis tiun proceduron. Ĉio klaras. Ĉe normala homo sango koaguliĝas post kvin minutoj. Estas abrupta malplimultiĝo de trombocitoj en sango! 30분 후에 우리는 그 시술을 마쳤습니다. 모든 것이 분명합니다. 정상적인 사람의 경우 5분 후에 혈액이 응고됩니다. 혈액 내 혈소판의 급격한 감소가 있습니다!

Post horo oni jam transfuzis en min mian propran trombomason, anticipe preparitan por tiu kazo. Komenciĝis nigra periodo"...
한 시간 후, 이 경우를 위해 미리 준비한 내 혈전이 이미 수혈되었습니다. 흑역사 시작됨"

Mi interrompu je tio la skribaĵojn de A. Uskov. Ni haltu en malĝoja silento kaj meditoj antaŭ la nigra periodo, kiun trairis tiu aŭdaca homo kaj liaj amikoj.
우스코프의 글을 중단하겠습니다. 이 용감한 남자와 그의 친구들이 겪었던 암흑기 이전에 슬픈 침묵과 명상 속에서 잠시 멈추자.

Longe, oh, kiel longe kaj turmente ili ĝin superadis!.. Arkadij Uskov eltenis, supervivis. Kaj lia "ĉefo" "fera virego" V. A. Ĉugunov – eltenis.
길고, 오, 그들이 얼마나 오래 고통스럽게 그것을 극복했는지! .. 아르카디 우스코프는 견디고 살아 남았습니다. 그리고 그의 "수장" "철인" 추구노프는 견디었습니다.

En Ĉernobila AEC, en la tria bloko, mi renkontiĝis kun

Vladimir Aleksandrović Ĉugunov. Li hasteme salutpremis mian manon, ne komprenante, kial mi kun tia intereso piriigardas lin, kaj revenis al panelo. Aferoj multis. -

체르노빌 원전의 3호 블록에서 나는 블라디미르 알렉산드로비치 추구노프Vladimir Aleksandrović Ĉugunov를 만났습니다. 내가 왜 그런 관심을 가지고 쳐다보는지 이해가 안 된 그는 급하게 악수를 하고 패널로 돌아왔습니다. 많은 사건들. -

KION BEZONAS SPEKTANTO?
시청자에게 필요한 것은?

Jurij Gennadjeviĉ Kolada, televidoperatoro de Ŝtata komitato pri televido kaj radio de Ukraina SSR: "Mi fiksmemoris la tagon de la 25-a de majo. Ni venis al Ĉernobil kaj longe serĉis - kun kiu veturi al la centralo.

우크라이나 SSR의 텔레비전 및 라디오에 관한 국가 위원회의 텔레비전운영자 유리 게나드예비치 콜라다. "나는 5월 25일의 날을 확실히 기억했습니다. 우리는 체르노빌에 와서 발전소를 운전할 사람을 오랫동안 찾았습니다.

Ni bezonis "malpuran" aŭton: mi tre volis filmi disrompon de la kvara bloko. Ni trovis la knabon, kiu deĵoris en la enirejo de la estinta "Agrotekniko".

우리는 "더러운" 자동차가 필요했습니다. 나는 4호 블록의 망가진 모습을 촬영하고 싶었습니다. 우리는 구舊 "아르고테크닉"의 입구에서 근무하고 있던 소년을 발견했습니다.

Ni petis lin. Li, ŝajne, estas el Voroŝilovgrad. Li iris en garaĝon kaj elveturigis akvumaŭton. Disrompitan, malbelegan, sed ĝi funkciis.

우리는 그에게 요청했습니다. 그는 분명히 보로쉴로프그라드 출신입니다. 그는 차고에 들어가 철수차撤水車를 꺼내왔습니다. 부서지고 추했지만 작동했습니다.

Mi kaj Paŝa Vlasov (tio estas la ĵurnalisto, kiu faris

televidriportojn) enaŭtiĝis.
나와 파샤 블라소프 (TV 보도기자)는 차에 올라탔습니다.

Surmetis "petalojn". Veturas al la centralo.
"페달" 을 장착했습니다. 발전소로 갑니다.

Nia knabo demandas: "Ĉu vi havas iun permesilon?
Almenaŭ ion?" - "Kian permesilon? Oficvojaĝiloj ne
estas". -
우리 소년이 묻습니다. "면허가 있습니까? 적어도 뭔가를?" "어
떤 면허증? 공무 여행증은 없습니다."

"Nu, tiam mi veturigos vin de la flanko de munta
regiono, tie oni de vi nenion demandos. Tie eblas
alveturi   al   la   reaktoro   ĝenerale   sen   ajnaj
pasdokumentoj".
"글쎄, 그럼 내가 조립구역 쪽에서 당신을 태워드리겠습니다. 거
기에서 당신은 아무 런 질문도 받지않을거고요. 거기에서는 어
떤 통행증없이도 원자로에 갈 수 있습니다."

"Jen ĉi tie ni trasaltos", diras nia knabo antaŭ la
enveturo al Pripjatj kaj turnas maldekstren, en la
arbaron.
"여기가 우리가 뛰어 넘을 곳입니다." 프리피야트에 들어가기
전에 우리 소년이 말하고, 숲으로 좌회전합니다.

Ni veturas, veturas al mi iĝas iel malkomforte.
우리는 타고갑니다, 타고가는 건 내게는 어쩐지 불편합니다.

Mi diras: "Knaboj (kaj mi jam aŭdis tiun nomon - "Rufa arbaro"), kian koloron havas tiu arbaro?"
나의 말 : "소년들 (그리고 나는 전에 그 이름을 들어본 적이 있는 - "적황색 숲"), 그 숲은 무슨 색이야?"

Nia knabo: "A-a-a..." kaj sakras. Li eraris vojturnon kaj turnis iom pli frue.
Satveturigis li nin laŭ la "Rufa arbaro".
우리 소년: "아아아..."하고 욕지거리를 해댑니다. 그는 도로방향을 잘못 들었습니다, 조금 더 일찍 돌았습니다. 그는 "적황색 숲"을 따라 우리를 느긋하게 대리고 갔습니다.

La bildeto estis tute fantastika. La pinoj estis nek rustkoloraj, nek aŭtunaj, nek forbrulintaj. La koloro estis freŝa, kun flava subtono. Timiga vidaĵo. De supre ĝis malsupre estis tia koloro.
그림이 정말 환상적이었습니다. 소나무는 시든 색갈도 아니었고, 가을빛도 아니었고, 불길에 타지도 않았습니다. 색상은 노란색 바탕에 싱싱했습니다. 무서운 광경. 위에서 아래까지 그런 색이었습니다.

Sed je tio niaj aventuroj ne finiĝis. Ni preterveturas betonan uzinon, proksimiĝas al AEC kaj vidas je cent metroj for de ni funkcias buldozoj.
그러나 우리의 모험은 거기서 끝나지 않았습니다. 우리는 콘크리트 야금공장을 지나서 원전에 접근하고 백 미터 떨어진 곳에서 불도저가 작동하는 것을 봅니다.

Dio mia, bonege! Mi vigligas Paŝa, lokiĝas kun la kamerao. Jen ili, la buldozoj estas je dudek metroj for de ni.

맙소사, 대단해! 나는 파샤Paŝa에게 활기를 불어넣고, 카메라촬영포즈를 취했습니다. 불도저들은 우리에게서 20미터 떨어져 있습니다.

Subite mi vidas: INTERNE NENIU ESTAS! Mi diras: "Knaboj, ili estas radimanipulataj. Ni veturu de ĉi tie..." Kaj tamen mi sukcesis filmi tiujn buldozojn. -

갑자기 내가 보게된 것 : 안에 아무도 없음! 나는 "얘들아, 그들은 방사선검사를 받고 있는거야. 여기에서 차를 몰고 나가자..." 그런데도 그 불도저들을 촬영하는데 성공했습니다.

Finfine ni venis al la centralo, iris en bunkron al generalo Goldin. En la bunkro estis kapitano Jacina. Lia bataliono purigis la teritorion.

마침내 우리는 발전소에 도착해서 골딘Goldin장군의 벙커로 들어갔습니다. 캡틴 야찌나Jacina는 벙커에 있었습니다. 그의 대대는 소관구역을 세척했습니다.

La generalo diras al li: "Ĉu vi havas kirastransportaŭton?" - "Jes". - "Veturigu la homojn, necesas filmi". En la armeo ĉio rapide solviĝas.

장군은 그에게 "당신은 장갑차를 가지고 있는가?"라고 말했습니다. - "예". - "사람들을 실어나르고, 촬영해야" 군 내에서는 모든 것이 조속히 해결되고있어.

Ni forlasis nian akvumiston malfeliĉan. Eliris sur la teritorion, venis al la tria bloko, tie laboris soldatoj.
우리는 우리들의 불행한 철수기사撤水技士를 그만두게 했습니다. 구역을 벗어나 3호 블록에 왔는데, 군인들이 그곳에서 임무중이었습니다.

Min terure mirigis, ke ili laboris sen dozometroj, dozometron havis nur la estro, kaj la knaboj laboris kun "petaloj" kaj polvon levis neimageblan.
나는 그들이 선량계없이 일하고, 상사만 선량계를 가지고 있었습니다. 그리고 소년들은 "페탈" 을 갖고 일하고, 상상할 수 없는 먼지를 일으켰다는 사실에 매우 놀랐습니다.

Ili purigis tiujn lokojn, kien ne povis veni teknikaĵoj, primitivmaniere - per fosiloj, rubcisternoj por folioj...
그들은 기술 장비가 올 수 없는 곳에는 - 삽으로, - 나뭇잎 쓰레기통 등 - 원시적인 방법으로 청소했습니다.

Jen ĉio. Tie ni filmis unu "sinkronaĵeton". Paŝa demetis por minuto "petalon" de la vizaĝo, diris du vortojn sur fono de tiuj laboroj.
자 모든 것. 거기에서 우리는 하나의 "동시녹음촬영"을 했습니다. 파샤Paŝa는 잠시 얼굴에서 "페탈petal"을 떼어내며 그 작품을 배경으로 두 마디 말을 말했습니다.

Poste pro tio oni mallaŭdegis nin. "Kial do vi estas sen enspiratoro?" oni diris al Paŝa. Kaj ne lasis tiujn filmaĵojn en eteron. Sed tio estis ne la plej domaĝa...

나중에 우리는 그것에 대해 비판을 받았습니다. "그럼 왜 흡입기가 없습니까?" 파샤Paŝa가 말했습니다. 그리고 그 영상을 에테르에 넣지 않았습니다. 하지만 그게 가장 나쁜 부분은 아니었어요...

Ni komencis proksimiĝi al la kvara bloko. Kun Jacina estis dozometristoj. Ni iris de la korto, kaj kiam ĝis la kvara bloko restis proksimume 200 metroj, la knaboj diras: "Nu ĉio. Plu iri ne eblas. Eblas nur alveturi". Jacina sendas iun por kirastransportaŭto.

우리는 4호 블록에 접근하기 시작했습니다. 야찌나에게 선량계가 있었습니다. 우리는 마당을 나와 4블럭까지 약 200미터가 되었을 때, "글쎄, 그게 다야. 더 이상 갈 수는 없어. 도착만 가능해요." 야찌나는 장갑차로 누군가를 보냅니다.

Oni revenas kaj diras, ke ne estas kirastransportaŭto. Oni ĝin ien forsendis.

그들은 돌아와서 장갑차가 없다고 말합니다. 어딘가로 보내졌다고.

Sed forveturi, ne filminte tiujn kadrojn, ne eblas. Mi tion ne pardonus al mi dum la tuta vivo.

그러나 그 구역을 촬영하지 않고 떠날 수는 없습니다. 나는 평생 그 일을 용인하지 않을 것입니다.

Ni havis UAZ-aŭteton, kaj ni tamen alveturis,

dozometristoj montris al ni pli malpli puran vojon.
우리는 우아즈UAZ-미니밴을 가지고 있었고, 여전히 거기로 운행했고, 선량기사는 우리에게 다소 깨끗한 도로를 보여주었습니다.

Ni proksimiĝis al la reaktoro je cent metroj.
우리는 원자로에 100미터 더 가까워졌습니다.

Mi kaj Paŝa elkuris sur la plugitan kampon, tie ĵus trairis la radimanipulataj buldozoj, kaj, kvankam oni al ni klarigis, ke ĉiu paŝo antaŭen estas cent rentgenoj, ni tamen filmis tiun disrompon.
파샤와 나는 방사선이 조정된 불도저가 막 지나간 쟁기질한 밭으로 달려갔습니다.
그리고 앞으로 나아갈 때마다 100렌트겐이 있다고 설명했지만 우리는 여전히 그 파괴처를 촬영했습니다.

Paŝa diris sian tekston dum minuto.
파샤는 잠시 동안 자신의 글에 대해 말했습니다.

Kaj kion vi pensas? Je la sepa vespere komenciĝis nia "Aktuala kamerao"[16], kaj mi subite vidas, ke Paŝa ne estas en la fono de disrompo, sed estas kurteta vidaĵo - fino de "Proksimiĝo" de la kamerao.
그리고 어떻게 생각하세요? 저녁 7시에 "실황방영" 프로그램이 시작되었습니다. 그리고 갑자기 파샤가 파괴의 현장에 있지 않

---

16)   * Informa programo de Ukrainia televido, ĉiutage informanta pri la eventoj en Ĉernobil. 체르노빌 사건에 대해 매일 알려주는 우크라이나 TV 의 정보 프로그램.

았다는 것을 알지만, 카메라의 "클로즈업"이 끝부분에 짧은 장면이 있습니다.

Mi min ĵetas en la redakcion de informacio, trafas al la vicĉefredaktoro, rigardas al li per klara rigardo: "Kio okazis?"
나는 뉴스 편집실에 몸을 던지고, 부편집장을 만나 명확한 표정으로 그를 쳐다 봅니다. "무슨 일이야?"

Li klarigas, ke jam post tio, kiam la cenzuro permesis ĉiujn niajn filmaĵojn, alta funkciulo spektis la materialon laŭ nia interna kanalo kaj diris: "Forigu jen tiun lokon. Nia spektanto ne bezonas tiajn emociajn aĵojn".
그는 이미 검열이 우리의 모든 영상촬영을 허용했을 때, 고위 관리가 우리 내부 채널에서 자료를 보고 다음과 같이 말했다고 설명합니다. "그 자리를 없애버려. 우리 관객들은 그런 감정적인 것들을 필요로 하지 않는다."

Kaj tie Paŝa nure-nur diris, ke nun ni povas montri al vi disrompon, sed, ĉar ĉi tie estas nesendanĝere resti dum longa tempo, do, bonvolu rigardi, li diris, kaj ĉio.
그리고 거기 파샤는 이제 막 이별을 보여드릴 수 있다고 말했지만, 여기 오래 머무르는 것이 안전하므로 봐주세요. 그게 전부예요.

Io tiaspeca. Kaj poste tiu filmaĵo aperis en elsendo

de la centra televido sub alia familinomo. De tiu, kiu ne estis en la centralo.

그런 것. 그리고 나중에 그 장면은 다른 성姓씨로 중앙 텔레비전 방송에 나왔습니다. 발전소내에 없었던 사람에게서.

Mi multfoje veturis al la centralo, filmis diversajn homojn. Ni laboris per la japanaj kameraoj "Betakam" de la firmao "Soni".

여러 번 발전소를 방문하고 다양한 사람들을 촬영했습니다. 우리는 "소니Soni"사 제품의 일본 카메라 "베타캄Betakam"으로 촬영작업을 했습니다.

Mi opinias, ke la firmao multe pagus por ricevi tiujn kameraojn. Kia reklamo estas por "Soni"! Eĉ en la kondiĉoj de grandega radiado ili funkciis senpanee. Sed ni devis ilin "entombigi" — ili "sonoris".

나는 회사가 그 카메라를 얻기 위해 많은 돈을 지불할 것이라고 생각합니다. "소니"의 광고입니다! 엄청난 방사선의 조건에서도 그들은 완벽하게 작동했습니다. 그러나 우리는 그들을 "매장"해야 했습니다. 그들은 "소리를 울렸습니다"

Hem Elizaroviĉ Salganik, gvidanto de krea unuiĝo pri dokumentaj filmoj de la studio de Ukrainia televida filmo, - unu el aŭtoroj de la dokumenta televida filmo "Ĉernobil: du koloroj de la epoko": "Estis unu freneza okazaĵo, ni tre volis gin filmi.

우크라이나 텔레비전 영화 스튜디오의 다큐멘터리 크리에이티브 협회장인 헴 엘리자로비치 살가닉 - 다큐멘터리 텔레비전 영화

"체르노빌: 시대의 두 가지 색"의 저자 중 한 명: "정말 미친 사건이었고 우리는 그것을 찍고 싶었습니다.

La kaŭzo estis en tio, ke sur tegmento de la tria bloko pecoj de grafito enfandiĝis en bitumon. Kaj neniaj teknikaĵoj kapablis elŝiri tiun grafiton.
그 원인은 3호 블록의 지붕에서 흑연 조각이 역청에 융해돼 녹았기 때문입니다. 그리고 어떤 기술도 그 역청을 떼낼 수 없었습니다.

Aperis la ideo: starigi submetilon, sur ĝi instali grandkalibran[17) mitralon, kaj je la 6-a matene, kiam homoj ankoraŭ ne estas, dispafi la pecojn de grafito per terparalela pafado.
아이디어가 나타났습니다. 받침대를 세우고, 그 위에 대구경 기관총을 설치해서, 아침 6시에 사람들이 아직 거기에 없을 시간에 지상 평행 발사로 흑연 조각을 쏘는 것입니다.

Kaj post tio eblos tien sendi la maŝinon, kiu puŝus la enŝtopiĝintan tie flavan okcidentgermanian roboton.
그리고 그런 다음 거기로 기계를 보낼 수 있는데. 그 기계는 거기 막혀있는 노란색 서독 로봇을 밀어낼 수도 있을 것입니다.

Kiam la militistoj avertis: "Knaboj, ni al vi ne garantias, ke ni ne dispafos tiun vian roboton", Jura Samojlenko, nia heroo, diris "Diablo kun ĝi, kun tiu

---

17) kalibr-o ①⟨기계⟩ (총포 · 管 따위의)구경(口徑). ②(圓筒의)굵기

nenifarulo!"
군인들의 경고 : "소년들, 우리는 당신의 로봇을 쏘지 않을 것을 보장 못합니다.", 우리의 영웅 유라 사모일렌코Jura Samoilenko 는 말했습니다." 이런 말도 안되는 소리!"

Sed la registara komisiono, asertante neebla garantii plenan sekurecon de homoj, malpermesis tiun operacion.
그러나 정부위원회는 국민의 완전한 안전을 보장하는 것은 불가능하다고 주장하며 그 작업을 금지했습니다.

Ja la laboro pasis dum tuta diurno, ne estis garantio, ke kuglo ne resaltos... Kaj ni je la 6-a matene jam estis tie, atendis tiun salvon.
결국 작업은 하루 종일 계속되었고 총알이 튀지 않는다는 보장은 없었습니다. 그리고 아침 6시에 우리는 이미 거기에 있었고 일제 사격을 기다리고 있었습니다.

Ne sukcesis. Ni en la bunkro iĝis tiom siaj homoj, ke, kiam la operacia deĵoranto Valentin Melnik eliradis fumi, li lasadis min apud la telefonoj de komandejo.
성공하지 못했습니다. 벙커에 있는 우리는 그의 사람이 되어서 작전 장교인 발렌틴 멜닉Valentin Melnik이 담배를 피우러 갔을 때, 그는 나를 지휘소의 전화기 옆에 있게 했습니다.

Foje alkuras Igorj Kobrin, nia reĝisoro: "Ĥem, oni nin ne lasas".

때때로 우리 감독인 이고리 코브린Igorj Kobrin이 "이봐, 우리들을 내버려두지 않을거야" 하고는 달려갔습니다.

- "Kiu? Ja ni havas traireblon ĉie!" - "Oni ne lasas, diras, tie oni ion fermis".
- "누구? 우리는 어디든 가볼 수 있어!" - "사람들은 두지 않고, 거기에 무언가를 막아놓고 있다고 말합니다."

Mi iras. Staras gardosoldato. Kaj mi havas tre solidan aspekton: grizajn lipharojn, blankan uniformon, kiel ĉiuj.
내가 갔습니다. 군보초가 서 있습니다. 그리고 나는 매우 딱딱한 외모를 가지고 있습니다. 다른 사람들과 마찬가지로 회색 콧수염, 흰색 유니폼.

Mi diras klare, por li komprenu: "Generalo Kuznecov", - kaj poste en terura rapidparolo: "...donis permeson - filmi kien ni iru..." Li diras: "Kamarado generalo, mi ne scias, tie estas suboficiro".
나는 분명히 말하건데, 그분 "쿠즈네쪼프 장군"을 이해하게요.
- 그리고 나서 끔찍한 속사포 연설로 "...허락했습니다 - 우리가 가야 할 곳을 촬영하기 위해..." 그가 말하기를 "장군님, 거기 부사관이 있는지 저는 잘 모르겠습니다."

Mi: "Kie estas suboficiro?" Li prenas telefonon kaj telefonas. Donas al mi auskultilon.
나: "부사관 어디 있지?" 그는 전화기를 잡고는 전화를 겁니다.

내게 이어폰 헤드셋을 줍니다.

Mi prenas la auskultilon kaj denove diras: "Generalo Kuznecov... donis permeson filmi kien ni iru..."
나는 수화기를 들고 다시 말합니다. "쿠즈네쪼프 장군은... 우리가 가는 곳을 촬영할 수 있도록 허락했습니다..."

La suboficiro diras: "Pardonu, kamarado generalo. Donu aŭskultilon al la gardosoldato". Mi donas - li nin tralasas. En milito kiel en milito sen ruzo ne eblas.
하사관이 말했습니다. "실례합니다, 장군 동지. 보초병에게 이어폰을 주십시오." 나는 줍니다 - 그는 우리를 통과시킵니다. 전쟁에서와 같이 교활하지 않은 전쟁은 불가능합니다.

Kaj ĝenerale - eble, estas peko tiel diri - tio estis bonega tempo! Mi rememoris la militon, batalkamaradojn.
그리고 일반적으로 - 아마도 그렇게 말하는 것이 죄가 될 것입니다 - 좋은 순간이었습니다! 나는 전쟁을 기억하고, 전우들을 기억합니다.

Mi ne volis forveturi de tie - tia estis la rilato de unu al la alia. Kaj ĉiuj okupiĝis nur pri la afero.
나는 그곳을 떠나고 싶지 않았습니다. - 그것은 서로간의 관계 때문이었습니다. 그리고 모두가 그 문제에만 몰두했습니다.

Tri minutoj pasis de ŝanĝo de la situacio ĝis dono

de rekomendoj kaj akcepto de decidoj.
상황의 변화에서 권고를 하고 결정을 받아들이기까지 3분이 흘렀습니다.

Tie estis tre kuraĝaj, tre puraj homoj. Multaj alvenis volontule. Kaj kiel ofende estis por ili renkontiĝi kun manifestiĝoj de nia ferbetona burokratismo.
그곳에는 아주 용감하고, 순수한 사람들이 있었습니다. 많은 사람들이 자발적으로 도착했습니다. 그리고 그들이 우리의 철근콘크리트같은 관료주의를 만나는 것이 얼마나 모욕적인 일이었겠습니까?

En la kvanton de kvindek personoj, akceptitaj en la partion de la urba partia komitato de Pripjatj sen trapaso de la kandidata staĝo, eniris tri dozesploristoj.
50명의 프리피야트 시의회 위원회에서, 후보자 인턴 과정을 거치지 않고 당원으로 받아들여진 가운데 3명의 도즈 연구원이 들어섰습니다.

Tiuj, kiuj la unuaj iris en nekonatecon, en radiadon.
첫 번째로 알지못하는 상태에서, 방사선안으로 들어간 그들.

Kaj kiam ili venis en siajn urbojn post kuracado, alportis dokumentojn, ke ili estas partianoj, oni diris al ili: "Kio tio estas? Kial do sen staĝo?.. Ne, ne, oni telefonu al ni el Pripjatj".
그리고 그들이 치료를 받은 후 그들의 도시내에 와서, 그들이 당원이라는 문서를 가지고 왔을 때, 그들은 다음과 같이 말했습니다. "그게 뭐죠? 인턴십이 왜 없습니까? ... 아니, 아니요, 프리피야트에서 우리에게 전화를 해야 합니다."

Kaj unu el ili diris al mi ofendite: "Kial do mi telefonu al la urba komitato de Pripjatj, petu?"
그리고 그들 중 한 사람이 나에게 기분이 상했다고 말했습니다. "그럼 내가 왜 프리피야트 시 위원회에 전화해야 합니까?"

Estis pli ofendaj okazaĵoj: unu el subkoloneloj estis prezentita por ekstervica rangoaltigo.
더 무례한 사건이 있었습니다. 중령 중 한 명이 비정상 승진을 위해 파견되었습니다.

Kiam li pagis partiajn kotizojn, iu el burokratoj rigardis kaj diris: "Oho, kiom da mono vi perlaboris! Kaj ĉu oni ankoraŭ vin nutris senpage?
그가 회비를 낼 때 한 관료가 쳐다보며 말했습니다. "오호, 당신은 얼마나 많은 돈을 벌었소! 그리고 당국이 당신을 아직 공짜로 먹여살렸습니까?

Kaj oni al vi ankoraŭ rangon altigas...
그리고 당신은 여전히 승진하고 있습니다 ...

Nu ne gravas, dume vi restu subkolonelo".
뭐, 상관없어요, 그동안 중령으로 있으라고요"

Kaj kiam la filmo jam estis farita, komenciĝis ankaŭ

nia vojo al Golgoto.

그리고 영화가 이미 만들어졌을 때 우리의 골고다로 가는 길도 시작되었습니다.

Oktobre de 1986 ni veturigis la filmon en Moskvon. Ĝin spektis dekomence grupo de ekspertoj, kelkaj personoj. Al ili la filmo ekplaĉis, sed ili skizis 15 rimarkojn.

1986년 10월 우리는 영화를 모스크바로 가져갔습니다. 그것은 처음부터 전문가 그룹, 몇몇 사람들이 시청했습니다. 그들은 영화를 마음에 들어 했지만 몇사람이 15가지 의견을 요약했습니다.

Ni ĉion honeste korektis – la rimarkoj estis malgravaj.

우리는 지적사항 모두를 성실히 수정했습니다. - 의견은 경미했습니다.

Ni venis la duan fojon en Moskvon. En la halo jam sidis ĉirkaŭ tridek personoj. Ili spektis - gratulis. Ankaŭ al ili la filmo ekplaĉis.

우리는 두 번째로 모스크바에 갔습니다. 홀에는 이미 서른 명 정도가 앉아 있었습니다. 그들은 영화를 관람했습니다. - 치하했습니다. 그들에게 또한 영화는 마음에 들었나봅니다.

Ni iris al ankoraŭ unu komisiono. Kaj subite unu el la komisiono demandas: "En kio estas vestitaj la soldatoj? Ĉu en tiuj vestaĵaĉoj?"

우리는 또 위원회 한 군데를 갔습니다. 그리고 갑자기 거기 위원회 중 한 명이 묻습니다. "군인들은 무엇을 입고 있습니까? 그 옷 불량품 아닙니까?"

Mi diris: "Sed kiu ilin ne provizis?" - "Tie estis dek ses svedaj kostumoj, ni ilin alportis".
나의 대답 : "하지만 누가 그것들을 마련하지 않았겠습니까?" - "16벌의 스웨덴 의상이 있었는데, 그것들을 우리가 가져왔습니다."

"Tie laboras ĉiuminute mil kaj duono da personoj".
— "Ĉu vi scias, tio ja estos sur ĉiuj ekranoj. Tio estas kontraŭsovetia filmo..."
"매분당 1,500명이 그곳에서 일합니다." - "그건 모든 화면에 있을 것입니다. 반反소비에트 영화아닌가…"

Nur interveno de CK KPSU helpis, kaj januare de 1987 la filmo aperis sur ekranoj.
CK KPSU의 개입 만이 도움이 되었고 1987년 1월 영화가 스크린에 올렸습니다.

GAMA-SAPIENS FON-PETRENKO

Silentas surstrate,
Trankvilas en domo.
Ni danku la kvaran
Atomreaktoron.
거리에서는 말없이,
집안에는 조용히.

4호 원자로에
감사합니다.

Jen tiaj folaj versidoj ekpromenis laŭ Kiev maje de
1986, kiam vagonaroj forveturigis infanojn el la urbo
kaj la patrinoj ploris, adiaŭante siajn karegajn
Oksanjojn kaj Vasilĉjojn por pionirtendaroj, kiam en
la urbo regis maltrankvilo kaj paniko.
그들은 1986년 5월에 키이우를 따라 걷기 시작한 바보같은 베르
시드아이들입니다. 기차가 아이들을 도시에서 데려가자 어머니
들은 개척자 캠프에 가는 사랑하는 오크사뇨Oksanjo머스매들과
바실쵸Vasilĉjo딸내미들에게 이별로 울부짖을 그때, 시내에는 불
안과 공포가 지배했습니다.

La akcidento en AEC reeĥis ne nur per kordoloro
kaj kunsento kun tiuj, sur kiujn falis la plago.
원전의 사고는 마음의 고통뿐만 아니라 그리고 재앙을 맞은 그
들에 대한 동정심이 다시 메아리로 울려퍼졌습니다.

Al la atoma eksplodo en Ĉernobil Kiev kaj Ukrainio
respondis per potenca eksplodo de spriteco.
체르노빌 키이우와 우크라이나의 핵폭발에 대응한 해답은 강력
한 기지機智의 폭발이었습니다.

Speciale valoraj estis spritaĵoj inter tiuj, kiuj laboris
en la Zono.
특히 가치있는 것은 존에서 일하는 사람들의 재담들이었습니다.

Samkiel en la milito, rido estis tre necesa tie. Aperis aro da kanzonetoj, kolomijkoj (kiel oni nomas petolajn kanzonetojn en Ukarinio) - sinceraj, kun piprumitaj esprimoj, rektaj.

전쟁 못지않게 그곳에서도 웃음이 매우 필요한 것입니다. 칸조네그룹, 콜로미이코이kolomijkoj (우크라이나에서 장난꾸러기 작은 노래라고 부름)라는 - 진솔하고, 직설적 표현을 동반한, 작은 노래 그룹이 나타났습니다.

Naskiĝis multo da anekdotoj. Ŝercoj por ajna gusto: de popolaj diraĵoj en stilo de Tarapunjka kaj Stepsel ("Ukrainoj estas nacio fiera, por ili radiado estas kraĉafero") - ĝis "nigra" humuro el la serio "fizikistoj ŝercas".

많은 일화가 탄생했습니다. 모든이들의 취향에 맞는 농담: 타라푸니카 및 스텝셀 스타일의 인기 있는 속담 ("우크라이나인은 자랑스러운 국가, 그들에게 방사선은 침을 뱉는 문제") 에서 "물리학자 농담" 시리즈의 "검은색" 유머까지.

Rekte antaŭ niaj okuloj, de tago al tago (laŭ kelkaj ŝercoj eblas ekzakte determini tempon de ilia "lanco") naskiĝadis tiu folkloro.

우리 눈앞에서 매일매일 (일부 농담에 따르면 "창"의 시간을 정확하게 결정할 수 있음) 그 민속이 탄생했습니다.

Ne atendandante, kiam sian vorton diros literaturistoj, la unua reagis la popolo.

작가의 말을 기다리지 않고 사람들이 먼저 반응했습니다.

Ĝuste laŭ M. M. Bahtin (literaturologo. - Trad.) naskiĝis potenca ŝerca kulturo, naskiĝis libera de ĉiuj burokrate propagandismaj limigoj popola esprimo, okazis relokiĝo de kutimaj hierarkioj de "supro" (patosa, falsa, surdiga publicistiko) kaj de "malsupro" (demokratisma, "ŝvejka" konceptado de eventoj).

바틴 (문학 학자. - 번역자)에 따르면 강력한 농담 문화가 탄생했으며 대중적인 표현이 모든 관료적 선전 제한에서 자유롭게 태어났으며 "상위"의 일반적인 계층 구조가 재배치되었습니다 (한심한, 가짜, 귀머거리 홍보) 및 "하단"(민주적, 이벤트의 "슈베이카" 개념).

La popolo per rido respondis al streso, maltrankvilo, eĉ al paniko.

사람들은 스트레스, 불안, 심지어 공황에도 웃음으로 화답했습니다.

Al manko de veracaj komunikoj. Al bravecaj deklaroj de amasinformiloj pri plena ĝoja trankvilo de ĉiuj bonintencaj civitanoj.

진실한 의사 소통 부족에. 모든 선의의 시민들의 완전한 기쁨의 평온에 대한 대중 매체의 허세 선언에.

Preskaŭ kiel la unua aperis la anekdoto pri la animoj de du mortintoj, portitaj dum tiuj tagoj sur la ĉielon.

거의 첫 번째로, 그 당시 하늘로 옮겨진 두 명의 죽은 사람의 영혼에 대한 일화가 나타났습니다.

"De kie vi estas?" demandas unu. "El Ĉernobil".
"어디서 왔는고?" 하나가 묻는다. "체르노빌에서"

"Pro kio vi mortis?" "Pro radiado. -
"뭣 때문에 죽었는고?" "방사선 때문에. -

Kaj vi de kie estas?"
"El Kiev".--
그리고 당신은 어디에서 왔는고?"
"키이우에서"

"Kaj pro kio vi mortis?"
"Pro informado..."
"그리고 무엇 때문에 죽었는고?"
"정보때문에..."

Sprituloj rakontis pri reklama alvoko, kvazaŭ sonanta dum tiuj tagoj en ĉiuj turismaj agentejoj: "Vizitu Kiev! Vi estos frapitaj..."
재치있는 사람들은 마치 그 당시 모든 여행사에서 들리는 것처럼 여행광고 에 대해 말했습니다. "키이우를 방문해봐요! 당신은 놀랄 것입니다."

La stacidoma etoso de tumulto kaj nervumigo, spekulado per biletoj naskis tian anoncon de parolisto en la kieva stacidomo de Moskvo: "Atenton! Al la unua vojo venas rapidtrajno Kiev - Moskvo. Radiado de vagonoj estas de la kapo de la trajno".

혼란과 긴장의 역 분위기, 티켓에 대한 추측은 모스크바 키이우 역의 한 언시에 의해 다음과 같은 발표되었습니다. "주의! 첫 번째 경로에는 고속 열차 키이우 - 모스크바가 있습니다. 열차의 방사선은 기차의 앞머리에서 나옵니다."

Nu, kaj kiel eblis rekoni kievanon inter la venantoj en alian urbon? "Kalva impotentulo kun kieva torto en manoj", - sarkasmis unuj. "Kievano nun estas ne nur 'homo sapiens', sed ankaŭ 'gama-sapiens', aldonis aliaj.

글쎄, 그리고 어떻게 다른 도시에 오는 사람들 사이에서 키이우 인을 알아볼 수 있었습니까? "손에 파이를 들고 있는 대머리 무력한 남자" - 비꼬는 말투. "키이우 인은 이제 '호모 사피엔스' 일 뿐만 아니라 '감마 사피엔스'이기도 합니다." 라고 다른 사람들이 덧붙였습니다.

- Kiu kulpas pri la ĉernobila akcidento? demandis iu filozofo. Kaj li respondis: - Kij[18]. Por kio li fondis Kiev tiel proksime de la reaktoro?

- 체르노빌 사고의 책임은 누구에게 있습니까? 어느 철학자가 물었습니다. 그리고 그는 대답했습니다. - 키이Kij에게요. 그는 왜 키이우가 원자로에 그렇게 가까이 있는 것을 발견했을까요?

Jam komence de majo oni rakontis, kvazaŭ okazis la

---

18) Kij* -6세기 전반부의 전설적인 폴란드 왕자, Kiev의 창시자.

festivalo "Kieva primavero"19).
이미 5월 초에 "키이우 봄" 축제가 열렸다고 합니다.

La unua premio estis aljuĝita pro la kanto "Ne blovu vent' de Ukrainio", la dua - al A. Pugaĉova pro la kanto "Forflugu, nubeto, forflugu", la tria - al V. Leonov pro la kanto: "...Kaj ĉiuj kuras, kuras, kuras..."
첫 번째 상은 "우크라이나에서 바람아 불지 마라"라는 노래로, 두 번째는 "멀리 날아라, 작은 구름아, 멀리 날아라"라는 노래로 푸가초바에게, 세 번째 상은 레오노프에게 노래... 그리고 모두가 달리고, 달리고, 달리고…"로.

Oni proponis sur la pinto de la kvara bloko meti monumenton de Puŝkin kaj surskribi: "De tie ĉi minacos ni al svedoj", aŭ tiel: "Ĉi tie urbo estos radiita"...
4호 블록의 맨 위에 푸쉬킨의 기념비를 놓고 "여기에서 우리는 스웨덴을 위협할 것입니다"라고 쓰거나 "여기서 도시가 방사선에 노출될 것입니다"라고 쓰는 것이 제안되었습니다...

Samtiam naskiĝis la ideo de afiŝo: "Pacan atomon en ĉiun domon".
동시에 "모든 집에 평화로운 원자"라는 포스터 아이디어가 탄생했습니다.

- Kiu rivero estas la plej larĝa? demandis pesimistoj

---

19) primaver-o 〈시문〉 봄, =printempo.

kaj respondis: Pripjatj. Rara birdo flugatingos la mezon...

- 어느 강이 가장 넓습니까? 비관론자들에게 질문하고 대답했다. 프리피야트. 희귀한 새가 한 가운데로 날아오를 텐데…

Kiam la kievanoj sin ĵetis "ellavi" radionukleidojn kun helpo de ruĝa natura vino kaberne, abunde enportita en la urbon, iu eldiris: "En la urbo komenciĝis kabernetika erao". Kaj tuje naskiĝis la anekdoto. Kuracisto-laboratoriano pririgardas sub mikroskopo provaĵon de sango.

키이우 사람들이 붉은 천연 와인 카베르네 도움으로 방사성 핵종을 "씻어내기" 위해 몸을 던져 온 힘을 다하고 있을 때, 풍부하게 도시로 들여왔다고 누군가가 말해 주었습니다. "도시에서는 카베르네 시대가 시작되었습니다." 그리고 곧바로 일화가 탄생했습니다. 의료 실험실 기술자가 현미경으로 혈액 샘플을 검사합니다.

Kaj komunikas al la paciento, atendanta la respondon kun reteno de spiro: "En via kaberne leŭkocitoj ne estas trovitaj". "Estis nova elĵeto, - mistere komunikis 'sciuloj'. - Ĉe Kreŝĉatik oni elĵetis kaberne, ĉe Vladimirskaja - vodkon".

그리고 숨을 죽이고 대답을 기다리며 환자와 의사意思를 소통합니다. "당신의 카베르네kaberne에는 백혈구가 보이지 않습니다." "새로운 배출이 있었습니다. 신비하게도 '지식인들'이 소통했습니다. - 크레슈차틱에서는 카베르네를, 블라디미르스카야 Vladimirskaja에서는 보드카를 배출했습니다."

- Ni jam ne plu povas toleri al IAEA! - suferante kriis unu mia konato, elturmentita per panikaj onidiroj.
- 우리는 더 이상 IAEA에는 감당할 수 없습니다! - 공황 소문으로 괴로움을 겪은 내 지인 중 한 명이 고통스럽게 고함을 쳤습니다.

Kaj kvazaŭ responde al li naskiĝis tia diraĵo: "Se festeto ne sukcesas, kulpigi IAEA (Internacia agentejo pri atoma energio. Trad.) necesas". -
그리고 그에 대한 보답이라도 하듯 "당이 성공하지 못하면 IAEA(국제원자력기구) 탓을 해야 한다"는 말이 나왔습니다.

Oni proponis sin turni[20] al kievanoj jene: "Via lumoŝto!" (???) Kaj al ĉiu familinomo aldoni prefikson "fon": fon Petrenko, fon Ivanenko".
다음과 같이 키이우 사람들에게 다음과 같이 생각을 돌리기를 제안합니다 : "각하!" 그리고 모든 성姓씨에 접두사 "폰fon"을 추가 : 폰 페트렌코fon Petrenko, 폰 이바넨코fon Ivanenko".

Por pli rapida trapaso de rentgenoskopio la sprituloj konsilis al paciento stari inter du kievanoj.
엑스레이의 더 빠른 통과를 위해 재치꾼들은 두 사람의 키이우인 사이에 서라고 조언했습니다.

---

20) sinturni
1 Rotacie movi sian korpon: 2 Alpreni novan direkton: 3 Direkti al iu sian penson aŭ kredon:

Kaj en unu el poliklinikoj al la demando: "Kie ĉe vi estas rentgenkabineto?"

그리고 종합병원 중 한 곳에서 질문 "당신의 엑스레이실은 어디에 있습니까?"

- doktorino incitite reĵetis: "Ĉe ni nun ĉie estas rentgenkabineto!"

- 여의사는 짜증을 내며 되묻습니다. "이제 우리는 모든 곳에 X선 검사실이 있습니다!"

- Kio estas "radiovartistino" (Porinfana radielsendo. - Trad.)? - oni demandis dum tiuj tagoj. Kaj respondis: - Tio estas vartistino, veninta el Ĉernobil.

- "방사선보모"(어린이 라디오 방송.-번역)는 무엇입니까? - 며칠 동안에 물었습니다. 그리고 대답했습니다. - 체르노빌에서 온 보모입니다.

Maljunulino en troleo[21] rakontis: "Hodiaŭ en Kieva maro estas tia radiado, tia radiado! Dika je tri fingroj, mi mem vidis".

트롤리전차를 탄 한 노파는 "오늘 키이우 바다에 그런 방사선이 있습니다. 그런 방사선! 손가락 세 개 두께, 제가 직접 보았습니다."라고 말했습니다.

---

21) trole/o ⏚ Kurentodeprenilo, konsistanta en stango finiĝanta per forketo kun pulio aŭ per granda horizontala arĉo, k servanta por transmisii la kurenton de supertera kontaktokonduktilo al la motoro de veturilo: ⁓a tramo ; ⁓buso . ☞ pantografo .

"Alte" pritaksante la amasinformilojn, la homoj demandis: Kion mangos kievanoj sekvontjare? La respondo sonis: - Tiujn nudelojn, kiujn pendigas sur iliajn orelojn radio, jurnaloj, televido.

대중 매체를 "높게" 평가하면서 사람들은 묻습니다. : 키이우 인들 내년에 무엇을 먹을까요? 대답은 다음과 같습니다. - 그들의 귀에 달고있는 신문, 텔레비전의 국수들을요.

Nature, en la bazaro de spritaĵoj aperis: "Vodko Ĉernobila" kun forteco de 40 rentgenoj, kaj pro la plej grandaj stultaĵoj, elpensitaj pri la akcidento, oni komencis aljuĝi Ĉernobilan premion kun elpago de 500 rentgenoj al laŭreato.

당연히 재담의 바자회에 40엑스레이의 강도를 가진 "체르노빌 보드카"가 나타났고, 사고로 인해 발명된 가장 큰 넌센스 때문에, 그들은 수상자에게 500뢴트겐을 지불하고 체르노빌 상을 수여하기 시작했습니다.

Aperis unuo de mensogo - familinomo de unu kieva profesoro, speciale fervora en optimismaj deklaroj laŭ televido.

한 키이우 교수의 성姓, 특히 텔레비전에서 낙관적인 진술에 열성적인 거짓말의 단위가 나타났습니다.

Tre populara iĝis la slogano: "Se vi revas pri patrec', vindu vin per plumba pec' ".

슬로건은 매우 유명해졌습니다. "아버지가 되는 꿈을 꾸면 납으로 몸을 감쌉니다."

Kaj, fine, ankoraŭ unu anekdoto - el "nigra" serio, tiel diri, genetika.
그리고 마지막으로 "흑인" 시리즈, 말하자면 유전적 일화 하나가 더 있습니다.

La 21-a jarcento. Estas avo kun nepo, naskiĝinta post la akcidento. "Kio ĉi tie estis, nepeto?" demandis la avo, montrante al montetoj. "Kiev". - "Korekte, nepeto", - diris avo kaj glatumis lian kapon.
21세기. 사고 후 태어난 손자와 할아버지가 있습니다. "여기 뭐였지, 손자?" 할아버지가 언덕을 가리키며 물었다. "키이우". - " 맞아, 손자" - 할아버지가 말하며 그의 머리를 쓰다듬었습니다.

"Kaj kio estis ĉi tie?" - la avo montras al senviva fluejo. "Dnepro". - "Korekte, mia saĝuleto", - kaj la avo glatumas lian duan kapon....
"그리고 여기에 무엇이 있었지?" - 할아버지는 죽은 시내를 가리킨다. "드네프". - "맞아, 나의 작은 현자여" - 그리고 할아버지가 두 번째 머리를 쓰다듬는다....

La kieva printempo de la okdek sesa jaro estas en tiu anekdoto.
86년 키이우의 봄이 그 일화에 있다.

STALKERO IRAS LAŬ TEGMENTO...
스토커가 지붕을 따라 가다

Al Stanislav Ivanoviĉ Gurenko, sekretario de CK de Komunista partio de Ukrainio, mi venis malfrue vespere.

나는 우크라이나 공산당 중앙위원회 서기인 스타니슬라프 이바노비치 구렌코Stanislav Ivanovich Gurenko에게 저녁 늦게 왔습니다.

Sur la vasta polurita tablo en lia kabineto estis amaso de fotaĵoj, skemoj kaj skribaĵoj, lau kiuj eblas rekrei la tutan ciklon de konstruado de la sarkofago, kompreni, kiel tio estis farata.

그의 사무실의 윤이 나는 탁자 위에는 석관건설이 어떻게 이루어졌는지 이해할 수 있는, 전체 공정을 재현하는 것이 가능한 도해와 내용기록이 있는 사진 더미가 놓여 있었습니다.

Stanislav Ivanović, kiu dum la periodo de akcidento en Ĉernobila AEC laboris kiel vicprezidanto de Konsilio de Ministroj de Ukraina SSR, okupiĝis pri organizado de konstru-muntaj laboroj en konstruado de la sarkofago.

체르노빌 원전의 사고 기간 동안 우크라이나 SSR 장관회의의 부회장으로 일한 스타니슬라프 이바노비치는 석관 건설에 있어 건설 조립 작업 조직 설립에 참여했습니다.

Lia ĉernobila "vaĉo"[22] daŭris de la 24-a de julio ĝis

la 14-a de septembro (antaŭ tio en Ĉernobil laŭvice laboris kvin aliaj vicprezidantoj de Konsilio de Ministroj), kaj li multe rakontis al mi, kiel li okupiĝis pri provizado de konstruantoj de la sarkofago per betono, kaj estis bezonataj dekmiloj de kubometroj da betono, kiel tra la poluciita teritorio estis konstruata aŭtovojo Zelenij Mis - AEC, kiel bolis pasioj, kiam estis serĉata la inĝeniera solvo, kiel meti la multtunan konstrukciaĵon de tegmento sur la sarkofagon...

그의 체르노빌 "당직當直"은 7월 24일부터 9월 14일까지 지속되었습니다. (그 이전에는 체르노빌에서 다른 5명의 각료회의 부회장이 차례로 근무했습니다), 그리고 그는 석관 건축자들에게 콘크리트를 공급하느라 얼마나 바쁜지 내게 많이 말했습니다.

젤레니 미스Zelenij Mis - 원전 고속도로가 오염된 지역을 통해 건설됨에 따라 수만 입방 미터의 콘크리트가 필요했습니다. 엔지니어링 솔루션을 찾았을 때 열정이 끓어올랐던 방법, 석관에 지붕의 수많은 무개의 구조물을 배치하는 방법 ...

La konversacio estis sincera. Mi, ekzemple, la unuan fojon eksciis, ke nelonge antaŭ la akcidento Konsilio de Ministroj de Ukrainio pene defendis sin de la fantasmagoria projekto de Ministerio pri energetiko kaj elektrizado de USSR - finkonstruinte la kvinan kaj sesan blokojn de Ĉernobila AEC, komenci konstruadon de ankoraŭ ses!!!

대화는 솔직했습니다. 예를 들어, 사고 직전에 우크라이나 장관

---

22) vaĉ-o 〈항해〉 (船上 보초를 서는)당직(當直). ˉi [자] 당직 근무하다

회의가 USSR의 에너지화 및 전력화의 환상적 프로젝트에 대응해 체르노빌 원전의 5호 및 6호 블록을 완료하고 또 다른 6개 블록 건설을 시작하면서 자기 방어에 노력을 기했다는 것을 나는 처음으로 알게 되었습니다.!!!

Kaj, konforme al mia kunparolanto, ankoraŭ ne estas sciate, kiel finiĝus tiu batalo, se ne estus la akcidento...
그리고, 내 대담자에 따르면, 만약 사고가 없었더라면, 그 싸움이 어떻게 끝났을지 아직도 알지 못했을것입니다...

Mirindan fotaĵon mi ekvidis sur lia tablo: sur pinto de la striita tubo, altiĝanta super la kvara kaj tria blokoj, kvazaŭ okazus nenio eksterordinara, sidis... helikoptero!
나는 그의 테이블에서 놀라운 사진을 보았습니다. 줄무늬 튜브 위에 특별한 일이 없었던 것처럼, 4호와 3호 블록 위로 솟아 있는 헬리콥터가 착륙해 있었습니다!

Stanislav Ivanović Gurenko: "Tio okazis komence de septembro, antaŭ fina etapo de fermo de la sarkofago. Necesis instali kontrolajn mezurilojn, por rekontroli plurajn parametrojn.
스타니슬라프 이바노비치 구렌코 : "이것은 9월 초, 석관 폐쇄의 마지막 단계 이전에 발생했습니다. 여러 매개변수를 다시 확인하기 위해 제어 미터를 설치해야 했습니다.

Kaj do piloto-elprovanto Nikolaj Nikolaevič Melnik -

la homo sinĝena, tute ne simila al piloto-elprovanto, kiel oni prezentas tiun, ekzemple, en kinofilmoj, - entreprenis plenumon de tiu riska tasko.

그래서 테스트 파일럿 니콜라이 니콜라에비치 멜닉Nikolaj Nikolaević Melnik - 예를 들어 영화에서와 같이 테스트 파일럿 과 전혀 같지 않은 자의식적인 남자 - 는 이 위험한 작업수행을 기도企圖했습니다.

Kun li estis reprezentanto de baza uzino Igorj Aleksandroviĉ Erlih — inĝeniero de malnova hardo, mi opinias, li havis pli ol sesdek jarojn, delikata, emfaze ĝentila, strikte diferencanta de la tuta nia ĉernobila laborvesta-matrosĉemiza frataro...

그와 함께 기본 야금공장의 대표자 이고르 알렉산드로비치 에를 리 - 오래시간 단련된 엔지니어, 내 생각에 그는 60세 이상이었 고 세심하고 예의에 철저하며 우리의 모든 체르노빌 작업복-매 트리스-셔츠 형제들과는 완전히 달랐습니다...

Tio estis interesa paro. Ili malsuprenigis mezurilon en la tubon, kaj la mezurilo kroĉiĝis je iuj ripoj interne de la tubo.

흥미로운 커플이었습니다. 그들은 게이지를 파이프 안의 하부로 낮추었고, 게이지는 파이프 내부의 일부 중간에 걸리게 했습니 다.

Necesis ĝin elpreni, sed dum flugo ĝi ne eltireblas. Kaj Melnik surtubiĝis. Kaj ili eltiris la mezurilon.

꺼내야 하는데도 비행 중에는 꺼낼 수 없습니다. 그리고 멜닉은 튜브에 올려져놓여있습니다. 그리고 그들은 게이지를 꺼냈습니다.

Mi kun Gennadij Georgieviĉ Vedernikov* (* Vicprezidanto de Konsilio de Ministroj de USSR, unu el alternaj prezidantoj de Registara komisiono) havis pli ol kvindek flugojn al la kvara bloko.

게나디 게오르기에비치 베데르니코프(소련 각료회의 부의장, 정부 위원회의 교체 의장 중 한 명.)와 나는 4호 블록까지 50회 이상 비행을 했습니다.

Kun ni flugis tri brigadoj de helikopteristoj - kaj mi scias, kian pezegan laboron ili havas.

헬리콥터 조종사로 구성된 3개 여단이 우리와 함께 비행했으며 그들이 하는 일이 얼마나 힘든지 압니다.

La pilotoj priverŝiĝis per ŝvito. Radiada ŝarĝo estas tre granda. Maldekstre de la piloto pendas mezurilo de radioaktiveco - la indikoj tie estas tre kaj tre...

조종사들은 땀에 흠뻑 젖었습니다. 방사선 부하가 매우 큽니다. 조종사의 왼쪽에는 방사능 측정기가 걸려 있습니다. - 거기에 계기수치는 아주, 아주 높아.

Kaj apud li staras observanto kaj diras: "Maldekstren... dekstren... pendu iomete... permesu rigardi..." Kaj pendi ja necesis rekte super la disrompiĝo.

그리고 관찰자는 그의 옆에 서서 이렇게 말합니다. : "왼쪽으로.. 오른쪽으로.. 조금 매달아요.. 제가 볼 수 있게 해주세요.."
그리고 실제로 붕괴된 바로 위에 매달아놓을 필요가 있었습니다.

Malgraŭ tio, ke la knaboj havas subpiede kaj sur sidlokoj plumbajn foliojn, sed tutegale - vitraĵo de la kajuto ja ne povas protekti...
소년들은 발 아래와 좌석에 납 박편들이 있지만, 모두 동일하지만 - 기내 유리는 보호 될 수 없다는 사실에도 불구하고 ...

Dum tiuj tagoj, kiam estis finata konstruado de la sarkofago, ni precipe ofte flugis. Ĉar betono elspeziĝis en terura kvanto kaj necesis scii kien ĉiufoje ĝi malaperas?
석관 공사가 끝난 후 몇일동안 특히 비행기를 자주 탔습니다. 콘크리트가 어마어마하게 소모되어 매번 어디로 사라졌는지 알아야 했기 때문이었습니다?

Tiuj kubometroj de betono, kiuj estis enpumpataj en la ŝtupojn de la sarkofago, ne respondis al reala kresko de la konstruaĵoj.
석관의 계단으로 펌핑된 수 입방미터의 콘크리트 더미는 건물의 실질적인 신장에는 비례하지 않았습니다.

Kaj la betono enfluis jen en malfermitajn kanalojn, de kie siatempe estis kondukata akvo por malvarmigo de la reaktoro, jen en la disrompiĝojn, kiujn ne eblis fermi...
그리고 콘크리트는 이제 열린 수로水路관으로 흘러 들어갔습니다. 한때 물이 원자로를 냉각시키기 위해 가져온 곳에서 이제는 막을 수 없는 깨진 틈새로 흘러 들었습니다 ...

Kaj ekscii, kien trafluas la betono, al ni tre helpis la helikopteristoj - tiaj bonegaj homoj, kiel Melnik.
Post kiam li plenumis la taskon en Ĉernobil, li estis akceptita en la partion.
그리고 콘크리트가 스며드는 곳을 알아내기 위해 Melnik과 같이 훌륭한 헬리콥터 조종사들은 우리에게 많은 도움을 주었습니다. 그는 체르노빌에서 임무를 마친 후 입당入黨이 받아들여졌습니다.

Li telefonis al mi kaj komunikis tiun ĝojon.
그는 전화로 내게 그 기쁨을 전했습니다.

En Ĉernobil mi konatiĝis kun multaj rimarkindaj homoj. Vi ja konas Jurij Samojlenko.
체르노빌에서 나는 수많은 탁월한 인사들을 알게 되었습니다. 당신은 유리 사모일렌코Yuriy Samoilenko를 알고 있겠지요.

Mi ne povas nomi lin mia amiko, ni ne havis tiajn rilatojn almenaŭ tial, ĉar ni havas grandan diferencon en aĝo.
나는 그분을 친구라고 부를 수는 없고, 적어도 그런 이유 때문에 그런 관계를 맺지는 못했습니다. 왜냐하면 나이 차이가 많이 났거든요.

Li estas juna, arda kaj energia. Mi renkontiĝis kun li

unu aŭ du tagojn post alveno en la Zonon. Li venis al mi, kaj mi devis helpi al li en solvado de iuj demandoj.

그는 젊고 열정적이며 활력이 넘칩니다. 존Zono에 도착한 지 하루나 이틀 만에 그를 만나게 되었습니다. 그는 내게 왔는데, 몇 가지 의문 해결에 도움이 필요해 그를 도울 수 밖에 없었습니다.

En Samojlenko mirinde kombinas du principoj. De unu flanko, li estas la homo de afero, li la tutan sin fordonas al la afero- dum tiuj tagoj li estis fanatike celinta al desradioaktivigo de tegmento de la maŝinejo kaj la tria bloko.

사모일렌코에서는 두 가지 원칙이 놀랍게 결합되어 있습니다. 한편으로 그는 사건당사자로서, 그는 사건에 모든 심혈을 기울입니다. - 당시 며칠 동안 그는 엔진실 지붕과 세 번째 블록의 방사능저감에 광적으로 목적달성에 매달렸습니다.

De alia flanko, li estas sufiĉe naiva kaj nepraktikema en ĉio, kio koncernas multnombrajn burokratismajn superstrukturojn - ĉiujn kunordigojn, interkonsentigojn, bazigojn.

반면에 그는 수많은 관료적 상부 구조와 관련된 모든 것, 즉 모든 조정, 계약, 기반과 관련된 모든 면에서 다소 순진하고 비현실적입니다.

Mi opinias, ke tio estas lia bonkvalito. Li estas tre pura knabo.

그것이 그의 좋은 본성이라고 생각합니다. 그는 매우 청순한 소년입니다.

Bedaŭrinde, ke en nia tempo malmultas tiaj homoj.
Se estus pli multe da tiaj sinceraj kaj senruzaj - por
la lando estus pli facile solvadi la malfacilajn
hodiaŭajn problemojn.
아쉽게도, 우리 시대에는 그런 사람들이 적었습니다. 만약에 이
러한 진실하고 순진한 사람들이 더 많이 있었더라면 - 국가를
위해 오늘날의 어려운 문제해결이 더 쉬울 것입니다.

Samojlenko laboris en la tiel nomata speciala zono.
사모일렌코는 소위 특별 구역에서 일했습니다.

En administr-mastruma konstruaĵo n-ro 1 li havis
oficejon - oni ĝin montris en la filmo "Ĉernobil: du
koloroj de la epoko", sed la ĉefa loko de agado, lia
ĉefa laboro estis sur tegmento de la masinejo.
그의 사무실은 1번 행정동에 있었습니다.
- 영화 "체르노빌: 시대의 두 가지 색깔"을 보여줬습니다, 그러
나 주된 활동 장소, 그의 주요 작업은 기계실 옥상이었습니다.

Poste placetoj de la tria bloko, la tubo... Li estas
homo severa, povas poste iun meti sur gustan
lokon, diri ĉion, kion li pensas, kaj en ne la plej
diplomatiaj esprimoj.
그런 다음 3호 블록의 작은 사각형, 튜브... 그는 엄격한 사람이
고, 나중에 누군가를 좋은 위치에 배치할 수도 있고, 그가 생각
하는 무엇이든 말할 수 있습니다. 최상의 외교적인 용어는 아닙

니다.

Li ĝenerale ŝatas koloritajn esprimojn, kiel "ne faru haladzon" aŭ "ne konduki kankron post ŝtono".
그는 일반적으로 "유독가스를 만들지 마십시오" 또는 "돌 뒤에 게를 몰고 가려고 하지 마십시오" 와 같은 다채로운 표현을 좋아합니다.

Kaj kiam komenciĝis lukto, li ne elektadis esprimojn... Fojfoje tio al li malutilis.
그리고 몸싸움이 시작될 때, 그는 표정을 선택하지 않았습니다... 때로는 그것은 그에게 해가 되었습니다.

Kaj ankoraŭ - li terure malŝatis diversajn profitavidajn parolojn pri kvinoblaj salajroj, apartamentoj, pri tio, kiu kiom da rentgenoj "kolektis" kaj kiam povos forveturi el Ĉernobil.
그리고 여전히 - 그는 5배의 급여, 주택, 누가 얼마나 많은 엑스레이를 수집했으며 언제 체르노빌을 떠날 수 있는지에 대한 다양한 이익 추구 연설을 몹시 싫어했습니다.

Li ne atentis la danĝeron. Kaj kiom da li efektive "kolektis", - tion nur li sola scias, kaj ankaŭ li - neprecize.
그는 위험에 주의를 기울이지 않았습니다. 그리고 그가 실제로 "수집"한 것은 - 그 자신만이 알고 있으며, 심지어 그 자신도 - 부정확합니다.

Ja li iradis en la plejan "brulejon". Mi, honeste dirante, kiam la unuan fojon ekvidis, kiel li laboras, demandis: kiom da infanoj li havas, kia estas la familio? Malsimpla estis por li tiu tegmento, tre malsimpla".

결국 그는 최고의 "화재현장"으로 갔습니다. 솔직히 말해서 그가 일하는 방식을 처음 봤을 때 나는 이렇게 물었습니다. : 자녀가 몇 명입니까? 가족은 어떻습니까? 그 집은 그에게 복잡하고, 매우 복잡했습니다."

Jurij Nikolaeviĉ Samojlenko, Heroo de Socialisma Laboro, vicĉefinĝeniero de Ĉernobila AEC pri likvidado de postsekvoj de la akcidento: "Jen nun ĉiuj parolas: incendio, incendio, incendio. Sed kio brulis? Kiu scias? Ĉu tegmento brulis? Brulis.

유리 니콜라에비치 사모일렌코, 사회주의 노동 영웅, 사고의 결과 청산을 위한 체르노빌 원전 엔지니어부대표: "이제 모두가 말하고 있습니다. 불, 불, 불. 그러나 무엇을 태웠습니까? 누가 알겠습니까? 지붕이 타 버렸습니까? 타 버렸습니다.

Sed oni estingis ĝin ankoraŭ nokte. Kaj la reaktoro. Ĉu ĝi brulis? Stranga demando, ĉu ne? La reaktoro brulis.

그러나 불은 밤에 진화되었습니다. 그리고 원자로, 거기 불났어? 이상한 질문 아닌가요? 원자로가 불탔습니다. .

Sed ĝin, interalie, neniu estingadis. Se diri ekzakte, la reaktoro ekbrulis preskaŭ diurnon post la

akcidento al la 23-a horo la 26-an de aprilo.
그러나 무엇보다도 아무도 그것을 끄지 않았습니다. 정확히 말
하면, 사고 이후인 4월 26일 오후 11시에 원자로에 불이 붙었습
니다.

Kaj ĝi ĉesis bruli al la sesa matene. Ĝi brulis la
tutan nokton.
그리고 아침 6시에 불이 멈췄습니다. 불은 밤새 탔습니다.

La mekanismo estas jena: aparato estas senakvigita,
okazas natura varmiĝo de hejtaĵo, ĉar ne okazas
malvarmigo, plus abunda aerumado, rezulte de
detruiĝo de iu zono de la reaktoro.
메커니즘은 다음과 같습니다. : 장치가 탈수되고, 가열재료의 자
연 가열이 발생하는데, 이는 원자로의 일부 구역의 파괴로 냉각
이 되지않고, 더하여 풍부한 공기환기 때문입니다.

Ekbrulis la hejtaĵo, altiĝis temperaturo. Proksimume
en limo gradoj kaj komenciĝis intensa kombiniĝo de
grafito kaj uranio kun formiĝo de urania karbido.
히터가 켜지고 온도가 상승했습니다. 거의 한도에 이르렀고 흑
연과 우라늄의 강렬한 결합을 시작하여 탄화우라늄을 형성했습
니다.

Ĝuste ĝi brulis. Kaj kiam de tie ĉio estis elblovita
en formo de radioaktiva nubo, la aparato mem
estingiĝis.
불태운건 맞습니다. 그리고 방사성 구름의 형태로 모든 것이 거

기에서 날아 갔을 때 장치 자체가 꺼졌습니다.

- Ĉu tiel rapide?
- 그렇게 빨리?

- Certe. Ĉio forflugis en la atmosferon. Kaj la ceteraj elĵetoj, kiujn ni nun nomas "protuberancoj", estis kaŭzitaj per superĵeto de la reaktoro per sakoj kun sablo kaj plumbo.
- 확실합니다. 모든 것이 대기로 날아갔습니다. 그리고 우리가 지금 "돌기突起"라고 부르는 나머지 배출물은 원자로를 모래와 납 주머니로 덮으면서 발생했습니다.

Jen kion sekvigis superŝuto de la reaktoro. Tio estas mia persona opinio, multaj kun ĝi ne konsentas.
이것은 원자로의 덮어뿌림에 따른 것입니다. 제 개인적인 생각인데 많은 분들이 동의하지 않습니다.

- Kaj kion vi proponus, se en tiuj tagoj vi estus en Pripjatj surloke de tiuj, kiuj akceptis decidojn?
- 그 당시에 결정을 수락한 사람들 대신 프리피야트에 있었다면 무엇을 제안하시겠습니까? -

- Unue, ekde la komenco ankoraŭ antaŭ dudek jaroj. - mi kreus organizon, kiu batalus kontraŭ la akcidentoj.
- 첫째, 처음부터 아직 20년 전. - 나는 사고에 맞서 싸울 조직을 만들 것입니다.

En 1976 okazis granda diskuto pri neceso de kreo de speciala kontraŭakcidenta servo, Ministerio pri energetiko kaj elektrizado kvazaŭ konsentis, sed konkludojn ne faris.

1976년에 특별 사고 방지 서비스를 만들 필요성에 대한 큰 논의가 있었고 에너지 및 전기부는 동의했지만, 어떤 결론도 내리지 않았습니다.

- Mi estas riparisto, antaŭ la akcidento en Ĉernobil mi laboris en Smolenska AEC.

Komprenu, ni ja estas nudaj kaj nudpiedaj, ni havis neniajn distancajn rimedojn, neniajn specialajn vestojn.

- 저는 수리공입니다. 체르노빌 사고 전에는 스몰렌스카 원전에서 일했습니다.

우리는 참으로 벌거벗고 맨발로, 거리를 둘 수단도, 특별한 옷도 없었습니다.

Eĉ ne unu decan skafandron. Kion ebligas kontraŭincendia kostumo? Ĝi ebligas minuton de restado tie.

제대로 된 구명복 한 벌도 없었습니다. 소방복은 무엇을 가능하게 합니까? 그것으로 단지 1분 동안 머물 수 있습니다.

Sed estas bezonata fidinda skafandro, por ke en ĝi estu eble spiri, labori, restadi en altintensaj kampoj...

그러나 믿을만한 잠수복이 갖춰졌더라면, 숨쉬고, 작업진행하고, 고강도 필드에 머무를 수 있습니다 …

Ni ja seninstrumente iris ripari aparatojn. Ni havas martelegon, ŝraŭboŝlosilon, en la plej bona okazo facetilon[23] kaj fortajn rusajn esprimojn…
우리는 공구없이 가전제품을 수리하러 갔습니다. 우리에게는 대형망치, 렌치, 기껏해야 패싯과, 그리고 강렬한 러시아어 표현들…

Ĉu vi scias, kiel laboras riparistoj? Matene ili iras al laborejo - malhelas, de laborejo iras - malhelas.
수리공들이 어떻게 일하는지 아십니까? 아침에 그들은 일하러 갑니다. - 어두워지고, 퇴근합니다. - 어두워집니다.

Ankaŭ nokte oni vekas. Kaj personaro de riparistoj en atomcentralo dividiĝas je du partoj: aŭ tien iras tiaj feĉuloj.., aŭ tiaj knaboj restas, kiuj laboregas tiel, kvazaŭ temas pri ilia vivo.
그들은 또한 밤에 깨어납니다. 그리고 원자력 발전소의 수리공 직원은 두 부류로 나뉩니다. 쓰레기같은 것들이 거기 가거나..

---

23) faco ① □ Ĝenerale ebena parto de la surfaco de objekto, limigita de geometria figuro: ~o de glitvalvo, de martelo, de amboso . ☞ flanko , surfaco .

2 △ a) Ebena parto de la surfaco de solido.

   b) (pli ĝenerale) Ebena parto de la rando de geometria figuro kun

★~eto. Malgranda ~o: la ~etoj de brilianto, de kristalo, de la okuloj de insekto; artika ~eto de osto.

~eti (tr) Fari ~etojn sur: ~eti diamantojn.

아니면 그런 애들이 남아, 마치 목숨을 걸듯이 열심히 일한다.

Ni ne parolu pri tia mondsignifa akcidento, kiel la
ĉernobila. Imagu: en ordinara centralo estas
ordinara teknologia akcidento. Tiel nomata "fendo":
disŝiriĝo de de tubo.
체르노빌 사고처럼 세계적으로 중요한 사고에 대해서는 이야기
하지 맙시다. 상상해보십시오 : 일반 발전소에는 일반적인 기술
사고가 있습니다. 소위 "균열": 튜브의 찢어짐.

Kaj ŝprucegas vaporstrio kun temperaturo de 270
gradoj kaj premo de 70 kilogramoj al kvadrata
centikaj trabatas en betono jen tiajn funelojn.
그리고 270도의 온도와 1제곱센티미터당 70킬로그램의 압력을
가진 증기의 흐름이 콘크리트의 이 깔때기를 통해 분사됩니다.

Sed la aparatoj en la centralo ne reagas al la
akcidento, ili dekomence ĝin ne sentas. Okazas
vaporumiĝo de la ejo, kie troviĝas la indikiloj, kaj ili
poiome komencas panei.
그러나 발전소의 장치는 사고에 반응하지 않으며 처음부터 느끼
지 않습니다. 지표가 위치한 곳에서 증발이 일어나고 점차적으
로 고장나기 시작합니다.

Kion fari?
뭘 해?

Ĉu haltigi la centralon? Do, dum 70 horoj

malvarmigi la reaktoron, por ke estu eble tien eniri.
발전소를 멈춰? 그래서 70시간 동안 원자로를 냉각시켜서 거기에 들어갈 수 있게 해줍니다.

Ni perdus semajnon, havus enorman malprofiton - jen pro tiu tubeto.
우리는 일주일을 잃을 것이고, 큰 손실을 입을 지도 - 그것은 그 튜브 때문입니다.

Sed ja ĝi ne sola krevas. Kaj ĉu vi pensas ni haltigas?
그러나 부서지는 것은 이뿐만이 아닙니다. 그리고 우리가 멈출 수 있을 것 같습니까?

Nenio simila! Jen tiaj idiotoj, kiel Samojlenko, kiel Golubev fakestro, surmetas vatjakojn, prenas hosojn kaj ek en la ejon.
아무것도 그런거 아니야! 사모일렌코와 같은 골루베프Golubev 부서장과 같은 바보가 면綿재킷을 입고 호스를 잡고 사이트에 들어가기 시작합니다.

Ja laboriston ne eblas sendi. Vaporo estas malmulte radioaktiva, sed tamen...
작업자를 보낼 수 없습니다. 증기는 약간 방사능이 있지만 여전히 ...

Kaj dum unu-du diurnoj, envenante tien por minuto, ili rigardas, elpensas kaj faras, faras.

그리고 하루나 이틀 동안 그곳에 잠시 들어와서 보고, 생각하고, 행하고, 행합니다.

Kaj reaktoro funkcias. Kaj la ĉefinĝeniero iradas ĉirkaŭe: "Knaboj, nu, knaboj, nu..."
그리고 원자로는 가동합니다. 그리고 수석 엔지니어가 걸어 다니며 "애들아, 글쎄, 애들아, 글쎄..."

Bone. Ni revenu al Ĉernobil. Mi venis ĉi tien la 29-an de majo kaj okupiĝis pri desradioaktivigo de teritorio de la centralo.
좋아요. 체르노빌로 돌아갑시다. 나는 5월 29일에 이곳에 와서 발전소 지역의 방사능저감작업에 관여했습니다.

Mi laboris kune kun generalo de inĝenieraj trupoj Aleksandr Sergeeviĉ Korolev.
나는 공병대장 알렉산드르 세르게에비치 코롤레프Aleksandr Sergeevich Korolev와 함께 일했습니다.

La unuaj niaj venkoj estas ligitaj, sendube, kun la inĝenieraj trupoj.
우리의 첫 번째 승리는 의심의 여지 없이 공병과 연결되어 있습니다.

Ili efektivigis desradioaktivigon de la unua bloko, fundamentis betonajn platojn en teritorio de la centralo.
그들은 1호 블록의 방사능저감작업을 수행하고, 발전소 영역에 콘크리트 슬래브를 깔았습니다.

Sed la radika ŝanĝo en la procedo de likvidado de postsekvoj de la akcidento okazis aŭguste - eĉ antaŭ tio, kiam estis konstruita la sarkofago.
그러나 사고의 결과를 청산하는 과정의 근본적인 변화는 석관이 지어지기 전에도 8월에 발생했습니다.

Ni sukcesis loklimigi la fonton de radioaktiva poluciigo kaj multe plibonigi la situacion ĉirkaŭ la centralo.
방사능 오염원의 위치를 파악하고 발전소 주변 상황을 크게 개선하는 데 성공했습니다.

Kaj tio, siavice, pozitive efikis al konstruado de la sarkofago.
그리고 그것은 차례로 석관 건설에 긍정적인 영향을 미쳤습니다.

Rezulte de la akcidento okazis enorma elĵeto de radioaktivaj substancoj.
사고의 결과는 방사능 물질이 엄청나게 방출되었다는 것입습니다.

Pezaj eroj de metaloj falis en senpera proksimeco de la bloko, kaj la malpezaj - precipe jodo flugis malproksimen.
무거운 금속 입자가 블록 바로 근처에 떨어졌고, 가벼운 입자, - 특히 요오드가 멀리 날아갔습니다.

Ĉirkaŭ la centralo formiĝis ekstreme malfacila radiologia situacio. Kaj ni faris gravan konkludon: la sarkofagon, certe necesas fari urĝe, necesas urĝe fermi, sed ne malpli grave estas preventi ventan disporton de cindro, brulaĵo, polvo, kiu estis, eble, eĉ pli danĝera ol ĉio cetera.
Aperis la ideo: glui la reaktoron.

발전소 주변에 극도로 어려운 방사능 상황이 발생했습니다. 그리고 우리는 중요한 결론을 내렸습니다. : 석관은 확실히 긴급하게 만들 필요가 있으며, 긴급하게 닫아야하지만, 바람이 재, 화재연료, 먼지를 분산시키는 것을 방지하는 것이 덜 중요합니다. 이는 아마도 나머지 모든 것보다 훨씬 더 위험했을 것입니다 .
아이디어가 나왔습니다. : 원자로를 덮어씌우는 것입니다.

- Kiel glui?
- 어떻게 접착해?

- Tre simple: priverŝi ĝin supre per ia aĉaĵo kaj glui.
- 매우 간단합니다. 그 위에 쓰레기를 붓고 풀을 붙입니다.

Ĉesigi enaeriĝon de radioaktivaj substancoj kune kun polvo.
먼지와 함께 방사성 물질의 공기중 방출의 중단.

Niaj malamikoj aŭ, sciencdire, "oponantoj" diras al ni: tie ja estas hejtaĵo, tie estas troalta temperaturo.

우리의 적들 또는 과학적 용어로 "반대자"는 우리에게 말합니다.
: 실제로 연료가 있고, 지나치게 높은 온도가 발생합니다.

Se ni priverŝos, ĉio ĉi vaporiĝos kaj nuligos la tutan desradioaktivigon, kiun ni efektivigis en la teritorio.
우리가 뿌린다면, 이 모든 것이 증발할 것입니다. 그리고 우리가 그 구역에서 수행한 모든 방사능저감을 해소할 것입니다.

Favore al ni, dum tiuj tagoj estis terura pluvego, eble unusola dum la tuta tiu okazaĵo.
다행스럽게도, 그 당시 전체 사건기간 중 아마도 유일한 것은 폭우가 쏟아졌다는 것입니다.

Estis 42 mm de atmosferaj akvoj. Kaj subite ni rimarkis, ke forteco de la dozo, mezurata en la regiono de la reaktoro, abrupte malgrandiĝis.
대기 강우량은 42mm였습니다. 그리고 갑자기 우리는 반응기 영역에서 측정된 선량의 강도가 갑자기 감소한다는 사실을 알게되었습니다.

Tio konfirmis nian ideon: la polvo estis delavita malsupren - kaj forteco de la dozoj malgrandiĝis.
이것은 우리의 아이디어를 확인시켜주었습니다. 먼지가 씻겨 내려 가고 오염용량의 강도가 감소했습니다.

Kaj nian decidon ni bazigis je tiu pluvo: ni proponis akvumi la blokon kaj glui ĝin.
그리고 우리는 강수를 기준으로 결정을 내렸습니다. 블록에 물을 뿌리고 접착제로 붙일 것을 제안했습니다.

Niaj knaboj - Ĉuprin kaj Ĉernousenko proponis specialan miksaĵon.
우리 소년들 - 추프린Chuprin과 체르노우센코Ĉernousenko는 특별한 혼합제를 제안했습니다.

Ni iras al Gennadij Georgieviê Vedernikov. Ni skribis bazigdeklaron, restas nur akcepti decidon de la Registara komisiono.
우리는 게나디 게오르기에비치 베데르니코프에게 갔습니다. 우리는 원칙 선언문을 작성했으며 정부 위원회의 결정을 받아들이는 일만 남았습니다.

Kaj antaŭ tio Stanislav Ivanović Gurenko demandas nin: "Ĉu vi kun scienco kunordigis?" "Plena konsento", mi diras.
그리고 그 전에 스타니슬라프 이바노비치 구렌코가 우리에게 묻습니다. "과학팀과 조율했습니까?" "완전한 동의"라고 나는 말합니다.

Ni eniras, raportas. Ĉio pasas perfekte.
우리들은 들어가서, 보고합니다. 모든 것이 완벽하게 진행됩니다.

Kaj tiam Vedernikov demandas: "Kiel la scienco konsideras tion?" Li jam tenas la preparitan far ni decidon de la komisiono, sidas kun plumo enmane, jen-jen li metos sian subskribon...

그리고 베데르니코프는 다음과 같이 묻습니다. "과학은 그것을 어떻게 설명합니까?" 그는 이미 우리를 위해 준비된 위원회의 결정을 접수하고, 손에 펜을 들고 앉아 여기 저기에 서명을 할 것입니다...

Kaj subite... elsaltas unu sciencisto, membro-korespondanto.

그리고 갑자기... 회원 특파원인 한 과학자가 뛰어내립니다.

Tie estis multaj tiaj, kiuj ĉirkaŭ nia afero haladzon faris, volis trapuŝi siajn ideojn, perlabori sciencan kapitalon.

그곳에는 우리 문제에 악취를 풍기고, 자신의 아이디어를 밀어 붙여, 과학 자본으로 돈을 벌고 싶어하는 사람들이 많이 있었습니다.

Kaj do li elsaltas kaj komencas mallaŭdegi nian proponon.

그래서 그는 뛰쳐나와 우리의 제안을 폄하하기 시작합니다.

Liadire, se oni priverŝos la ardiĝintan krateron[24] de la reaktoro per nia miksaĵo, do eliminiĝos la substancoj, danĝeraj por la vivo kaj agado de la ĉirkaŭantoj.

그의 말에 의하면, 원자로의 뜨거운 분화구에 우리의 혼합물을 부으면, 주변 사람들의 생명과 활동에 위험한 물질이 제거된다

---

24) kratero 噴火口 〈지질〉

는 것입니다.

Tio estas mensogo. Kaj li, kaj ni tion scias. Kaj tuje
li proponas SIAN miksaĵon, ellaboritan de SIA
instituto.
그건 거짓말이야. 그리고 그와, 우리는 그것을 알고 있습니다.
그리고 즉시 그는 자기 연구소에서 개발한 자신의 혼합물을 제
안합니다.

Sed estas malgranda detalo: ili bezonos ankoraŭ
ĉirkaŭ du monatojn por produktado de tiu miksaĵo
kaj preparado de laboroj. Sed ĉe ni jam ĉio pretas,
morgaŭ ni povas komenci.
그러나 작은 세부 사항이 있습니다. 혼합물을 만들어내고 작업
을 준비하는 데 두 달이 더 필요합니다. 그러나 우리와 함께 모
든 것이 이미 준비되었으며 내일 시작할 수 있습니다.

Kaj tiam leviĝas Gurenko: "Kamaradoj, vi ja ĉi tien
venis ne por ricevi Nobel-premiojn, mi opinias, ke
la proponon de Samojlenko endas subskribi".
그리고 구렌코는 일어나서는. "동지들이여, 당신은 노벨상을 받
으러 여기에 온 것이 아닙니다. 사모일렌코Samoilenko의 제안은
서명할 가치가 있다고 생각합니다."

La paperon oni subskribis. Ni eliras, kaj Stanislav
Ivanoviĉ al ni diras: "Amikoj, tuj tiu via scienca
konkurencanto ĉiujn instancojn sciigos, tial vi
rapidu".

종이에 서명했습니다. 우리는 나갔고, 스타니슬라프 이바노비치가 우리에게 말하기를 "동무들, 당신의 과학적 경쟁자가 곧 모든 관청에 알릴 것이므로 서둘러요."

Ni - ek. Al la aerodromo. Aranĝis urĝan liveradon de la substanco, benzinprovizadon de helikopteroj, kaj sekvonttage MI-26 elflugis.
우리들 - 개시. 공항으로. 물질의 긴급 배달, 헬리콥터 급유 및 다음날 MI-26이 날아갔습니다.

Ekturniĝis karuselo[25] super la bloko.
회전목마가 블록 위에서 회전하기 시작했습니다.

Li priverŝas kaj priverŝas, kaj ni tuje rigistras la situacion - pristudas mapskemojn.
그는 붓고 붓습니다, 우리는 즉시 상황을 기록합니다 - 지도도표 연구.

Evidentiĝis, ke tuje la dozometra situacio sur la placeto pliboniĝis 10-oble! Iĝis multe pli facile konstrui la sarkofagon.
정사각형의 선량계 상황이 즉시 10배 개선되었다는 것이 분명해졌습니다! 석관을 짓는 것이 훨씬 쉬워졌습니다.

---

25) ★karusel /o
1 Festa turniro, kie kavaliroj aŭ rajdistoj turniĝe k artisme manovras: (f) ĥaosaj pensoj ˜as (kirliĝas) en lia kapo.
2 Ĉia amuzilo, ĝenerale en kermesoj, bazita sur turniĝoj de sidiloj aŭ pseŭdoveturiloj; (ss) porinfana amuzilo, konsistanta el lignaj rajdobestoj k seĝoj, metitaj sur granda ronda plataĵo, kiu turniĝas ĉirkaŭ sia akso.

Poste ni iris en la kvaran blokon, kontroli mekanismon de tiu afero.
그런 다음 네 번째 블록으로 이동하여 그 사건의 메커니즘을 확인했습니다.

Ni eniris tiujn ejojn, kiujn ekde la tempo de la akcidento neniu eniris. Kaj ni ekvidis, ke post nia priverŝado ankaŭ tie pliboniĝis la situacio.
우리는 사고 이후 아무도 들어가지 않은 곳으로 들어갔습니다. 그리고 우리는 우리가 부은 후에 그곳의 상황도 개선되었음을 보기 시작했습니다.

En la 35-a marko mi simple eliris sur tegmenton, rigardis al disrompo, vidis tiun faman "Elena" kovrilon de la bloko.
35번째 마크에서 나는 단순히 지붕에 나가 고장을 보았고 블록의 유명한 "엘레나Elena" 덮개를 보았습니다.

Post semajno ni denove faris intensan atakon al la bloko, priverŝis ĝin de kapo ĝis piedoj.
일주일 후 우리는 다시 블록을 집중 공격하여 머리부터 발끝까지 흠뻑 뿌려 적셨습니다.

Tiel ni gluis la kvaran blokon. Kaj tuje la aero iĝis pli pura, kaj oni povis trankvile daŭrigi konstruadon de la sarkofago.
이것이 우리가 4호 블록을 붙인 방법입니다. 그리고 즉시 공기가 맑아졌고 석관 공사는 조용하게 계속될 수 있었습니다.

De mia vidpunkto, kiel tiu de ingeniero, tio estis bela teknika solvo, brile realigita.
엔지니어의 관점에서 볼 때 이것은 훌륭하게 구현된 아름다운 기술 솔루션이었습니다.

Se vi nur vidus, kiel karusele flugis la helikopteroj super la bloko, kaj surtere staris direktantoj kun radioelsendiloj, korektadis laboron de la helikopteroj.
헬리콥터가 블록 위의 회전목마 처럼 어떻게 날아가는지 볼 수 만 있다면, 지상에는 헬리콥터의 작업을 수정하는 무선 송신기가 있는 지휘자가 있습니다.

Nia dua tasko estis tion vi vidis en la filmo "Ĉernobil: du koloroj de la epoko" forigi la hejtaĵon de tegmentoj.
두 번째 작업은 영화 "체르노빌Ĉernobil : 시대의 두 색깔"에서 본 지붕의 난방연료를 제거하는 것이었습니다.

Tio estis la plej terura fonto de radiado. Tiu hejtaĵo post la eksplodo kaj incendio eniĝis en fandiĝintan bitumon de tegmento kaj "radietis" plenpotence.
그것은 가장 끔찍한 방사선원이었습니다. 그 히터는 폭발과 화재 후에 지붕의 녹은 역청에 들어가 최대 전력全力으로 "방사"되었습니다.

Ni ekhavis eritemojn surpiede post kiam ni iris laŭ bitumo.
역청 위를 걷다가 발에 발진이 생겼습니다.

- Ĉu tiuj kostumoj, kiuj estas montritaj en la filmo, estas memfaritaj?
- 영화에 나오는 의상들은 수제手製인가요?

- Certe, memfaritaĵoj... Ni ne havis aliajn kostumojn... Kial ni tiel rapidis! La plej ĉefa por ni estis fermi fonton de radiado en la sarkofagon.
- 물론, 집에서... 우리는 다른 의상이 없습니... 우리가 왜 그렇게 서두르는지! 우리에게 가장 중요한 것은 석관에서 방사선원을 폐쇄하는 것이었습니다.

Sed antaŭ ol fermi la sarkofagon kaj ĝi jam estis plenrapidece konstruata, necesis deĵeti la hejtaĵon de la tegmento en disrompiĝon.
그러나 석관을 닫기 전에 이미 최고 속도로 건설되고 있었기 때문에, 지붕에서 가열재료를 조각으로 부셔서 던져버려야했습니다.

Alikaze kien ĝin poste forpreni? Mi nun klare komprenas, se ni ne rapidus, ne engaĝus por tiu laboro soldatojn - ĉio.
그렇지 않으면 나중에 어디로 제거합니까? 나는 이제 우리가 서두르지 않으면, 이 일에 군인을 동원하지 않을 것임을 분명히 이해합니다.

Tiu hejtaĵo ĝis nun kuŝus sur la tegmento. Kaj tiam ne povus temi pri funkciigo de la blokoj.

그 히터연료는 지금까지 지붕에 방치돼 있었을 것입니다. 그러면 블록을 조작하는 문제가 될 수 없습니다.

La hejtaĵo, kiu kuŝis sur tegmento, minacis, interalie, ankaŭ al Kiev: en kazo de fortaj ventoj ĝi estus deblovata kaj portata al la urbo.

지붕 위에 놓여 있던 히터연료는 무엇보다도 키이우를 위협했습니다. 강풍이 불 경우 연료가 날아가 도시로 날라갈 것입니다.

Apud la bloko staris grandegaj okcidentgermaniaj arganoj[26] "Demag". Ili estis tre bezonataj en konstruado de la sarkofago.

블록 옆에는 거대한 서독제 "데막Demag" 굴착기가 있었습니다. 그것들은 석관을 건설하는 데 매우 필요했습니다.

Nia teknologio de robotoj sur tegmento ebligis liberigi "Demag"ojn nur por konstruado de la sarkofago.

지붕위에서의 우리의 로봇 기술자는 석관건설을 위해 동원된 "데막" 굴착기들의 격리를 가능케 했습니다.

"Demag" nur metis por ni la robotojn sur tegmenton, kaj ĉio. Robotoj...

"데막"은 우리작업을 위해 로봇들을 지붕에 단지 올려놓기만 했

---

26) argan-o ①〈조류〉 두루미, 학(鶴). ②〈기계〉 크레인, 기중기.

습니다. 그리고는 로봇들이 다 했습니다.

Dekomence ni pri ili esperis, sed...
처음부터 우리는 그들에 대해 바랐지만, 그러나..

Ĉu vi scias tiun anekdoton pri la robotoj, kiuj freneziĝis?
로봇이 미쳤다는 일화를 아십니까?

- Scias.
- 압니다

- Ili ne freneziĝis, sed saĝo ĉe ili certe mankis. Estis multaj misfunkcioj. Ni devis nin apogi je homoj. La homo estis, estas kaj restas la plej granda potenco sur la Tero.
- 미친 건 아니지만 확실히 지혜가 부족했어요. 오작동이 많았습니다. 우리는 사람손에 의존해야 했습니다. 인간은 지구상에서 가장 강력한 능력이었으며 지금도 마찬가지입니다.

Eĉ en la kondiĉoj de troalta radiado".
과고도過高度 방사선의 조건에서라도.”

Julij Borisoviĉ Andreev, subkolonelo de Soveta Armeo: "La 28-an de majo mi venis al Ĉernobil. Mi eniris konsiston de speciala grupo de militaj specialistoj. Mi mem estas hereda militisto, naskiĝis en Piter (Leningrado. - Trad.).

소련군 중령 율리 보리소비치 안드레에프 : "5월 28일에 나는 체르노빌에 왔습니다. 나는 특별 군사 전문가 그룹에 합류했습니다. 나 자신은 피테르(레닌그라드 -역자) 에서 태어난 대代를 이은 군인입니다.

La patro estis militmaristo, la praavo-artileriisto. Ekzistas tia onidiro, ke li militservis kune kun Lev Nikolaević Tolstoj...
아버지는 해군선원이었고 증조부는 포병이었습니다. 레프 니콜라에비치 톨스토이Lev Nikolaević Tolstoj와 함께 군복무를 했다는 소문도...

Ni venis en Ĉernobil kiel dekopo de oficiroj. Kvin personoj restis por la staba laboro, kaj kvin en la centralo.
우리들 장교 10인조로 체르노빌에 왔습니다. 5명은 사령부업무에, 5명은 발전소에 남았습니다.

Inkluzive unu kuraciston. Nu, la kuracisto havis tro detalan informaron, liaj lipoj tremis, li estis tute blanka kaj ripetadis solan vorteton: "P-ppo-lu-tonio, p-p-polu-tonio..." Kaj li malaperis laŭvoje...
의사 1명 포함. 글쎄요, 의사는 너무 세세한 정보를 가지고 있었고 입술이 떨렸고, 완전히 새하얗고 단순한 말만 되풀이했습니다: "뽀뽀루토니오, 뻬뽀루토니오.." 그리고 그는 도중에 사라졌습니다..

En la Zono mi tuje rememoris la filmon de Andrej

Tarkovskij "Stalkero". Kaj ni nomis nin "stalkeroj" kaj Jura Samojlenko, kaj Viktor Golubev, kaj mi... Ĉiuj, kiuj iradis en la plej danĝerajn lokojn, estis stalkeroj.

존Zone에서 나는 안드레이 타르코프스키Andrei Tarkovsky의 영화 "스토커"를 금세 기억했습니다. 그리고 우리는 스스로를 "스토커"라고 불렀고 유라 사모일렌코Jura Samoilenko, 빅토르 골루베프Viktor Golubev, 그리고 저는... 가장 위험한 곳으로 간 사람들은 모두 스토커들이었습니다.

La unua, kion mi ekvidis en la centralo, estis hundo, kuranta preter administr-mastruma konstruaĵo n-ro 1. La nigra hundo, ĝi balanciĝis, ĝi tuta skuiĝis, ĝi senhariĝis... Verŝajne, ĝi multege kaptis...

발전소에서 가장 먼저 본 것은 1호 청사 앞을 달리는 개였습니다. 검은 개, 흔들흔들, 마구 흔들어대는, 그 개는 털이 전부 빠졌습니다… 아마 많이 붙잡았을텐데...

Ni, militistoj, devis efektivigi skrupulan desradioaktivigon de AEC. Sed kiel in efektivigi? Ni ne havis sperton. Ni estis "nudetaj" - ĉiuj taskoj estis novetaj.

우리들, 군인들은, 원전 방열을 세심하게 수행해야 했습니다. 그러나 그것을 실행하는 방법? 우리는 경험이 없었습니다. 우리는 "벌거벗은" 상태였습니다. 모든 작업은 새로운 것이었습니다.

Kion fari, ekzemple, kun tiuj diablaj tegmentoj? Ja

ili "radietis" tiel, ke en la ejoj, situantaj sub la tegmentoj, ne eblis restadi. Precipe pliiĝis la akreco de tiu problemo, kiam komenciĝis konstruado de la sarkofago.

예를 들어, 그 악마의 지붕으로 무엇을 해야 할까요? 결국, 그들은 지붕 아래에 있는 건물에 머무를 수 없도록 "방사선방출"을 했습니다. 이 문제는 석관 건설이 시작되었을 때 특히 심각해졌습니다.

La robotoj donis tute fantastikajn indikojn, mi al ili ne kredis. Oni mem devis fari esploron, klarigi al si, kio estas.

로봇은 완전히 환상적인 지시들을 제시했지만, 나는 그것들을 믿지 않았습니다. 자가 조사를 해야했고, 그것이 무엇인지 자신들에게 설명해야 했습니다.

Meze de junio mi kune kun leŭtenanto Ŝanin provis lavi unu tegmenton per dizeloleo. Tio ne efikis.

6월 중순, 샤닌 중위와 함께 한 지붕을 디젤유로 씻으려고 했습니다. 효과가 없었습니다.

Sur tiu tegmento estis almenaŭ pli aŭ malpli komforte: tie eblis resti dum 5-10 minutoj.

그 지붕에서는 적어도 다소 편안했습니다. 5~10분 동안 머물 수 있었습니다.

Sed kio koncernas la tegmentojn de la ĉefa konstruaĵo sur ilin neniu eliris. Plena nekonateco.

Tial mi decidis eliri sur la tegmenton de la dua bloko.

그러나 본관 지붕은 그 위로 올라가는 사람이 아무도 없었습니다. 완전 낯설음. 그래서 2호 블록의 옥상으로 나가기로 했습니다.

Fakte, oni diris al mi, ke dozometristoj tie jam estis. Mi iris trankvile, eblas diri - senzorge, al mezurileto rigardis.

사실, 나는 선량계가 이미 거기에 있다고 들었습니다. 나는 조용히 걸었습니다, 섣불리 말할 수 있습니다, 나는 미터를 보았습니다.

Sed la sento - io misas. Mi leviĝas laŭ kruta spiralŝtuparo al la elirejo sur tegmenton. Mi iras en blanka kombineo.

그러나 느낌 - 뭔가 잘못되었습니다. 나는 가파른 나선형 계단을 따라 옥상 출구로 올라갑니다. 저는 흰색 점프수트를 입고 갑니다.

Kaj subite mi vidas antaŭ mi estas enorma araneaĵo, proksimume diametra, bela, nigra.

그리고 갑자기 내 앞에 대략 꽉차고, 아름답고 검은색인 거대한 거미줄이 보입니다.

Ĝi jen tie ĉi sur mia brusto stampiĝis, kaj mi komprenis, ke neniu diablo, neniu tien iris.

내 가슴에 여기 저기 스탬프가 찍혀 있었고, 악마도, 아무도 거기에 가지 않았다는 것을 이해했습니다.

Kun kio mi povis interpuŝiĝi? Povas esti tiaj fontoj de radiado, kiuj faras potencan direktitan radiadon.
무엇에 내가 부딪힐 수 있나요? 강력한 유도 방사선을 만드는 방사선원放射線源이 있을 수 있습니다.

Se tia potenca radio trafas al iu neŭra nodo, oni povas senkonsciiĝi.
그러한 강력한 방사선이 신경 노드(매듭)에 부딪히면 의식을 잃을 수 있습니다.

Kaj necerteco... Al tiu tempo mi jam ekhavis senton... kiel ĝin nomi... de distribuo de radiado, verŝajne.
그리고 불확실성... 그 당시 나는 이미 느낌이... 그것을 어떻게 부르는지... 아마도 방사선 분포에 대한 느낌을 가지고 있었습니다.

Ni, stalkeroj, fakte eĉ ne laŭ la nivelo mem de la radiado orientiĝis, sed laŭ komenca moviĝo de montrilo.
우리 스토커들은 사실 방사선 자체의 정도에 따라 방향을 잡지 않고, 지시계의 초기 움직임에 따라 방향을 설정했습니다.

En tio estis profesicco, intuicio.
Kiam oni trafas al fortaj kampoj de radiado, la montrilo ekmoviĝas.

거기에는 전문성, 직감이 있었습니다. 강한 방사선장放射線場에
부딪히면 포인터가 움직이기 시작합니다.

Jen ĝi abrubte ekmoviĝis kaj ni scias, ke ĉi tie
necesas salti, ĉi tie - rapide preteriri, stari post
angulo, tie kie estas malpli. Eĉ en la plej danĝeraj
lokoj estis tiaj trankvilaj kaŝejoj, kie eblis eĉ fumi...
여기에서 갑자기 움직이기 시작했고 여기에서 점프해야한다는
것을 알고 있습니다. 여기에서 빠르게 우회하고 덜 한 모퉁이
뒤에 서 있습니다. 가장 위험한 곳에서도 담배를 피울 수 있는
조용한 은신처가 있었습니다...

Ni tie ne dividis nin - kiu estas esploristo, kiu -
scienca laboranto.
우리는 그곳에서 우리 자신을 구분하지 않았습니다. 누가 연구
원이고 누가 과학 노동자인지 말입니다.

Antaŭ ni staris konkreta tasko. Kaj por solvi ĝin, -
kion do fari sur tegmento? - estis bezonataj la
precizaj indikoj.
우리 앞에는 구체적인 과제가 놓여 있었습니다. 그리고 그것을
해결하기 위해 - 지붕위에서 무엇을 해야하는지? - 정확한 지시
가 필요했습니다.

Kiu donos ilin al mi? Kian rajton mi havis sendi
subulojn, ne estinte tie mem?
누가 나에게 그것을 줄까? 내가 직접 거기에 있지 않고 부하들
을 보낼 수 있는 어떤 권리가 있었습니까?

Fine de junio mi komprenis, ke ne eblas sen iri nun sur la tegmenton de la tria bloko, al la limo kun la kvara.

6월 말에 나는 이제 세 번째 블록의 지붕, 네 번째 블록과의 경계에 가지 않고는 불가능하다는 것을 이해했습니다.

Ĝuste la unuan de julio mi havis 25 jarojn de mia armea servo. Mi pensis, ke hodiaŭ, knaboj, tempas. Plu prokrasti ne eblas, kaj mi devas paŝi sur tiun tegmenton.

정확히 7월 1일로 나는 25년간의 군 복무를 맞게 되었습니다. 나는 오늘, 애들아, 때가 왔다고 생각했습니다. 더 이상 미룰 수 없고, 나는 그 지붕에 올라가야 했습니다.

Ni ekmoviĝis laŭ tegmento de la maŝinejo. En la regiono de la unua bloko estis nenio grava. Facila promeno.

우리는 엔진룸의 지붕을 따라 움직이기 시작했습니다. 1호 블록의 영역에는 중요한 것이 없었습니다. 쉬운 산책정도

Mi tie lasis la knabojn: Andrej Sanin - li estas juna knabo, mi ne volis lin kuntreni tien, - kaj kolonelon Kuzjma Vunjukov, nian stabestron.

나는 그 소년들을 거기에 남겨두었습니다: 안드레이 사닌Andrei Sanin - 그는 어린 소년이라, 나는 그를 그곳으로 끌고 가고 싶지 않았습니다 - 그리고 우리 참모장인 쿠지마 부뉴코프Kuzjma Vunjukov 대령도.

Li ĝenerale ne devas tien iradi, sed li petis. "Almenaŭ iom, - li diris, mi kun vi iru". Sed post limo de la dua bloko la niveloj abrupte ekkreskis - jam troviĝis pecoj de grafito.

그는 일반적으로 거기에 갈 필요가 없지만 그는 내게 요청했습니다. "적어도 조금, -그는 내가 당신과 함께 가자고 말했습니다." 그러나 2호 블록의 경계 이후 레벨이 갑자기 상승하기 시작했습니다. 이미 흑연 조각이 발견되었습니다.

Do, mi lasis tie la knabojn, kaj mem mi iris supren.

그래서 나는 그곳에 서년들을 남겨두고, 나 스스로 올라갔습니다.

Sur vertikala muro estis incendia ŝtuparo, ĉirkaŭ dekdumetra. Mi grimpis laŭ ĝi ĝis duono kaj komprenis, ke la afero seriozas...

수직벽에는 약 12미터 높이의 방화 계단이 있었습니다. 중간쯤 올라갔더니 문제가 심각하다는 것을 깨달았습니다...

Post la eksplodo la fiksiloj elrompiĝis el la betona muro, kaj ĝi skuiĝis... Mi kunhavis mezurilon, sed grimpi kun mezurilo laŭ balanciĝanta ŝtuparo estis iom timige. Ja estas granda alto.

폭발 후 고정장치가 콘크리트 벽에서 빠져나와 흔들렸습니다... 줄자를 가지고 있었는데, 줄자로 흔들리는 계단을 오르는 것은 조금 무서웠습니다. 실로 엄청난 높이입니다.

Mi estis en blanka kombineo, blanka ĉapeto. Alimaniere tie ne eblas. Ĉiuj ĉi stultaj rakontoj pri plumbaj pantalonoj estas blago.

나는 흰색 점프수트, 흰색 모자를 쓰고 있었습니다. 다른 방법은 없습니다. 납 바지에 대한 이 어리석은 이야기는 모두 헛소리입니다.

Fantomon eblas sendi por malgranda distanco, ĉirkaŭ 15 - 20 metroj. Pli longe la homo en tia vesto ne trairus. Nur sola plumba kalsono pezas 20 kilogramojn. Sed mi bezonis moveblon.

유령은 약 15-20미터의 짧은 거리로 보낼 수 있습니다. 그런 옷을 입은 사람은 더 이상 걷지 못할수도 있습니다. 단 하나의 납 바지의 무게는 20kg입니다. 하지만 이동성이 필요했습니다.

Do, mi suprengrimpis. Kaj la unua sento, pure intua, estis ĉi tie stari ne eblas. Ĉi tie estas danĝere.

그래서, 나는 기어올라갔습니다. 그리고 순전히 직관적인 첫 느낌은 여기에 서 있는 것이 불가능하다는 것이었습니다. 여기는 위험합니다.

Mi saltis, impetis tri metrojn antaŭen, rigardas - estas malplia nivelo.

나는 뛰어 올라 3미터 앞으로 돌진했습니다. 봐 - 더 낮은 높이가 있습니다.

Sola mezurilo, al kiu mi fidis, estas DP-5. Mi al ĝi

mian vivon konfidis. Poste, post la unua ekskurso al la tegmento, mi fojfoje kunprenadis du mezurilojn, ĉar foje unu misis.

내가 신뢰하는 유일한 미터(게이지)는 DP-5입니다. 나는 그것에 내 인생을 맡겼습니다. 그러다가 처음으로 옥상에 올라간 후, 가끔 1개로는 틀릴 때가 있어서 2개의 게이지를 가지고 다녔습니다.

Kiel evidentiĝis poste, mi korekte saltis antaŭen, ĉar sub tiu placeto kien mi algrimpis, troviĝis peco de termoeliminanta elemento (TEE).

나중에 밝혀진 바와 같이, 나는 내가 오른 그 작은 곳 아래에 열배출소자熱排出素子(TEE) 조각이 있었기 때문에 정확하게 앞으로 뛰어올랐습니다.

Nur ne tia, kiel priskribas kelkaj viaj plumkolegoj... Unu el tiuj skribis, ke antaŭ lia heroo kuŝis 20-kilograma TEE! Sed TEE estas tubeto kun dikeco kiel krajono, kun longeco tri metrojn kaj duonon.

당신의 펜 동료 중 일부가 설명하지 않은 것뿐입니다... 그들 중 한 명은 그의 영웅 앞에 20kg의 TEE가 놓여 있다고 썼습니다! 그러나 TEE는 연필만큼 굵고 길이가 3.5미터인 작은 튜브입니다.

La tubeto mem estas el zirkonio, tio estas helgriza metalo. Kaj sur tegmentoj estas griza gruzo.[27]

튜브 자체는 밝은 회색 금속인 지르코늄으로 만듭니다. 그리고

---

27) gruz-o ①자갈이 섞인 모래 ②〈의학〉 결석(結石).

지붕에는 회뿌연 자갈모래가 있습니다.

Tial derompaĵoj de TEE kuŝis kiel minoj: ONI ILIN NE VIDIS. Ne eblis ilin distingi. Nur laŭ moviĝo de montrilo - aha, jen ĝi ekis - oni orientiĝis.

따라서 TEE의 파편은 지뢰처럼 놓여 있습니다. 아무도 보지 못했습니다. 그것들을 구별하는 것은 불가능했습니다. 포인터의 움직임에 따라 - 아, 그것이 시작된 곳입니다 - 방향을 잡았습니다.

Kaj desaltis. Ĉar se oni starus sur tiun TEE, do oni povus resti sen piedo...

그리고 뛰어내렸습니다. 저 TEE 위에 서 있으면 발 없이도 남을 수 있기 때문에...

Mi trasaltis laŭ tiu placeto, komprenis, ke tie estas ne tro konsternigaj, terurigaj niveloj, kaj malsupreniĝis laŭ la ŝtuparo.

나는 그 작은 광장을 건너 뛰었고, 너무 놀랄, 무서운 수준이 아니라는 것을 깨닫고, 계단을 따라 내려갔습니다.

La ĉefan mi determinis. Tio estis tre grava, ĉar tio malfermis vojon al la homoj. Ili POVIS labori sur la tegmento.

나는 메인을 결정했습니다. 그것은 사람들에게 길이 열렸기 때문에 매우 중요했습니다. 그들은 지붕위에서 일할 수 있습니다.

Almenaŭ mallongan tempon - minuton, duonminuton

- sed povis. Ĝuste tiam Samojlenko ekokupiĝis pri senpoluciigo de tegmentoj, kaj ni kun li momente interkontaktis.

적어도 짧은 시간 동안 - 1분, 30초- 하지만 그는 할 수 있었습니다. 그때 사모일렌코Samoilenko가 지붕의 오염 제거를 시작했고 우리는 잠시 그와 접촉했습니다.

- Do, la ĉefan danĝeron kaŝis TEE?
- 그럼, TEE가 주 위험을 숨겼습니까?

- Ĉiuj tiam timis ankaŭ pecojn de grafito. Kiam mi la unuan fojon eliris sur tiun tegmenton, mi ankaŭ eksentis, ke malantaŭe estas io malbona.
- 그 당시에는 모두가 흑연 조각을 두려워 했습니다. 처음으로 그 지붕에 갔을 때, 나는 그 후면에 뭔가 문제가 있다는 것을 느꼈습니다.

Mi turniĝis, rigardas - je metro kaj duono de mi estas peco de grafito. Similas ĝi ĉevalan kapon. Grandega. Griza.

나는 돌아서서. 쳐다봤습니다. -나에게서 1미터 그리고 반미터는 흑연 조각이 있었습니다. 말의 머리를 닮았습니다. 거대한. 회색.

Ĉar la distanco estis nur metro kaj duono, por mi restis nenio krom dozometri ĝin.

거리는 1.5미터에 불과했기 때문에, 그것을 측정해보는 것 외에는 아무것도 남지 않았습니다.

Evidentiĝis - 30 rentgenoj. Do ne tro terure. Antaŭ tio oni asertis, ke grafito havas milojn da rentgenoj.
30 엑스레이로 - 밝혀졌습니다. 지나치게 놀랄 정도는 아닙니다. 그 전에는 흑연에 수천 엑스레이가 있다고 주장했습니다.

Sed kiam oni scias, ke estas nur dekoj da rentgenoj, oni jam sin sentas alie. Poste jam mi kion faris?
그러나 수십 개의 엑스레이가 있다는 것을 알면 이미 느낌이 다릅니다. 그럼 나는 무엇을 했는가?

Mi iras ie laŭ itinero - kuŝas pecoj de grafito. Kaj mi scias, ke reveni mi devas per sama vojo.
나는 길을 따라 어딘가로 가고 있습니다. 흑연 조각이 있습니다. 그리고 같은 길로 돌아가야 한다는 것도 압니다.

Por superfluan fojon ne "radieti", mi piedbatas ĝin - ĝi forflugas.
한 번 더 "방출" 하지 않기 위해 내가 발로 찼더니 - 날아가 버렸습니다.

Sed foje mi pro tio konfuziĝis: sur la "etaĝero"[28] mi trovis unu, kaj ti-i-el ĝin piedumis, - sed ĝi, evidentiĝis, algluiĝis al bitumo.
그러나 때때로 나는 이것 때문에 혼란스러워졌습니다. "장식장"에서 나는 하나를 발견하고 그-렇-게 밟았지만 역청에 붙어있는 것으로 나타났습니다.

_____

28) etaĝer-o 여러 개의 선반이 내장되어 있는 장식장.

Rezultiĝis kiel en kinokomedio.
코미디 영화에서나 나올 법한 일이었습니다.

Sed ĝenerale estis malfacile. Beta-brulvundoj. Gorĝo konstante doloris - raŭka voĉo. Sed mi taksis tion kiel elementon de neevitebla risko. Oni ĉion scias, ĉion komprenas.
그러나 일반적으로 어려웠습니다. 베타-화상. 목구멍이 끊임없이 아프고 - 쉰 목소리. 그러나 나는 그것을 피할 수 없는 위험 요소로 평가했습니다. 모든 것을 알고 모든 것을 이해합니다.

Kiam oni estas sub radiado, oni scias, kio okazas en la organismo, oni scias, ke la radiado dum tiuj momentoj rompas la genetikan aparaton, ke ĉio ĉi minacas per postsekvoj sur kancera nivelo.
방사선을 쏘이게 되면 유기체에서 어떤 일이 일어나는지 알 수 있습니다. 그 순간에 방사선이 유전 장치를 파괴하고 이 모든 것이 암 수준의 결과로 위협한다는 것을 압니다.

Okazas, mi dirus, la ludo kun naturo. Oni sentas kiel en milito. Kio helpis resti trankvila?
그것은 자연과의 게임이라고 말하고 싶습니다. 전쟁같은 느낌입니다. 침착함을 유지하는 데 무엇이 도움이 되었습니까?

Nur scioj. Ni sciis: ni faris tiun laboron, ni tien eniris, engrimpis, "ricevis" tion kaj tion, sed povus, se estus pli stultaj, "ricevi" miloble pli.
그냥 지식만이. 우리는 알고 있었습니다. : 우리는 그 일을 하고,

거기에 들어가고, 기어 올라가고, 이것 저것을 "받았습니다." 하지만 우리가 더욱 변변치 못했다면 천 배나 더 "받을" 수도 있습니다.

Tiu sento mem estis tre forta - ke ni venkas tiun militon, ke ni scipovas tion fari, ke ni superruzas la naturon.
그 느낌 자체는 매우 강했습니다. 우리가 그 전쟁에서 이기고 있다는 것, 우리가 그것을 할 수 있는 방법을 알고 있다는 것, 우리가 자연을 앞지르는 것입니다.

Jen ĝuste tiu sento konstante movis nin. Konstanta sento de batalo.
이것이 바로 우리를 끊임없이 움직인 느낌입니다. 끊임없는 전투 감각.

Kaj estis kompreno de tio, ke ni almenaŭ en io antaŭenmovis la aferon en la plej dolora punkto de la planedo. Venkis la batalon. Antaŭenmoviĝis almenaŭ por milimetro.
그리고 우리가 적어도 어떤 식으로든 이 문제를 행성의 가장 고통스러운 지점에서 진행시켰다는 사실에 대한 이해가 있었습니다. 전투에서 승리했습니다. 적어도 1밀리미터만큼 앞으로 이동했습니다.

En Ĉernobil mi ekhavis la senton de frateco, kiu aperis inter la stalkeroj. Nun provu kvereligi min kun Jura Samojlenko - vi ne sukcesos. Ni kun li trairis tiajn aferojn...

체르노빌에서 나는 스토크들 사이에 나타난 형제애를 느끼기 시
작했습니다. 이제 유라 사모일렌코Jura Samoilenko와 논쟁을 시
도해봅시다. 성공하지 못할 것입니다. 우리는 그와 그런 일을 겪
었습니다...

La homo estas komplike aranĝita... Kio estas
danĝero? Ĝi kaj katenas, kaj premas nin, sed de alia
flanko, ĝi devigas pli rapide solvi teknikajn,
inĝenierajn taskojn.

인간의 몸구조는 복잡하게 배열되어 있습니다... 위험이란 무엇
입니까? 그것은 우리를 속박하기도 하고 압박하기도 하지만, 다
른 한편으로는, 그것은 우리가 기술적, 엔지니어링 작업을 더 빨
리 해결하도록 강요합니다.

Kaj tio donas al ni certecon. Sentante certecon en
si kiel specialisto, oni pli bone sentas sin ankaŭ kiel
homo. Mi rimarkis: ju pli teknike klera estis la
homo, des pli trankvile li fartis en Ĉernobil".

그리고 그것은 우리에게 확신을 줍니다. 전문가로서 자신에 대
해 확신을 가지면 사람으로서도 기분이 좋아집니다.
나는 알아차렸습니다: 그 사람이 기술적으로 더 잘 알고 있을수
록 그는 체르노빌에서 더 침착했습니다."

LEGENDO PRI LA AMO
사랑의 전설

Forlasitaj, nezorgataj ĉernobilaj kortoj, kovritaj de nigraj, falintaj surteren pomoj.
검고, 땅에 떨어진 사과로 뒤덮인 채, 돌봄 없이, 방치된 체르노빌의 뜰.

Rubamasoj malantaŭ komunloĝejoj: forĵetitaj enspiratoroj, malnovaj aĵoj, kiuj "radietas", krude damaĝitaj aŭtoj kun numeroj, neglekte penikitaj surflanke, stokoj de flaviĝintaj oficejaj paperoj - restaĵoj de la pasinta por ĉiam "antaŭmilita" mondo.
Kaj portreto de Brejnev, kronanta unu el tiaj radiantaj rubejoj....
공동주택 뒷켠에 쓰레기 더미: 버려진 흡입기, "방사선이 방출되는" 오래된 물건, 숫자글이 심하게 지워진 자동차, 부주의하게 옆면을 닦은 것, 누렇게 칠해진 사무용 종이 더미 – "전쟁 전" 세계의 잔존물은 영원히 사라졌습니다.
그리고 그 방사선이 방출중인 쓰레기 중에 월계관을 쓴 하나, 브레즈네프의 초상화....

En korto de unu el la komunloĝejoj mi ekvidis tipe ĉernobilan aborigenon: persono en nigra senforma kombineo, ĉapeto, enspiratoro, gumaj botoj, kun dozometro surbruste aliris akvodistribuan kranon.
공동주택 중 한 마당에서 나는 전형적인 체르노빌 원주민을 보았습니다. : 모양이 없는 검정색 점프수트를 입고, 모자, 흡입기,

고무 장화를 신고 가슴에 선량계가 달린 사람 하나가 수도꼭지에 다가갔습니다.

Kliniĝis. Kaj subite mi distingis konturojn de la virina korpo, tiujn neniigeble ĉarmajn signojn de la vivo kaj amo.
몸을 굽혔습니다. 그리고 갑자기 나는 그 여자의 삶과 사랑의 더할나위없이 매력적인 외양의 대단한 몸매를 식별해냈습니다,

La persono demetis la ĉapeton, enspiratoron kaj la orkolorajn harojn ekkaptis la vento, ili rebrilis de la suno. La nekonatino ŝovis la manon sub akvostrion kaj ekridetis.
그 사람이 모자, 흡입기를 벗고 황금빛 머리카락이 바람을 받아 태양에 반사되었습니다. 낯선 여자는 물줄기 아래로 손을 밀어넣더니 미소를 지었습니다.

Dio mia, kia simbolo de pura beleĉo ŝajnis al mi tiu ordinara virino - ĉi tie, en Ĉernobil. Kio venigis ŝin ĉi tien? Ĉu la profesia devo, ĉu aventura aspiro al fortaj impresoj, ĉu amo?
맙소사, 여기 체르노빌에서 평범한 여성이 나에게 보인 순수한 아름다움의 상징입니다. 무엇이 그녀를 여기 오게 했는지? 그것은 직업적인 의무인가, 강한 인상을 위한 모험적인 열망인가, 사랑인가?

La virino en Ĉernobil... En granda halo de estinta Ĉernobila stacio de teknika priservo de aŭtoj estis aranĝita kantino, kiun la lokaj ŝerculoj moknomis "nutrofako".

체르노빌에 사는 여자... 과거 체르노빌의 자동차 정비소였던 넓은 홀에 구내매점이 생겼는데, 현지 조커들은 그곳을 "영양부部"라는 우스개 이름을 붙였습니다.

Enirejon de tiu "nutrofako" gardis dozometristoj, foj-foje forpelante tiujn neglektulojn, kiuj alportadis ĉi tien de la konstruejoj sian "radiadon".

그 "영양부"의 입구는 때때로 건설 현장에서 자신의 "방사선"을 쐰 채로 들어온 부주의한 사람들을 추방하는 선량계로 보호되었습니다.

Ŝoka estis nigra sameco de la homoj en laborjakoj kaj kombineoj, vatjakoj kaj specialaj kostumoj, kufoj, "afganĉapoj" kaj biretoj, silente glutantaj siajn manĝaĵojn, ĉiuj havis ne nur similajn vestojn, sed, ŝajne, ankaŭ similajn vizaĝojn, grizajn pro laco.

충격적인 것은 작업복과 컴비네이션복, 면재킷과 특별한 양복, 보닛, "아프간 모자"와 베레모를 쓴 사람들의 검은 색 동일성, 조용히 음식을 삼키는 사람들, 모두 비슷한 옷을 입었을 뿐만 아니라, 아마도 비슷한 얼굴들, 피로가 연연한 갈색 해멀건 얼굴들.

Kaj en tiu ĉi makabra mondo de pezlaboruloj de la atoma akcidento iel aparte kortuŝe aspektis la ĉarmaj ruĝintaj vizaĝoj de junulinoj, laborantaj en kuirejo.

그리고 원전 사고에도 열심히 일하는 이 소름 끼치는 무시무시
한 세계에서 주방부엌에서 일하는 젊은 여성의 매력적으로 붉어
지는 얼굴이 특이나 가슴저미는 감동이었습니다.

Printempe de 1987 mi jam renkontadis sur la
mallumaj, senmovaj stratoj de Ĉernobil parojn de
geamantoj en uniformoj.
1987년 봄, 나는 이미 체르노빌의 어둡고 고요한 거리에서 제복
을 입은 연인들이 데이트를 하고 있는 현장을 보았습니다.

Interese estus ekscii pri la plua sorto de la
"ĉernobilaj" familioj, formiĝintaj en la Zono, kaj tiaj
pluras, pri la sorto de iliaj infanoj. Interese estus ne
nur al genetikistoj...
존에 형성된 "체르노빌" 가족의 추가 운명에 대해 알게 되는 것
은 흥미로울 것입니다. 흥미로운 것은 유전학자뿐만 아닐 것입
니다...

Mi konas virinojn, kiuj dividas kun siaj edzoj ĉiujn
malfacilaĵojn de ĉi tiea duonbivaka, senkomforta
vivo. Sed volas mi rakonti pri la virino, kiu vivas
nun en Moskvo, kvankam daŭre laboras en ĈAEC.
나는 이곳에서 반노숙하며 불편한 삶의 모든 어려움을 남편과
함께 나누는 여성들을 알고 있습니다. 그러나 나는 체르노빌 원
전ĈAEC에서 계속 일하고 있지만 현재 모스크바에 사는 여성에
대해 말하고 싶습니다.

Jam maje de 1986 ĉi tie cirkulis onidiroj pri edzino

de unu el etatuloj de ĈAEC, trafinta en Moskvan klinikon n-ro 6.

1986년 5월, 모스크바 6호 병원에 입원한 체르노빌 원전의 임금 노동자 중 한 명의 아내에 대한 소문이 여기에서 돌았습니다.

Tiu virino, laŭ onidiroj, dungiĝis en la saman klinikon por esti apud la edzo, por faciligi liajn suferojn.

소문에 따르면 그 여성은 남편의 고통을 덜어주기 위해 같은 병원에 취업하게 되었습니다.

Laŭ rakontoj, post morto de la edzo ŝi daŭre iradis laŭ klinikĉambroj kaj konsolis, vigligis la vunditajn, suferantajn homojn, dirante al ili, ke ŝia edzo sintenas brave kaj ankaŭ ili ne devas malfortiĝi, senesperi.

이야기에 따르면 남편이 사망한 후에도 그녀는 계속 진료실을 돌아다니며 부상당한 사람들을 위로하고, 격려했으며, 남편은 용감했으며, 그들도 나약하고 절망적이어서는 안 된다고 말했답니다.

Sed tiuj homoj jam sciis, ke ŝia edzo mortis, - kaj ili ploris, turniĝinte al la muro.

그러나 그 사람들은 이미 그녀의 남편이 죽었다는 것을 알고 있었고, - 그녀는 벽으로 몸을 돌리며 울었습니다.

Tiuj ĉi rakontoj similis legendon, sed poste mi eksciis, ke la historio ne estas elpensita. Mi trovis la virinon kaj registris ŝian rakonton.

이 이야기들은 전설과 비슷했지만, 나중에 나는 그 이야기가 지어낸 것이 아니라는 것을 알게 되었습니다. 나는 그 여자를 찾아 그녀의 이야기를 기록했습니다.

Elvira Petrovna Sitnikova, inĝeniero de Ĉernobila AEC pri la dozometria aparataro: "Mia edzo, Anatolij Andreeviĉ Sitnikov (A. A. Sitnikov estas menciata en la taglibro de Uskov), deliris pri tiuj atomaj centraloj.

엘비라 페트로프나 시트니코프Elvira Petrovna Sitnikova, 선량측정 장비에 대한 체르노빌 원전Ĉernobil AEC 엔지니어: "내 남편 아나톨리 안드레비치 시트니코프 (아나톨리 안드레비치 시트니코프는 우스코프Uskov의 일기에 언급됨)는 그런 원자력 발전소에 대해 열광적이었습니다.

Li diradis: "Imagu teni en la manoj milionon da kilovattoj!"

그는 "백만 킬로와트를 손에 들고 있다고 상상해보십시오!"라고 말하곤 했습니다.

Kiam komenciĝis konstruado de ĈAEC, mi restis en la urbo Nikolaev, ĉe la parencoj, sed li ĉi tie, en komunloĝejo.

체르노빌 원전 건설이 시작되었을 때 나는 니콜라에프Nikolaev 시 친척집에 머물렀지만 그는 공동주택에 머물렀습니다.

Li loĝis kun Orlov (Uskov en sia taglibro - ĉu vi

memoras? - skribas ankaŭ pri V. A. Orlov).
그는 오를로프Orlov와 함께 살았습니다 (일기에 우스코프Uskov-
기억합니까? - 오를로프에 대해서도 씁니다).

Kiel ili loĝis - tio neimageblas. Mi foje venis,
rigardis: duonmalsate, en teruraj kondiĉoj. Sed ilin
tio ne interesis - ili laboris. En 1977, kiam ni
ricevis loĝejon en Pripjatj, mi venis kun la filino kaj
ĉiam estis apud li.
그들이 어떻게 살았는지 - 그것은 상상할 수 없습니다. 나는 때
때로 와서 보았습니다. 반쯤 굶주린 상태로 끔찍한 상황에 처했
습니다. 그러나 그것은 그들에게 관심이 없었습니다. - 그들은
일하고 있었습니다. 1977년에 우리가 프리피아트에 주택을 얻었
을 때 나는 딸과 함께 와서 항상 그와 가까이에 있었습니다.

La unua bloko estis funkciigita septembre. Li
venadis de la laboro... Estis tiel: li apogas sin ĉe
muro, la okuloj brilas, sed li apenaŭ ne falas pro la
laco.
1호 블록은 9월에 가동되었습니다. 그는 근무지에서 집으로 돌
아오고 있었습니다. 그것은 이랬습니다: 그는 벽에 기대어 있었
고, 그의 눈은 빛나고 있었지만 그는 거의 피로를 겨우 견뎌내
고 있었습니다.

Li diras: "Dio mia, kio hodiaŭ estis... ni regis... dum
tri minutoj regis la blokon... Sed ŝajnis - ke tri
jarojn! Ni ekregis la blokon!"
그의 말: "맙소사, 오늘은... 우리가 ... 3분 동안 우리는 블록을

지배했습니다... 하지만 마치 3년처럼 보였습니다! 우리가 블록을 장악했습니다!"

Ni ok jarojn havis aŭton, sed eĉ unufoje suden ne veturis. Li neniam havis tempon.
우리는 8년 동안 자동차를 가지고 있었지만, 단 한 번도 남쪽으로 가본 적이 없습니다. 그는 시간이 없었습니다.

Li ne feriis ankaŭ en 1985 — komence de somero li iĝis vicĉefinĝeniero pri ekspluatado de la unua kaj dua blokoj. Sed poste... poste mi ricevis kompensmonon kiel por du ferimonatoj....
그는 1985년에도 휴가를 가지 않았습니다. 여름이 시작될 때 그는 1호 및 2호 블록 운영을 위한 수석 엔지니어가 되었습니다. 그런데 나중에.. 나중에 두달치 휴가처럼 보상금을 받긴했는데....

Ĉiam laboro kaj laboro. Estis eĉ tiel: la direktoro feriis, nia ĉefinĝeniero tiam malsanis, vicĉefinĝeniero pri scienco ien forveturis. Sitnikov restis sola.
항상 일하고 일만 하고 그것은 심지어 이랬습니다. : 이사는 휴가 중이었고, 우리 수석 엔지니어는 아팠고, 과학 수석 엔지니어는 어디론가 가버렸습니다. 시트니코프는 혼자 남게 되고.

En la centralo oni ŝercis: kial ni administrantaron havas, se Sitnikov estas. Li ne timis respondecon. Pri ĉio mem aŭdacis.
본부에서 그들의 농담 : 시트니코프가 거기에 있다면 왜 행정부가 있습니까? 그는 책임을 두려워하지 않았습니다. 그는 모든 일에 담대했습니다.

Subskribis ĉiujn laborskemojn. Sed ĉion pristudis vespere hejme ĉion kontrolas, korektas nur tiam metas sian subskribon.
모든 작업 계획에 서명했습니다. 그러나 그는 저녁에 집에서 모든 것을 공부하고 모든 것을 확인하고 수정한 다음 서명을 합니다.

Mi certas, ke se li kontrolus tiun eksperimenton, nenio okazus, nenia akcidento.
나는 그가 그 실험을 감독했더라면 아무 일도 일어나지 않았을 것이라고 확신합니다.

Kiam la kvara bloko estis ekfunkcionta oni tre rapidis, ĉiujn laborplanojn rompis.
4호 블록이 작동하려고 했을 때 그들은 매우 서두르다, 모든 작업 계획이 깨졌습니다.

La edzo kontraŭis la hastadon. Tiam la unua sekretario de la urba partikomitato Gamanjuk frapetis lin kontraŭ la ŝultro: "Vi, karulo, tro ekscitiĝema estas, juna; trankviliĝu, solidiĝu, ne necesas tiel".
남편은 서두르는 걸 반대했습니다. 그러자 게마뉵Gamanjuk 시당 제1비서가 그의 어깨를 토닥였습니다. "나의 귀염둥이, 당신은 너무 흥분 잘하는 젊은이, 마음을 진정하고, 한결같게 하는데,

그럴 필요 없어요."

Kaj tiunokte... Li simple leviĝis kaj foriris, kiel ĉiam tion faris. Ĝuste kiel soldato. Li diris al mi, ke okazis malfeliĉo, necesas esti tie. Kaj ĉio...
그리고 그날 밤... 그는 항상 그랬던 것처럼 일어나서는 떠났습니다. 마치 군인처럼. 그는 불행한 사고가 있었고, 거기에 있어야한다고 말했습니다. 그리고 전부다...

Sekvonttage, malfrue vespere, kiam ĉiuj ricevintaj grandan dozon estis forveturigotaj al Moskvo, mi adiaŭis lin ĉe la aŭtobuso.
이튿날, 많은 양을 받은 사람들이 모두 모스크바로 떠나려던 늦은 저녁, 나는 버스에서 그에게 작별인사를 했습니다.

Mi demandis: "Tolja, kial vi iris en la blokon?"
나는 물었습니다 "톨야Tolja, 당신은 왜 블록에 들어갔습니까?"

Kaj li: "Vi komprenu, kiu pli bone ol mi sciis la blokon? Necesis homojn elkonduki. Se ni... ne evitigus la akcidenton, do Ukrainio jam ĝuste ne estus, kaj eble ankaŭ duono de Eŭropo".
그리고 그는 "나보다 블록을 더 잘 아는 사람이 누구인지 아십니까? 사람들을 대피시킬 필요가 있었습니다. 우리가... 사고를 피하게 하지 않았더라면 우크라이나는 존재하지 않았을 뿐 아니라 아마도 유럽의 절반도 남아있지 않았을 것입니다."

La 28-an de aprilo mi jam estis en Moskvo. Kaj

sekvontan tagon trovis la klinikon, kie estis la edzo.
4월 28일에 나는 이미 모스크바에 있었습니다. 그리고 다음날 남편이 있는 병원을 찾았습니다.

Certe, oni min tien ne enlasis. Mi iris en Ministerion pri energetiko kaj elektrizado, en nian ĉefinstancon, kaj petis pri helpo. Mi ricevis paspermesilon.
물론 그들은 나를 거기에 들여보내지 않았습니다. 나는 직속 관청인 에너지자원부에 가서 도움을 청했습니다. 여권을 받았습니다.

Mi eklaboris en la kliniko. Portadis al knaboj ĵurnalojn, plenumis iliajn mendojn, ion aĉetadis al ili, skribis leterojn.
나는 클리닉에서 일하기 시작했습니다. 소년들에게 신문을 가져다주고, 주문을 받아주고, 무언가를 사주고, 편지를 썼습니다.

Komenciĝis mia vivo tie. Al la edzo estis tre agrable, li mem diris: "Vi ĉirkaŭiru ĉiujn knabojn, necesas ilin plivigligi".
내 인생은 그곳에서 시작되었습니다. 남편은 매우 기뻐하고는 다음과 같이 말했습니다. "모든 소년들에게 돌아다니며 격려해야 해요"

Kaj la knaboj ridis: "Vi estas kvazaŭ nia patrino...
그리고 소년들은 웃는 낯으로 "아주머니는 우리 어머니와 같습니다...

Vi al ni Pripjatj memorigas... Kiel ili atendis, ke ili revenos en Pripjatj, kiel atendis...
아주머니는 우리에게 프리피야트를 생각나게 합니다... 어떻게 그들이 프리피야트로 돌아올 것이라고 예상했는지, 그들이 어떻게 기대했는지...

Alivestiĝinte en la sterilan klinikan veston, mi iradis laŭ la tuta kliniko, tial oni opiniis min medicinistino.
무균 진료가운으로 갈아입고 나는 병원 전체를 돌아다녔습니다. 그래서 그들은 나를 의사로 여겼습니다.

Mi eniras iun klinikĉambron, kaj tie oni diras: "Levu lin, helpu, trinkigu lin". Ili estis tiaj senpovaj... Kaj ili mortadis...
어느 진료실에 들어가니 "그를 일어켜주고, 도와주고 마실 것을 주세요"라고 합니다. 그들은 너무 무력했습니다... 그리고 그들은 죽어가고 있었습니다...

Al la edzo mi ne diris, kiu mortis. Li diras: "Ial ne audiĝas la maldekstra najbaro".
나는 죽은 남편에게 말하지 않았습니다. 그는 "어쩐일인지 왼편 이웃은 들리지 않습니다"라고 말합니다.

Mi diras: "Ja lin oni transportis en alian ĉambron..." Sed li ĉion komprenis, ĉion sciis. Ankaŭ lin oni transportis de loko al loko. Jen al unu etaĝo, jen al la alia.

나는 "그를 다른 방으로 옮겼습니다..."라고 말하지만... 그는 모든 것을 이해하고 모든 것을 알고 있었습니다. 그 역시 이곳저곳으로 옮겨졌습니다. 여기 한 층으로, 이제 다른 층으로.

La l-an de majo flugvenis fratino de la edzo, ŝin oni vokis, ŝi donis al li sian medolon. Mi havas tian impreson, ke la transigo de la medolo plirapidigis...
5월 1일에 남편의 누이가 날아와서 그녀를 불렀고 그녀는 그에게 골수를 이양해주었습니다. 골수이식 속도가 빨라진 느낌을 받았습니다...

Lia organismo neis ajnan enmiksiĝon... La lastan vesperon mi restis kun li. Tio estis la 23-an de majo. Li suferis terure, ĉe li estis pulmoŝvelo.
그의 유기체는 어떤 간섭도 거부했습니다... 어젯밤 나는 그와 함께 머물렀습니다. 그게 5월 23일이었습니다. 그는 끔찍하게 고통 받았고 폐부종이 있었습니다.

Li demandas: "Kioma horo estas?" "Duono antaŭ la dudektria". "Kaj kial vi ne foriras?" Mi diras: "Ne necesas rapidi, vidu kiel hele estas ekstere".
그는 "몇시입니까?"라고 묻습니다. "22시 반半". "그리고 왜 안 떠나?" 나는 "서두를 필요가 없어요. 밖이 얼마나 밝은지 보십시오"라고 말합니다.

Li diras: "Vi ja komprenas, ke nun via vivo pli valoras ol la mia. Vi devas ripozi kaj morgaŭ iri al la knaboj, ili atendas vin".

그가 하는 말 "이제 당신의 목숨이 나보다 더 귀하다는 것을 당신은 이해하고 있습니다. 쉬고 내일 애들한테 가봐야지, 애들이 널 기다리고 있어요"

"Tolja, mi ja estas senlaca, fortoj sufiĉos kaj por vi kaj por ili, komprenu". Li premas signalbutonon kaj vokas flegistinon.
"톨야, 나는 정말로 지칠 줄 모르고, 당신과 그들 모두를 위해 체력이 충분할 것입니다. 이해하십시오" 부저 버튼을 누르고 간호사를 부릅니다.

Tiu nenion komprenas. "Klarigu al mia edzino, diras li, ke morgaŭ ŝi devas iri al la malsanuloj, foriru ŝi. Ŝi devas ripozi". Mi sidis apude ĝis noktomezo, li ekdormis kaj mi foriris.
그는 아무것도 이해하지 못합니다. "내 아내에게 그녀가 내일 병자에게 가야한다고 설명하십시오. 그녀를 보내십시오. 그녀는 쉬어야합니다." 나는 자정까지 그의 옆에 앉아 있었고 그는 잠들었고 나는 떠났습니다.

Kaj matene mi alkuras, diras: "Tolja, vi ja tute skuiĝas", sed li: "Normale. Iru al la knaboj, portu la gazetojn". Mi nur forportis la gazetojn, sed lin oni jam portis al reanimejo...
그리고 아침에 나는 달려가 "톨야, 당신은 정말 떨고 있어"라고 말하지만 그는 "일반적으로, 애들한테 가서 신문 가져가라." 신문만 챙겼는데 이미 중환자실에 실려갔어...

Iam, ankoraŭ komence de majo, kiam la fratino ankoraŭ kuŝis en la kliniko, ŝi al mi diris: "Tolja tre bedaŭras pri tio, ke liaj haroj komencas elfali.

언젠가 아직 5월 초에 자매가 아직 병원에 누워 있을 때 나에게 이렇게 말했습니다. "톨야는 머리카락이 빠지기 시작해서 매우 유감이야.

Floko post floko". Mi iris al li kaj diris: "Nu kial vi maltrankviliĝas pri viaj haroj? Por kio ili bezonatas al vi?

"머리카락 한줌 또 한줌". 나는 그에게 가서 말했습니다. "글쎄, 왜 당신은 당신의 머리카락에 대해 걱정합니까? 무엇때문에 그것들이 필요합니까?

Estu ni plej sinceraj: kinejojn ni ne vizitadas, teatrojn same. Sidi en la kabineto aŭ labori hejme vi povas en bireto[29]".

솔직히 말해서 우리는 영화관이나 극장에도 가지 않습니다. 사무실에 앉아 있거나 베레모를 쓰고 집에서 일할 수 있습니다."

Li rigardas al mi: "Ĉu vere?" - "Certe jes, absolute.

그는 나를 쳐다봅니다 "정말요?" - "확실히 그렇습니다, 절대적으로.

Unue, rigardante deflanke: iras kalva viro. Elvokas nevolan estimon. Videblas, ke li estas saĝa.

---

29) biret-o (목사·사제·법관·교수 등이 쓰는)원형   또는 사각 모자, 모관(毛冠)

먼저 옆에서 보면 : 대머리 남자가 가고 있습니다. 무의식적인 존경심을 불러일으킵니다. 그는 똑똑하다는 것을 알 수 있습니다.

Kai due: mi dum dudek jaroj timis, ke vi min forlasos, tia belulo, sed nun al kiu, krom mi, vi estos bezonata?"
그리고 두번째: 20년 동안 그런 미인으로 네가 날 떠날까 봐 두려웠는데, 이제 나 말고 누가 필요하겠어?"

Li tiel ridis, demandis: "Ne, ĉu vere? Sed kiel la infanoj?"
그는 웃으면서 물었습니다. "아니, 정말요? 하지만 아이들은 어때요?"

Mi diras: "Kiom stulteta vi estas. Ja ili vin tiel amas, por kio ili bezonas viajn harojn".
나는 "당신이 얼마나 어리석은지. 결국 애들은 당신을 너무 사랑하는데 왜 당신의 머리카락이 필요합니까?" 라고 말합니다.

Mi celis delogi lian atenton de la akcidento: "Tolja, ni revenos nur en Pripjatj, ekvivos... Mi al vi tiajn belajn ŝuojn aĉetis..." Kaj li: "Jes, ni revenos nur en Pripjatj..."
나는 사고로부터 그의 주의를 멀어지게 하려고 노력했습니다. "톨야, 우리는 프리피야트로 돌아가서 생활을 시작할 것입니다... 당신에게 이렇게 아름다운 신발을 사줬습니다..." 그리고 그는 "예, 우리는 프리피야트에 돌아갈 것입니다.."

Mi al la edzo pri ĉiuj rakontis. Pri Arkadij Uskov, pri Ĉugunov, pri la aliaj. Mi kiel ligilo inter ili estis.
나는 남편에게 모든 것을 말했습니다. 아르카디 우스코프에 대해, 추구노프에 대해, 다른 사람들에 대해. 나는 그들 사이의 연결 고리와 같았습니다.

Tie apude kuŝis junulo, Saŝa Kudrjavcev. Li jam poiome resaniĝis. Li havis gravajn brulvundojn. Mi eniras, kaj oni lin per alkoholo frotas.
젊은 남자 사샤 쿠드랴브체프가 근처에 누워 있었습니다. 그는 이미 어느 정도 회복되었습니다. 그는 심각한 화상을 입었습니다. 내가 들어가면 그들은 그를 알코올로 문지릅니다.

Li sinĝenas: "Ne eniru". Mi diras: "Saĉjo, ĉu vi sinĝenas?
그는 소심한 어투로 "들어가지 마세요." 나는 말했습니다 "사쵸, 힘드세요?

Tio ja estas bone, tio signifas, ke vi vivi komencas. Mi morgaŭ al vi venos, kaj hodiaŭ la ĵurnalojn metos". Morgaŭ mi venas kaj aŭdas: "Ne estas Saŝa. Mortis…"
그것은 정말로 좋은 것입니다. 그것은 당신이 살기 시작했다는 것을 의미합니다. 나는 내일 당신에게 갈 것이고 오늘 나는 신문을 넣을 것입니다." 내일 나는 와서 들을 것입니다. "사샤 Saŝa가 아니고, 사망한 사람은…"

Mi pene dum tiuj tagoj paŝadis. Nek dormi povis, nek manĝi.
그 동안 고생했습니다. 잠도 못자고 먹지도 못하였습니다.

Kaj tiumatene, kiam la edzon oni en reanimejon portis, mi porlonge eliris el la kliniko. Revenis flegistino en akceptejo diras, ke mia edzo mortis...
그리고 그날 아침 남편이 중환자실에 실려갔을 때 나는 오랜만에 병원을 나왔습니다. 접수처에 돌아온 간호사는 남편이 죽었다고합니다....

Anatolij Andreeviĉ mortis je tridek kvin minutoj post la deka matene...
아나톨리 안드레에비치는 아침 10시 35분에 사망했습니다...

Mi ekkuris al la kuracisto: "Vasilij Daniloviĉ, ĉu li mortis? Mi volas esti ĉe li!" -
나는 의사에게 달려갔습니다. "바실리 다닐로비치, 그가 죽었습니까? 나는 그와 함께하고 싶습니다! "

"Ne eblas". - "Kial ne eblas? Li ja estas mia edzo!" Li svingis la manon: "Iru do". Ni ekiris.
"안돼요". - "왜 불가능해? 그는 나의 남편인데도!" 그는 손을 흔들었습니다. "그럼 갑시다." 우리는 출발했습니다.

Mi demetis la kovrilon, tuŝas liajn manojn, krurojn, diras: "Tolja, vi ja ne havas rajton, vi ja ne povas! Vi ja ne devas! Vi ja... Ja kiom via energetiko damnita perdas..."

나는 담요를 벗기고 그의 손, 다리를 만지며 말했습니다. "톨야, 당신은 정말로 권리가 없습니다. 당신은 정말로 할 수 없습니다! 당신은 정말로 그럴 필요가 없습니다! 당신은 정말로... 당신의 빌어먹을 에너지가 얼마나 없어졌는데..."

Mi jam ne perceptis, ke perdas la edzon, sed tio, ke tia homo foriras... tio... tio min furiozigis. Kiom li povis ankoraŭ fari...

나는 더 이상 내가 남편을 잃었다는 사실을 깨닫지 못했지만, 그런 사람이 떠난다는 사실이... 그건... 나를 격분하게 했습니다. 그는 아직 얼마나 할 수 있었을까...

Dum la funebrado Kedrov ekstaris kaj diris: "La junuloj vin petas, ke vi revenu en la klinikon. Ili tuj eksentis: io okazis, se vi forestas" "Bone, mi diris, sed donu al mi tri tagojn, dum..." Kaj mi forturniĝis.

문상하는 동안 케드로프Kedrov는 일어서서 말했습니다. "젊은 사람들이 당신에게 진료소로 돌아오라고 합니다. 그들은 당신이 없는 경우에 무슨 일이 일어났는지 즉시 느꼈습니다." "알겠습니다..." 나는 등을 돌렸습니다.

Post la morto de la edzo mi laboris en la kliniko pli ol monaton - ĝis la 7-a de julio.

남편이 사망한 후 7월 7일까지 한 달 이상 병원에서 일했습니다.

Venadis mi al Djatlov, al tiu, kiun oni kulpigis pri la akcidento...

나는 드야트로프Djatlov에 오곤 했는데, 그 사고의 책임이 있는 사람에게...

Li estis en tre malbona stato. Mi kun li multe parolis... Poste, kiam oni min demandis pri Djatlov, mi respondadis, ke se ĉio ripetiĝus de la komenco, mi tutegale irus al li.
그는 매우 나쁜 상태였습니다. 그와 많은 이야기를 나눴는데.. 나중에 드야트로프에 대해 물었을 때, 처음부터 모든 것이 반복된다면 어쨌든 그에게 갈 것이라고 대답했습니다.

Ĉar 20 jarojn, kiuj nin kunligas, ĉu tion eblas tiel simple forĵeti?
우리를 하나로 묶은 20년, 그냥 버릴 수 있을까?

Kaj se li ion nekorekte faris pro tio li estos punata. Ne en mia kompetenco estas juĝi lin. Ja kuracistoj ĉiujn sanigas...
그리고 그가 잘못을 저질렀다면 그에 대한 벌을 받을 것입니다. 그를 판단하는 것은 내 능력이 아닙니다. 진정 의사는 모든 사람을 치료합니다 ...

Tre amare estis vizitadi la tombejon Mitinskoje... Tie komence eĉ florojn desur la tomboj iuj forprenis. Mi metas - post du tagoj la floroj forestas. Komenciĝis tiaj paroloj, ke ĉe ĉernobilanoj eĉ floroj iĝas "malpuraj" sur la tomboj.
미틴스코예 묘지를 방문하는 것은 마음이 매우 애렸습니다. 처

음에는 일부 사람들이 무덤에서 꽃을 가져갔습니다. 내가 놔둔 -
2일 후에 꽃이 없어졌습니다. 그러한 이야기는 체르노빌 주민들
사이에서 꽃조차도 무덤에서 "오염되는"것으로 시작되었습니다.

Ke kvazaŭ tia ordono estis forpreni la florojn. Tiam
mi iris al Vladimir Gubarev, al tiu, kiu "Sarkofagon"
verkis.
마치 꽃을 치우라는 명령이라도 했듯이. 그런 다음 "석관"을 창
안한 블라디미르 구바레프Vladimir Gubarev에게 갔습니다.

Rakontis al li pri tio ĉi. Post tio oni ne plu iam
forprenis la florojn..."
이것에 대해 그에게 말했습니다. 그 후로 다시는 꽃을 없애지
않았습니다..."

MIAN "FERAĴON"
내 "철조망"

Preterveturinte milican patrolon, ni venis en la malplenan Pripjatj.
민병대 순찰대를 지나 차를 몰고 텅 빈 프리피야트에 들어섰습니다.

Mute staras 16- kaj 9-etaĝaj domoj, kaj konstruaj arganoj stuporiĝis super novkonstruaĵoj - ŝajnas, ke la laboro estas haltita por tagmanĝpaŭzo.
16층과 9짜리 집들이 말없이 서 있고, 건설 노동자들의 건축용 기중기는 신축건물 위에 정지돼있습니다. 점심 시간이라 작업이 중단 된 것 같습니다.

Kolhoza bazaro ĉe la urbeniro iĝis tombejo de aŭtoj, kie rustiĝas centoj da aŭtoj - ili jam neniam elveturos de ĉi tie.
도시 입구의 콜로자 시장은 수백 대의 자동차가 녹슬고 있는 자동차 묘지가 되어 - 다시는 이곳을 떠나지 않을 것입니다.

Ne videblas katoj, hundoj, eĉ birdoj kaj tute ne ironie sonas parafrazo el Gogol: "Ne ĉiu korniko ĝisflugos centron de la urbo el najbaraj kampoj".
고양이, 개, 새들조차 볼 수 없으며, 고골Gogol의 의역意譯은 전혀 아이러니하게 들리지 않습니다. "모든 까마귀가 이웃 들판에서 도시 중심으로 날아가는 것은 아닙니다."

Nur foj-foje laŭ la centra placo, kie daŭre "belaspektas" la ukrainlingva slogano: "Estu atomo-laboristo, sed ne soldato!" traveturas kirastransportaŭto aŭ milicpatrola aŭto.

가끔 중앙 광장을 따라 우크라이나어로 된 슬로건이 계속해서 "멋져 보입니다" "원자력 노동자가 되십시오. 그러나 군인은 되지 마십시오!" 장갑차 또는 민병대 순찰차가 통과합니다.

Mi venis al Pripjatj kun Aleksandr Jurjević Esaulov, vicprezidanto de la urba plenumkomitato, kaj kun ĉefarkitekto de Pripjatj Maria Vladimirovna Procenko.

나는 도시 집행위원회의 부회장인 알렉산드르 유리에비치 에사울로프Aleksandr Jurjević Esaulov와 프리피야트Pripyat의 수석 건축가 마리아 블라디미로브나 프로젠코Maria Vladimirovna Procenko와 함께 프리피야트에 왔습니다.

Ŝi, enmetinta tiom da fortoj kaj talento en ornamadon de sia urbo, estis devigita poste propramane desegni skemon de barilo ĉirkaŭ Pripjatj el vicoj de pikdratoj.

그녀는 그녀의 도시를 장식하는 데 많은 힘과 재능을 투자했지만 나중에 자신의 손으로 프리피야트 주변에 철조망울타리 설치 계획을 그려야 했습니다.

Esaulov kaj Procenko eniris administrejon por forpreni iujn siajn dokumentojn, sed mi sidiĝis en la aŭton, ŝaltis dozometron, kiu tuj ekfajfis, ekkantis la senhaltan kanton de radiado - kaj sur fono de tiuj ĉi "triloj" mi komencis magnetofonregistri miajn impresojn.

에사울로프와 프로쩬코는 관리 사무실에 들어가 문서 중 일부를 가져갔지만 나는 차에 앉아 선량계를 켰고 즉시 휘파람을 불기 시작했으며 방사선의 논스톱 노래를 부르기 시작했습니다. 그리고 이러한 "트릴"을 배경으로 내 인상을 녹음하기 시작했습니다.

Estis tio dum la unua datreveno de la akcidento.

사고 1주년이 되는 날이었습니다.

Sur florbedo kreskis orfaj flavaj hiacintoj - Maria Vladimirovna plukis ilin memore pri tiu ĉi tago.

고아가 된 노란색 히아신스는 화단에서 자랐습니다. - 마리아 블라디미로브나는 이 날을 기념하여 그것들을 땄습니다.

Akompanataj de milicistoj en grizaj uniformoj, ni eniris domon n-ro 13 en la strato "Herooj de Stalingrado", en kiu antaŭ la akcidento loĝis Procenko kun la edzo kaj du infanoj.

회색 제복을 입은 민병대와 함께 우리는 "스탈린그라드의 영웅" 거리의 13번 집으로 들어갔습니다. 그곳은 사고 전 프로쩬코가 남편과 두 자녀와 함께 살았던 곳입니다.

En la glaciiĝinta dum vintro domo estis mortiga odoro de forlasiteco. Hejtadon oni ekis, forŝaltadis, poste enŝaltadis, kaj en pluraj ĉambroj hejtotubaroj

krevis.
겨울 동안 얼어 붙은 집에는 버려진 치명적인 냄새가 있었습니
다. 난방을 시작했다가 껐다가 켜고 여러 방에서 난방 파이프가
터졌습니다.

La akvo trafis inter paneloj, kaj tio signifas, ke post
kelkaj vintroj kaj printempoj la domo estos disŝirita.
패널 사이에 물이 들어갔다는 것은 몇 번의 겨울과 봄이 지나면
집이 산산이 부서질 것이라는 것을 의미합니다.

Sur la kvina etaĝo ni ekvidis kolortelevidilon, kiun
iu elmetis el loĝejo. Pordoj de ĉiuj ĉambroj sur ĉiuj
etaĝoj, krom la unua, estis malfermitaj, sur iuj estis
spuroj de enŝteliĝo.
5층에서 우리는 누군가가 아파트에서 꺼내온 컬러 텔레비전을
보았습니다. 첫 번째 층을 제외한 모든 층의 모든 방의 문이 열
려 있었고 일부에는 몰래 출입한 흔적이 있었습니다.

Malfermitaj estis ankaŭ pordetoj de la prestiĝaj, ĝis
absurdo samaj en ĉiuj loĝejoj jugoslaviaj kaj GDR-aj
ŝrankoj...
유고슬라비아인의 동독인들의 모든 주택에 엉뚱하게도 똑같은
명문집 옷장의 문도 열려 있었습니다...

Eksloĝantoj de Pripjatj rakontis al mi, ke venante
por siaj aĵoj, multaj ne trovis fotilojn,
magnetofonojn, radioaparataron. Marode, ŝtelo de
radiantaj aĵoj, prirabo de la senhelpa urbo kaj

najbaraj vilaĝoj - kio povas esti pli abomena?
프리피야트의 이전 거주자들은 물건을 찾으러 왔을 때 많은 사
람들이 카메라, 녹음기, 라디오 장치를 찾지 못했다고 말했습니
다. 약탈, 방사능 도구의 절도, 무력한 도시와 이웃 마을의 약탈
- 이보다 더 억겨운 일이 어디 있겠습니까?

Kun peza impreso mi eliris la straton. Se la urbo
mem similis la starigitan por ĉies rigardo kadavron,
pacigitan en sia eterna dormo, do la vizito de la
domo postlasis naŭzan impreson pri sekcado de
kadavroj kun ĉiuj naturecaj detaloj, konataj al
kuracistoj kaj laborantoj de kadavrejoj.
무거운 기분으로 나는 거리를 떠났습니다. 도시 자체가 모든 사
람이 볼 수 있도록 놓여진 시체와 같았고, 영원한 잠에 빠져들
었다면 의사와 영안실 직원에게 알려진 모든 자연주의적 세부
사항과 함께 시체를 해부하는 역겨운 인상을 남겼습니다.

El letero de Pavel Moĉalov, u. Gorjkij: "Mi estas
studento de la 5-a kurso de politeknika instituto en
Gorjkij, fizik-teknika fakultato, specialeco "Atomaj
elektrocentraloj kaj administrado".
파벨 모찰로프 고리키의 편지에서 "저는 고리키Gorjkij의 이공
과대학연구소, 물리 기술 학부, 전문 "원자력 발전소 및 관리"의
제5 과정 학생입니다.

De la 22-a de julio ĝis la 3-a de septembro mi kaj
ankoraŭ 13 studentoj de la sama instituto laboris en
la Zono.

7월 22일부터 9월 3일까지, 나와 같은 연구소에 13명의 다른 학생들이 존Zono에서 일했습니다.

Tio estis taĉmento de volontuloj kun nekutima entreprenpraktiko. Laboris ni kiel dozometristoj en Ĉernobil, en AEC, sed plej ofte en Pripjatj.
이는 특이한 사업 관행을 가진 자원 봉사자 분대였습니다. 우리는 원전의 체르노빌에서 선량계로 일했는데, 그러나 자주 프리피야트에서 일했습니다.

Sola loko en la 50-milloĝanta urbo, kie 2 monatojn post la akcidento neritme, sed konstante batetis malforta pulso de iam bolanta vivo, estis la urba milicejo.
인구 5만 명의 도시에서 사고 2개월 후 한 번 끓어오르는 삶의 약한 맥박이 불규칙하지만 끊임없이 뛰는 유일한 곳은 시 민방위대였습니다.

Ĉi tien etendiĝis miloj da fadenoj – signaliloj de sistemo "Skala", kaj kamero de provizora aresto estis la plej pura de radia vidpunkto loko.
이곳으로 "스칼리Skala" 시스템의 신호기인 수천 개의 실이 뻗어 있었고, 임시 구금의 밀실은 방사선 관점에서 가장 깨끗한 장소였습니다.

Dum nia laboro la 2-a kaj 3-a etaĝoj de la konstruaĵo similis kadrojn de filmo pri retreto: estas malfermitaj ĉiuj ĉambroj, estas rompitaj seĝoj, ĉie estas disĵetitaj gasmaskoj, enspiratoroj, individuaj medicinaj pakaĵoj, uniformo kun leutenantaj epoletoj, libroj pri kriminala esploro, sliparo kun dosieroj de diversaj krimuloj, puraj oficpaperoj kun stampo "absolute sekrete" kaj multaj aliaj objektoj...

작업하는 동안 건물의 2층과 3층은 퇴각에 대한 영화의 프레임과 비슷했습니다. 모든 방이 열려 있습니다. 부서진 의자가 있고, 방독면, 인공 호흡기, 개인 의료 패키지, 중위 견장이 달린 제복, 범죄수사 서적, 다양한 범죄자의 파일이 든 서류 가방, "절대 비밀"이라고 찍힌 깨끗한 사무실 서류 그리고 다른 많은 아이템들...

Tre realeca, objekta fotaĵo de tiuj tragikaj eventoj, muta atestaĵo de io terura, malreala.

그 비극적인 사건에 대한 매우 현실적이고 객관적인 사진, 끔찍하고 비현실적인 것에 대한 침묵의 증언.

Du monatojn post la akcidento (sed ne post tri tagoj, kiel estis promesite dum la evakuado) al la loĝantoj estis permesite veni por tute nelonga tempo por forpreni ion el la havaĵoj.

사고 2개월 후 (대피 중에 약속한 대로 3일이 지난 후가 아님) 주민들은 매우 짧은 시간 동안 일부 소지품을 가져가는 것이 허용되었습니다.

En misdimensiaj specialaj kostumoj, kun malsperte metitaj enspiratoroj, ili aliris al siaj domoj. Nur kelkiuj el ili ne ploris.

특대형 특수복 차림으로 흡입기가 부적절하게 장착된 채 집에 접근했습니다. 그들 중 일부만이 울지 않았습니다.

Necesus vidi, kiel pro la mantremo ili ne povis malŝlosi la serurojn, kiel poste kaptis ion la unuan, kio estis submane, kun vortoj: "Kontrolu tion ĉi". Necesus vidi la okulojn de fianĉino, kiam ŝia nuptorobo montriĝis "malpura".

그들은 손이 떨려서 자물쇠를 풀지 못했고, 그 후에 손에 있던 첫 번째 물건을 다음과 같은 말로 어떻게 잡았다는 것을 알 필요가 있습니다. "이것 좀 봐". 당신은 그녀의 웨딩 드레스가 "더러운" 것으로 판명되었을 때 신부의 눈을 볼 필요가 있었을지도

Necesus vidi staton de novgeedzoj, kiam en ilia ĉambro en komunloĝejo sur la strato "Kurĉatov" estis frakasita fenestro kaj en la ĉambro restis nenio prenebla...

"쿠르차토프" 거리에 있는 공동주택의 방 창문이 깨지고 방에 가져갈 것이 아무것도 남지 않았을 때 신혼 부부의 상태를 볼 필요가 있을 것입니다...

Ofte fono en loĝejoj estis multe pli alta ol la severa normo. Tiam necesis mezuri fonon ie en banejo aŭ necesejo. Tre nemultaj aĵoj konvenis al la normo.

종종 거주지 주위는 엄격한 기준보다 훨씬 높았습니다. 그런 다음 욕실이나 화장실 어딘가에서 주위를 측정해야 했습니다. 꽤 많은 것들이 표준에 맞습니다.

Estis tiaj homoj, kiuj aŭskultinte admonojn pri la ebla ligo inter radiado kaj kancerŝveloj ("Pensu pri viaj infanoj!") kaj ĉiujn avertojn pri "koto" en tapiŝoj, pri ripeta kontrolo ĉe eliro el la Zono (ŝajne en Dibrovo), aŭskultinte kaj pri ĉio konsentinte, iel elruziĝis forveturigi ĉion.

방사선과 암 종양 사이의 가능한 연관성에 대한 경고를 듣고 난 후 ("당신의 아이들을 생각하십시오!") 그리고 카펫의 "진흙"에 대한 모든 경고, 존Zone을 떠날 때 반복되는 확인(디브로보 Dibrovo에서 분명히 있음), 경청 그리고 모든 것에 동의하고 어떻게든 모든 것을 몰아내려고 했습니다.

Pri la plua sorto de tiuj aĵoj eblas nur supozi. Estis onidiroj pri tio, ke la aĵojn oni transdonadis al vendejoj de malnovaj aĵoj.

우리는 그 물건의 미래 운명에 대해서만 추측할 수 있습니다. 중고가게에 물건이 넘어가고 있다는 소문이 돌았습니다.

Se tio ĉi veras - do tio estas terura fakto. Bedaŭrinde pri dozokontrolo ĉe la eliro nia taĉmento ne okupiĝis, kvankam kelkfoje ni estis tie preterveturante.

이것이 진실이라면 - 이것은 끔찍한 사실입니다. 불행히도 우리 분대는 출구에서 선량 통제에 관여하지 않았지만 때때로 우리가 그곳을 지나쳤습니다.

Eblas nur diri, ke tie estis kondiĉoj por pli ĝusta kontrolo (fono estis multoble malplia), ke la dozokontrolo pasis ankaŭ nervozeme, ja antaŭ la okuloj de la loĝantoj oni forprenis iliajn aĵojn, ĵetis en ferajn kestojn.

더 정확한 통제를 위한 조건이 있다고 말할 수 있습니다 (주변은 몇 배 적음), 복용량 통제도 신경과민하게 통과했으며 실제로 거주자의 눈앞에서 소지품을 빼앗기고 철상자에 던졌습니다.

Iam kun elementoj de devigita vandalismo (oni frakasis multekostan radioaparataron por ke ne estu tento al la "malpura" aĵo).

때로는 강제 기물 파손 요소가 있습니다 (값 비싼 무선 장비는 "오염"에 대한 유혹이 없도록 부숴졌습니다).

Estis ankaŭ tiaj loĝantoj de Pripjatj, kiuj, eksciinte pri "malpuriĝo" de siaj havaĵoj, prenis toporon kaj ĉion frakasis, "por ke al vi ne restu"!

소지품의 "오염"에 대해 알게 된 프리피아트의 주민들도 있었고, 도끼를 들고 모든 것을 부숴서 "남은 것이 없도록" 했습니다!

Estis tiaj, kiuj ŝovis monon, brandon, kaj pensis, ke pro tio iliaj tapiŝoj iĝos pli "puraj".

돈과 브랜디를 쑤셔넣고는, 이것들로 인해 카펫이 "깨끗해질" 것이라고 생각하는 사람들이 있었습니다.

Sed ĉio ĉi estis nur unuopuloj, escepto".

하지만 이들은 모두 싱글일 뿐, 예외였다" 고

En la gazetaro multo estis skribita pri la heroa

laboro de armeanoj, dozometristoj, konstruantoj de la sarkofago.

군인, 선량계, 석관 건축업자의 영웅적인 작업에 대해 언론에 많이 기록되었습니다.

Sed nenie mi renkontis rakonton pri laboro de la lokaj reprezentantoj de la Soveta potenco laborantoj de la urba plenumkomitato en Pripjatj, pri ĝia prezidanto A. Veselovskij, pri A. Esaulov, M. Bojarêuk, A. Puĥiljak, M. Procenko kaj la aliaj, kiuj sencêse dum jaro kaj duono post la akcidento veturadis por oficaj problemoj en sian karan urbon.

그러나 나는 프리피야트의 시 집행위원회에서 일하는 소비에트 권력의 지역 대표, 베셀로프스키 회장, 에사울로프, 보야레욱, 푸킬약, 사고 후 1년 반 동안 계속해서 공식 문제를 위해 사랑하는 도시로 차를 몰고 온 프로쩬코와 다른 사람들.

Ili vivis kaj laboris en malbonegaj vivkondiĉoj, ofte neglekte rilatis al reguloj de sekureco kaj dozometra kontrolo (ekzemple A. Esaulov ĝis septembro de 1986 ĝenerale ne havis dozometron), sed spite al ĉio faris sian nerimarkeblan, sed tre necesan laboron.

그들은 매우 열악한 생활 조건에서 생활하고 일했으며 종종 안전 규칙과 선량계 제어를 무시했습니다 (예: 1986년 9월까지 에사울로프는 일반적으로 선량계가 없었음).

Ĉiutageco? Burokrateco? Rutino? Ĉu fera inercio de Administra Sistemo? Kaj tio, kaj alio.

일상적? 관료적? 천편일률? 관리 시스템의 철통같은 타성? 그리고 그것, 그리고 또 다른.

Tamen kia ĉiutageco povas esti en la ekstremaj, preskaŭ fantastikaj kondiĉoj, en kiaj provis agi neniu urba plenumkomitato, neniu administrantaro en la mondo?
그러나 세계 어느 도시 집행위원회도, 어떤 행정부도 시도하지 않은 극단적이고 거의 환상적인 상황에서 어떤 일상 생활이 가능하겠습니까?

Ja temis pri la urbo, por ĉiam forigita de ĉiuj geografiaj mapoj, mortinta kiel socia unuo.
결국, 그것은 모든 지리적 지도에서 영원히 제거되고 사회적 단위로서 죽은 도시에 관한 것이었습니다.

Rilate burokratecon ĝi certe estis, nia kutima, konata. Kien ĝi povus malaperi? Sed en la Zono ĝi iĝis ankoraŭ pli absurda.
관료주의의 관점에서, 그것은 확실히 우리의 일상적인 일이었습니다. 어디로 사라질까요? 그러나 존Zono에서 그것은 훨씬 더 터무니없게 되었습니다.

Kun la homo, kies rakonton mi prezentos, mi konatiĝis aŭtune de 1986 en Irpen, en la unua etaĝo de la loka plenumkomitato, kiu donis azilon al la urba plenumkomitato el Pripjatj.
나는 1986년 가을에 프리피야트에서 시 집행 위원회로 도피처를 제공한 지방 집행 위원회 1층에서, 일펜Irpen에서 내가 알게 된 분과 함께 그분 이야기에 대해 발표할까 합니다.

Tiutempe tie staris homamasoj, postulantaj ricevon de monkompenso, solvon de siaj urĝaj problemoj.
당시 많은 사람들은, 자신들의 시급한 문제를 해결하기 위해 금전적 보상을 요구하며 서 있었습니다.

En la vestiblo mi rimarkis fortan viron aĝan ĉirkaŭ 45 jarojn, kiu kolere ĉifis en la manoj sian vintran ĉapon. La viro nelaŭte sakris. Ni konatiĝis.
로비에서 나는 약 45세의 건장한 남자를 발견했는데, 그는 노기를 띠며 손에 겨울 모자를 짓이기고 있었습니다. 남자는 낮은 소리로 저주했습니다. 우리는 서로를 알게 되었습니다.

Aleksandr Ivanović Ĥoroŝun, eksloĝanto de u. Pripjatj, nune loĝanta en u. Megion en Tjumena provinco: "Mi antaŭe laboris ĉe konstruo de ĈAEC, poste tie la aferoj malboniĝis, salajroj malkreskis kaj mi forveturis en Siberion por serĉi monan laboron.
알렉산드르 이바노비치 코로슌, 프리피야트 시 전 거주자. 지금은 튜멘Tyumen 지방의 메기온Megion시에 살고 있습니다. "저는 체르노빌 원전 건설에서 일했습니다. 그 후 그곳에서 상황이 나빠지고 임금이 낮아지고해서, 돈을 벌기 위해 시베리아로 떠났습니다.

Sed mia edzino restis en Pripjatj, laboris en ĈAEC. Ni havis aŭton "Zaporojec". Post la evakuado la edzino kun la infanoj veturis al mi trans Moskvo.

그러나 아내는 프리피야트에 머물면서 체르노빌 원전에서 일했습니다. 우리는 "자포로옉" 자동차를 가지고 있었습니다. 대피 후 아내와 아이들은 모스크바를 가로 질러 나에게 자동차로 왔습니다.

En Moskvo ŝin "elkaptis" dozometristoj, lokigis en klinikon. ŝlosilojn de la garaĝo kaj de la aŭto oni konfiskis. Klare ja virino, malorientiĝis,[30] la ŝlosilojn fordonis.

모스크바에서 선량계가 아내를 클리닉에 넣어놓고는 차고열쇠와 자동차열쇠를 "교활한 방법으로 낚아챘습니다" 여자는 방향감각을 잃고, 열쇠를 줘버린 것이 분명합니다.

Kiam mi eksciis, ke eblas viziti la loĝejon kaj ricevi monon pro la aŭto mi venis ĉi tien.

집에 갈 수 있었고 그리고 차값을 받을 수 있다는 걸 알았을 때 이곳에 왔습니다.

Kapitano Kloĉko diris al mi, ke mi demetu la numerplatojn de la aŭto kaj veturigu al li.

클로츠코 대위는 나에게 말하기를 : 차에서 번호판을 떼고 그에게 운전하라고 했습니다.

Mi veturas al Pripjatj. Ŝlosiloj mankas, la garaĝo

---

30) orientiĝi . Klare ekkompreni la situacion, en kiu oni troviĝas, k difini, kion oni devas fari: mi komencis rigardi ĉirkaŭen, por ˜iĝi, mi komencis flari k serĉi Z (pp komercisto); ˜iĝu, kiu volas! Z (pp iu, kiu kaŝas siajn planojn).

estas fermita. Bone. Mi fosis tranĉeon sub la garaĝon, demetis la numerplatojn, veturis al Klocko.
차를 몰고 프리피야트로 갑니다. 열쇠가 없고 차고가 닫혀 있습니다. 좋아요, 나는 차고 아래에 웅덩이를 파고, 번호판을 떼서 넣어놓고는 클록코Klocko로 운전해 갔습니다.

Li postulas ŝlosilojn de la garaĝo kaj de la aŭto. Sed ja la ŝlosiloj mankas! Jen tiam tio komenciĝis.
그는 차고와 차의 열쇠를 요구합니다. 하지만 열쇠가 없습니다! 그 때 그것이 시작되었습니다.

Kloĉko redonis al mi tiujn numerplatojn kaj postulis, ke mi venu kun la aŭto, je kio mi respondis, ke ĝi ne funkcias, post akcidento.
클로츠코는 나에게 그 번호판을 돌려주고 나는 사고 후에 그것이 작동하지 않는다고 대답했던 차를 가지고 올 것을 요구했습니다.

Ĝin mia filo jaron antaŭ la AEC-akcidento ie damaĝis. Oni direktas min al kamarado Polskij - flegma juna homo, kiu kun malkontenta mieno rigardesploras min.
제 아들은 원전 사고 1년 전에 어딘가에 손상을 입었습니다. 그들은 나를 불쾌한 표정으로 바라보는 목석같은 청년 - 폴스키 동지한테로 안내합니다.

Li klarigas, ke necesas atendi kamaradon Peĉorskij, reprezentanton de la urba plenumkomitato de

Pripjatj. Tiu postulis malfermi la garaĝon.
그는 프리피야트 시 집행 위원회의 대표인 페초르스키 동지를
기다려야 한다고 설명합니다. 그는 차고를 열 것을 요구했습니
다.

Mi fosas denove trançeon, enŝoviĝas en la garaĝon,
malfermas enan riglilon, desegas du ĉarnirojn[31] per
fersegilo, prenita en la garaĝo, - la garaĝo
malfermita!
나는 다른 구덩이(참호)를 파고, 차고에 들어가서. 내부 연결고리
를 열고, 차고에서 찾은 쇠톱으로 두 개의 경첩을 잘라냅니다.
차고가 열렸습니다!

Numeroj de autodetaloj, motoro k.s. koincidas!
Kvankam, interalie, en la garaĝo estas sufiĉe alta
fono kaj la kapo mia doloras kvazaŭ mi glutus
ĉirkaŭ 600 gramojn da brando.
자동차 세부 정보, 엔진 등의 번호 일치! 무엇보다 차고에 오염
도가 좀 높아 마치 내가 브랜디 600g 정도 삼킨 듯 머리가 아픕
니다.

Pro la radiado. Sed mi ĝojas poiome. Ŝajnas, ke ĉio
bonas.
방사선 때문입니다. 하지만 조금은 반갑습니다. 모든 것이 괜찮
은 것 같습니다.

---

31) ĉarnir-o ①〈건축〉〈문의〉돌쩌귀, 경첩. ☞ hoko. ②〈해부〉 돌쩌귀 같은 구실
을 하는 것; 관절 따위.

Sed! Nun necesas, ke ĉi tien venu komisiono kaj determinu prezon de la aŭto.

하지만! 이제 위원회가 여기에 와서 자동차 가격을 결정해야 합니다.

Sed por kio do ekzistas Polskij kaj Peĉorskij? Kio ili estas? Por kio ili estas? Mi ilin pri tio demandis.

그러나 폴스키와 페초르스키가 존재하는 이유는 무엇입니까? 그들은 무엇입니까? 그들은 무엇을 위한 것입니까? 나는 그들에게 그것에 대해 물었습니다.

Ĝis kiam mi devas atendi en Dibrovo? Kion mi faru? Mi por tiu "Zaporojec" elpoŝigis 5100 rublojn, mi aĉetis ĝin kontraŭ "pura" salajro.

디브로보에서 얼마나 기다려야 합니까? 어떻게 해야 하나요? 나는 "자포로옉Zaporojec"에 대해 5100루블을 지불했으며, "순수" 봉급으로 샀습니다.

Mi ne havas kaj ne havis kromajn enspezojn. 47 mil kilometroj de veturado por la aŭto estas bagatelo.

나는 가진게 없었고, 과외 수입이 없었습니다. 47,000km의 자동차 운행은 사소한 일입니다.

Jes, bezonatas riparo, sed ja estas kompleto da pneumatikoj, rezervaj detaloj, lakoj-farboj, garaĝaj instalaĵoj.

예, 수리가 필요하지만, 실제로 타이어공기압 장치, 예비 부품, 도료塗料, 차고 시설 세트가 있습니다.

Kaj mia animo ĝemas, ke mi devas lasi mian "feraĵon" - provu ankoraŭ foje perlabori aŭton!
그리고 내 마음은 내 "철제 물건"을 버려야 한다고 탄식합니다.
- 가끔씩 차로 돈을 벌어보시던가!

Sed mi komprenis, ke je tiu komisiono mi stumblis - ja neniamaniere eblos logi ilin en la garaĝon.
그러나 나는 내가 그 위원회에 대해 차질을 가져왔다는 것을 깨달았습니다. 실제 그들을 차고로 유인하는 것은 어떤 방법으로든 가능성이 없을 것이라고요.

Antaŭdujaran atestilon pri tio, ke mi neniun mortigis per mia aŭto, mi en la aŭtoinspekto de Pripjatj ne trovos, ĉar la inspekto mem jam ne ekzistas, mi apenaŭ trovis ĝiajn restaĵojn en Zorin.
내 차로 사람을 죽이지 않았다는 2년 전의 증명서,
나는 프리피야트의 자동차 검사에서 찾을 수 없을 것입니다,
왜냐하면 검사 자체가 더 이상 존재하지 않기 때문에 조린Zorin에서 그 잔재를 거의 찾을 수 없었습니다.

Eĉ la patrolanoj ne sciis, kie tiu inspekto estas.
순찰대원들조차 그 검사가 어디 있는지 알지 못했습니다.

Mi tamen trovis. Ties ĉefo malsanis, havis temperaturon. Akceptis min ĉefo de detektivfako.
그래도 찾았습니다. 그 지도자는 아프고, 열이 있었습니다. 탐정 부서장은 나를 받아들였습니다.

Li aŭskultis min kaj diris, ke sufiĉus, se Polskij-Peĉorskij indikus en la teknika talono EKZISTON de la aŭto, ne enirante en radioaktivan garaĝon, nur lumiginte per lanterno.

그는 내 말을 듣고 폴스키-페초르스키Polskij-Peĉorskij가 기술 인증서에 방사성 차고에 가지 않고 랜턴으로 조명을 켜는 것만 으로 자동차의 존재를 표시하면 충분할 것이라고 말했습니다.

Kaj rilate la atestilon, ke mi neniun mortigis per mia aŭto (ja la aŭto estas damaĝita), tio estas problemo de detektivoj.

그리고 내 차로 사람을 죽이지 않았다는 증명서 (사실 차는 파 손됨) 그것은 탐정 문제입니다.

Li min certigis, ke mi (t. e. mia filo) estus trovita maksimume duonjaron post la aŭtoakcidento.

그는 내(즉, 내 아들)가 자동차 사고 후 기껏해야 반년 후에 발 견될 것이라고 나에게 확신시켰습니다.

Mi ĉion ĉi raportis al Polskij-Peĉorskij, konsentis je 50% de amortizo[32], fine eĉ konsentis je 60-70%, nur por ĉesigi tiujn klopodojn.

나는 이 모든 것을 폴스키-페초르스키에 보고했고 감가상각의 50%에 동의했으며, 그러한 노력을 중단하기 위해 마침내 60-70%까지 동의했습니다.

---

32) amortizo 감가상각 (減價償却)

Mi rakontis pri miaj ofendoj al Maria Grigorjevna Bojarĉuk, la sekretariino de la urba plenumkomitato de Pripjatj.

나는 프리피야트 시 집행 위원회의 비서 마리아 그리고례브나 보야르축에게 내 모욕에 대해 이야기했습니다.

Ŝi min aŭskultis, konsilis ĉion priskribi kaj donacis esperon.

그녀는 내 말을 듣고 모든 것을 설명하라고 조언했고 나에게 희망을 주었습니다.

Dankon al ŝi!

Dankon al milickapitano Filippoviĉ, kiu sen obstakloj donis al mi paspermesilon en la Zonon, dankon al ĉefo de kontrol-tralasa punkto de Pripjatj, milickapitano, kiu deĵoris la 22-an de novembro 1986, li sen obstakloj permesis al mi eniri la garaĝon.

그녀 덕분에!

1986년 11월 22일에 복무했던 민병대 대장인 프리피야트 검문소장 덕분에 장애물 없이 존애 들어갈 수 있게 해 준 민병대장 필립포비치 덕분에 장애물 없이 차고에 들어갈 수 있었습니다.

Jen kun tio mi forveturas".

그것으로 나는 떠납니다."

Printempe de 1987 mi recevis de A. Ĥoroŝun leteron el Siberio, en kiu li rakontis pri la pluaj detaloj de sia "Zaporojec" Odiseado: "Prezidanto de la urba plenumkomitato de Pripjatj Veselovskij resendis al mi la teknikan atestilon kaj mian petskribon, kaj skribis, ke la aŭton devas prezenti la posedanto mem ekde la 4-a de aprilo.

1987년 봄, 나는 시베리아에서 코로슌으로부터 편지를 받았는데, 그 편지에서 그는 "자포로옉" 오디세아도에 대한 자세한 내용을 나에게 말했습니다. "베셀로프스키 프리피야트시 집행위원회 위원장은 기술 인증서와 신청서를 돌려주었고 4월 4일부터 소유자가 직접 차를 제시해야 한다고 썼습니다.

Ĉu mi denove devas veturi al Pripjatj? Denove treti sojlojn de instancoj?

다시프리피야트까지 운전해가야 합니까? 다시 기관의 문턱을 밟아?

Probable necesos akiri arganon, kamionon kun trakbazo[33] kaj veturigi mian aŭton por la fordono.

아마도 크레인을 확보하여, 트랙 베이스가 있는 트럭을 확보할 필요가 있을 것이고 그리고 내 차를 버리러 가야 할 것입니다.

Kie mi akiros la maŝinojn? Ja tiom simplas dekalkuli de la aŭtoprezo la prezon de la damaĝita karoserio, koston de uzo de la maŝinoj kaj la amortizon.

기계는 어디서 구하나요? 자동차 가격에서 손상된 차체의 가격, 기계 사용 비용 및 할부 상환액을 공제하는 것은 매우 간단합니다.

---

33) trakbazo .노반(路盤) 〈철도〉

La restaĵojn pagi al la posedinto.
나머지를 소유자에게 지불해야.

Ja tio estas terura problemo flugi aprile en la eŭropan landoparton.
실제로 4월에 유럽 지역으로 날아가는 것은 끔찍한 문제입니다.

Nur el Megion deziras forflugi 1708 personoj, ekskluzive Niĵnevartovsk; kaj ankaŭ el Ustj-Kamenogorsk same.
메기온Megion에서만 니즈네바르토프스크를 제외한 1708명 사람들이 날아가고 싶어합니다. 그리고 우스티-카메노고르스크 Ustj-Kamenogorsk에서도 똑같이.

Dio mia, kiel mi malŝatas Eŭropon!
맙소사, 내가 유럽을 얼마나 싫어하는지!

Mi ekde la unua paliseto konstruis AEC kaj Pripjatj, sed al mi estas tia puno. Almenaŭ 1500 rublojn kompensi el 5100 estus bone".
첫 말뚝부터 원전과 프리피야트 건설에 참여했지만, 나에게는 그런 형벌이 없습니다. 적어도 5100루블 중 최소 1500루블 보상은 좋을지도."

NAJTINGALOJ DE ĈERNOBIL
체르노빌의 나이팅게일

En la unua parto de la novelo, penante esti maksimume objektiva, mi skribis, ke ne medicinistoj komandas la kanalojn de amaskomunikado.

소설의 첫 부분에서 최대한 객관적이 되려고 노력하면서 대중 커뮤니케이션 채널을 지휘하는 것은 의료계가 아니라고 제가 기술한 바 있습니다.

Kaj la plej gravajn decidojn akceptas same ne medicinistoj.

그리고 가장 중요한 결정은 의료계도 받아들이지 않습니다.

Tio veras. Sed, estante allasitaj al la amasinformiloj, iuj el miaj kolegoj tiom da absurdaĵoj naskis, ke oni povas nur miri.

그건 사실입니다. 그러나 대중 매체에 소개되면서 내 동료 중 일부는 사람들이 놀랄만큼 너무 많은 부조리를 낳았습니다.

La popolo nomis la medicinajn elokventulojn, plenigintajn la eteron kaj gazetpaĝojn per siaj viglaj triloj "najtingaloj de Ĉernobil".

사람들은 생동감 넘치는 트릴로 방송과 잡지페이지를 가득 채운 의료 웅변가들을 "체르노빌의 나이팅게일"이라고 불렀습니다.

Kaj temas pri tiuj, kiuj devas esti protektantoj de la homoj, devas kuraci vundojn ne nur korpajn, sed

ankaŭ la animajn.
그리고 그것은 사람들의 수호자가 되어야 할 사람들에 관한 것입니다. 육신肉身뿐만 아니라 영혼의 상처도 치유해야 합니다.

Ja nia medicino, deveninta el la municipa medicino, ricevis herede tiujn de altspritajn, noblajn patriajn tradiciojn karitato kaj veraspiro, respondeco antaŭ la popolo pri siaj vortoj kaj agoj.
결국 우리의 약은 자치시自治市의 의술醫術에서 유래하여 고상하고 고귀한 민족적 전통, 자애와 참된 염원, 말과 행동에 대한 인민 앞에서의 책임을 계승했습니다.

Verŝajne, perdis nia oficiala medicino tiun ĉi antaŭrevolucian riĉon sur la formalismaj vojoj de flato al potenculoj de hodiaŭo, en specialaj manĝejoj kaj aliaj lokoj, de kontaktiĝo kun la kasto de la "elektitaj".
진정, 우리의 공식 의학은 오늘날의 권력자들에 아첨하는 형식주의적 방식아래 고급 레스토랑이나 기타 장소에서 "선택된" 카스트같은 특권계층과의 접촉으로 혁명 이전의 부를 잃어버렸습니다.

Dirante ĉion ĉi, mi neniom malpliigas la meriton de miloj da ordinaraj kuracistoj kaj flegistinoj, laboratoriistinoj kaj subflegistinoj, honeste plenumintaj sian profesian kaj socian devon dum la malfacilaj tagoj de Ĉernobil.
이 모든 것을 말하면서 나는 체르노빌의 어려운 시기에 그들의 직업적, 사회적 의무를 정직하게 수행해온 수천 명의 의사와 간호사, 실험실 기술자 및 하위 간호사들의 장점을 결코 폄하하지 않습니다.

Sed ĉi-foje temas ne pri ili.
그러나 이번에는 그들에 관한 것이 아닙니다.

Ekde la unuaj tagoj de la akcidento "televida stelo n-ro 1" iĝis vicministro pri sanprotekto de Ukrainio, ĉefa ŝtata sanitara kuracisto de Ukrainio A. M. Kasjanenko.
사고 첫날부터 "텔레비전 스타 No.1"은 우크라이나 건강 보호 차관, 카샤넨코 수석 위생 의사가 되었습니다.

Ne estante specialisto pri radiada medicino (ŝajne, sian kandidatan disertacion li verkis en Dnepropetrovsk pri temo de iu malsano, transirebla de bovinoj al homoj), li certigas siajn aŭskultantojn, ke ĉio estas normala, bonega en tiu ĉi ĉernobila mondo; kaj ju pli arde li elokventis, des malpli kredis al li homoj.
방사선 의학 전문가가 아니라 (분명히 그는 소에서 인간으로 전염될 수 있는 질병에 대해 드네푸르페트로프스크에서 후보 논문을 썼음) 그는 체르노빌 세계에서 모든 것이 정상적이고, 훌륭하다고 시청자들에게 확신을 심어주었습니다. 그리고 그가 감명깊게 말할수록 사람들은 역으로 그를 덜 믿었습니다.

Jen estas tute ne plena (laŭ la gazeta parafrazo)

fiekzemplo de tia "propagando": "Sur la teritorio de nia respubliko en plejmulto de la regionoj ĉio revenis al la normo, kiu estis ĝis la akcidento...
다음은 그러한 "선전"의 전적으로 불완전한 (잡지의 표현에 따르면) 경멸스런 사례입니다. "우리 공화국의 영토의 대부분 지역에서 모든 것이 사고 전까지 존재했던 규범으로 돌아왔습니다 .

En la urbo Kiev ne estas premisoj[34] por entrepreni iajn ekstremajn rimedojn...
키이우 시에는 극단적인 조치를 취할 전제가 없습니다...

Miriga estas deziro de iuj virinoj ĉesigi sian gravedecon.
일부 여성들의 임신중단 바램은 놀라운 일입니다.

Ne havas realan argumentiĝon ankaŭ la deziro de iuj el ili forveturi por la gravedperiodo for de Kiev aŭ eĉ for de la respubliko...
그녀들 중 일부가 임신기간 동안 키이우를 떠나거나 공화국을 떠나고자 하는 바램 역시 현실적으로 타당성이 없습니다...

Ne necesas rifuzi, kiel iuj tion faras, de manĝuzo de la kokinaj ovoj...
일부 사람들이 시행하고 있는 것처럼 암탉의 알을 음식으로 사용을 거부할 필요는 없습니다...

Fiŝojn... en la Kieva maro, Dnepr kaj Desna... eblas

---

34) premis-o 〈논리〉 (논증의)전제(前提). ˉi [타] …을 전제로 하다.

trankvile kapti, friti, kuiri, uzi en ajna manĝo...
키이우 바다, 드네프르와 데스나... 의 물고기 ... 염려없이 잡고,
튀기고, 요리하고, 어떤 식사에도 사용할 수 있습니다 ...

Rilate la riverbaniĝon... Pri tio jam estis skribite en
la gazetaro.
강물 목욕과 관련하여 ... 이것 역시 이미 언론에 기사화되었습
니다.

Se estas bona vetero, se suno lumas, se bonas la
humoro (!), oni povas baniĝi en riveroj.
날씨가 좋으면, 태양이 밝고, 기분이 좋으면(!) 강에서 목욕을 할
수 있습니다.

Tio koncernas Kiev, la regionon, ekskluzive de tiuj
regionoj, kie estas limigoj...
이것은 제한이 있는 지역을 제외한 지역 키이우에 관한 것입니
다...

Nun al sano de la infanoj nenio minacas... Ne
ekzistas premisoj por rifuzi de framboj, fragoj,
mirteloj...
이제 아이들의 건강을 위협하는 것은 아무것도 없습니다... 라즈
베리, 딸기, 블루베리를 마다할 이유가 없습니다...

Alia afero estas riboj kaj grosoj. Ne estas
rekomendata ties uzado en freŝa stato en Ĉernigova,
Kieva kaj Jitomira provincoj...

또 다른 것은 건포도와 구스베리입니다. 체르니고바, 키이우, 이토미르 지방에서 신선한 상태에서 사용은 권장하지 않습니다.

La postulo pri purigo de la loĝejoj per polvosuĉilo restas valida ĉiam".
진공 청소기로 주택들을 청소하라는 요청은 항상 유효합니다."

(El konversacio en la respublika televido de la vicministro pri sanprotekto de Ukraina SSR A.M. Kasjanenko kaj aliaj specialistoj-medicinistoj, "Veĉernij Kiev", la 1-an de julio 1986).
(우크라이나 SSR 카샤넨코의 건강 보호 차관과 다른 의료 전문가의 공화당 텔레비전 대화에서, "베체르니 키이우", 1986년 7월 1일).

Kaj jen kion diris A. M. Kasjanenko en alia programo de la respublika televido ("Veĉernij Kiev", la 26-an de septembro 1986): "Sur la tuta teritorio de la respubliko la radiada situacio, esence (!), revenis al tia stato, kia ĝi estis antaŭ la akcidento en Ĉernobila AEC.
그리고 이것은 카샤넨코가 공화당 텔레비전의 다른 프로그램에서 말한 것입니다. ("베체르니 키이우", 1986년 9월 26일). : "공화국 전역에서 방사선 상황은 기본적으로(!) 체르노빌 원전 사고 이전 상태로 돌아왔습니다.

Gama-fono praktike normaliĝis... Specialaj esploroj de fiŝoj estis organizitaj en Kieva kaj Kaneva akvorezervejoj, en la riveroj Desna kaj Konĉa.

감마 선線-환경이 거의 정상으로 돌아왔습니다... 데스나Desna 및 콘차 강에서 키이우 및 카네브 저수지에서 물고기에 대한 특별 조사단이 조직되었습니다.

Ili ne donis kaŭzojn por maltrankviliĝo. Sama situacio estas pri fungoj.

그들은 불안의 원인을 제공하지 않았습니다. 버섯에 대해서도 같은 상황입니다.

Nur necesas esti maksimume atentaj kaj singardaj dum kolektado de tiuj, preni nur manĝeblajn fungojn.

식용 버섯만 수집하기 위해서는 최대한 세심하고 주의를 기우릴 필요가 있다고 했습니다.

Kaj ĉe tio memoru: la fungoj rapide malfreŝiĝas, produktante venenajn substancojn...”

그리고 동시에 버섯은 빨리 상하여, 바로 유독 물질을 생성한다는 것을 기억하시기를...”

Mi memoras, kiel estis indignitaj pro tiu parolo de la vicministro la kuracistoj de distrikto Polesskij, ĉar iĝis absolute vana ilia lariga profilaktika laboro; parto de loĝantaro de la regiono, precipe infanoj, impetis al arbaroj por kolekti fungojn, kvankam tiuj ĉi arbaroj, situantaj en la zono de elĵetoj, ankoraŭ radiis...

나는 폴레스키 지역의 의사들이 차관의 그 연설 때문에 얼마나 분개했는지 기억합니다. 이 지역 인구의 일부, 특히 어린이들은, 버섯을 따겠다고 숲속으로 달려갔지만 방출 구역에 위치한 이들 숲들에는 여전히 방사선이 방출되고 있었습니다 ...

Ne estas mirinde, ke responde al tiaj "revelacioj" ekmultnombris indignitaj leteroj. Mi prezentu unu el ili: "Por kiuj estas donita tiu ĉi informo? Parolante jam la duan fojon, Kasjanenko prezentas eĉ ne unu ciferon, nek almenaŭ unu rezulton de la esploroj aŭ analizoj.

그러한 "계시"에 대한 반응으로 분개하는 편지가 늘어나기 시작한 것은 놀라운 일이 아닙니다. 그 중 하나를 소개하겠습니다. "이 정보는 누구를 위해 제공된 것입니까? 두 번째로 말씀드리면, 카샤넨코는 단 하나의 수치도 제시하지 않으며, 조사나 분석의 적어도 결과 한가지 마저도 제시하지 않습니다.

Li eĉ ne mencias pri la grandega malfeliĉo, kiu tuŝis grandajn spacojn, malpurigis ilin, lasis spurojn.

그는 넓은 공간을 접촉하고, 오염시키고 흔적을 남긴 엄청난 불행에 대해서도 언급하지 않습니다.

El liaj vortoj sekvas, ke eblas reaktorojn eksplodigi kaj, verŝajne, atomajn bombojn ĵeti, ĉio restos en ordo.

그의 말에 따르면, 원자로를 폭파시킬 수 있고, 아마도 원자 폭탄을 떨어뜨릴 수 있으며 모든 것이 잘 될 것입니다.

Cetere ĉefaj liaj argumentoj estas "Mi al vi diras, ke ĉio normalas".

또한 그의 주요 논거는 "모든 것이 정상적이라는 것을 알려드립니다" 입니다.

Kaj ĉio ĉi estas donata surfone de la publikaĵoj en "Pravda", "Izvestija", "Literaturnaja gazeta", "Literaturnaja Ukraina" kaj multaj aliaj fontoj, kie faras deklarojn la honestaj scienculoj kaj famaj sociagantoj, kiuj titolis ĉion per la konvenaj nomoj, kiel tion postulas la 27-a partia kongreso kaj la hodiaŭa situacio...

그리고 이 모든 것은 "프라우다", "이즈베스티야", "리테라투르나야 가제타", "리테라투르나야 우크라이나" 및 기타 여러 출처에서 제공한 기사물, 거기에 정직한 과학자들과 유명한 사회활동가들이 선언을 밝힌 바, 그들은 27차 당대회 및 오늘날 상황의 요구에 따라 적절한 이름으로 제목을 붙였습니다...

Kiev, la 1-an de oktobro 1986, str. Entuziastov, 29/2, ĉ. 25, Proklov kaj ankoraŭ dek subskribintoj".

키이우, 1986년 10월 1일, 엔투지아스토프 거리, 29/2, 근처. 25, 프로클로프Proklov 및 10명 이상의 서명자".

Sed kreopinto de la kievaj "anesteziistoj", penantaj ĉiurimede trankviligi la socian opinion, iĝis la broŝuro de V. P. Antonov, ĉefo de administracio de ministerio pri sanprotekto de Ukraina SSR "Radiada situacio kaj ties soci-psikologiaj aspektoj", eldonita pasintjare en Kiev far la societo "Znanije" kvante de 92,175 ekzempleroj.

그러나, 모든 수단을 동원하여 범사회적 의견을 잠재우기 위한 노력을 기울인, 키이우 "마취사들"의 창의정점創意頂點은 우크라이나 SSR의 보건 보호부 행정부 책임자 안토노프의 브로슈어가 되었습니다. 작년에 키이우에 있는 "즈나니예Znanije" 협회에 의해 "방사선 상황 및 사회-심리적 외양外樣"의 제하題下로 거의 92,175부나 출판되었습니다.

Mi prezentas kelkajn "revelaciojn" de la aŭtoro, prezentita kiel "kuracisto-radiologo":

본인은 "의사 – 방사선학자"인 저자가 제시한 몇가지 "계시"를 제시합니다.

"Ĉar en la urbo Kiev estis PLEJ MALMULTE DA KAŬZOJ POR MALTRANKVILO KAJ EKSCITIĜO (ĉi tie kaj plue estas emfazite de mi. - Ju. Ŝĉ.) kaj tamen ĝuste inter ĝiaj loĝantoj cirkulis pleja kvanto de ekscitoj, onidiroj, nebazitaj rekomendoj kaj antaŭjuĝoj, ekzistas neceso skize priskribi la radiadan situacion sur ĝia teritorio, des pli ke kvanto de ĝiaj loĝantoj konsistigas grandan parton de la tuta loĝantaro, ENTIRITA EN LA SFERON DE ĈernobilAJ EVENTOJ.

"키이우 시에는 불안과 흥분의 원인이 거의 없었기 때문입니다 (여기서 더 나아가 내가 강조함.) 체르노빌 사건의 범위에 유착. – 그러나 정확히 그곳의 거주자들 사이에는 엄청난 양의 흥분, 소문, 근거 없는 권고 및 편견이 퍼졌습니다. 특히 많은 거주민이 전체 인구의 큰 부분을 차지하기 때문에 그 영토의 방사선 상황을 개략적으로 설명할 필요가 있습니다.

Interalie tio ĉi estas leĝkonforma fenomeno, kiun oni povas nomi "psikologia fenomeno de la granda urbo".

그중에 무엇보다 '대도시의 심리적 현상'이라고 할 수 있는 준법 현상입니다.

ĜIA KAŬZO ESTAS EN LA KONSIDERINDA KVANTO DE INTELEKTULARO - ĈEFA PORTANTO KAJ FONTO DE PSIKOLOGIA ABOMENO AL RADIADO, edukita de la multjara kontraŭmilita, aparte kontraŭnuklea, propagando.

그 원인으로는 최고 소지자이자 방사선에 대한 심리적 혐오의 근원根源인 수년간 반전, 더구나 반핵, 선동 아래 교육받은 상당수의 지식층그룹입니다.

Neniuj aliaj tiom profunde enanimigis malestimon al tiu ĉi nova damaĝfaktoro, karakteriza nur por la nukleaj armiloj, KIU DANK' AL EMOCIÓJ DE MULTAJ ĴURNALISTOJ ESTAS FARBATA PER PLI (!!!) MALGAJAJ FARBOJ, OL LA PLI KUTIMAJ FAKTOROJ (!), kun kiuj estas ligitaj la delonge konataj damaĝspecoj (traŭmatoj kaj brulvundoj).

다른 누구도 핵무기만의 특징인 이 새로운 손상 요인에 대해 그토록 깊이 경멸을 품지 않았습니다.

이는 많은 저널리스트의 감정 덕분에 더 많은 일반적인 요소(!)

보다 더 많은(!!!) 기분 나쁜 페인트로 칠해져 있습니다.
이는 오랫동안 알려진 손상 유형 (외상 및 화상)이 연결되어 있습니다.

Pri tio atestas la bone konataj al kievanoj faktoj de nereveno de parto de lernantoj al la komenco de lernojaro, malfacilaj familiaj dilemoj rilate revenon de la lernantoj de komencaj klasoj, inventemo en serĉado de "puraj manĝaĵoj" eĉ ekster la respubliko.
그것에 대해 학년초에 일부 학생의 미복귀 사실이 키이우 인들에게 잘 알려져있고, 초등학년 학생의 복학에 관한 어려운 가족 딜레마, 공화국 밖에서 마저도 "신선식품"을 찾아나서는 노력으로 입증되었습니다.

Pri profundeco de fobiaj (fobio estas timo Ju. Ŝĉ.) reagoj atestas ankaŭ la analizo de reklamaj anoncoj pri interŝanĝo de loĝejoj, montranta "akcimalvaloriĝon" de tiom belega urbo, kia estas Kiev, en la sistemo de interurba loĝejŝanĝo.
공포증 (공포증은 두려움이다) 반응의 깊이는 도시간 주거 교환 시스템에서 키이우와 같은 아름다운 도시의 "최대 평가 절하"를 보여주는 주거 교환 광고 분석에서도 입증됩니다.

Kvanto da homoj, dezirantaj enveturi en Kiev, en 1986 malpliiĝis je triono kompare kun 1985, sed kvanto de la dezirantoj forveturi el Kiev triobliĝis".
1986년에 키이우에 들어가고자 하는 사람들의 수는 1985년에 비해 3분의 1로 감소한데 비해, 키이우를 떠나고자 하는 사람들의 수는 3배에 달했습니다."

Do, la ĉefa kaŭzo de ĉiuj malagrablaĵoj estas intelektularo!
따라서 모든 불쾌한 사안들의 주요인主要因은 지식인군입니다!

Se por niaj sanprotektministeriaj "anesteziistoj" estus disponigita analfabeta popolo - ili momente ĝin trankviligus.
문맹 인구가 우리 보건 보호부 "마취사"에게 처분이 맡겨진다면 - 일시적으로 진정될지도 모릅니다.

Temante pri estonto, la aŭtoro deklaras:
저자는 미래에 대해 다음과 같이 선언합니다.

"Ankoraŭfoje ni volas firme emfazi, ke estas neniaj realaj premisoj atendi ĉe la plejmulto de loĝantoj iujn sanstatajn malboniĝojn aŭ iujn malsanojn, senpere ligitajn kun influo de radiado.
"대다수의 주민들이 건강 악화나 방사선의 영향과 직접적으로 관련된 질병을 겪을 것으로 예상할 수 있는 실질적인 근거가 없다는 점을 다시 한번 확실히 강조하고 싶습니다.

Sed, sendube, la plej ĉefaj estas la psikologiaj problemoj, konsekvencoj de kiuj povos esti nemezureble pli malagrablaj.
그러나, 의심할 여지 없이, 가장 중요한 것은 심리적 문제이며, 그 결과는 측정할 수 없을 정도로 더 불쾌할 수 있습니다.

Ekzistas kaŭzoj atendi nerektajn postsekvojn en formo de diversaj devioj en la indicoj de sanstato, kaj eĉ iujn malsanojn ĉe tiu parto de la loĝantoj, kiu trafis en kaptitecon de nebazitaj timoj kaj maltrankviliĝoj, en kaptitecon de radiofobio...

근거 없는 두려움과 걱정에 사로잡혀 있는 주민들 사이에서 건강 상태 지표의 다양한 편차, 심지어 일부 질병의 형태로 간접적인 결과를 예상할 수 있는 이유가 존재합니다.

Por esploro de tiaj problemoj en ĈAEC FORMIĜIS UNIKAJ EBLOJ post la akcidento.

이러한 문제를 조사하기 위해 사고 후 체르노빌 원전에는 특이한 가능성이 형성되었습니다.

Interalie ĝuste tio estas unu el agadsferoj de la fondita en Kiev Tutsovetia scienca centro de radiada medicino ĉe Akademio de Medicinaj Sciencoj (AMS) de USSR.

무엇보다도 이것은 키이우에 설립된 소련 의학 아카데미(AMS)의 방사선 의학의 전 소비에트 과학 센터의 활동 영역 중 하나입니다.

Ni emfazas tion, ĉar lige kun ĝia fondo cirkulis nemalmulte da onidiroj, provokantaj la psikologian streĉiĝon: "Se tia centro estas fondita, do estas malbonaj niaj aferoj".

우리는 기초와 관련하여 심리적 긴장을 유발하는 많은 소문이 돌고 있기 때문에 이것을 강조합니다. "그런 센터가 세워지면, 우리의 일에는 나쁩니다."

Revenĝinte al la intelektularo, kontraŭmilita propagando kaj nebazitaj timoj, V. Antonov turnas sian rigardon al doktoro Gail: "Restas komenti la deklaron de Gail en la fama televida ponto, kiu timigis iujn civitanojn.

지식인군단, 반전反戰 선전 그리고 근거없는 두려움에 재복수를, 안톤노프는 원한을 품으면서 가일 박사에게 시선을 돌립니다. "일부 시민들에게 두려움을 안겨 준 한 유명한 텔레비전 교량에 게일의 발언에 대한 논평은 남아 있습니다.

Unue, doktoro Gail estas specialisto pri sangomalsanoj, sed neniel specialisto pri radiada sekureco, des pli eksperto, kiel li estis prezentita de teleekrano.

첫째, 가일 박사는 혈액 질환 전문가이지만 텔레스크린에 의해 소개된 것처럼 결코 방사선 안전 전문가가 아니며, 숙련자도 아닙니다.

Due, multaj aŭdis kaj memorfiksis la kvanton de nomitaj kanceraj malsanoj, sed lasis preter la oreloj je kia kvanto da loĝantoj (?) aŭ je kia kvanto da naturaj okazoj de kancero...

둘째, 많은 사람들이 암으로 명명된 질병의 수를 듣고 기억을 확정하지만, 주민(?)의 수 또는 암의 자연발생 수를 간과하고 있습니다...

Ĉiuokaze, estante kuracisto Gail DEVIS, konsiderante forton de psikologia influo de tiaj deklaroj, pli klare prezenti tion ĉi, emfazinte neceson de la relativa pritakso, sed li ne faris tion, ĈU PRO SIA NEKOMPETENTECO EN TIUJ ĈI DEMANDOJ, ĉu pro aliaj kaŭzoj, kiuj ne estas konataj al ni".

어쨌든, 의사인 가일은 그러한 진술의 심리적 영향의 강도를 고려하여 이를 보다 명확하게 제시하고 상대 평가의 필요성을 강조해야했으나, 그러나 그는 이 질문에 대한 자신의 무능함이나 우리에게 알려지지 않은 다른 이유에서인지 그렇게 하지 않았습니다."

Aprile 1987 dum gazetara konferenco en la Ministerio pri sanprotekto de Ukraina SSR mi demandis pri rilato de kievaj medicinistoj al la prognozoj de doktoro Gail.

1987년 4월 우크라이나 SSR 보건부 기자 회견에서 나는 키이우 의사와 가일 박사의 예측 관계에 대해 질문했습니다.

Jen kion respondis al mi fakgvidanto de Tutsovetia scienca centro de radiada medicino ĉe AMS profesoro I.A. Lihtarev: "Deklaro de ajnaj ciferoj en etero pri kvazaŭa plimultiĝo de kanceraj malsanoj en estonto sen komparo kun la spontana nivelo de plimultiĝo de la malsanoj pro influo de kemiaj malpuraĵoj, nesana vivmaniero, malboniĝo de ekologia situacio en industriaj urboj, povas doni nenion, krom malutilo...

AMS 교수 리흐타레프는 전수소비에트 방사선의학의 과학센터 전문 원장이 나에게 이렇게 대답했습니다 : 화학적 불순물의 영향으로 인한 질병의 자연발생적인 증가 수준과 비교하지 않고 미래의 암 질병 증가에 대한 에테르의 모든 수치에 대한 설명, 건강에 해로운 생활 방식은 산업 도시의 생태 상황 악화로 인해 해를 끼칠 수 있습니다...

Jam tria generacio de japanoj tie kreskis (post atoma bombado de Hirosima kaj Nagasaki - Ju. Sê.), sed genetikaj ŝanĝoj ne okazis. Sciencistoj multe diskutas, esploras tiun ĉi fenomenon.

이미 피폭 3 세대 일본인들이 그곳에서 자랐습니다 (히로시마와 나가사키 원폭 투하 이후), 그러나 유전적 변화는 일어나지 않았습니다. 과학자들은 이 현상을 연구하면서 많은 논의를 하고 있습니다.

Tamen fakto estas fakto. Kaj pri ĉio ĉi bone scias doktoro Gail, DECIDINTA PER NIA MALFELIĈO FARI POR SIA PERSONO NEMALBONAN REKLAMON".

그러나 사실은 사실입니다. 그리고 가일 박사는 이 모든 것을 잘 알고 있습니다. 우리들의 불행을 가지고 자신을 위해 나쁘지 않은 광고를 하기로 결정했습니다.”

("Veĉernij Kiev", la 21-an de aprilo 1987).
(“베체르니 키이우”, 1987년 4월 21일).

Do, ne sufiĉas tio, ke doktoro Gail estas

nekompetenta, kiel certigas nin V. Antonov, medicina burokrato, havanta nenian rilaton al malsanuloj, nek al laboratorio.

따라서 의료관료인 안토노프씨가 환자들과 어떤 관련도, 실험 연구실에도 아무 관련이 없는 그가 우리에게 확신하는 것처럼 가일 박사가 무능하다고 한 것은 충분하지 않습니다.

Evidentiĝis, ke doktoro Gail ankoraŭ faras per nia malfeliĉo sian reklamon!

가일 박사가 여전히 우리의 불행을 자신의 광고로 이용하고 있다는 것이 밝혀졌습니다!

Kiu tamen edifas kuraciston Gail? Profesoro Lihtarev, ne medicinisto, sed fizikisto laŭprofesie, ĝenerale ne havanta moralan rajton pritaksi medicinajn ecojn de doktoro Gail...

어쨌든 누가 의사 가일을 교화합니까? 리흐타레프 교수는 의사가 아니라 직업이 물리학자이며 일반적으로 가일 박사의 의학적 특성을 평가할 도덕적 권리가 없습니다...

Je Dio, ĉu iĝos ni iam normalaj, edukitaj homoj, sciantaj subteni korektan sciencan diskuton, sed ne lakea-kuirejan interkverelon kun algluo de fietikedoj en Stalin-tempaj manieroj?

신에 의해, 우리는 올바른 과학적 토론을 지지하는 방법을 알고 있는 정상적이고 교육받은 사람들이 될 수 있습니까? 그러나 스탈린 시대 방식으로 꼬리표를 붙이고 비굴한-부엌 말다툼이 아닌가?

Kial do morala intuicio de homoj sen medicinaj diplomoj senerare sufloris al ili, ke tiel ne indas, ne decas?

Jen kion skribis al mi unu virino el Kiev: "Mi estas indignita pro la rilato al profesoro R. Gail flanke de niaj ukrainiaj medicinistoj.

그렇다면 왜 의학 학위가 없는 사람들의 도덕적 직관은 가치가 없고 적절하지 않다고 오류 없이 말했습니까?

이것은 키이우에서 온 한 여성이 나에게 쓴 것입니다.

"나는 우리 우크라이나 의사들의 입장에서 가일 교수와의 관계에 분노했습니다.

Ja tio ne estas sekreto, ke doktoro Gail tre grave helpis al nia lando post la ĉernobila akcidento.

결국, 가일 박사가 체르노빌 사고 이후 우리나라를 매우 크게 도왔다는 것은 비밀이 아닙니다.

Ĉu decas do fiofendi lin, des pli desur tia alta tribuno? Ja tiun ĉi gazetar-konferencon aŭskultis la tuta Ukrainio.

그렇다면 그러한 높은 연단에서 그를 비난하는 것이 합당합니까? 결국 우크라이나 전체가 이 기자회견을 들었습니다.

Ekonomiisto O. V. Glazova, Kiev, str. Vladimirskaja, 18/2, ĉ. 46".

경제학자 글라조바, 키이우 거리.

블라디미르스카야, 18/2, 근처. 46"

Do, restaŭru ni la veron.
그러니, 진실을 복구합시다

El informo de TASS (Telegrafa agentejo de Soveta Unio): "Kopenhago, la 31-an de aŭgusto 1986 (TASS). En la lokalo de dana parlamento okazas simpozio pri la problemo de humana helpo al loĝantaro en katastrofaj situacioj.
TASS(소련 전신국)의 정보에서 : "코펜하겐, 1986년 8월 31일 (TASS). 덴마크 의회 건물에서 재난 상황에 처한 주민들에게 인도적 지원 문제에 관한 심포지엄이 열리고 있습니다.

La partoprenantoj pridiskutas la demandon "Pri la rajto de homoj je humana helpo rilate la katastrofon en Ĉernobil".
참가자들은 "체르노빌 재난과 관련하여 인도적 지원을 받을 사람들의 권리"라는 질문에 대해 토론합니다.

Usona medicinisto R. Gail sufiĉe favore taksis la raporton, prezentitan de sovetianoj al Internacia agentejo pri atoma energio (IAEA)...
미국 의사 가일은 소련이 국제원자력기구(IAEA)에 제출한 보고서를 상당히 호의적으로 평가했습니다...

Li diris, ke Soveta Unio donis neatendite tre malĝojan pritakson de la postsekvoj de ĉernobila akcidento.

그는 소련이 예상외로 체르노빌 사고의 결과에 대해 매우 슬픈 평가를 내렸다고 말했습니다.

"Rusoj opinias, ke ĉirkaŭ 150,000 homoj en la tuta mondo ekmalsanos kanceron sekve de la ĉernobilaj eventoj.
"러시아인들의 생각은, 체르노빌 사건의 결과로 전 세계적으로 약 150,000명이 암에 걸릴 것이라는 생각입니다.

El ili duono mortos. Tiu ĉi cifero estas grave grandigita. Mi opinias, ke ĝi devas esti dekoble malplia", rimarkis R. Gail.
그들 중 절반은 죽을 것입니다. 이 수치는 크게 부풀려졌습니다. 10배는 줄여야 한다고 생각합니다."라고 가일은 말했습니다.

Li diris, ke tiu ĉi cifero ne tiom grandas, se kompari ĝin kun la kvanto de kancermalsanoj pro fumado dum la lastaj 70 jaroj, kaj uzado de karbo kiel hejtaĵo.
지난 70년간 흡연으로 인한 암 발병 건수와 석탄을 난방으로 사용한 것과 비교하면 그리 많지 않은 수치라고 그는 말했습니다.

Ĝenerala kvanto de kancermalsanoj sekve de la AEC-akcidento kreskos nur je unu procento, diris Gail".
원전 사고로 인한 전체 암 발병 건수는 1%만 증가할 것이라고 가일은 말했습니다.

Kaj la 1-an de aprilo 1988 en la ĵurnalo "Pravda" aperis artikolo de doktoro Gail "Vivopunkto en la Universo":

그리고 1988년 4월 1일 "프라우다" 신문에 가일 박사의 "우주내 에서의 생명점" 기사가 실렸습니다.

"Nun multajn homojn interesas probablaj longdaŭraj postsekvoj de la akcidento. Dominis[35] la scienca opinio: ĉar ilia grandeco ne estas determinita, do rezulto de la publika diskutado povas iĝi nebazita maltrankviliĝo, kaj la diskutado povas malutili.

"이제 많은 사람들이 사고의 가능한 장기적 결과에 관심이 있습 니다. 과학적 의견이 지배적입니다. 그 규모가 정해져 있지 않기 때문에, 공개 토론의 결과가 근거 없는 걱정거리가 될 수 있고, 토론이 해로울 수 있기 때문입니다.

Kvankam tiu ĉi opinio estas pravigebla, tian politikon necesas ekvilibrigi per egalvalora kaj certiga pridiskuto: rajto de la socio je plena informado. Plie, informa vakuo ofte kaŭzas nerealisman maltrankviliĝon, spekuladon kaj kulpigojn pri kaŝemo".

이 의견은 명분이 있지만 이러한 정책은 동등하고 안심할 수 있 는 토론을 통해 균형을 이룰 필요가 있습니다. 완전한 정보에 대한 사회의 권리. 더욱이 정보 공백은 종종 비현실적인 걱정,

---

35) domin/i (tr) 1 Superregi, superpotenci.
        2 ♂ (pp alelo de geno) Manifestiĝi en la fenotipo malgraŭ la ĉeesto de homologa sed recesiva alelo. Sin. superregi.

추측, 은폐 혐의로 이어집니다."

Tiun ĉi simplan penson ŝajne plene ignoras la altrangaj respublikaj medicinistoj, forgesintaj, ke ili responsas antaŭ sia popolo, sed ne nur antaŭ siaj estroj.
이 단순한 생각은 분명히 자신이 국민뿐 아니라 지도자에게도 책임이 있다는 사실을 잊어버린 공화당의 고위 의사들에 의해 완전히 무시되었습니다.

Sed, verŝajne, plej multe sukcesis profesoro O. A. Pjatak, vicdirektoro de la novfondita Tutsovetia centro de radiada medicino ĉe AMS de USSR en Kiev.
그러나 아마도 가장 성공적인 사람은 키이우의 소련 AMS에 새로 설립된 전수 소비에트 방사선 의학 센터의 부소장인 피야탁 교수였습니다.

En la artikolo sub la idilia titolo "Paca atomo: kunekzisto estas bezonata" ("Vecernij Kiev", la 1-an de februaro 1988) li deklaras: "Medicinistoj kun plena responsemo asertas: kondiĉe de normala funkciado la atomaj centraloj ne estas danĝeraj kiel por la ĉirkaŭa medio, same por la laboranta tie personaro.
목가적인 제목 "평화로운 원자: 공존의 필요"("베체르니 키이우", 1988년 2월 1일)라는 기사에서 그는 다음과 같이 언급합니다. "충분한 책임하에 있는 의사들의 주장은 정상 작동 상태에

서는 원자력 발전소는 주변 환경과 그곳에서 일하는 직원에게
위험하지 않다는 것.

Sed organizo de la normala funkciado de la
centraloj - tio estas jam alia afero, alia demando,
kiun necesas solvadi plenresponse.
그러나 발전소의 정상적인 가동의 구조 - 그것은 이미 또 다른
문제이며, 완전한 해결을 필요로하는 숙제입니다.

Mi pensas, ke la akcidento en Ĉernobil pri multo
nin instruis.
체르노빌 사고가 우리에게 많은 것을 가르쳐 주었다고 생각합니
다.

SAMTEMPE NI KONFESU: ĈU NE ESTAS LIGITA KUN
IOMA RISKO LA LABORO DE ŜOFORO AŬ MINISTO,
AVIADISTO AŬ KURACISTO-RADIOSKOPIISTO?
동시에 고백해 봅시다. 운전자나 광부, 비행사 또는 방사선-의사
가 하는 일은 약간의 위험과 관련되어 있지 않는지요?

...Nun iĝis klare, ke la rimedoj, uzitaj post la
akcidento, ESTIS TIOM EFIKAJ (mi konsideras kaj la
evakuadon, kaj specifon de mastrumado en la
regionoj, atingitaj de la elĵeto, kaj kontroladon de
provizaĵo, kaj ĉirkaŭfoson de akvejoj ktp) ke
SANSTATO DE HOMOJ PRAKTIKE RESTAS SAMA
KIEL ANTAŬ LA AKCIDENTO..."
...이제 사고 후 사용된 조치가 너무 효과적이어서 (나는 대피와,

던져버려야할 상황에 이른 지역내 관리의 특성과, 공급물 관리, 및 수역의 관리 등을 고려했습니다), 사람들의 건강 상태가 사고 이전과 동일하게 실질적으로 유지되었다는 것이 분명해졌습니다.

Kun la same neimagebla facilo O. Pjatak ĵuras pri la plena malesto de ajna danĝera efiko de la radiado al la homa sanstato, kvankam li bonege scias, ke la postsekvoj riveliĝos multe pli malfrue post 5, 10, 20 jaroj.

피야탁은 그 결과가 5년, 10년, 20년 후에 훨씬 더 나중에 밝혀질 것이라는 사실을 잘 알고 있지만 상상할 수 없을 정도로 쉽게 인간의 건강 상태에 대한 방사선의 위험한 영향을 완전히 무시하겠다고 맹세합니다.

Cetere, ĉu li scias? Mi ne pigris,[36] vizitis la respublikan medicinan bibliotekon, trarigardis la liston de verkoj de O. Pjatak: eĉ ne unu artikolon pri problemoj de radiada medicino mi trovis. Ordinaraj terapeŭtikaj[37] verkoj.

게다가, 그는 알고 있는지? 나는 게으르지 않았고 공화당 의료 도서관을 방문했으며 피야탁의 저작품 목록을 살펴 보았습니다.

---

36) pigr-a 〈시문〉 게으른, 일하기 싫어하는, 태만한. ˉo, ˉeco 게으름, 태만, 나태.
37) terapeŭtiko. 치료 (治療) ①kuracado. ˉ하다 kuraci. ②X의학〉terapio. ˉ전문의사 terapeŭto. ˉ학 (법) terapeŭtiko. 방사선 ˉ radioterapio. 전기 (電氣) ˉ elektroterapio. ③trakt (ad)o. ˉ하다 trakti. 항생제로써 환자를 ˉ하다 trakti malsanulon per antibiotikoj. (治療)수단 (약품 · 기구 따위의-) kuracilo. ☞ drogo

PIV : terapeŭt/o (ark.) $ Terapiisto.

terapeŭtiko Z. Tiu parto de la medicino, kiu studas la kuracrimedojn.

방사선 의학 문제에 대한 기사는 단 한 건도 찾지 못했습니다. 일반적인 치료 저술뿐.

Jen kiel "interrilatas" iuj medicinistoj de Kiev kun la "paca" atomo.
이것이 키이우의 일부 의사들이 "평화로운" 원자와 "상호관계"를 맺는 길입니다.

Komprenu min korekte. Mi estas kuracisto kaj scias, kio estas deontologio (scienco pri korekta konduto de medicinisto).
나를 바르게 이해하시지요. 저는 의사이며 의무론(의사로서의 올바른 행동에 대한 과학)이 무엇인지 알고 있습니다.

Mi ne alvokas al disvolvo de panikaj tendencoj, al timigo de homoj per la probablaj postsekvoj.
나는 공황경향恐慌傾向의 전개, 예측가능한 결과로 사람들을 겁박하는 것을 원하지 않습니다.

Donu Dio, ke ili ĝenerale ne estu. Sed mi kontraŭas, se oni la homojn ŝajnigas stultuloj.
하느님께서는 그들이 일반적으로 그리 되어서는 안 된다는 것을 허락하셨습니다. 그러나 사람들이 어리석은 척한다면 나는 반대합니다.

Ekzistas serioza, por ĉiuj akceptebla literaturo pri konsekvencoj de radiado. Mi citos nur la libron "Kemio de la ĉirkaŭa medio", eldonitan en 1982 en

Moskvo: "... Multaj malsanoj, kiujn oni antaŭe neniam ligis kun dozoj de radiado, ekzemple infektaj malsanoj (pneŭmonio, gripo), kaj same kronikaj malsanoj (kormalsanoj, renmalsanoj, paralizo, emfizemo, diabeto), efektive grave dependas eĉ de la malgrandaj dozoj de radiado".

방사선의 결과에 대한 모든 사람이 수용할 수 있는 심각한 문헌이 있습니다. 1982년 모스크바에서 출판된 "환경 화학"이라는 책만 인용하겠습니다. "...예를 들어 감염성 질환(폐렴, 독감)과 마찬가지로 만성 질환(심장병, 신장 질환, 마비, 폐기종, 당뇨병)과 같이 이전에는 방사선량과 관련이 없었던 많은 질병은 실제로 작은 방사선량의 영향에도 크게 부각됩니다. "

Do, la homoj estas informitaj. La homoj maltrankviliĝas tute prave.

그래서 사람들에게 알려줍니다. 사람들이 걱정하는 것은 당연합니다.

Parolu ja kun ili sur la nivelo, konvena al nia superkomplika jarcento de la scienc-teknika revolucio, sur nivelo de publikeco.

우리의 초복잡한 과학 기술 혁명의 세기에 적합한 수준에서, 홍보 수준에서 그들과 대화해 보십시오.

Ne timigu ilin, sed ankaŭ ne kantadu najtingalajn trilojn. Pensu pri la estonto. Pensu pri pureco de via medicina kitelo, pri morala pureco.

그들을 놀라게 하지 마십시오. 그러나 나이팅게일식 트릴도 부르지 마십시오. 미래에 대해 생각해 보십시오. 의료 가운의 순결, 도덕적 순결에 대해 생각하십시오.

Ne subkantu al tiuj, kiuj volus pli rapide forgesi pri Ĉernobil.
체르노빌을 더 빨리 잊고 싶은 사람들에게 노래를 부르지 마십시오.

Ekzistas tiaj homoj. Estas ankaŭ tiaj, kiuj de la tre kurta, malgranda 2-jara distanco, kiam ĉio ankoraŭ freŝas en la memoro, provas prezenti la eventojn, okazintajn dum la unuaj tagoj post la akcidento, je nivelo de afiŝo pri civildefendo, sur kiu ĉio estas desegnita kiel necesas, simple ideale: "En la reala situacio, estiĝinta post la ĉernobila akcidento, disvolvo de radiado havis ege komplikan karakteron, kio malfaciligis kompilon de prognozo.
그런 사람들이 존재합니다. 2년이라는 아주 짧고 짧은 거리에서 모든 것이 아직도 기억에 생생하게 남아있을 때, 사고 후 첫날에 일어난 사건을 민방위 포스터 수준으로 제시하려는 사람들도 있습니다. 이상적으로는 모든 것이 필요에 따라 그려집니다.
"체르노빌 사고 이후 발생한 실제 상황에서, 방사선의 발달은 매우 복잡한 성격을 띠고 있어 예단하기 어려웠습니다.

Sed por evakui la loĝantaron necesas ĝuste scii la radiadan situacion, doni rekomendojn kien ĝuste forveturigi la homojn por ne trafi denove en danĝerajn regionojn.

그러나 주민들을 대피시키기 위해서는 방사선 상황을 정확히 파악하고 사람들을 어디로 보낼지 권고하여 다시는 위험 지역에 빠지지 않도록 해야 합니다.

La 26-an de aprilo tia klareco ankoraŭ ne estis. Plie, en tiu ĉi tago la radiada situacio en Pripjatj mem estis relative bona - pri tio oni ofte forgesas aŭ falsas la faktojn.

4월 26일에는 여전히 그러한 명확성이 없었습니다. 더욱이, 이날 프리피야트 자체의 방사선 상황은 비교적 양호했습니다. 이에 대한 사실은 종종 잊혀지거나 외곡되었습니다.

TUJ POST LA AKCIDENTO (!) ESTIS REKOMENDITE AL LA LOĜANTOJ KURTIGI LA RESTADON EKSTER LOKALOJ, NE MALFERMI FENESTROJN,
KAJ ĈIAJ OKUPIĜOJ EKSTER LA EJOJ ESTIS MALPERMESITAJ EN ĈIUJ INFANEJOJ.
LA MEDICINAJ BRIGADOJ FARIS LA JODAN PROFILAKTIKON ĈE INFANOJ.

사고 직후(!) 모든 어린이집에서는 창문을 열지 말것과, 외부에는 잠깐 머물도록 주민들에게 권고했으며, 구내 밖에서 모든 활동을 금지했습니다.

의료 여단은 어린이들에게 요오드 예방을 했습니다.

Tiamaniere tiuj, kiuj troviĝis en la lokaloj, multe malpli estis damaĝitaj de la gama-radiado.

이렇게 해서 구내에 있던 사람들은 감마선의 피해를 훨씬 덜 받았습니다.

Nokte la 26-an de aprilo la radiada situacio komencis akre malboniĝi, tial je la 12-a horo tage estis akceptita la decido pri evakuado.
4월 26일 밤, 방사능 상황이 급격히 악화되기 시작하여 당일 12시에 대피 결정이 받아들여졌습니다.

Interalie mi emfazu, ke la kriterio "b", KIAM EVAKUADO NEPRAS, NE ESTIS ATINGITA (!) - tion atestas niaj esploroj" ("Diagnozo post Ĉernobil'. Al demandoj de ĵurnalistoj respondas akademiano de AMS de USSR L.A. Iljin, "Veĉernij Kiev', la 6-an de februaro 1988).
그런중에서도, 대피가 필요한 경우 기준 "b"에 도달하지 않았음을 강조해야 합니다(!) - 이것이 우리 연구가 증명하는 것입니다" ("체르노빌 이후 진단" 소련 L.A.의 AMS 학자가 기자들의 질문에 답. 일린, "베체르니 키이우", 1988년 2월 6일).

Pri tio, kiel estis tuj post la akcidento "avertita" la loĝantaro de Pripjatj, jam estis rakontite kaj sur la paĝoj de tiu ĉi verko, kaj en aliaj publikaĵoj.
사고 직후 프리피야트의 주민들이 어떻게 "경고" 당했는지는 이미 이 작업의 페이지와 다른 출판물에서 모두 알려졌습니다.

Pri la "kvalito" de la joda profilaktiko ĉe infanoj eblos juĝi laŭ stato de iliaj tiroidoj - se, certe, tiu ĉi informo estos publikigita.
갑상선 상태에 따라 어린이의 요오드 예방 "상황"을 판단하는 것이 가능할 것입니다. - 물론 이 정보가 공개된다면.

Nu kaj tio, ke la evakuado ĝenerale ne estis nepra, estas unu el la plej brilaj eltrovaĵoj post Ĉernobil.
대피가 일반적으로 필요하지 않았다는 사실은 체르노빌 이후 가장 각광받을 발견 중 하나입니다.

Aldone al ĉio ĉi mi povas nur prezenti fragmenton el la juĝa verdikto:
이 모든 것 외에도 법원 판결의 일부만 제시할 수 있습니다.

- "Eksciinte pri tio, ke dozo de radiado en iuj lokoj estas multe pli granda ol la allasebla, Brjuhanov pro la propraj interesoj - CELANTE FORMI IMPRESON DE BONSTATO EN LA FORMIĜINTA SITUACIO konscie kaŝis tiun fakton.
- "일부 지역의 방사선량이 허용 가능한 방사선량보다 훨씬 많다는 사실을 알게 된 후, 브류하노프Brjuhanov는 자신의 이익을 위해 - 확립된 상황에서 웰빙의 인상을 부각시키기 위해 의식적으로 그 사실을 숨겼습니다.

Fiuzante sian oficpostenon, li prezentis al la superaj kompetentaj instancoj informon kun evidente malgrandigitaj dozoj de radiado.
그의 공적 지위를 악용하여, 그는 명백히 감소된 방사선량 정보를 상급 기관에 제출했습니다.

Nedisponigo de la vasta vera informado pri la

karaktero de la akcidento kaŭzis radiadodamaĝon al la personaro de AEC kaj LOĜANTARO DE LA NAJBARAJ ĈIRKAŬAĴOJ" ("Moskovskije novosti", la 9-an de aŭgusto 1987).
사고의 성격에 대한 광범위한 실제 정보를 제공하지 않음로서 원전 요원과 이웃 주민들에게 방사선 피해를 발생시켰습니다 ("모스코프스키예 노보스티", 1987년 8월 9일).

Se pravas akademiano L. A. Iljin, laŭ li necesus tuj liberigi Brjuĥanov kiel senpeke kulpigitan.
아카데미회원 일린이 옳다면, 그에 따르면 브류하노프를 무죄로 즉시 석방해야 할 것입니다.

...Sur la kvieta (kaj nune malviva) strato "Bogdan Ĥmelnickij" en la urbo Ĉernobil kreskis la helflava muntita konstruaĵo el aluminio, en kiu nun situas la Registara komisiono (RK) pri likvido de la akcident-postsekvoj.
...체르노빌 시市의 조용한 (지금은 죽은) 거리 "보그단 흐멜닉키"에서 알루미늄으로 만든 연한 노란색 조립 건물은 현재 사고의 결과청산을 위한 정부 위원회(RK)가 수용하고 있습니다.

Restis en pasinto la terura nervoziĝo de 1986, ĉiutagaj kunsidoj de RK, kirastransportaŭtoj, brue veturantaj laŭ la vojo al AEC, malkomforteco de la vivo.
1986년의 무시무시한 긴장, RK의 일상적인 만남, 원전으로 향하는 길을 요란하게 달리는 장갑차들, 삶의 불편함은 과거의 일로 남아있습니다.

Sed la laboro restis: malminigo de la ne tuj efikanta radiada mino, malradiigo de la grandegaj spacoj de la Zono, konstruaĵoj, deponejoj, pluraj lokaloj de AEC.
그러나 작업은 남아 있었습니다. 즉시 효과적이지 않은 방사선 광산의 지뢰 제거, 존의 거대한 공간, 건물, 창고, 원전의 여러 건물의 방사선 제거.

Por efektivigo de tiu laboro estis fondita fortega entreprena unuiĝo "Kombinat".
이 작업의 실행을 위해 매우 강력한 비즈니스 협회 "콤비나트" 가 설립되었습니다.

Krom diversaj teknikaj servoj, ĉe ĝi februare 1987 fondiĝis fako pri informado kaj internaciaj ligoj.
다양한 기술 서비스 외에도 정보 및 국제 관계 부서가 1987년 2 월에 설립되었습니다.

Tiu fako lokiĝas en unu el blokoj de la "submarino", kiel nomas la delongaj ĉernobilanoj la novan konstruaĵon de RK, en kiu estas ĉio por sendependa "navigo": hotelo, manĝejo kaj kuirejo, komunikiloj kun la tuta mondo, dozometra kontrolo kaj laboraj ejoj.
그 부서는 "잠수함" 블록 중 하나에 위치해 있습니다. 체르노빌 에 오래 거주한 사람들은 독립적인 "항해"를 위한 모든 것을 갖춘 새로운 RK 건물이라고 부릅니다. : 호텔, 식당 및 주방, 전 세계와의 통신, 선량계 제어 및 작업장들.

Ĉe la enirpordo pendas mapo de la mondo - de diversaj kontinentoj, de multaj landoj etendiĝas montrlinioj ĉi tien, en Ĉernobil.
세계지도가 정문正門에 걸려 있습니다. 다양한 대륙에서, 많은 국가들에서 포인터가 여기, 체르노빌로 뻗어져있습니다.

Gvidas la fakon juna, komunikema homo Aleksandr Pavlović Kovalenko.
젊고 의사意思 소통이 가능한 알렉산드르 파블로비치 코발렌코 Aleksandr Pavlović Kovalenko가 부서를 이끌고 있습니다.

Nun li estas sufiĉe konata eksterlande kaj preskaŭ ne estas konata en nia lando. Tiel rezultis, ke nun al Ĉernobila AEC venas pli da eksterlandaj ĵurnalistoj ol la sovetiaj. Kovalenko respondas al iliaj demandoj kaj akompanas ilin dum la veturadoj al AEC kaj la urbo Pripjatj. -
이제 그는 해외에서 꽤 유명하지만, 우리 나라에서는 거의 알려지지 않았습니다.
따라서 이제는 소련 기자보다 체르노빌 원전AEC에 더 많은 외국 언론인이 오는 것으로 나타났습니다. 코발렌코Kovalenko는 질문에 답하고 원전 및 프리피야트시 답사踏査에 동행합니다.

Aleksandr Pavloviĉ Kovalenko: - Por neniu estas sekreto - tio videblas el la analizo de nia gazetaro, -

ke ni publikigis tre multe da kontraŭdiraj informoj, ne koincidaj unu kun la alia.

알렉산드르 파블로비치 코발렌코 : - 우리 언론 분석에서 알 수 있듯이, 우리가 서로 일치하지 않고 모순된 정보를 많이 발표했다는 것은 누구에게도 비밀이 아닙니다.

Mi eĉ ne parolas pri la komenca periodo de la akcidento...

나는 사고초기 얘기조차도 안했습니다...

Jam la 5-an de majo la ĵurnalo "Internacional Herald Tribune" publikigis mapon de la disvolvo de radiado kun la detalaj informoj pri la dozoj en USSR kaj Eŭropo, sed la loĝantoj de Kiev ne havis pri tio eĉ ioman imagon.

이미 5월 5일 "인터내셔널 헤랄드 트리뷴" 신문은 소련과 유럽의 선량에 대한 자세한 정보가 포함된 방사선 개발 지도를 게시했습니다. 그러나 키이우의 주민들은 이것에 대해 조금도 생각하지 못했습니다.

Ĉu tio estas normala?

그게 정상인지?

- Jen ni diras, ke dum la akcidento pereis 30 homoj pro la akra radimalsano, brulvundoj kaj traŭmatoj.

- 여기서 우리는 사고 중에 30명이 악성 방사선 질병, 화상 및 외상으로 사망했다고 말했습니다.

Tio klaras. Sed ja estis ankoraŭ viktimoj dum la likvidado de la akcidentpostekvoj...

그건 분명해. 하지만 사고 후속 청산과정에서도 역시 회생자들이 있었는데...

- Certe, okazis diversaĵoj... Kial tion necesas kaŝi mi ne komprenas.

- 물론 다양한 일들이 있었지만.. 왜 그걸 숨길 필요가 있었는지 이해가 안 가요.

Ekzemple, la 6-an de oktobro de 1986 dum laboroj super la sarkofago akcidentis milita helikoptero. La personaro el 4 homoj pereis. Ekzistas multaj versioj - kial tio okazis.

예를 들어, 1986년 10월 6일에 군용 헬리콥터가 석관 작업을 하던 중 추락했습니다. 4명의 승무원이 사망했습니다. 많은 기록이 있습니다 - 왜 이런 일이 발생했는지.

Sed kompreneblas jeno: ili trafis per la padeloj ferŝnuregojn de argano kaj la helikoptero renversiĝis... Tiu tragedio hazarde estis filmita. Ni devas scii, kiom grandpreza estis nia venko super la "paca" atomo.

그러나 다음은 이해할 수 있습니다. : 그들이 노櫓로써 크레인의 철제鐵製 로프를 치자 헬리콥터가 전복되었습니다...

그 비극이 우연히 촬영되었습니다. 우리는 "평화로운" 원자에 대한 우리의 승리가 얼마나 값비싼 대가를 치렀는지 알아야 합니다.

Ĉu vin kontentigas tio, kion hodiaŭ prezentas sufiĉe malofte la ukrainiaj gazetoj, radio, televido? La popolo ja ankoraŭ maltrankviliĝas.

오늘날의 우크라이나 신문, 라디오 및 텔레비전이 거의 제공하지 않는 내용에 만족하십니까? 국민들은 여전히 불안합니다.

- Ne. La informaro tute ne sufiĉas. Ĝenerale necesus atenti kaj analizi, kiel disvolviĝas onidiroj.

– 아니. 정보가 전적으로 충분하지 않습니다. 일반적으로 소문이 어떻게 발전하는지는 주의를 기울이고 분석해야합니다.

Necesas doni al la loĝantaro tian informaron, kiu rapide reagus al apero de diversaj elpensaĵoj.

다양한 발명품의 출현에 신속하게 대응할 수 있는 정보를 주민들에게 제공할 필요가 있습니다.

En nia fako ni organizis "rektan telefonlinion". Kaj nun ni scias, kiaj onidiroj aperas inter la loĝantoj.

우리 부서에서는 "직통 전화선"을 연결했습니다. 그리고 이제 우리는 주민들 사이에서 어떤 소문이 돌고 있는지 알게 되었습니다.

Ni anoncis la numeron de nia telefono en Ĉernobil - 5-28-05 - kaj respondas al ĉiu, kiu telefonas al ni.

우리는 체르노빌에서 전화번호를 공개했습니다. - 5-28-05 - 그리고 우리에게 전화하는 모든 사람에게 응대합니다.

Interalie, iutempe okazas tiel, ke de eksterlando estas pli da telefonvokoj ol el Kiev. Sed kiam ni provas urĝe reagi kaj doni informon laŭ la ukrainia radio aŭ televido, ĝi malaperas en sino de tiuj organizoj.

무엇보다도 키이우에서보다 해외에서 더 많은 전화가 오는 경우가 있습니다. 그러나 우크라이나 라디오나 텔레비전에 따라 긴급하게 대응하고 정보를 제공하려고 하면, 해당 조직의 품안에서 사라져버립니다.

La onidirojn ni povis neŭtraligi nur helpe de la "rekta telefonlinio". Sed tio estas personaj paroloj kaj ties efiko ne tre grandas.

우리는 "직통 전화선"의 도움으로 유언비어를 무력화할 수 있었습니다. 그러나 이것은 개인적인 응대라서 그 효과는 그다지 크지 않습니다.

Al la amasaj kanaloj de televido oni nin ne allasis.

우리는 대중 텔레비전 채널에 들어갈 수 없었습니다.

Ĝenerale, la problemo de informado en Ĉernobil konsistas ne en nedeziro doni ĝin kaj nek en ĝia "fermiteco".

일반적으로 체르노빌의 정보 문제는 정보 제공을 꺼리는 것도 아니고 정보의 "폐쇄성"에 있는 것도 아닙니다.

Ni pretas ĝin doni. Tio estas la problemo de

preteco de la amasinformiloj.
우리는 그것을 줄 준비가 되어 있습니다. 그것이 바로 대중매체의 준비성 문제입니다.

Tia informado estas bezonata, ĝi "estingus" ĉiujn ondojn de onidiroj kaj antaŭjuĝoj, ĝis nun vice pasantajn laŭ Kiev kaj Ukrainio, atingante foje eĉ Moskvon.
이러한 정보가 필요하며 지금까지 키이우와 우크라이나를 번갈아 통과하고 때로는 모스크바에 도달하는 소문과 편견의 모든 파도를 "소멸" 시킬 것입니다.

- Kiel vi pritaksas rolon de medicinistoj en la evakuado de Pripjatj?
- 프리피야트 대피에서 의료진의 역할을 어떻게 평가합니까?

- Medicinistoj kaj civildefendo kontraŭis la evakuadon.
- 의무진과 민방위는 대피에 반대했습니다.

Medicinistoj pensis ne pri tio, KION FARI KUN LA LOĜANTARO, sed pri tio, KIEL ILI ASPEKTOS ANTAŬ SIAJ GVIDANTOJ TIUMOMENTE.
의료진들은 주민을 어떻게 처리할 것인지가 아니라 그 순간에 지도자를 어떻게 바라볼 것인지 생각하고 있었습니다.

Iniciatinto de la evakuado estis Boris Evdokimoviĉ Ŝĉerbina. La difinitiva decido estis subskribita la

27-an de aprilo je la 12-a horo tage. Ĝi estus subskribita multe pli frue, se ne malhelpus la medicinistoj. Ili prokrastigis la decidon kaj subskribis ĝin la lastaj.

대피의 발기자發起者는 보리스 에브도키모비치 셰르비나였습니다. 최종 결정은 4월 27일 낮 12시에 서명되었습니다. 의사들이 방해하지 않았다면 훨씬 더 일찍 서명했을 것입니다. 그들은 결정을 미루다가 마지막에 서명했습니다.

Antaŭe mi laboris en Okcidenta Siberio, kaj B. E. ŝĉerbina estis tiam la unua sekretario de Tjumena provinca komitato de KPSU, kaj poste - ministro pri konstruado de entreprenoj de nafta kaj gasa industrio.

이전에 나는 서부 시베리아에서 일했으며, 셰르비나는 당시 KPSU의 튜멘 지방위원회의 첫 번째 비서였으며 나중에는 석유 및 가스 산업기업 건설 장관이었습니다.

En Tjumena provinco nemalofte okazis la situacioj, kiuj postulis akcepton de urĝaj decidoj.

튜멘 주에서는 긴급 결정을 수용해야 하는 상황이 자주 발생하지 않았습니다.

Ekzemple, kiam okazis granda akcidento de elektrolinioj, donantaj energion al Nijnevartovsk, - disverŝiĝis nafto kaj poste ekbrulis, la urbo restis sen elektroenergio; aŭ kiam loĝloko Mamontovo restis sen varmo - malbona prepariĝo al vintro

kaŭzis la akcidenton.
예를 들어 니즈네바르토프스크Nijnevartovsk에 에너지를 공급하는 전력선에서 큰 사고가 났을 때 - 기름이 유출되어 화재가 발생하여 도시는 전기가 끊겼습니다. 또는 거주지 마몬토보Mamontovo가 더위없는 상황일때 - 겨울대비 준비부실로 인해 사고가 발생했습니다.

Tiam la vivo mem instruis, ke en la similaj okazoj preferindas evakui la loĝantaron por 1 - 2 tagoj, ol riski sanon kaj vivon de la homoj. B. E. ŝĉerbina havas grandan sperton de akcepto de memstaraj gravaj decidoj, sed ne de timida atendo de cirkuleroj "desupre".
그런 다음 인생 자체는 비슷한 경우 사람들의 건강과 생명을 위험에 빠뜨리는 것보다 1~2일 동안 인구를 대피시키는 것이 바람직하다고 가르쳤습니다. 세르비나는 독립적인 중요한 결정을 수락한 경험이 풍부합니다. 그러나 "위에서부터의" 회람에 대한 소심한 기대에서가 아닙니다.

En Okcidenta Siberio ĝenerale estis alia labormetodo ol en Ukrainio antaŭ la akcidento.
서부 시베리아에서는 일반적으로 사고 전 우크라이나에 비견해 다른 작업 방식이 있었습니다.

Mi diru al vi, ke kiam mi trafis al Ĉernobil, mi subite eksentis min kvazaŭ TIE, en Jamburg aŭ Novij Urengoj, kie inter decido kaj ago ne staras granda kvanto de instancoj kaj longaj koordinoj.

내가 당신에게 말한다면, 체르노빌에 도착했을 때 갑자기 내가 그곳에 얌부르그나 또는 노비 우렌고이에 있는 것처럼 느꼈습니다. 거기에서 결정과 행동 사이를 손보아줄 많은 수의 기관도 없을 뿐더러 그리고 긴 조정들도 있지않았습니다.

SCII KAJ MEMORI
알고 기억하기

Du vicoj da tomboj ĉe la centra aleo en tombejo Mitinskoje en Moskvo. Ĉi tie kuŝas tiuj, kiuj laboris tiunokte, la 26-an de aprilo, en la kvara bloko, kaj la herooj, kaj la viktimoj, kaj la kaŭzintoj...
모스크바 미틴스코예Mitinskoje 공동묘지의 중앙 통로에 두 줄로 늘어선 무덤. 4월 26일 밤, 네 번째 블록에서 일했던 사람들과 영웅들, 희생자들, 원인제공자들이 여기에 누워있습니다.

Ĉiu el ili akceptis la morton inde vizaĝe al la danĝero. Sed ĝis nun estas nek monumento, nek eĉ iu memorsigno ĉe tiu ĉi aleo.
그들 각자는 위험에 직면하여 존엄하게 죽음을 받아들였습니다. 그러나 지금까지 이 골목에는 기념비도, 기념표시물 마저도 없습니다.

Arkadij Uskov diris al mi emocie: "Ion necesas fari kaj diri honeste: kiu estas kiu. La homoj devas scii, por kio fordonis la vivojn niaj kamaradoj Sitnikov, Lopatjuk, Kurguz, Kudrjavcev, Baranov, Braĵnik..."
아르카디 우스코프는 저에게 감동적으로 이렇게 말했습니다. : 누가 누군지. 사람들은 시트니코프, 로파튝, 쿠르구즈, 쿠드랴브체프, 바라노프, 브란즈닉 동지들이 무엇을 위해 목숨을 바쳤는지 알아야 한다고..."

El la letero de E.A. Sidorova (Ĥarjkov), skribinta laŭ

komisio de ses emeritoj: "Ni ĉiuj petas vin plenanime, tre petas!
시도로바 (카리코프)의 편지에서, 6명의 은퇴자들의 위원회에서 작성 : "우리 모두 진심으로 간청합니다. 간곡히 부탁드립니다!

En la tago de Ĉernobil, de la tutlanda malfeliĉo kaj venko super la malfeliĉo, alarmsonori laŭ radio aŭ televido por memoro kaj edifo al la posteuloj!" -
전국적인 불행과 불행에 대한 승리의 체르노빌의 날에 라디오나 텔레비전에 경보를 울려 후세에 대한 기억과 교화를 위해!"

Julija Dmitrievna Lukaŝenko, patrino de tri infanoj, instruis en lernejo en Pripjatj kaj spertis la tutan teruron de la akcidento kaj evakuado; nun ŝi estas instruistino en la lernejo n-ro 7 en la urbo Belaja Cerkovj: "Ni, pripjatjanoj, en Belaja Cerkovj estas ĉirkaŭ dumilope.
세 자녀의 어머니인 율리야 드미트리에브나 루카셴코는 프리피야트의 한 학교에서 가르쳤고 사고와 대피의 모든 공포를 경험했습니다. 지금 그녀는 벨라야 쩨르코비 마을에 있는 7번 학교의 교사입니다. "벨라야 쩨르코비에 있는 우리 프리피야트 인들은 약 2천명입니다.

El ili 35 instruistoj. Pripjatja animproksimeco ankoraŭ ekzistas, sed jam disfalas.
그 중 35명의 교사들 중에. 프리피야트 친화력은 여전히 존재하지만 이미 무너지고 있습니다.

La homoj komencas diskuri laŭ siaj hatetoj. Kaj jen ĉe ni naskiĝis la penso pri renkontiĝo de ĉiuj pripjatjanoj.

사람들은 자신의 취향에 따라 흩어지기 시작합니다. 그리고 이 것이 모든 프리피야트 주민들의 모임이라는 아이디어가 탄생한 곳입니다.

Pleje ĝi fortiĝis, kiam ni kom nur prenis, ke ni jam ne trafos nian urbon.

우리가 더 이상 우리 도시를 침해할 수 없다는 것을 깨달았을 때 훨씬 더 강해졌습니다.

Ni devas renkontiĝi. Kiam? Alia dato ne povas esti la 26-a de aprilo 1987. En la unua datreveno de la akcidento.

만나야 해요. 언제? 1987년 4월 26일 말고 다른 날짜는 될 수 없 습니다. 사고 1주년 기념일입니다.

Ni volis renkontiĝi en Kiev, sur Kreŝĉatik. Sed poste aperis onidiro, ke oni malpermesos al ni tiun ĉi renkontiĝon, ĉar timas iun manifestacion.

우리는 크레슈차틱의 키이우에서 만나고 싶었습니다. 그런데 그 들이 시위를 두려워해서 우리가 이 모임에 불허될 것이라는 소 문이 있었습니다.

Monaton antaŭ la planata renkontiĝo mi skribis leteron al la unua sekretario de CK de Komunista Partio de Ukrainio kamarado V. V. Ŝĉerbickij.

예정된 회의가 있기 한 달 전에 나는 우크라이나 공산당 중앙위원회 제1서기인 슈체르비키 동지에게 편지를 썼습니다.

"Estimata kamarado Ŝĉerbickij! Cirkulas onidiroj, ke la 26-an de aprilo 1987 la renkontiĝo de pripjatjanoj kaj ĉernobilanoj ne okazos, ĉar iuj timas manifestacion.
"친애하는 슈체르비키 동지! 1987년 4월 26일에 프리피야트 주민과 체르노빌 주민의 만남이 열리지 않을 것이라는 소문이 돌고 있습니다. 일부 사람들은 시위를 두려워하기 때문입니다.

Jes, tio estas manifestacio. Sed la manifestacio de pacbatalo, de nuklea malarmado; tio ĉi estos manifestacio, kiam ni diros al la tuta sovetia popolo dankon pro la subteno.
예, 데모입니다. 그러나 평화투쟁, 핵군축의 시위;우리가 그들의 지원에 대해 전체 소비에트 국민에게 감사를 표할 때 이것은 시위가 될 것입니다.

Estus tre bone, se tiu ĉi renkontiĝo estus profesie organizita, ke ni havu eblecon renkontiĝi kun la laborantoj de ĈAEC, kun herooj, verkistoj, artistoj..."
이 회의가 전문적으로 조직되어 영웅, 작가, 예술가와 함께 체르노빌 원전의 직원들과 만날 수 있는 기회를 가질 수 있다면 매우 좋을 것입니다.."

Respondon mi ne ricevis. Venis la poŝtsciigo, ke mia letero estas enmanigita...

나는 답신을 받지 못했습니다. 내 편지가 배달되었다는 알림은 왔습니다...

Kaj tuj en Kiev, Troeŝĉina, kie loĝas multaj la niaj, en Belaja Cerkovj, ĉie en la regiono oni okazigis kunvenojn kaj petis ne veturi al la renkontiĝo.

그리고 많은 우리 성도들이 살고 있는 키이우 트로에슈치나 Troeŝĉina와 벨라야 쩨르코비Belaja Cerkovj 지역 전역에서 즉시 집회를 열었다는데, 집회에 가지는 말라고 요청했습니다.

Ĉe ni tian kunsidon gvidis homo el Kiev, mi ne memoras lian familinomon, interesa viro, li havas ian sufiĉe altan rangon.

우리와 함께 그러한 모임은 키이우 출신의 사람이 주도했습니다. 나는 그의 성을 기억하지 못합니다. 흥미로운 사람입니다. 그는 다소 높은 지위를 가지고 있습니다.

Kaj poste niajn instruistojn - 35 homojn - li kolektis aparte kaj diris: "Se vi veturos, vi faros tre malinde. Mi simple malpermesas al vi fari tion".

그리고 그는 35명의 우리 선생님들을 따로 모아 이렇게 말했습니다. "만약 당신이 여행을 한다면 당신은 매우 가치없는 일을 하게 될 것입니다. 나는 당신이 그렇게 하는 것을 불허할 뿐입니다."

Sed mi ne tiom facile cedas. Mi tamen estis agordita por veturi. Sed post unu-du tagoj al mi venis gvidanto de Kieva provinca fako de popolklerigo

Vigovskij.

그러나 나는 그렇게 쉽게 양보하지 않습니다. 그래도 여행을 하기로 했습니다. 그러나 하루나 이틀 후에 키이우 지방 공교육 부서장인 비고브스키께서 저를 찾아왔습니다.

Li konversaciis kun mi. Kaj demandis: "Min sendis la ministro pri klerigo ekscii kion vi volas?"

그는 나와 대화를 나눴습니다. 그리고는 "당신이 원하는 것이 무엇인지 알아보기 위해 교육부 장관이 보낸 건가요?"라고 물었습니다.

Mi al li diris, kion mi volas. Li: "Julija Dmitrievna, al mi estas komisiite transdoni al vi, ke ni ankoraŭ ne venkis la atoman elektrocentralon.

나는 내가 원하는 것을 그에게 말했습니다. 그는: "율리야 드미트리에브나 씨, 나는 우리가 아직 원자력 발전소를 제압하지 못했다는 것을 당신에게 전하도록 위임받았습니다.

Ni ankoraŭ ne povas halti je tio, kio estas jam farita, ankoraŭ ne povas ĝoji, ne povas organizi por vi koncertojn en la unuan datrevenon".

우리는 여전히 이미 한 일을 멈출 수 없으며, 역시 기뻐할 수도 없으며, 첫 번째 기념일에 콘서트를 조직 할 수 없습니다."

Mi diris: "Sed kiu petis koncertojn? Ja tio estas profanado- tiel interpreti mian leteron".

"Ĉu? Sed al mi oni tiel transdonis..."

나는 말했습니다: "그런데 누가 콘서트를 요청했습니까? 결국,

그것은 신성 모독입니다. 제 편지를 그렇게 해석하는 것입니다."
"예? 그런데 내게 그렇게 전해준거네요.."

Poste min invitis kamarado Lendrik, gvidanto de propaganda fako ĉe ni en Belaja Cerkovj. Li kondukis min al nia unua sekretario Jurij Alekseeviĉ Krasnoŝapka.
그런 다음 나는 벨라야 쩨르코비에서 우리와 함께 있는 선전 부서 책임자인 렌드릭 동지의 초대를 받았습니다. 그는 나를 우리의 첫 번째 비서인 유리 알렉세에비치 크라스노샤프카에게 데려갔습니다.

Kion do mi volas? Kaj kial mi skribis? Kaj kiu, eble, min gvidis? Jen kiaj demandoj estis al mi faritaj.
그래서 내가 원하는 것은 무엇입니까? 그리고 내가 왜 글을 썼을까요? 그리고 아마도 누가 나를 이끌었나요? 제가 받은 질문들입니다.

Mi respondis: "Mi sola skribis, esprimante opinion de homoj. Ankaŭ subskribis mi sola".
나는 "사람들의 의견을 표현하면서 혼자 썼습니다. 저 역시도 혼자 썼습니다"라고 대답했습니다.

Li longe min persvadis, ke mi rifuzu de mia ideo. Kaj fin-fine... mi cedis. Montris plenan malreziston. Persvadis ili min.
그는 내 생각을 포기하도록 오랫동안 나를 설득했습니다. 그리고 마침내... 나는 양보했습니다. 완벽한 굴복을 보였습니다. 그들은 나를 설득했습니다.

Eĉ plie - persvadis, ke mi fondu iniciatan grupon kaj faru ĉion eblan por ke neniu el Belaja Cerkovj estu sur Kreŝĉatik.
더하여 – 내게 이니셔티브 그룹을 만들고 벨라야 쩨르코비의 크레슈차틱 위에 아무도 있지 않도록 하고 가능한 모든 것을 하도록 설득했습니다.

En tio al mi helpis unu mia amikino. Sed kiam mi petis helpon de alia amikino, tiu respondis: "Vi estas perfiduloj! Kiel vi povas?.. Mi veturos!"
내 여친 중 한 명이 이 일을 도왔습니다. 그러나 다른 여친에게 도움을 요청하자, 그녀는 "당신 배신자들이야! 어떻게 그렇게 할 수 있어요? 내가 갈게요!"라고 대답했습니다.

Mi al ŝi diras: "Nu petis ja oni, diris, ke tie eksterlando preparas bombojn. Por ĵeti en amason kaj organizi tumulton.
나는 그녀에게 : "글쎄, 그들은 외국이 거기에서 폭탄을 준비하고 있다고 말했습니다. 군중에게 무더기로 던지고 폭동을 조직하기 위해서.

Li diris, ke nia renkontiĝo estos uzita por malamikaj celoj".
우리 회의가 적대적 목적으로 사용될 것"이라고 말했습니다.

Mi ja sciis, ke oni min kontrolis pri ligo kun

eksterlando - ĉu eble iu direktas min el eksterlando.
나는 내가 외국과의 연결에 대해 조종을 받았다는 것을 알고 있었습니다. - 누군가가 나를 해외에서 조종하는 것일 수 있습니다.

Mi vidis, ke al ili mem estis malagrable fari tion. Ili en la okulojn ne rigardis, kiam parolis kun mi.
나는 그들이 그렇게 하는 것이 불쾌한 일임을 알았습니다. 그들은 나와 이야기할 때 내 눈을 처다보지도 않았습니다.

Sed estas ja ankoraŭ ne ĉio. Dimanĉe la 26-an de aprilo, oni por ni organizis dimanĉlaboron en la lernejo. Al mi venis diversaj homoj el la klerigfako, lernejo; ili rigardis min tiel, kvazaŭ mi... Ĉirkaŭis min de ĉiuj flankoj. Mi ne eltoleris, iris al la unua sekretario kaj diris ĉion, kion pensis.
하지만 그게 다가 아닙니다. 4월 26일 일요일에 학교에서 주일 사업을 조직하였습니다. 교육부, 학교에서 다양한 사람들이 저를 찾아왔습니다. 그들은 나를 나 처럼 보았습니다... 사방에서 나를 둘러쌌습니다. 나는 참지 못하고 제1비서에게 가서 내가 생각하는 모든 것을 말했습니다.

"Mi komprenas - diras mi, - mi estas homo fremda, nekonata.
나는 이해한다 - 나는 말한다 - 나는 낯선 사람, 알려지지 않은 사람이다.

Sed mi neniam komprenos, pro kio vi min ofendis

per tiu ĉi dimanĉlaboro. Por kio, kia dimanĉlaboro?"
그러나 나는 당신이 이 일요일 일에 대해 왜 기분이 상했는지 결코 이해할 수 없을 것입니다. 무엇을 위해, 어떠한 주일 사업?"

Evidentiĝis, ke en la tuta Kieva provinco estis farita tiu dimanĉlaboro, laŭ ordono de la ministro pri klerigo. Por deteni niajn infanojn kaj la gepatrojn de la veturo al Kiev..."
이번 주일 사업은 교화목적으로 교육부 장관의 명령에 따라 키이우 지방 전체 주州에서 수행된다는 것이 분명해졌습니다.
우리 아이들과 그들의 부모들이 키이우에 가는 것을 억제하기 위해서..."

Nun mi rakontos, kiel estis "festenita" ĉe ni la dua datreveno de Ĉernobil. La 13-an de aprilo al la prezidanto de Kieva urba plenumkomitato kamarado V. A. Zgurskij estis donita la skribpeto: "Ni petas Vin permesi okazigon de amasa mitingo "Memore al Ĉernobil" dimanĉe la 26-an de aprilo 1988, en la parko "Drujba narodov".
이제 우리가 어떻게 체르노빌 2주년을 "축하"했는지 알려드리겠습니다. 4월 13일 키이우 시 집행위원회 위원장인 즈구르스키 동지는 다음과 같은 서면 요청을 받았습니다. "본인은 1988년 4월 26일 일요일 "드루즈바 나로도프" 공원에서 대규모 집회 "체르노빌 추모"를 개최할 수 있도록 요청합니다.

Planata tempodaŭro de la mitingo de la 13.00 h. ĝis

la 17.00 h., kvanto de la partoprenantoj ĉirkaŭ 1000 personoj.
집회의 시간. 13.00 h에서 17:00까지, 참가자 수는 약 1,000명.

Celoj de la mitingo estas:
1. Honorigi la memoron de la pereintoj en la akcidento kaj kapklini antaŭ aŭdaco de la herooj.
2. Malaperigi la malverajn onidirojn pri kvazaŭ malboniĝinta radiada situacio.
3. Allogi la civitanojn al vasta partopreno en la ekologia movado.
집회의 목적은 다음과 같음.
1. 사고로 목숨을 잃은 사람들을 추모하고 영웅들의 용맹에 대해 머리숙여 머리숙여 절합니다.
2. 악화되고 있는 방사선 상황에 대한 잘못된 소문을 불식시킵니다.
3. 시민들이 생태 운동에 폭넓게 참여할 수 있도록 합니다.

La mitingo pasos sub la sloganoj:
집회는 다음 슬로건 아래 통과됩니다.

"Ĉernobil estas severa averto!",
"Ni aprobas la likvidon de raketoj!",
"Al la senatoma paco!",
"Nova pensmaniero estas la espero de la tuta homaro!",
"Ni subtenas la strebon de la partio al demokratiigo kaj publikeco!",

"Pli multe da publikeco en la ekologiaj problemoj!"
"체르노빌은 엄중 경고입니다!"
"로켓 청산을 승인합니다!"
"핵 없는 평화를 위하여!"
"새로운 사고방식은 전 인류의 희망입니다!"
"민주화와 홍보를 위한 당의 투쟁을 응원합니다!"
"생태계 문제에 더 많은 홍보를!"

Dum la mitingo antaŭvidatas paroloj de ĉernobilaj herooj, sciencistoj, verkistoj.
집회 동안 체르노빌 영웅들, 과학자, 작가들의 연설이 예상됩니다.

La iniciata grupo ankaŭ petas la urban plenumkomitaton helpi la organizadon de la mitingo:
이니셔티브 그룹은 또한 시의 집행 위원회에 집회를 조직하는 데 협조할 것을 요청합니다.

1. Doni la informon pri la mitingo en urba gazetaro.
2. Disponigi por sonigo de la mitingo radioinstalaĵojn.
3. Organizi laboron de surstrata bufedo.
4. Disponigi milicajn patrolojn por garantii la socian ordon.
1. 시내 언론에서 집회에 대한 정보를 제공.
2. 집회를 들을 수 있는 라디오 시설을 제공.

3. 노상 뷔페의 작업 조직.
4. 사회 질서 보장을 위해 민병대 순찰대 배치.

Cele de sukcesa okazigo de la mitingo la iniciata grupo planas ĉiujn demandojn decidi en konkordo kun la sovetaj kaj partiaj instancoj".

이니셔티브 그룹은 집회를 성공적으로 개최하기 위해 모든 문제를 소련 및 당 기관과 합의하여 결정할 계획입니다."

Tiun ĉi petskribon subskribis ok membroj de la iniciata grupo: Gudzenko G.I., geofizikisto, inĝeniero de Instituto de geologiaj sciencoj ĉe Akademio de sciencoj de Ukraina SSR; Kirienko P. N., inĝeniero de trusto "Kievgeologija"; Koŝmanenko V. D., doktoro de sciencoj, gvida scienca laboranto de Matematika instituto ĉe Akademio de sciencoj de Ukraina SSR; Olŝtinskij S. P., kandidato de sciencoj, ĉefa scienca laboranto de Instituto de geokemio kaj fiziko de mineraloj ĉe Akademio de sciencoj de Ukraina SSR; Potaŝko A. S., ĉefa scienca laboranto de provizora krea kolektivo "Otklik" ĉe Kieva universitato; Sotnikova R. V., inĝeniero de la trusto "Kievgeologija"; Fedorinĉik S. M., aspiranto de fako de Centra scienc-esplora instituto de komunikado; Jakovenko Ju. V., kandidato de sciencoj, scienca laboranto de instituto de cibernetiko ĉe Akademio de sciencoj de Ukraina SSR. Pri tio, kiel la eventoj evoluis plue, rakontas la anoj de la iniciata grupo.

이 청원서는 이니셔티브 그룹의 8명의 회원이 서명했습니다. 구드젠코, 지구 물리학자, 우크라이나 SSR 과학 아카데미 지질 과학 연구소 엔지니어; 키리엔코, "키이우 지질" 협의체의 기술자; 코슈마넨코, 과학 박사, 우크라이나 SSR 과학 아카데미 수학 연구소의 주요 과학 작업자; 올슈틴스키, 과학 후보자, 지구 화학 연구소 수석 과학자 그리고 우크라이나 SSR 과학 아카데미의 광물 물리학; 포타슈코, 키이우 대학의 임시 창작 집단 "오트클릭"의 수석 과학 연구원; 소트니코바, "키이우 지질" 협의체의 기술자; 페도린치크, 중앙 과학 연구 기관 커뮤니케이션 부서 지망자; 야코벤코, 과학 후보, 우크라이나 SSR 과학 아카데미 사이버네틱스 연구소의 과학자. 이니셔티브 그룹의 구성원은 이벤트가 어떻게 발전했는지에 대해 협의합니다.

Galina Ivanovna Gudzenko: "Proksimiĝis la dua datreveno de la ĉernobila tragedio, enirinta la vivon de milionoj da miaj sampatrianoj.
"수백만 동포들의 삶에 깃든 체르노빌 비극의 2주기가 다가오고 있습니다.

Dum la antaŭaj monatoj kaj semajnoj nia televido okazigis kelkajn "rondajn tablojn" pri la atoma energetiko kaj ekologiaj problemoj de la respubliko.
지난 몇 달과 몇 주 동안 우리 텔레비전은 공화국의 원자력 에너지와 생태 문제에 대해 여러 "원탁 회의"를 개최했습니다.

La urbo plenas de onidiroj - unu pli nekredebla ol la alia.
시내는 유언비어로 가득 차 있습니다. - 다른 것보다 더 믿을 수 없는 하나.

Mitingo! Jen kie eblas honorigi la memoron de la pereintoj dum la akcidento, doni eblecon al la homoj senpere renkontiĝi kun la sciencistoj, medicinistoj, partoprenantaj en la likvido de la akcidentpostsekvoj kaj, probable, malaperigi absurdajn onidirojn.

집회! 이것은 사고 중에 사망한 사람들의 기억에 경의를 표하고, 사람들에게 과학자, 의사와 직접 만날 기회를 제공하고, 사고 후속 청산에 참여하고, 그리고 아마도, 터무니없는 소문을 불식시킬 수 있는 것.

La iniciata grupo kolektiĝis ĉe la palaco Mariinskij, kie lokiĝas Ukrainia pacdefenda komitato, en kadroj de kiu komencis agi la ekologia organizo "Verda mondo".

이니셔티브 그룹은 생태 조직 "녹색지구綠色地球"가 활동하기 시작한 틀 내에서 우크라이나 평화 방어위원회가 위치한 마리인스키 궁전에 모였습니다.

Sed, ve, - feblas dume nia defendanto de la naturo kaj homaro - surpreni la respondecon pri organizo de tia aranĝo, kiel mitingo de laboruloj, "Verda mondo" ne kuraĝis. Tuj estis decidite turni sin por helpo kaj permeso okazigi la mitingon en la urban plenumkomitaton.

그러나 안타깝게도 - 그 동안 우리의 자연과 인류 수호자는 무기력합니다 - 노동자 집회와 같은 행사를 조직하는 책임을 져야 합니다. "녹색 지구"는 감히 하지 않았습니다. 즉시 시 집행위원 회에 도움과 집회 개최 허가를 요청하기로 결정했습니다.

Oni interkonsentis pri la teksto kaj sendis kurieron en la akceptejon de la plenumkomitato.
그들은 문안에 동의하고 실행위원회 접수처에 우편배달부를 보냈습니다.

Ĉio estis en kadroj de la Konstitucio. Ĉar la tempo jam ne abundis, ni petis decidi nian demandon pli rapide.
모든 것이 헌법의 틀 안에 있었습니다. 시간이 얼마 남지 않았기 때문에 우리는 우리의 질문을 더 빨리 결정하도록 요청했습니다.

Kiam ni venis lunde la 18-an de aprilo por la respondo (la mitingo estis planata por la 24-a de aprilo), ekscitita junulino en la akceptejo komunikis al ni, ke nia petskribo nur ĵus trafis "por raporto al kamarado Zgurskij", ke la demando estas tre serioza kaj povas esti decidita nur dum plenkunsido de la plenumkomitato kaj, nature, neniu scias, kiam okazos tiu plenkunsido.
우리가 4월 18일 월요일 답신을 받기 위해 왔을 때 (집회는 4월 24일로 예정되어 있었음), 리셉션에서 흥분한 젊은 여성이 우리 지원서가 "즈구르스키 동지에게 보고하기 위해" 방금 도착했다고 말했습니다. 심각하고 실행위원회 총회에서만 결정할 수 있으며 당연히 그 총회가 언제 열릴지는 아무도 모릅니다.

Respondon, - oni diras, — vi ricevos dum daŭro de monato. Pri kiu datreveno eblas temi en tiuj kondiĉoj... Fin-fine post longaj admonoj oni afable permesis ekscii pri la rezulto merkrede, la 20-an de aprilo".
- 그들의 말 - 당신은 한 달 안에 답변을 받게 될 것입니다.
이런 상황에서 무슨 기념일을 얘기할 수 있겠습니까...
결국 오랜 훈계 끝에 4월 20일 수요일에 결과를 알 수 있게 해 주겠다"고 전했습니다.

Stanislav Petroviĉ Olŝtinskij: "Ĝis la 20-a de aprilo la subskribintoj de la letero estis kontrolataj pere de la distriktaj milicejoj cele difini realecon de la personoj, la vivmanieron, lojalecon, fidindecon.
"4월 20일까지 서한 서명인들은 인민의 현실, 생활방식, 충성심, 신뢰성을 규정하기 위해 지역 민병대에 의해 점검하였습니다.

La distriktaj milicrajtigitoj vizitis la loĝlokojn, pridemandis la najbarojn kaj kortpurigistojn.
지역 민병대 장교들은 거주지를 방문하여 이웃과 정원 청소부들을 심문했습니다.

Kun la iniciatintoj konversaciis la reprezentantoj de la primaraj partiburooj kaj laborantoj de la sekurecfakoj en la laborlokoj.
당지국 대표들과 작업장 보안부서 노동자들이 주도자들과 이야기를 나눴습니다.

Tiuj konversacioj laŭ la karaktero estis "lavado de la cerboj" kun admonoj de tipo "kial vi ne konsultis nin?", "kial vi ne sciigis al ni?".
캐릭터에 따른 그 대화는 "왜 우리에게 상담하지 않았습니까?", "왜 우리에게 알리지 않았습니까?" 와 같은 유형의 권고로 "세뇌"였습니다.

Malgraŭ la tuta ekstera afableco de tiuj konversacioj ili havis karakteron de burokratia premo.
그러한 대화의 모든 외부적인 친절에도 불구하고 그들은 관료적 압력의 성격을 가지고 있었습니다.

La 20-an de aprilo 1988 ni estis invititaj al la vicprezidanto de la Kieva urba plenumkomitato V. N. Koĉerga.
1988년 4월 20일, 우리는 키이우 시 집행 위원회 코체르가 부의장의 초대를 받았습니다.

Tamen li transmetis la renkontiĝon al la sekva tago. La 21-an de aprilo V. N. Koĉerga akceptis kvinopon el ni.
그러나 그는 회의를 다음 날로 연기했습니다. 4월 21일, V. N. 코체르가는 우리 중 5명을 접견했습니다.

En la kabineto ĉeestis ankaŭ direktoro de Instituto de komuna higieno M.G. Sandala, vicprezidanto de la urba komitato de naturprotekta unuiĝo A. T. Lupaŝko, akceptejestro de la urba plenumkomitato I. K. Bileviĉ kaj ankoraŭ unu viro en griza kostumo, kiun oni al ni ne prezentis. Dum la tuta akcepto li silentis.

공동 위생 연구소 산달라 소장도 참석했습니다. 자연 보호 협회 시 위원회 루파슈코 부의장, 빌레비치 시 집행 위원회 리셉션 위원장, 우리에게 소개되지 않은 회색 양복을 입은 한 남자. 리셉션 내내 그는 침묵했습니다.

Koĉerga legis nian leteron, poste diris, ke la plenumkomitato faris anticipajn konsultiĝojn kun la kompetentaj institucioj kaj sociaj organizoj pri la demando.

코체르가는 우리의 편지를 읽은 후, 실행위원회가 해당 문제에 대해 권위있는 기관 및 사회 단체와 사전 협의를 했다고 말했습니다.

Neniu el ili subtenis tiun proponon.

그들 중 누구도 그 제안을 지지하지 않았습니다.

Poste Koĉerga diris, ke jam estas organizitaj pluraj aranĝoj, inkluzive tiujn en la urbo Slavutiĉ kaj ĉe fajrobrigadanoj en Kiev.

나중에 코체르가는 슬라부티치시와 키이우에서 소방관과 함께하는 행사를 포함하여 여러 행사가 이미 조직되었다고 말했습니다.

La problemoj de la ĉernobila akcidento estis sufiĉe

priesploritaj en la gazetaro kaj diversaj kunsidoj, kaj la plenumkomitato opinias netaŭga uzi por la mitingo ripoztagon.

체르노빌 사고의 문제점은 언론과 각종 회의에서 충분히 조사되었으며, 집행위원회는 집회를 쉬는 날로 사용하는 것은 부적절하다고 판단하고 있습니다.

Poste li rakontis pri la radiada situacio en Kiev kaj ĝia sendanĝereco, pri kontentigo far la urba estraro de la bezonoj de la transloĝigitoj kaj konstruistoj, loĝantaj en Kiev.

그런 다음 그는 키이우의 방사선 상황과 무해한 상태, 시의회에서 키이우에 거주하는 정착민 및 건축업자들의 요구를 충족시키는 사안에 대해 말했습니다.

Kvankam Kočerga esprimis sian aprobon pri la slogano "Pli multe da publikeco en ekologiaj problemoj", sed al nia peto difinitive formuli la pozicion de la plenumkomitato pri la okazigo de la mitingo li diris, ke la plenumkomitato tiun proponon ne subtenas kaj ne aprobas.

코체르가는 "환경 문제에 대한 더 많은 홍보"라는 슬로건에 대해 승인을 표명했습니다, 그러나 집회 개최에 대한 집행위원회의 입장을 명확히 해 달라는 우리의 요청에 대해 집행위원회는 그 제안을 지지하지도 승인하지도 않는다고 말했습니다.

Li promesis doni kurtan skriban konkludon.

그는 짧은 서면 결론을 내겠다고 약속했습니다.

Ni deklaris, ke lige kun la fakta rifuzo de la plenumkomitato pri la permeso ni ĉesigas la laboron pri organizado, avertas la homojn pri tio, ke la mitingo estas malpermesita kaj neniujn kunvokas por ties okazigo.

우리는 집행위원회의 실제 허가 거부와 관련하여 조직 작업을 중단하고 집회가 금지되어 있음을 사람들에게 경고하며 집회 개최를 위해 아무도 소환하지 않는다고 말했습니다.

Ni petas ne kunligi diversajn spontanajn provojn de elpaŝo kun la laboro de nia grupo.

우리 그룹의 업무와 관련하여 자발적인 다양한 시도를 연결하지 말라고 요청했습니다.

Tamen, kiel evidentiĝis, la 24-an de aprilo en la parko "Druĵba narodov" deĵoris plimultigitaj milicaj patroloj, estis uzita helikoptero por kontrolo, kaj en la distrikta komitato de la partio en la distrikto Vatutinskij dum kvin horoj sidis la venigitaj tien "por ĉiu okazo" direktoro de Ĉernobila AEC M. P. Umanec, direktoro de Instituto de komunuma higieno M.G. Ŝandala, membro-korespondanto de Akademio de sciencoj de Ukraina SSR V.M. Sestopalov, ĉefo de dozometria laboratorio ĉe Centro de radiada medicino ĉe AMS I. A. Lihtarev kaj multaj aliaj gvidantoj de partiaj kaj sovetaj instancoj kaj institucioj.

그러나 밝혀진 바와 같이 4월 24일 "드루즈바 나로도프"공원에서 증원된 군사 순찰대가 근무 중이었고 헬리콥터가 통제에 동원되었으며, 그리고 바투닌스키 지구에 있는 당 지구위원회에는 "모든 이유로" 그곳에 불려온 사람들이 5시간 동안 앉아 있었습니다. 체르노빌 원전의 이사인 우마넥, 지역사회위생연구소 소장 샨달라, 우크라이나 SSR의 과학 아카데미 회원 통신원 세스토팔로프, AMS 방사선의학센터 선량측정실장 리흐타레프 그리고 당과 소비에트 기관과 기관의 많은 다른 지도자들.

Sed la mitingo ne estis!
그러나 집회는 없었습니다!

Rezultas, ke Kieva urba plenumkomitato vane faris grandegan laboron, detiris de ripozo la estimatajn personojn tute vane, sen ajna utilo por bona socia afero.
키이우 시 집행 위원회는 좋은 사회적 대의를 위한 어떤 이익도 없이 존경하는 사람들을 헛되이 안식에서 끌어냈다는 것으로 결론이 났습니다.

"Nur ne okazu io".
"그냥 아무 일도 일어나지 않게 해주세요"

Apoteozo[38] de burokrateco!
관료주의의 신격화!

Jen   kia   estas   publikeco   kaj   demokratiigo

---

38) apoteozo 신격화 (神格化)

"kievmaniere".

이것이 "어떤 식으로든" "키이우 방식으로" 홍보와 민주화입니다.

Galina Ivanovna Gudzenko: "La 26-an de aprilo la malgranda halo de Unio de ukrainiaj verkistoj, kie okazis la arانĝo, dediĉita al la dua datreveno de la akcidento, ne povis enlokigi ĉiujn dezirantojn.

갈리나 이바노브나 구드젠코 : "4월 26일, 사고 2주년 기념 행사가 열린 우크라이나 작가연합의 작은 홀은 원하는 사람들을 모두 수용할 수 없었습니다.

La homoj staris inter seĝvicoj, sidis sur fenestrobretoj, suferis en la koridoroj.

사람들은 일렬로 늘어선 의자 사이에 서있거나, 창턱에 앉거나 복도에서 고통을 겪었습니다.

Kaj tiutempe sur Kreŝĉatik milicpatroloj kaj ties helpantoj "per heroaj rimedoj" malebligis spontanan manifestacion pri la sama temo.

그리고 그 당시 크레슈차틱 민병대 순찰대와 그 협력자들은 "영웅적인 수단으로" 같은 주제에 대한 자발적인 시위를 막았습니다.

Kaj fortoj troviĝis, kaj rimedoj. Sed permesi la mitingon - tio dume superas eblojn de niaj urbestroj. Ĉu bonŝancos ĝisvivi ĝis kunlaboro kun la "elektitoj de la popolo"? Tio tre deziratas".

그리고 힘과, 수단이 눈에 띄었습니다. 그러나 집회를 허용하는 것은 시장의 권한을 넘어서는 것입니다. '선택받은 국민'과 협력 하며 사는 것이 행운일까? 그것은 많이 바라던 것"

La 28-an de aprilo 1988 en la ĵurnalo "Vecernij Kiev" aperis informo de la Departemento pri internaj aferoj de la plenumkomitato, prezentita en la minaca, tiom konata maniero: "La 26-an de aprilo 1988 je la 19.00 h. dum okazigo de preparaj kaj riparaj laboroj por la Unuamaja manifestacio sur la strato Kreŝĉatik kaj sur la placo "Oktjabrjskaja revolucija" la grupo de ekstremisme agorditaj personoj, konsistanta precipe el membroj de la tiel nomata "Ukrainia kuturesplora klubo (UKK)", provis provoki malordon, komplikigi plenumon de tiuj laboroj, malhelpi moviĝon de aŭtoj kaj pasantoj.

1988년 4월 28일 "베체르니 키이우" 신문에 집행 위원회 내무 부의 정보가 위협적이고, 잘 알려진 방식으로 나타났습니다. "1988년 4월 26일 오후 7시 크레슈차틱 거리와 "옥차브리스카야 레볼루쩨야" 광장에서 열린 5.1노동절 시위 준비 및 수리 작업 중 주로 소위 말하는 사람들로 구성된 극단주의 성향의 사람들 그룹 "우크라이나 문화 연구 클럽(UKK)"이라고 불리는 이 단체 는 무질서를 야기하고, 이러한 작업의 실행을 복잡하게 만들고, 자동차와 행인의 움직임을 방해하려고 했습니다.

Uzante kiel pretekston la duan datrevenon de la akcidento en Ĉernobila AEC, la partoprenintoj de la figrupiĝo strebis per provokaj krioj kaj surskriboj sur

transparentoj instigi la preterpasantojn al kontraŭleĝaj agoj, konscie spekulante per iliaj sentoj.
체르노빌 원전 사고 2주년을 기화로, 저질 집단의 참가자들은 자신의 그들의 감정을 의식적으로 조장하면서, 투명 필름에 도발적인 외침과 비문을 올리고는 행인들에게 불법 행위를 부추기는데 분투했습니다.

Gvidantoj kaj aktivuloj de la tiel nomata UKK estis oficiale avertitaj far la jurprotektaj instancoj pri neallasebo de similaj agoj konforme al la artikolo 187³, de la Kriminala kodo de Ukraina SSR, kiu antaŭvidas respondecon pro organizo aŭ aktiva partopreno en amasaj agoj, rompantaj la socian ordon.
소위 UKK의 지도자들과 활동가들은 조직에 대한 책임이나 대중 행동에 대한 적극적인 참여를 예견하는 우크라이나 SSR 형법 187³ 에 따라 유사한 행동이 사회 질서를 깨뜨리거나, 허용되지 않는다는 법 집행 기관의 경고를 받았습니다.

Ĉar, neatentante la avertojn, la partoprenintoj de la figrupiĝo daŭrigis siajn agojn, milicistoj kaj la popolhelpantoj estis devigitaj venigi al milicejo de la distrikto Leninskij 17 deliktulojn.[39]
왜냐하면, 경고를 무시하고 갱단의 구성원이 행동을 계속했기 때문에 민병대와 인민의 협력자들은 17명의 경범죄자들을 레닌스키 지역의 경찰서로 데려 가야했습니다.

---

39) deliktulo ①krimeto. ②delikto. 경범죄인 (罪人).

Post konversacio kaj konvena averto 14 el ili estis samtage liberigitaj (sekvas familinomoj)".

대화와 적절한 경고 끝에 그들 중 14명" 이 같은 날 석방되었습 니다. (뒤이어 성姓씨들)

Mi rememoras, kiel dum multaj jaroj en Kiev daŭriĝis kaŝlukto ĉirkaŭ Babij Jar: iu tre ne volis, ke surloke de la sangaj hitleraj masakroj kolektiĝu la homoj, rememoru siajn parencojn kaj amikojn...

나는 키이우에서 몇 년 동안 바비 야르 근처에 비밀 투쟁이 있었던 것을 기억합니다. : 피비린내 나는 히틀러 학살 현장에 사람들이 집합시키고는, 자신의 친척과 친구들을 기억해야 하는 것을 누군가는 진정으로 원치 않았습니다.

Kiom da administra fervoro estis uzita por ĉiuj malpermesigaj rimedoj - kaj kian damaĝon ni faris al ni mem, al la prestiĝo de nia lando.

모든 금지 조치에 대해 얼마나 많은 행정적 열정이 표해되었는지, - 그리고 우리가 우리 자신과 국가의 명성에 어떤 피해를 입혔는지.

Poste fin-fine ekregis la racio - kaj kio okazis? Kiev staras surloke, ankaŭ ruĝaj flagoj surlokas, nur septembre venas al la monumento de la viktimoj ĉe Babij Jar la homoj, metas florojn, parolas, renkontiĝas, meditas, rememoras.

그런 다음 마침내 이성이 지배하게 되었습니다. - 그리고 무슨 일이 일어났습니까? 키이우가 제자리에 서 있고 붉은 깃발도 제

자리에 있습니다. 9월에만 사람들이 바비 야르의 희생자 기념비에 와서 꽃을 놓고 이야기하고 만나고 명상하고 기억합니다.

Mi estas certa, ke Kieva urba plenumkomitato kaj ĝia prezidanto Zgurskij mem plene respondecas pri tio, kio okazis en Kiev la 26-an de aprilo 1988.
나는 1988년 4월 26일 키이우에서 일어난 일에 대해 키이우 시 집행위원회와 그 의장인 즈구르스키 자신에게 전적으로 책임이 있다는 것을 확신합니다.

Anstataŭ sidi sub gardo de milico en sia ofica kabineto kaj veturadi laŭ la urbo en nigra "Volga", V. A. Zgurskij (la homo, absolute neatingebla por plejmulto de kievanoj) devus ekinteresiĝi pri la propono de la tute lojalaj kaj leĝobeaj loĝantoj de Kiev kaj pripensi, kio estas pli bona?
그의 공식 사무실에서 민병대의 경비 아래 앉아서 검은색 "볼가"를 타고 도시를 운전하는 대신 즈구르스키 (대부분의 키이우인들에게 감히 도달할 수 없는 남자)는 완전히 충성스럽고 법을 준수하는 그의 제안에 관심을 가져야 합니다. 키이우 주민과 생각, 어느 것이 더 낫습니까?

Ĉu organizita kaj okazigata de respondecaj homoj mitingo aŭ la spontana manifestacio (cetere, ankaŭ ĝi ne kontraŭas la Konstitucion), iĝinta postsekvo de la nebazita malpermeso far la urbestroj?
책임 있는 사람들이 조직하고 개최하는 집회든 자발적인 시위든 (참고로, 헌법에도 어긋나지 않는), 시장의 근거 없는 금지의 결과입니까?

La timida, esence kontraŭrekonstrua pozicio (kial interalie post tiu ĉi okazaĵo Zgurskij, kiel homo, kiu morale respondecas pri ĝi, ne deklarus pri sia eksiĝo?) nur verŝas akvon sur muelilon de diversaj ekstremistoj, penantaj uzi la nelertajn malpermesigajn rimedojn de la senespere arkaikiĝinta Administra Sistemo por realigi siajn fiprofitajn celojn.

소심하고 기본적으로 재건을 반대하는 입장 (무엇보다 즈구르스키는 도덕적 책임을 지는 사람으로서 이번 사건 이후에 왜 사임을 선언하지 않았을까?) 가망이 없는 구식 행정 시스템의 부적절하고 금지된 수단을 사용하여 수익성이 좋지 않은 목표를 실현하려고 하는 다양한 극단주의자들의 방앗간에만 물을 붓습니다.

Ĉu vere vi, "patroj" de nia antikva urbo, ne havas aliajn argumentojn kaj decidojn krom regimento de milico kaj ŝoseruliloj, barintaj Kreŝĉatik. Mi hontas pro vi.

우리 고대 도시의 "아버지들" 당신들은 크레슈차틱을 막은 민병대와 도로 롤러 연대 외에 다른 논쟁과 결정이 없다는 것이 사실입니까? 당신이 부끄럽습니다.

Mi estas certa, ke la "ĉernobilajn renkontiĝojn" necesas rajtigi.

나는 "체르노빌 회의"가 승인되어야 한다고 확신합니다.

Necesas fari ĉion eblan por ke ne efektiviĝu la periodo de duonsplitiĝo de la memoro, la periodo de nia duondormado.
기억이 반半토막 난 기간, 우리들 선잠자는 기간이 실현되지 않도록 가능한 모든 조치할 필요가 있습니다.

Ja lecionoj de Ĉernobil vive gravas al ni por la konstruo de la estonto.
체르노빌의 교훈은 미래 건설을 위해 우리에게 매우 중요합니다.

REVENO
귀환歸還

La kontrol-tralasa punkto en Ditjatki similas translasan punkton surlime de du ŝtatoj: larĝa multstria ŝoseo, ejoj por la gardservistoj, vojbariero, avertaj surskriboj.

디트야트키Ditjatki의 검문소는 두 국가의 경계에 있는 교차점과 유사합니다. 넓은 다중차선多衆車線 고속도로, 경비원 거처居處, 도로분리대, 경고 비문들.

Ĝuste tio estas la limo de la Zono de la nova nekonata mondo, aperinta en 1986 kaj por longe stabiliĝinta sur tiuj spacoj de arbarregionoj, plenaj de malĝoja beleco.

이곳은 바로 1986년 등장한 미지의 신세계 존의 경계이며, 오랜 세월 동안 그 숲의 공간에 자리잡은 슬픈 아름다움이 가득합니다.

Staras antaŭ la vojbariero aŭtobuso-longuzata, trairinta multajn aventurojn "PAZ".

장애물 앞에 서 있는 것은 수많은 모험을 거친 오래 사용된 버스 "PAZ" 입니다.

Ene sidas homoj maljunulinoj en nigraj kaptukoj, maljunuloj.

안에는 검은 머리 스카프를 두른 노파들, 노인들이 앉아 있습니다.

Juna milicisto kontrolas iliajn paspermesilojn.
젊은 민병대가 통행증을 확인합니다.

Li penas ne rigardi al la flaviĝinta profilo de la mortinto, kroĉiĝante ĉe lada krono je 8 rubloj 50 kopekoj. Bruas la verdkolore farbitaj ladaj folioj.
그는 8루블 50코펙의 양철 왕관에 매달린 죽은 사람의 누렇게 변한 프로필을 보지 않으려합니다. 녹색으로 칠해진 양철잎사귀 가 바스락거립니다.

Oni veturas en la Zonon entombigi samlokanon. Oni revenigas lin al tiu ĉi tero, al la naskloko, kie li kreskis, loĝis la tutan vivon.
누군가 같은 지역 거주자를 묻기 위해 존으로 차를 몹니다. 그 들은 그가 태어나고 평생을 살았던 이땅으로 그를 돌아오게 합 니다.

La vojbarilo estas levita, la aŭtobuso enveturas la Zonon. Antaŭ la elveturo ĝi estos severe dozkontrolata.
도로 가림막이 올라가고 버스가 존으로 들어갑니다. 출발 전 철 저한 방사능측정점검이 이루어집니다.

Sed la funebradon oni okazigos jam en nova loĝloko ie en unu el multaj vilaĝoj en Kieva provinco, konstruitaj somere de 1986...
그러나 장례식은 이미 1986년 여름에 지어진 키이우 지방의 많은 마을 중 한 곳의 새로운 거주지에서 거행될 것입니다...

Aŭtune 1987 mi veturis tra la Zono direkte al Belorusio. Traveturinte flosponton, faritan trans Pripjatj apud Ĉernobil, ni ekvidis kelkajn oldajn virinojn, trenirantajn al la maldekstra bordo de la rivero.
1987년 가을에 나는 벨로루시를 직행하다 존을 지나쳤습니다. 체르노빌 근처의 프리피야트를 가로질러 건설한 부교浮橋를 지나가면서, 우리는 강 왼쪽 제방으로 걸어가는 노파들을 보았습니다.

En nigraj pluŝaj ĵaketoj, kun sakoj surdorse. Kiam ni preterveturis, ili eksvingis la manojn. Ni haltis, prenis ilin.
검은색 교직交織 천 재킷에, 가방을 등에 메고 있습니다. 우리가 지나갈 때 그들은 손을 흔들었습니다. 우리는 멈춰 그들에게 다가갔습니다.

Kion ili faras ĉi tie, en la severe gardata Zono?
그들은 여기, 철저하게 보존하고있는 존에서 무엇을 하고 있는지?

Tio estas revenintoj. Aŭ, kiel ili mem sin nomas, "memloĝigantoj".
귀환자들입니다. 또는 스스로를 "자립거주자"라고 부릅니다.

Tiuj, kiuj memvole, neglektante malpermesojn,

revenis hejmen, en sian vilaĝon.
자발적으로 금지 사항을 무시하고, 그들의 마을 집으로 귀환해
왔습니다.

Tiel ni veturis ĝis la vilaĝo Pariŝev, kiu situas
kelkajn kilometrojn for de la ponto.
그렇게 우리는 그 다리에서 몇 킬로미터 떨어진 곳에 있는 파리
셰프Parishev 마을로 오게 되었습니다.

Kaj revenis la virinoj el Ĉernobil, kien ili iris por
aĉeti panon kaj lakton.
그리고 그 노파들은 빵과 우유를 사러 갔던 체르노빌에서 돌아
오는 길이었습니다.

Ja en la vilaĝo nenio estas nek magazeno, nek
poŝtejo, nek medicino, nek iu potenco.
진정 그 마을에는 시장도, 우체국도, 약품도, 그 어떤 권세도 아
무것도 없습니다.

Ni sidiĝis sur benkon apud la vilaĝsovetejo, sur kies
pordo pendis peza seruro, ekparolis.
우리는 문에 무거운 자물쇠가 걸려 있는 마을 의회 근처의 벤치
에 앉아 이야기를 시작했습니다.

Ulijana Jakovlevna Urupa: "La brutaron ni
fordonis, kiam ni forveturis de ĉi tie.
"우리는 이곳을 떠날 때 가축들을 포기해버렸습니다.

Komence oni la brutojn suraŭtigis, kaj poste nin.
처음에는 가축들을 차에 싣고 그 다음에는 우리를 태웠습니다.

Ekiris kolono de brutaro kaj kolono de homoj. Se vi vidus, kio ĉi tie estis...
가축떼 대열과 사람 대열이 출발했습니다. 여기에 무엇이 있는지 보았다면 ...

Aviadiloj zumas, la brutaro ĝemas. La infanoj ploras... Ĝuste milito, nur obusoj ne eksplodas..."
비행기는 윙윙거리고, 가축들은 낑낑거립니다. 아이들은 울어쌓고... 그냥 전쟁, 포탄만 터지지 않을뿐이지..."

Ĥima Mironovna Urupa: "Mi kun ĉiuj veturis evakuadon. Kaj loĝigis oni min ĉe la nevino. Ĉi tie mi havis ĥaton[40], la tutan mastrumon...
"나는 모두들과 함께 대피하러 갔습니다. 그리고 그들은 나를 조카집에 살게했습니다. 여기에 나는 짚으로 덮인 오두막이 있었고 전체 가사家事를 처리했습니다...

Sed tie obeu al ies volo kaj deziroj. Kaj se mi faras ion, kio ne plaĉas al la nevino, ŝi krias al mi.
그러나 거기에는 누군가의 의도와 바램에 복종해야했습니다. 그리고 내가 조카딸이 좋아하지 않는 행동을 하면 그녀는 나에게 소리를 질러댑니다.

Mi toleris, toleris kaj junie 1986 revenis. Neniu limo

---

40) ĥat-o 〈시문〉 짚으로 지붕을 덮은 농가(農家).

tiam ekzistis.

나는 참고, 참았습니다, 그러고는 1986년 6월에 돌아왔습니다.
그때는 그 어떤 경계境界도 없었습니다.

Mi trairis la tutan Zonon perpiede. Soldatoj ne estis.

나는 존Zono 전체를 걸어서 다녀왔습니다. 군인들도 없었습니다.

Do mi hejme iradas tien-reen, sed jen - Dio scias
de kie milico venis: "Saluton, avinjo." - "Saluton."
"Ĉu longe vi estas ĉi tie?"
Kaj mi diras: "Ja merkrede venis."

그래서 나는 집에서 왔다 갔다 하였습니다. 그러나 여기 - 신은
민병대가 어디에서 왔는지 알고 있습니다.
"할머니 안녕하세요." - "안녕." "여기 온 지 얼마나 됐어요?"
그리고 내 대답은 "수요일에 왔지요."

- "Vi, avinjo, ĉi tie longe ne restu, ĉar vi kaptos
multe da tiuj... rejganoj..."

- "할머니, 여기 오래 계시지 마세요. 많이 잡아갈테니까... 레이
그인들이..."

Mi diras: "Infanetoj vi miaj karaj, mi jam ne kaptos
pli ol mi havas..."

나는 말한다: "사랑하는 애들아, 나는 더 이상 내가 가진 것 이
상 더 가지지 않을 거네..."

La homoj, kiam iris al evakuado, prenis havaĵojn
kun si. Sed mi ĉion en kaveton enfosis. Vestojn,

diversajn bagatelaĵojn. La vestoj preskaŭ putris.

사람들은 대피하러 갈 때 소지품을 가지고 갔습니다. 그러나 나는 모든 것을 구덩이에 묻었습니다. 옷, 여러가지 잡동사니들. 옷은 거의 썩어가고 있었습니다.

Mi ilin pendigis por sekigi. Kaj tie estis ĉio ajn kaj la ruĝaj, kaj la bluaj, - kaj la rozkoloraj.

나는 그것들을 건조하려고 매달아 늘었습니다. 그리고 거기엔 빨간색, 파란색, 분홍색 - 온갖 색갈들이 널렸습니다.

Jen aŭdas mi - aviadilo flugas... Vu-u-u... Mi - la vestojn kaŝi ekkuris, por ke oni ne rimarku...

저기 - 비행기가 날아가는 소리... 우-우-우... 나는- 눈에 띄지 않게 옷을 숨기고는 뛰기 시작했습니다...

Mi daŭre loĝas. Jam iĝis pli multe da homoj - jen unu, jen duope, jen triope penetras kaj penetras.

나는 계속 살고 있습니다. 벌써 사람들이 더 많아졌습니다. 이제 하나, 이제 둘, 이제 셋이 들어오고 들어옵니다.

Kaj jen mi ĝisvivis, ke necesas terpomojn por aŭtuno trovi. La propra malbona estas, aĉiĝis en tero.

그리고 여기에서 나는 가을을 대비해 감자를 찾을 필요가 있다며 여태까지 살아왔습니다. 유일한 나쁜 점은 땅에 박혀 있어 나빠졌다는 것입니다.

Mi vagadis laŭ legomkampoj kaj fosis 15 sakojn da

terpomoj por vintro. Kokinojn mi havis kaj du hundojn.

나는 채소밭을 돌아다니며 겨울을 대비해 감자 15포대를 거뒀습니다. 나는 닭과 두 마리의 개를 키웠습니다.

Jen tiel mi travivis vintron. Nenion timis. Mi rande de la vilaĝo loĝis, sola noktumis.

이렇게 겨울을 버텼습니다. 아무것도 두렵지 않습니다. 나는 마을 가장자리에 살면서 혼자 밤을 보냈습니다.

Mi petis, ke oni aĉetu por mi radioricevilon kun pilaro, nu kaj mi aŭskultas.

나는 그들에게 라디오 수신기를 배터리와 같이 사라고 했습니다, 잘 듣고 있습니다.

Ĉio ordas. Kerosena lampo. Kerosenon mi aĉetis en magazeno, tie ĝi abundas, milico malfermis la magazenon, donis al mi kerosenon.

모든게 잘 돼가고 있어. 등유 램프. 나는 가게에서 등유를 샀습니다. 거기에 등유가 많이 있습니다. 민병대가 가게를 열고는 나에게 등유를 주었습니다.

Kaj kiom da hejtaĵo estis! Ankoraŭ por tiu ĉi jaro sufiĉos.

그리고 난방연료는 얼마나 있었죠! 그래도 올해는 충분할 것입니다.

Fornon mi hejtas, ripozkuŝas, estas varme, bonege.

Kaj panon al ni komencis Belorusio veturigi - aŭtmagazeno venadis.

나는 난로를 데우고, 누워서 쉽니다, 따뜻합니다, 아주 편안합니다. 그리고 벨로루시는 우리에게 빵을 운송해오기 시작했습니다. - 자동매점이 오곤 했습니다.

Jen tiel vintre en nia vilaĝo ĉirkaŭ 20 homoj loĝis. Sed antaŭ la akcidento estis entute 400. Kaj jam antaŭprintempe komencis homoj venadi- pli kaj pli multe.

우리 마을에는 겨울에 20명 정도가 그렇게 살았습니다. 그러나 사고 전에는 총 400명이 있었습니다. 그리고 봄이 되자 사람들이 벌써 점점 더 많이 오기 시작했습니다.

Dankon al la milicistoj - ili pri ni zorgis. Venadis, rigardis - kieas niaj avinjoj?

민병대 덕분에 그들은 우리를 돌보았습니다. 오고들 있습죠- 우리 할머니들은 어디에 계시는지?

Kaj neĝon forfosis, kiam grandaj neĝblovoj estis. Ili nin ne pelis. Ili parolis, parolis, ke ne estas permesate - kaj ni aŭskultas...

그리고 큰 눈보라가 몰아쳤을 때 눈을 퍼냈습니다. 그들은 우리를 쫓아내지 않았습니다. 그들은 그것이 허용되지 않는다고 말했습니다. 그리고 우리는 듣고 있습니다...

Hodiaŭ en la vilaĝo loĝas jam 120 homoj. 80 kortoj estas loĝigitaj.

현재 이 마을에는 이미 120명이 살고 있습니다. 80 채에 입주했습니다.

Ne nur pensiuloj - estas tiuj, kiuj laboras en Ĉernobil. Sed infanojn oni ne veturigas ĉi tien.
연금 수급자뿐만 아니라 - 체르노빌에서 일하는 사람들도 있습니다. 그러나 아이들은 여기에 데려오지 않습니다.

Kaj nenien ni de ĉi tie forveturos. Neniel.
그리고 우리는 여기에서 아무데도 가지 않을 것입니다. 어떤방법으로도 안 돼.

Kaj se iu nin de ĉi tie provos forpreni - jen apude estas rivero, ni kunprenos la manojn kaj tiel kune ĵetiĝos en la riveron.
그리고 누군가가 우리를 여기에서 데려나가려고하면 - 근처에 강이 있는데. 우리는 손을 잡고 함께 강에 몸을 던질 것입니다.

Se oni nin aroge tuŝos...
건방지게 우리를 건드려...

- Ĉu bovinon vi havas?
- 암소가 있습니까?

- Oj, bovinoj, bovinoj... Nura malfeliĉo.
- 오, 암소, 암소.. 단지 불행.

- Ĉu vi scias, kie la homoj bovinojn prenis? En la

Nigra Zono. Ne aĉetis, sed simple kaptis. La Nigra Zono - tio estas la 10-kilometra.
- 사람들이 소를 어디에서 잡아왔는지 아세요? 블랙벨트에서. 사지 않고 그냥 잡았습니다. 블랙벨트는 10km 떨어져있습니다.

Kaj nia Zono estas opiniata la verda.
그리고 우리 존은 녹색으로 간주됩니다.

La Nigra Zono - post pikdrato, 6 kilometrojn for de ni.
블랙 존Zono - 철조망 뒤, 우리에게서 6km 떨어져 있습니다.

La homoj rakontas, ke en la Nigra Zono du bovinoj vagadas. Kaj du bovidoj.
사람들은 검은 존Zono에서 두 마리의 암소가 떠돌아다니고 있다고 말합니다. 그리고 송아지 두 마리.

"Forprenu, - diras la homoj, - kompatu".
"잡아가자. - 사람들 말. - 자비를 베풀어요."

Kiam oni bovinojn forveturigis, tiuj verŝajne elsaltis el la aŭto. Kaj jaron kun duono loĝis memstare en la Zono. La bovinoj gravedaj estis, post kiam ili fuĝis de la aŭto ili naskis bovidojn.
소들을 실어보낼 때, 그 소들은 아마도 차에서 뛰어내렸을 것입니다. 그리고 1년 반 동안 존에서 자력생존 하다가. 암소가 임신했을거고, 차에서 달아나 송아지를 낳았을겁니다.

Ambaŭ - kun bovidoj. Travivis vintron - kaj vagadis. Ĉu eblas tion trankvile rigardi? (Ŝi ploras).
둘 다 - 송아지와 함께. 겨울을 살아남았습니다 - 그리고 정처 없이 돌아다녔을 거고요. 그 광경을 평정심으로 지켜볼 수 있을까요? (그녀는 웁니다).

Kaj unu bovino nun ĉe mi estas. Mi la lakton ne trinkas, ŝi staras ĉe mi en la brutejo, mi donas al ŝi fojnon, betojn, kukurbojn.
그리고 소 한 마리는 지금 내게 있습니다. 나는 우유를 마시지 않습니다, 그녀는 헛간에서 내 옆에 서있습니다, 그녀에게 건초, 근대, 호박들을 건넸습니다.

Lakton ŝi donas, sed mi ne trinkas. Sed bovido jam ne estas, lupoj formanĝis.
그녀는 우유를 주지만 나는 마시지 않습니다. 그러나 송아지는 벌써 없어졌는데, 이는 늑대가 잡아 먹어 버렸습니다.

Nun ĉi tie multaj lupoj aperis. Du ĉevalojn disŝiris...
이제 여기에는 많은 늑대가 나타났습니다. 두 마리의 말을 찢겨 버렸습니다...

Kaj vulpoj estas. Homoj diras, ke en Starie Kopaĉi ankoraŭ unu bovino vagadas, ĉirkaŭ 900 kilogramojn pezas, bestmamo jen tia granda estas.
그리고 여우는 있습니다. 사람들은 스타리 코파치Starie Kopaĉi 에 여전히 한 마리의 소가 떠돌아 다니는데, 몸무게가 약 900kg 이고, 젖통이 엄청 크다고 합니다.

Ŝi venas al homoj kaj al ĉiuj la manojn lekas. Sed la homoj timas..." -

그 소는 사람들에게 다가가 모든 사람의 손을 핥습니다. 하지만 사람들은 두려워합니다..."

Aleksej Fedotoviĉ Kovalenko: "Mi ĉi tie travivis vintron. Mi havas 80 jarojn, mi radiadon ne timas. Militis, partoprenis ankoraŭ finnan militon. Finmilitis mi en Prago.

"나는 여기서 겨울을 살아남았습니다. 나는 80살이고 방사선을 두려워하지 않습니다. 전쟁 발발, 나는 역시 핀란드 전쟁에 참여 했습니다. 나는 프라하에서 전쟁을 마쳤습니다.

Vivas ni tre bone. Tero abundas eĉ 5 hektarojn eblas preni. Nur ne estas per kio plugi. Nenia potenco estas. Belorusoj prenas niajn sovĥozajn spacojn.

우리는 아주 잘 살고 있습니다. 토지는 5헥타르도 차지할 수 있을 만큼 풍성합니다. 쟁기질 할 일이 없습니다. 힘이 없습니다. 벨로루시인들이 우리의 소브코즈 국영농장 지역을 차지하고 있습니다.

Ĉi tie Belorusio estas 7 kilometrojn de ni. Do ili preskaŭ apud mia hejmo falĉis herbon kaj forveturigis la fojnon al si.

여기 벨로루시는 우리에게서 7km 떨어져 있습니다. 그래서 그들은 거의 내 집 근처에서 풀을 깎고 건초를 운송해 갔습니다.

El Belorusio oni venis per aŭto, aĉetis terpomojn. Oni pagas al ni 20 kopekojn kontraŭ unu kilogramo. Poste oni veturigas ilin al Moskvo, Leningrado. Kiel eblas tion kompreni - kio tio estas?"

그들은 벨로루시에서 자동차로 와서 감자를 매입했습니다. 그들은 1kg에 20코펙을 지불했습니다. 그런 다음 그들은 레닌그라드의 모스크바로 운솔합니다. 그것을 어떻게 이해할 수 있습니까? - 그것이 뭐지요?"

Post tiuj rakontoj ni veturis silente. Vortoj mankis... Surtere jam videblis signoj de sovaĝeco kaj nezorgiteco. Malorde kreskis memsemiĝinta tritiko, loloj abundis apud la vojo...

그 이야기 후에 우리는 조용히 차를 몰았습니다. 말이 없습니다... 땅바닥에는 이미 거칠고 부주의한 흔적이 보였습니다. 아무렇게나 뿌린 밀이 무질서하게 자라났고 길가에 독보리 건초가 가득합니다...

Poste Ukrainio abrupte finiĝis. Komenciĝis Belorusio, pri kio informis la apenaŭ videbla, aĉforma, polvokovrita ŝildo.

그후 우크라이나는 갑자기 끝났습니다. 벨로루시아는 거의 눈에 띄지 않고 추악하고 먼지 투성이의 표지판이 나타내는 것처럼 시작되었습니다.

Belorusio estas fratino de Ukrainio, heroa kaj multsuferinta, laborema kaj simplanima.

벨로루시는 우크라이나의 자매로 영웅적이고 오래 참고 견디며 근면하고 단순합니다.

La ĉernobila akcidento kruele tuŝis ankaŭ la belorusiajn vilaĝojn, arbarojn, marĉojn (kie radionukleidoj estas forigeblaj plej malfacile).
체르노빌 사고는 또한 벨로루시 마을, 숲, 늪 (방사성 핵종을 제거하기 가장 어려운 곳)에 잔인한 영향을 미쳤습니다.

Kaj nur konscienco kaj aŭdaco de Olesj Adamoviĉ, lia ekscitita voĉo igis la lokajn potenculojn rigardi al okuloj de la senkompata vero, akcepti tiun fakton, ke la radioaktiva torĉo brulvundis ankaŭ Belorusion.
그리고 올레시 아다모비치의 양심과 대담함, 그의 격양된 목소리만이 지역의 권력자들로 하여금 무자비한 진실의 눈을 바라보게 하여 방사능 횃불이 벨로루시를 불태웠다는 사실을 받아들이게 했습니다.

Post publikigo de la unua parto de "Ĉernobil" mi ricevis multajn leterojn el Belorusio, el kiuj eblis kompreni, kiom da malfeliĉaĵoj havis niaj nordaj fratoj.
소설 "체르노빌"의 첫 부분이 출판된 후 나는 벨로루시로부터 많은 편지를 받았는데, 그곳에서 우리의 북부 형제들이 얼마나 많은 불행을 겪었는지 이해할 수 있었습니다.

Mi prezentas eltiraĵojn el du leteroj: ...Bedaŭre nur, ke Vi nenion skribis pri Belorusio, pri nia distrikto

Braginskij.

두 편지에서 발췌한 내용을 내보이고자합니다.

...벨로루시와 브라긴스키 지역에 대해 아무 것도 쓰지 못한 점이 유감입니다.

Ja ĝis la 28-a de aprilo 1986, kiam laŭ la televido estis donita la informo de Konsilio de Ministroj de USSR pri la akcidento, ni estis en plena paniko.

실제로 1986년 4월 28일까지 소련 각료 회의에서 사고에 대한 정보가 텔레비전에 나왔을 때까지 우리는 완전히 패닉 상태였습니다.

La tuta civildefendo, kiu tiel bele raportadis, evidentiĝis esti fikcio. Nek en la distriktaj partikomitatoj, nek en la distriktaj plenumkomitatoj oni povis doni iujn rekomendojn.

그토록 아름답게 보도되었던 민방위는 모두 허구로 밝혀졌습니다. 지구 당 위원회나 지구 집행 위원회에서 추천할 수 없습니다.

La rekomendoj de Gomela provinca plenumkomitato estis perradie disaŭdigitaj la 8-an de majo. Sed ankaŭ tio estis nur rekomendoj. Ili estis optimismtonaj: rekta danĝero al la vivo kaj sanstato ne estas...

5월 8일 고멜 지방 집행위원회의 권고사항이 방송됐습니다. 하지만 그것도 권고사항일 뿐이었습니다. 그들은 낙관적이었습니다. 생명과 건강에 대한 직접적인 위험은 ...

En nia 30-kilometra zono lernejoj funkciis ĝis la 7-a de majo kaj la infanoj tutajn tagojn ludis ekstere. Sed ekzemple la infanoj de nia partigrupestro povis forveturi el la Zono multe pli frue...

우리의 30km 존 내에서 학교는 5월 7일까지 문을 열었고 아이들은 하루 종일 밖에서 놀았습니다. 그러나 예를 들어 우리 파티 그룹 리더의 아이들은 훨씬 더 일찍 존을 떠날 수 있습니다.

Ĥmelonok Nikolaj Pavloviĉ, vilaĝo Nedojka, distrikto Buda-Koŝelovskij, Gomela provinco".

호멜로녹 니콜라이 파블로비치, 네도이카 마을, 부다-코셀로프스키 지역, 고멜 지방."

"...Permesu konatiĝi kun Vi. Mi estas Akim Mihajlović Staroĥatnij, estinta loĝanto de la vilaĝo Veljamovo de la distrikto Braginskij, Gomela provinco. Tio estas 18 kilometrojn for de Ĉernobila AEC, apud la vilaĝo Posudovo ĉe la fervojo Cernigov - Ovruć.

"...내가 당신을 알게 해주세요. 저는 고멜 지방 브라긴스키 지역의 벨랴모보Veljamovo 마을의 전 거주자였던 아킴 미하일로비치 스타로카트니Akim Mihajlović Staroĥatnij 입니다. 그곳은 체르노빌 원전에서 18km 떨어져 있으며 쩨르니고프 -오브룩 철도 옆 포수도보 마을 부근에 있습니다.

Vilaĝoj de Kieva provinco (maldekstra bordo de la rivero Pripjatj) estis evakuitaj la 3-an de majo, sed

la niaj belorusiaj la 4-an de majo (dum pasko).
키이우 지방의 마을(프리피야트 강의 왼쪽 강변)은 5월 3일에 대피했습니다. 그러나 5월 4일(부활절 동안)에 우리 벨로루시 사람들은.

Mi estas ĉeestinto de tiu terura tragedioevakuado de vilaĝoj, same kiel miloj da vilaĝanoj, pelitaj de la naskolokoj laŭvole de la nebridata atomo...
나는 고삐 풀린 원자의 뜻에 따라 태어난 곳 고향에서 쫓겨난 마을과 수천 명의 마을 사람들이 대피하는 끔찍한 비극의 목격자였습니다...

Mateno kaj tago la 4-an de majo 1986 memorfiksiĝos por la tuta vivo. Kio estis travivita dum tiu tago estas la tuta libro...
1986년 5월 4일의 아침과 대낮은 내 평생 기억에 남아 있을 것입니다. 그날 경험한 것은 책 전체가…

Prezentu en via verko evakuadon de unu el vilaĝoj (Ukrainia aŭ Belorusia).
귀하의 저술작업에서 마을 중 하나의 대피처 (우크라이나 또는 벨로루시)를 명시해 주십시오.

Tiam estos la plej plena bildo de la akcidento. Ĉar evakuado de vilaĝanoj, eblas tutcerte diri, estas eĉ pli tragika ol evakuado de la urboj Pripjatj kaj Ĉernobil.
그러면 가장 완전한 사고 윤곽이 나올것입니다.

왜냐하면 마을 사람들의 대피는 프리피야트와 체르노빌의 대피보다 훨씬 더 비극적일 것이라고 말할 수 있습니다.

Por la urbano estis pli facile lasi sian loĝejon. Sed la vilaĝanon oni eltiris kun la radikoj, senigis lin de ĉio, por kio li vivis, kio estis havigita per malfacila laboro.
도시 거주자가 거주지를 떠나는 것이 더 쉬웠습니다. 그러나 그 마을 사람은 어렵게 힘들게 일한 결과로 얻은 모든 열매를 빼앗기고 뿌리까지 뽑혔습니다.

Tio estas la ĝardeno, propramane kreskigita, kaj la domo, kun malfacilaĵoj konstruita, kaj forkonduko de la bovinjo el la korto, kaj forlaso de katoj, hundoj.
내 손으로 가꾼 정원, 힘들여 지은 집, 마당에서 암소를 빼앗아가고 개와 고양이만 남겨둔 집이다.

Miloj da vilaĝfamiloj iĝis martiroj de la ĉernobila akcidento.
수천 명의 마을 친척들이 체르노빌 사고의 순교자가 되었습니다.

Estas dezirate, ke en la dua parto 'de la verko Vi donu pli da atento al la suferoj de ordinaraj vilaĝanoj, sed ne estroj (kolhozgvidantoj, sovhozdirektoroj, partiaj gvidantoj ka).
저술의 2부에서는 지도자 (집합농장지도자, 국영농장원장, 당지도자 등) 들이 아닌 평범한 마을 사람들의 고통에 더 많은 관심을 기울였으면 합니다.

Tiel vi montros la popolanimon dum la akcidento, kio estas la plej grava.
당신은 그렇게 가장 중대한 사고기간 동안 대중정신을 내보일 것입니다.

Dezirindas ke dum vizito en Belorusion Vi venu en la vilaĝon Gdenj, kies loĝantoj memvole revenis hejmen, defendis sian kolhozon kaj nun loĝas tie".
벨로루시를 방문하는 동안 그데니Gdenj 주민들이 자발적으로 자기네 집으로 돌아와 콜호즈를 방어했던 그데니 마을에 오는 것이 바람직합니다. 그리고 지금은 그곳에 살고 있습니다"

Akceptinte la konsilon de Akim Mihajlović, mi veturis en Gdenj. Diference de la ukrainiaj vilaĝoj ĉi tie bolis la vivo.
아킴 미하일로비치의 조언을 받아들인 후, 나는 그데니로 차를 몰았습니다. 우크라이나 마을과 달리 이곳에서는 삶이 끓어오르고 있었습니다.

Ni eniris lokan lernejon, mirante pri la vivoĝojaj infanaj voĉoj (Gdenj situas en la 30-kilometra zono).
우리는 쾌활한 아이들의 목소리에 감탄하며 지역 학교에 들어갔습니다. (그데니는 30km 영역에 위치).

Vasilij Mihajloviĉ Samojlenko, responsulo pri instruado de la lernejo en la vilaĝo Gdenj, distrikto Braginskij, Gomela provinco: "Oni nin forloĝigis la

4-an de majo. Sed kelkiujn vilaĝanojn - nur fine de majo.

바실리 미하일로비치 사모일렌코Vasilij Mihajlovič Samojlenko, 고멜 지방 브라긴스키 지구 그데니 마을에 있는 학교에서 가르치는 일을 담당하고 있습니다. "우리는 5월 4일에 퇴거당했습니다. 하지만 일부 마을 사람들 - 다만 5월 말에.

La forloĝigo pasis organizite - se necesas, do necesas. Sed la reveno, reloĝigo de la vilaĝo okazis, kiel oni diras, partizane.

퇴거조치가 조직적으로 통과되었습니다. - 필요한 경우라며 필요한 것입니다. 그러나 마을의 귀환, 재정착은 그들이 말했듯이 당파적이었습니다.

Komence oni nin veturigis al vilaĝo apud Bragin, sed poste evidentiĝis, ke ni el pli bona zono trafis en la malplibonan.

처음에 우리는 브라긴Bragin 근처의 마을로 차를 몰고 갔지만 나중에 우리가 더 나은 지역에서 더 나쁜 지역으로 이동했다는 것이 분명해졌습니다.

Al ni venis Tarazević - prezidanto de Prezidio de Supera Soveto de BSSR; Kamaj - la unua sekretario de Gomela provinca partia komitato. Ili diris, ke baldaŭ ni revenos hejmen.

타라제비치Tarazević - BSSR 최고 소비에트 상임 의장; 이 우리에게 왔습니다. 카마이Kamaj - 고멜Gomel 지방 당 위원회의 제1 비서. 그들은 곧 우리가 곧 집으로 돌아갈 것이라고 말했습니다.

Sed konkreta komando loĝigi Gdenj - tia komando ne estis.
그러나 그데니에 정착시키는 구체적인 명령 - 그러한 명령은 없었습니다.

Poiome la homoj komencis revenadi. La kolhozo venigis ĉi tien bovinaron, paŝtistoj venis. Ĝis oktobro la vilaĝo estis reloĝigita.
점차 사람들이 돌아오기 시작했습니다. 콜호즈kolkhoz는 이곳으로 암소들을 몰고 왔고, 양치기들도 왔습니다. 10월까지 마을은 재정착되었습니다.

La lernadon ni komencis post la novembraj festoj.
우리는 11월 축제 이후에 학교를 열기 시작했습니다.

Kiam venis estroj, ili promesis al ni komfortigi la vilaĝon, asfaltigi la stratojn, sed verŝajne ili samtempe pri ĉiuj damaĝitaj vilaĝoj ekokupiĝis - tial oni ĉe ni komencis, iom da asfalto metis, ŝutis gruzon kaj ĉio.
지도자들이 왔을 때 그들은 우리에게 마을을 편안하게 만들고 거리를 포장하기로 약속했지만 그들은 아마도 모든 손상된 마을을 동시에 보았을 것입니다. - 그래서 그들은 우리와 함께 시작하여 아스팔트를 깔고 자갈을 뿌리고 모든 것을 했습니다.

Nur polvo disbloviĝas. Sed ĝenerale vivas ni

normale. Nur medicinistoj laboras vaĉmaniere. Kaj duono de instruistoj mankas.

먼지만 날립니다. 그러나 일반적으로 우리는 정상적으로 살고 있습니다. 의료진만 당직 교대 상태에서 일합니다. 그리고 교사의 절반이 모자랍니다.

La Zono flanke de Belorusio estas malfermita, la homoj per propraj aŭtoj veturadas.

벨로루시 쪽의 존은 개방돼 있으며, 사람들은 자가용 차를 운행합니다.

Nia kolĥozo plene revenis al la mastruma vivo.

우리 집단농장은 완전히 가정생활로 돌아왔습니다.

En la lernejo lernas kvindek unu infanoj. Tri infanoj ne revenis.

51명의 아이들이 학교에서 공부합니다. 세 아이들은 돌아오지 않았습니다.

Al la vendejo oni provizas lakton. Ĝi ne sufiĉas, sed la homoj havas proprajn bovinojn, uzas ties lakton. Mi mem havas bovinon kaj trinkas la lakton.

가게에는 우유가 공급됩니다. 충분하지 않지만 사람들은 자신의 소가 있고 자가우유를 식용합니다. 나도 소를 키우고 우유를 마십니다.

Dume vivas glor' al Dio".

자 - 하나님께 영광 돌리며 살자."

Nadejda Mihajlovna Samojlenko, instruistino pri kemio kaj biologio: "Mi pensas, ke mi prezentas opinion de plejmulto: ĉi tien ne multaj revenus, se ni havus loĝeblojn. Oni al ni ne promesis konstrui loĝlokojn, kiel tio estis en Ukrainio...

Nadejda Mihajlovna Samojlenko 화학 및 생물학 여교사: "나는 내가 대다수의 의견을 대변한다고 생각합니다. : 우리에게 주택 옵션이 있다면 이곳으로 돌아오는 사람은 많지 않을 것입니다. 우리는 우크라이나의 경우처럼 주택을 짓겠다고 약속하지 않았습니다...

Al ni oni pagas duoblan salajron, diras, ke nia zono estas pura. Sed mi ne tre kredas, ke ĝi estas pura.

우리는 두 배의 임금을 받고 우리 구역이 깨끗하다고 들었습니다. 그러나 나는 깨끗하다는 말을 정말로 믿지 않습니다.

Se Ukrainio ĉiujn siajn loĝantojn forigis el la 30-kilometra zono, opiniante ĝin malpura, do kial ĉe ni en Belorusio estas pure?

우크라이나가 더러운 것으로 간주하여 30km 영역에서 모든 주민을 보내버렸다면, 여기 벨로루시에서 깨끗한 이유는 무엇입니까?

Ĉu vi scias, kiom da kilometroj estas de ĉi tie ĝis AEC? Dek sep. Dum bona vetero de ni videblas la centralo.

여기에서 원전까지 몇 킬로미터인지 아십니까? 17km. 날씨가 좋으면 발전소를 볼 수 있습니다.

Kial do ĉi tie povas esti pure? Ni estis DEVIGITAJ reveni, tion mi certe diras.

여기가 깨끗할 수 있는 이유는 무엇입니까? 우리는 강제로 돌아오도록 강요받았습니다. 그것이 제가 확실히 말하고 싶은 것입니다.

Ni ne havis elekteblon. Se oni al ni proponus domojn aŭ loĝejojn, ĉu ni revenus?

선택의 여지가 없었습니다. 우리에게 집이나 공동주택이 제공된다면 우리는 돌아올 것입니다?

Kiam ni revenadis, la estroj al ni promesis orajn montojn. Kaj akvodukton, kaj tegmentojn, kaj asfalton. Kaj klubejojn.

우리가 돌아왔을 때 지도자들은 우리에게 황금산을 약속했습니다. 그리고 수도관, 지붕, 아스팔트 그리고 클럽하우스.

Asfalto ne estis metita. Akvodukto estis farita antaŭ nelonge, sed funkcias ĝi nenormale. Hejtas ni plejparte per lignaĵoj.

아스팔트를 깔지 않았습니다. 송수관이 생긴지 얼마 되지 않았지만 비정상적으로 가동하고 있습니다. 우리는 주로 나무땔감으로 난방을 합니다.

Ni provas okazigi klarigan laboron, por ke la infanoj ne iru en arbarojn por fungoj, sed..."

아이들이 버섯을 따러 숲속으로 가지 않도록 설명기회를 가지려고 하지만..."

Lasante la vilaĝon Gdenj, mi vizitis la duondetruitan medicinejon. Konstruado de la nova proksimiĝis al fino.
그데니Gdenj 마을을 나와 반쯤 무너진 의료센터를 찾았습니다. 새 건물의 건설이 거의 완료되었습니다.

La dejoranta medicinistino kun plezuro prepariĝis forveturi de ĉi tie ŝia vaĉo jam finiĝis...
당직 의사는 기꺼이 이곳을 떠날 준비를 했고 그녀의 교대는 이미 끝났습니다...

Infanoj kun la lernotekoj, revenintaj el la lernejo, ĝoje kuradis laŭ la stratoj.
학교에서 돌아온 아이들은 책가방을 메고 즐겁게 거리를 휘집으며 내달리고 있었습니다.

En la aero pendis polvoamasoj. Kokinoj okupiĝis pri io en sterko.
먼지 더미가 공중에 매달려 있습니다. 암탉들은 거름에 담긴 무언가를 찾고 있습니다.

Du viroj pigre laboretis sur malmuntita tegmento de la klubejo. Kaj subite mi ekvidis katon.
허물어진 클럽하우스 지붕 위에서 두 남자가 게으르게 일하고 있었습니다. 그리고 나는 갑자기 고양이를 보게 되었습니다.

La kalvan. Nur la kalvaĵo estis ne sur kapo, sed sur la ventro...
탈모대머리. 탈모상태가 머리에만 아니라 복부에도.

Post kelkaj monatoj en la unua numero de la revuo "Neman" por 1988 mi legis brilan rakonton de la belorusia verkisto Ivan Ptaŝnikov "Leonoj".
1988년 잡지 "네만Neman"의 창간호에서 몇 달 후 나는 벨로루시 작가 이반 프타슈니코프Ivan Ptashnikov "사자들"의 훌륭한 이야기를 읽었습니다.

Ĉefheroo de la rakonto vilaĝa senruza hundo Ĝuki rakontas pri tio, kiel pendis super la vilaĝo flav-griza nebulo, odoranta jode, kiel homoj en teruraj buŝumoj mortigis la pri nenio kulpantajn vilaĝajn hundojn.
이야기의 주인공인 마을의 순진한 개 주키Ĝuki는 황회색 안개가 마을을 덮고 요오드 냄새가 났으며 끔찍한 입마개를 한 사람들이 어떻게 무고한 마을 개를 죽였는지 라는 이야기입니다.

Kaj la hundoj estis senharaj, similis leonojn...
그리고 개들은 사자처럼 털이 없었습니다...

KIU KULPAS
누구에게 잘못이 있습니까?

...Unu el miaj vicaj veturoj al Ĉernobil mi faris tiutempe, kiam komenciĝis juĝproceso kontraŭ la kulpintoj pri la akcidento.
나는 사고에 책임이 있는 사람들에 대한 재판이 시작되었을 때 체르노빌을 정기적으로 차로 다니던 중 한번 여행했습니다.

Min neniu invitis al tiu ĉi proceso, eĉ pli - ĉiuj miaj provoj trafi tien frakasiĝis kontraŭ muro de la ĝentila silento.
아무도 나를 이 재판에 초대하지 않았습니다. 더군다나 그곳에 가려고 했던 모든 시도는 공손한 침묵의 벽에 부딪혔습니다.

Cetere, miaj kolegoj, trafintaj al la proceso, ricevis nemultajn informojn.
달리 재판에 참여한 동료들은 많은 정보를 얻었습니다.

A. Kovalenko:"Al mi ŝajnas, ke ni komencis dividi la tutan informaron kiel medicinistoj kuracilojn - por interna kaj ekstera uzoj.
코발렌코 : "내부용으로 그리고 외부에 사용목적으로 - 의사처럼 모든 정보를 공유하기 시작한 것 같습니다.

Kaj se antaŭe ni klopodis ĝenerale ne doni iun informon, nek al la niaj, nek al la fremdaj, do nun ni ĵetiĝis al la alia ekstremo: por okcidentanoj ni

donas multe pli da informoj, ol ene de la lando.
그리고 우리가 일반적으로 우리에게나 외국인에게나 어떤 정보
도 제공하지 않으려고 애썼다면, 지금 우리는 다른 끝자락에 우
리 자신을 내던져지게 되었습니다. 서양인을 위해 우리는 국내
보다 훨씬 더 많은 정보를 제공합니다.

Verŝajne, tio estas kaŭzita de nia delonga
vivkoncepto, laŭ kiu oni lasas la eksterlandanon
senvice ktp, kaj tio tre ofte okazas en Ĉernobil.
아마도, 이것은 우리의 오랜 생존관에서 연유했으며, 이에 따라
우리는 외국인을 아무렇게나 내둬버리는 등, 이것은 체르노빌에
서 극히 자주 발생합니다.

Al la juĝproceso estis allasitaj nur 36 sovetiaj
ĵurnalistoj. Sed nur por la malfermo kaj fermo. Kaj
13 eksterlandaj ĵurnalistoj - kun la samaj kondiĉoj.
재판에는 36명의 소련 언론인들만이 방청이 허용됐습니다. 단,
개폐만 가능합니다. 그리고 동일 조건의 13명의 외신기자들.

Eĉ ne unu el la sovetiaj kaj eksterlandaj jurnalistoj
ĉeestis en la juĝejo dum la tuta proceso.
전체 재판이 진행되는 동안 소련과 외국 언론인은 한 명도 법정
에 나오지 않았습니다.

Sed niaj ĵurnalistoj estis dekomence limigitaj pri la
eblecoj doni ian informon, krom la oficiala deklaro
de Telegrafa Agentejo de Soveta Unio (TASS).
그러나 우리 언론인들은 처음부터 소련 전신국(TASS)의 공식 성

명을 제외하고 어떤 정보도 제공할 수 있는 가능성은 제한적이
었습니다.

Sed la okcidentaj presagentejoj tuj komencis
disvastigi la informojn. Tiuj 13 ĵurnalistoj konsistigis
avangardon de la okcidenta gazetaro, reprezentis la
plej potencajn agentejojn kaj firmaojn.
그러나 서방 언론사는 즉시 정보를 퍼뜨리기 시작했습니다. 그
들 13명의 기자들은 가장 강력한 기관과 회사를 대표하는 서구
언론의 전위를 구성했습니다.

Horon post la komenco de la proceso la ĵurnalisto
de BBC Ĝeromi jam komencis transdoni informojn.
재판이 시작된 지 한 시간 후, BBC 기자 제로미Ĝeromi는 이미
정보를 전송하기 시작했습니다.

Kaj niaj homoj por ekscii pri la eventoj ĉe la
proceso estis devigitaj turni sin al diversaj
radiovoĉoj. Estis disaŭdigitaj tiaj detaloj kaj nuancoj,
kiuj atribuis kredindecon al la komunikoj.
그리고 우리 국민들은 재판에서 일어난 사건들에 대해 알아보기
위해 각종 라디오 목소리에 귀를 기우릴 수 밖에 없었습니다.
그러한 세부 사항과 뉘앙스가 공개되어 커뮤니케이션에 신뢰성
을 부여했습니다.

Sed niaj ĵurnalistoj ĉeestis la unuan kaj la lastan
kunsidojn kaj tralegis la komunikon de TASS pri la
juĝproceso.

그러나 우리 언론인들은 첫 번째와 마지막 세션에 참석했고 재판에 대한 TASS 보도 자료를 읽었습니다.

Sola ĵurnalo en la lando, kiu donis propran raporton pri la proceso, estis "Moskovskije novosti".
재판에 대한 자체 보고서를 제공한 국내 유일한 신문은 "모스코브스키예 노보스티크Moskovskije novosti"였습니다.

...En Ĉernobil estis varmegaj tagoj. La centra strato, kondukanta al la riparita Kulturdomo, en kiu okazis la proceso, estis barita en kelkaj lokoj.
...체르노빌에는 더운 날이었습니다. 재판이 열렸던 문화회관을 보수한 중앙로가 곳곳에서 막혔습니다.

Kvanto de patroloj en la urbo estis pliigita. Miaj amikoj-fizikistoj, kun kiuj mi estis duonkilometron for de la loko, kie estis okazigata la proceso, avertis min, ke mi ne vagadu senokupe laŭ la stratoj.
도시내 순찰 회수가 증가했습니다. 재판이 열린 곳에서 0.5km 떨어진 곳에 있던 물리학자 친구들은 거리를 함부로 돌아다니지 말라고 경고를 받았습니다.

Oni diris, ke iu gardemulo serĉadis min tra la komunloĝejoj cele "elkapti", ne permesi trafi al la proceso, forigi el Ĉernobil...
어떤 경비원은 "나를 낚아채", 재판에 가지 않도록, 체르노빌에서 나를 빼내기 위해 공동주택에서 나를 찾고 있었다고 합니다...

- 323 -

Komedio, nenio alia! Malĝoja komedio. Malfermita proceso en la severe fermita Zono.
코미디, 다른 것은 전혀 없음! 슬픈 코미디. 엄격히 폐쇄된 존 Zono에서 열린 재판.

Tamen tiuj, kiuj klopodis surdigi la informon pri la proceso - pri ties malfermitaj (MALFERMITAJ!) kunsidoj - misesperis.
하지만 - 공개된 (개방된!) 회합에 대한 - 재판 정보를 듣지 못하게 귀막음을 시도한 사람들은 실망했습니다.

Ĉar tutegale mi - kaj ne nur mi detale eksciis pri ĉio, kio tie okazis.
어쨌든 나는 거기에서 일어난 모든 일에 대해 자세히 알아 냈을 뿐만 아니라.

Ne, mi ne penetris sekretajn ejojn, ne ŝtelmalfermis ferŝrankojn kun la protokoloj, ne kaŝis magnetofonojn en la Kulturdomo.
그래요, 비밀 장소에 침입하지도 않았고, 프로토콜에 따라 열린 철제 금고를 부수지도 않았고, 문화의 집에 녹음기를 숨기지도 않았습니다.

Simple mi parolis kun kelkaj partoprenintoj de la proceso, kiuj rakontis pri la plej ĉefaj ĝiaj eventoj, ne forgesinte prilumi ankaŭ kelke da detaloj.
저는 재판의 일부 참가자와 간단히 이야기를 나누었습니다. 참가자들은 주요 사건에 대해 이야기했으며, 일부 세부 사항도 빼지 않고 말했습니다.

Tio estas dirita por konsidero de tiuj, kiuj provis kaŝi de la verkistoj (krom mi al la juĝproceso senrezulte provis trafi ankaŭ la verkisto V. Javorinskij), de la ĵurnalistoj, de la popolo la okazintaĵojn.
이것은 작가들 (나를 제외하고 작가 야보린스키Javorinskij도 재판에 성과없이 가려고 했지만 실패), 기자들, 사람들로부터 무슨 일이 일어났는지 숨기려 했던 사람들을 고려하기 위한 것이라고 전해졌습니다.

Sciu ili, ke la tempoj de plena kaj efika surdigo de la informoj pasis al Leto.
정보의 완전하고 효과적인 귀머거리의 시간이 레토Leto에 전해졌음을 그들이 알게 해.

...Pasis tiuj varmegaj tagoj, kiam mi kun la fizikistoj kaj la ĵurnalisto el "Literaturnaja gazeta" Saŝa Egorov veturis al la kvara bloko, paŝadis laŭ Pripjatj,
kaj apude okazis la ĉiutagaj kunsidoj de la juĝa kolegio pri kriminalaj aferoj de Supera Kortumo de USSR.
...그 더운 날이 지나고 "리테라투르나야 가제타Literaturnaya gazeta"의 물리학자 및 기자 사샤 에고로프와 함께 네 번째 블록을 지나 프리피야트를 따라 걸었습니다.
소련 대법원의 형사 문제에 관한 사법 전문대학에 일일 회의가 근처에서 열렸습니다.

Ties rezulto estas konata: Brjuhanov, estinta direktoro de la centralo, estis kondamnita al dek jaroj de mallibereco.
결과는 알려져 있습니다. 전 공장장인 브류하노프는 10년형을 선고받았습니다.

Same al dek jaroj estintaj ĉefinĝeniero de AEC Fomin kaj vicĉefinĝeniero Djatlov.
원전 포민의 전 수석 엔지니어이자 부수석 엔지니어인 드야트로 프도 마찬가지로 10년형입니다.

En la juĝejo estis arestitaj: alternĉefo Rogoĵkin, kondamnita poste al kvin jaroj de mallibereco; ĉefo de la dua reaktora fako Kovalenko al tri jaroj; la ŝtata inspektoro de Ŝtata komitato pri kontrolo de atoma energio Lauskin al du jaroj.
법정구속 : 교대 지도자 로고즈킨은 나중에 5년형을 선고 받음 : 두 번째 원자로 부서 책임자 코발렌코Kovalenko 3년형; 원자력 통제에 관한 국가 위원회의 주 감사관 라우스킨은 2년형.

La verdikto ne estas apelaciebla al kasacia[41] kortumo.
판결은 대법원에 상고할 수 없음.

EL LA VERDIKTO.

---

41) kasaci-o 〈법률〉 파기(破棄).

평결에서

"Laŭ konkludo de la juĝteknika ekspertizo la nivelo de teknologia disciplino en Ĉernobila AEC ne konformis al la ekzistantaj postuloj.
"사법 전문지식인의 결론에 따르면 체르노빌 원전의 기술 규율 수준은 기존 요구 사항을 준수하지 않았습니다.

En la centralo okazis oftaj rompoj de la teknologia reglamento, grandas la kvanto de haltigoj de la bloko kulpe de la personaro.
발전소에서는 기술 규정 위반이 빈번하게 발생하여 인력으로 인한 블록 정지 규모가 큽니다.

Ne en ĉiuj okazoj estis evidentigitaj la kaŭzoj de la rompoj, en apartaj okazoj la veraj kaŭzoj de la rompoj estis kaŝataj...
모든 경우에 위반의 원인이 명확하지 않은 경우, 특히 위반의 진정한 원인이 숨겨져 있는 경우가 많습니다.

Dum la periodo 1980 - 1986 en 27 okazoj el 71 esploro ĝenerale ne okazis, kaj multaj faktoj de malfunkciiĝo de la instalaĵoj eĉ ne estis registritaj en la registra ĵurnalo". ("Moskovskije novosti", la 9-an de aŭgusto 1987).
1980~1986년 기간 동안 71건 중 27건은 일반적으로 조사가 이루어지지 않았고, 시설의 작동불능 사실도 등기일지에 기록되지 않은 경우가 많았습니다."("모스코브스키예 노보스티", 1987.8.9.)

Tiu ĉi verdikto estas rezulto de la proceso, okazigita en la rigora konformeco kun la ekzistantaj leĝoj, kun partopreno de la akuzantoj, defendantoj kaj ekspertoj. La proceso okazis, la kulpintoj estas punitaj.

이번 판결은 원고와 변호인, 전문가들이 참여하여 현행법을 철저히 준수한 재판의 결과였습니다. 재판이 열렸고, 범법자들은 처벌받았습니다.

Sed dum la tempo, pasinta post la akcidento, okazis ankoraŭ unu juĝado, juĝado nevidebla, morala, ĉe kiu same kunpuŝiĝis diversaj opinioj, kaj defendo penis rebati atakojn de akuzantoj.

그러나 사고 후 시간이 지나면서 또 한 번의 재판, 즉 보이지 않는 도덕적 재판이 벌어졌고, 이 재판에서도 서로 다른 의견이 충돌했고, 변호인단은 고발자들의 공격에 맞서려고 했습니다.

Vizitu ni kunsidon de tiu juĝo, aŭskultu voĉojn de ĝiaj partoprenantoj.

그 재판의 세션을 방문하여 참가자의 목소리를 들어 봅시다.

Komence mi prezentos la leterojn, ricevitajn de mi ĝuste tiam, kiam mi provis restaŭri la veran bildon de la akcidento: pleje min interesis ne teknikaj detaloj (kvankam ankaŭ ili tre gravas kaj ĉi tie bezonatas rigora ĝusteco de detaloj), sed la psikologiaj kialoj de konduto de la tragedipartoprenantoj.

처음으로 사고의 실제 모습을 복원하려고 할 때 받은 편지를 소
개합니다. 나는 기술적인 세부 사항이 아니라 (비록 매우 중요하
고 세부 사항의 엄격한 정확성이 필요하지만) 비극에 참여하는
사람들의 행동에 대한 심리적 이유에 가장 관심이 있었습니다.

La unua letero:

첫 번째 편지:

"En la 6-a kaj 7-a numeroj de la revuo "Junostj"
estas publikigita via dokumenta novelo "Ĉernobil".

"유노스티" 매거진 6호와 7호에 단편 다큐멘터리 "체르노빌"이
실렸습니다.

Ni tre atente tralegis vian verkon, penante iel trovi
respondon al la demando - por kio pereis nia sola
filo, laborinta en ĈAEC kiel supera inĝeniero pri
manipulado de reaktoro, Leonid Fjodorović
Toptunov.

체르노빌 원전에서 수석 원자로 조작 엔지니어 [레오니도 표도
로비치 토프투노프Leonid Fjodorović Toptunov] 로 일하던 우리
외아들이 왜 죽었는지에 대한 질문에 대한 답을 찾기 위해 당신
의 저술을 매우 주의 깊게 읽었습니다.

Dum la akcidento en tiu tragika nokto la 26-an de
aprilo li deĵoris en gvidmanipulejo de reaktoro de la
4-a energibloko.

4월 26일 비극적인 그날 밤 사고 당시 그는 4호기 원자로 제어

실에서 근무하고 있었습니다.

Ni ekvidis lin la 30-an de aprilo en la 6-a klinika malsanulejo en Moskvo, kiam li estis ankoraŭ en ne tiom malbona sanstato.
우리는 4월 30일에 모스크바에 있는 6번째 임상 의무실에서 그를 보았을 때 그는 여전히 건강이 나쁘지 않은 상태였습니다.

Ni estis kun li ĝis la lastaj minutoj de lia vivo kaj akompanis lin por la lasta vojo.
우리는 그의 삶의 마지막 순간까지 그와 함께 했고 마지막 여행을 위해 그를 동반했습니다.

La patrino donis sian medolon por la filo, sed ankaŭ tio ne helpis.
어머니는 아들을 위해 골수를 주었지만 소용이 없었습니다.

Ni estis apud li dum la lastaj 14 tagoj de lia vivo. Al la patrino li diris, ke li pri nenio kulpas, ke li ĝuste plenumis la oficajn instrukciojn.
그의 생애 마지막 14일 동안 우리는 그의 곁에 있었습니다. 그는 어머니에게 자신은 아무 죄도 없으며, 공식 지시를 정확히 따랐다고 말했습니다.

Post la morto de la filo el vortoj de liaj kolegoj, kiujn ni renkontis, ni iom eksciis pri lia laboro dum tiu tragika nokto.
우리가 만난 동료들의 말에서 아들이 세상을 떠난 후, 우리는 그 비극적인 밤 동안 그의 일에 대해 조금 알게 되었습니다.

Al ni oni rakontis, ke nia filo estis malkonsenta pri la decido de teknika gvidanto pri pliigo de kapacito.
우리 아들은 용량을 늘리려는 기술 리더의 결정에 동의하지 않는다는 말을 들었습니다.

Tamen la komando pri la pliigo estis donita ripete.
그러나 증가시켜라는 명령이 수차례 내려졌습니다.

Sed la ripetajn komandojn oni devas plenumi senobjete.
그러나 반복되는 명령은 이의 없이 수행되어야 합니다.

Ni scias, ke li tre aktive partoprenis en la lokalizo de la akcidento kaj en okazigo de savlaboroj.
우리는 그가 사고 위치를 파악하고 구조 작업에 매우 적극적으로 참여했다는 것을 알고 있습니다.

La AEC-laborantoj komence ne sciis pri malhermetiĝo de la bloko kaj pri nivelo de radiado.
원전 작업자들은 처음에 블록의 방출과 방사선 수준에 대해 알지 못했습니다.

Se ili estus informitaj pri la radiada situacio, verŝajne estus multe malpli da viktimoj.
방사선 상황에 대한 정보가 있었다면 인명 피해는 훨씬 적었을 것입니다.

Ni metis demandon al la partikomitato de ĈAEC pri la agoj de nia filo kaj ebla lia kulpo, tamen la komitato bonvolis nur burokratrespondon, kaj eĉ tion- nur post memorigo.

우리는 우리 아들의 행동과 그의 가능한 죄에 대해 체르노빌 원전의 당위원회에 질문을 했지만, 위원회는 단지 관료적인 대답을 했고 심지어 그것은 - 기억한 후에만.

Ni prezentas laŭvorte la respondon: "Estimataj Vera Sergeevna kaj Fjodor Daniloviĉ! Antaŭ ĉio permesu esprimi al Vi nian profundan kondolencon lige kun la trafinta Vin malfeliĉo. La tragikaj eventoj en Ĉernobila AEC ĉesigis vivon de Via filo kaj nia kamarado.   (Tio estas jaro kaj du monatoj post morto de la filo.)

답을 그대로 보여드리자면: "친애하는 베라 세르게에브나Vera Sergeevna와 표도르 다닐로비치Fjodor Daniloviĉ! 먼저, 귀하에게 닥친 불행과 관련하여 깊은 애도를 표합니다. 체르노빌 원전의 비극적 사건은 귀하의 아들과 우리 동지의 생을 끊게 했습니다. (아들이 세상을 떠난지 1년 2개월.)

Via filo dece kondutis en la komplikega radiada situacio post la akcidento en la centralo, montris firmecon de la animo kaj aŭdacon, plenumante sian devon pri lokalizo de la akcidento en Ĉernobila AEC.

귀하의 아들은 발전소 사고 후 매우 복잡한 방사선 상황에서 품

위있게 행동했으며, 체르노빌 원전에서 사고 위치를 찾는 임무를 완수하고 영혼의 확고함과 용기를 보여주었습니다.

Koncerne la metitan de Vi demandon mi informas al Vi, ke dum la antaŭakcidenta periodo Leonid Fjodorović Toptunov faris plurajn rompojn de instrukcioj dum manipulado de reaktoro en la bloko n-ro 4, kio malebligis proponi lin por la registara dekoro.

귀하께서 문의하신 내용과 관련하여 사고 전 레오니도 표도로비치 토프투노프가 4번 블록 원자로를 조작하는 과정에서 여러 차례 지시를 위반하여 정부 훈장을 제안할 수 없었음을 알려드립니다.

Kun estimo - sekretario de la partikomitato E. Borodavko. 23. 07.87".

존경심으로 - 당위원회 비서 보로다브코. 23. 07.87"

Jen tiaj kontraŭaĵoj estas inter tio, kion diris al ni kolegoj de la filo, restintaj vivaj, kaj tio, kion respondis al ni kamarado Borodavko.

살아남은 아들의 동료들이 우리에게 말한 것과 보로다브코 동지가 우리에게 답변한 것 사이에는 그러한 모순이 있습니다.

Ni ial estas certaj, ke kamarado Borodavko ne estas sincera, sciante, ke mortintoj defendi sin ne povas...

어떤 이유에서인지 우리는 보로다브코 동지가 죽은 자는 스스로를 방어할 수 없다는 것을 알기에 진실하지 않다고 확신합니다...

Nia filo kreskis kaj estis edukata en la familio de armeano. Lia infaneco pasis en lokoj, ligitaj kun disvolviĝo de la raket-kosma tekniko. Ni dum longa tempo laboris en la kosmodromo Bajkonur.
우리 아들은 군인 집안에서 자라서 교육을 받았습니다. 그의 어린 시절은 로켓 우주 기술의 발전과 관련된 곳에서 보냈습니다. 우리는 오랫동안 바이코누르 우주 비행장에서 일해 왔습니다.

Li estis honesta kaj diligenta filo. Li ne povis fari iajn instrukcirompojn. Sed se estis io, tio signifas, ke li estis devigita pro cirkonstancoj.
그는 성실하고 근면한 아들이었습니다. 그는 어떤 지시 위반도 저지르지 않았습니다. 하지만 무언가가 있었다면 그것은 그가 상황에 의해 강요되었다는 것을 의미합니다.

Al ni ŝajnas, ke la kamaradoj el partikomitato de CAEC ne volis diri al ni la veron, sed respondis burokrate.
체르노빌 원전 당위원회 동지들은 우리에게 진실을 말하고 싶지 않고 관료적으로 응답한 것으로 보입니다.

Se Vi havas almenaŭ iun informon pri la agoj de nia filo dum tiu tragika nokto, en kio konsistas lia eraro, ni petas skribi al ni la veron, kiom ajn amara ĝi estu.
그 비극적인 밤 동안 우리 아들의 행동에 대한 정보가 조금이라도 있다면, 그의 실수가 무엇으로 구성되어 있는지, 그것이 얼마나 쓰라린지 상관없이 우리에게 진실을 써주실 것을 요청합니다.

Vera Sergeevna Toptunova kaj Fjodor Danilovic Toptunov, urbo Tallinn".
진실한 세르게에브나 토프투노프 및 표도로 다닐로비비치 토프투노프, 탈린 시市".

La dua letero:
두 번째 편지:

"Ĉio, kio estis skribita pri Ĉernobil en ĉiuj niaj eldonoj, ni po kelkfoje relegas kaj konservas ĉe ni. La ĉernobila akcidento estas nia komuna malfeliĉo, sed por nia familio tio estas terura tragedio.
"우리의 모든 출판물에서 체르노빌에 대해 쓰여진 모든 것, 우리는 때때로 그것을 다시 읽고 보존합니다. 체르노빌 사고는 우리의 공동의 불행이지만 우리 가족에게는 끔찍한 비극입니다.

La 26-an de aprilo 1986 je 00 horo ekdeĵoris kiel alternĉefo nia filo Aleksandr Fjodorović Akimiv.
1986년 4월 26일 00:00에 우리 아들 알렉산드르 표도로비치 아키미프Aleksandr Fjodorović Akimiv가 대체대표로 봉사하기 시작했습니다.

Li eliris el la 4-a bloko de AEC je la 8-a horo kaj 30 minutoj. La 28-an de aprilo al ni en la urbon Severodvinsk de Arhangelska provinco venis telegramo el la kliniko n-ro 6 en la urbo Moskvo. La 29-an de aprilo ni estis ĉe la filo en la kliniko.

그는 오전 8시 30분에 원전의 4번째 블록에서 나왔습니다. 4월 28일, 모스크바시의 제6번 병원으로부터 아르항겔스크 도道의 세베로드빈스크 시市에 있는 우리에게 전보가 왔습니다. 4월 29일, 우리는 병원에 아들과 함께 있었습니다.

Transplanto de medolo de unu el la fratoj, la plej bonaj kuraciloj ne helpis. La filo ricevis mortigan dozon de radiado kaj la 11-an de majo 1986 mortis pro akuta radimalsano de la 4-a grado. La 6-an de majo li iĝis nur 33 jaraĝa.

형제 중 한 사람의 골수 이식, 최선의 치료는 도움이 되지 않았습니다. 아들은 치사량의 방사선을 받았고 1986년 5월 11일 4도의 급성 방사선 병으로 사망했습니다. 5월 6일에 그는 겨우 33살이었습니다.

Aleksandr Fjodoroviĉ havis edzinon kaj du filojn Aljoŝa, 9 jaroj, kaj Kostja, 4 jaroj. Al ili oni donis en Moskvo loĝejon, fiksis subvencion, helpis mone.

알렉산드르 표도로비치에는 아내가 있었습니다. 두 아들 알료샤(9세)와 코스티아(4세). 그들은 모스크바에 주택을 배정받았고, 보조금을 받았고, 재정적으로 도움을 받았습니다.

La registaro faris ĉion por helpi al la familioj el Ĉernobil. Sed ĉu al ni, gepatroj, pro tio iĝis pli facile?! La plej prema malfeliĉo estas, kiam la gepatroj entombigas siajn ankoraŭ hieraŭ sanajn, fortikajn gefilojn.

정부는 체르노빌의 가족들을 돕기 위해 모든 도움을 주었습니다.
하지만 우리에게 부모님은 그것으로 더 쉬워졌습니까?!
가장 고통스러운 불행은 부모가 어제까지 건강하고 강인했던 자녀들을 묻을 때입니다

Sed konsentu kun ni: sciante, ke nia filo faris ĉion de li dependantan por malebligo kaj likvido de la akcidento, konscie sin oferis (certe, en tiu ĉi situacio) por malebligo de pli granda katastrofo (pri tio diris ĉefo de departemento de Ministerio pri energetiko kaj elektrizado en la funebra mitingo la 13-an de majo 1986 dum entombigo de la filo), ni nemalofte legis kaj daŭre legas, ke la teknika personaro kvazaŭ estis malbone preparita, rompis la laboran kaj teknologian disciplinon ktp, ks, do la personaro estas ĉefa kaŭzo de la akcidento.

그러나 우리에게 동의해주세요. 우리 아들이 사고를 예방하고 청산하기 위해 자신에게 의존하는 모든 것을 했다는 것을 알고, 그는 더 큰 재난을 방지하기 위해 의식적으로 자신을 희생했습니다(확실히 이 상황에서).
(이것은 1986년 5월 13일 아들의 매장 중 장례 집회에서 에너지 및 전기부 국장이 한 말),
우리는 종종 기술 직원이 준비가 부족하고 작업 및 기술 규율을 위반하는 등의 내용을 읽고 계속 읽습니다. 따라서 사람이 사고의 주요 원인입니다.

Verŝajne estis ankaŭ tiaj, kiuj estis malbone

preparitaj teknike kaj morale.
기술적으로나 도덕적으로 제대로 준비되지 않은 사람들도 있었
을 것입니다.

Eĉ ne verŝajne, sed ĝuste estis. Sed ja en la
publikaĵoj estas akuzata la tuta inĝenier-teknika
personaro..."
가능성도 없었지만 맞았습니다. 그러나 실제로 출판물에서 전체
엔지니어링-기술 직원이 비난을 받고 있습니다..."

(Plue la gepatroj de A. Akimov prezentas siajn
pretendojn al unu prozisto, kiu, laŭ ili, malrespektis
memoron pri ilia filo:
la literatura. heroo, kreita de la prozisto kaj
prezentita per la plej malhelaj farboj, plenumas
funkciojn de alternĉefo de la akcidenta bloko).
(또한 아키모프의 부모는 아들에 대한 기억을 존중하지 않는 산
문작가에게 자신의 주장을 제시합니다.
문학적 산문 작가에 의해 만들어지고 가장 어두운 덧칠로 제공
되는 영웅은 사고 블록의 대체 수장의 기능을 수행합니다.

"...Nia filo perfekte fins 10 klasojn, same perfekte
Moskvan Energetikan Instituton en 1976 laŭ
specialeco "inĝeniero de automatika sistemo de
manipulado de AEC", dum 10 jaroj laboris en AEC,
estas membro de la komunista partio ekde 1977,
estis elektita kiel membro de la urba partikomitato
de Pripjatj.

"...우리 아들은 원전에서 10년 동안 근무한 전문 "원전 조작의 자동 시스템 엔지니어"에 따라 1976년 모스크바 에너지 연구소와 동등하게 10개 수업을 완벽하게 마쳤으며 1977년부터 공산당원이었습니다. 프리피야트 시당 위원회 위원으로 선출되었습니다.

Trifoje dum tiuj 10 jaroj li studis por 3-4 monatoj ekster la laborloko. La lastan fojon – septembre-novembre de 1985 en la urbo Obninsk. La studadon nia filo finis ĉiam nur perfekte, havis brilajn karakterizojn.

그 10년 동안 세 번 그는 직장 밖에서 3-4개월 동안 공부했습니다. 마지막으로 오브닌스크 시에서 1985년 9월-11월. 우리 아들은 항상 공부를 완벽하게 마쳤고 뛰어난 특장을 지니고 있었습니다.

Ankaŭ en la malfacilega situacio li montris sin klera, saĝa, lerta inĝeniero-gvidanto.

어려운 상황에서도 그는 학식이 있고 총명하며 숙련된 엔지니어 리더임을 보여주었습니다.

Jam post la morto de nia filo, la 4-an de februaro 1987 al nia nomo venis letero de vicministro de Ministerio pri atoma energetiko, en kiu li donas bonegan karakterizon al nia filo kaj antaŭ la akcidento, kaj dum tiu.

이미 우리 아들이 사망 한 후, 1987년 2월 4일 원자력 부 차관의 편지가 우리 이름으로 와서, 사고 전과 사고 중 우리 아들에 대한 훌륭했던 점을 알려 주었습니다.

Nia filo, troviĝante en la malsanulejo n-ro 6, jam estis antaŭ morto, kaj, sciante sian destinon, ĝis la fino estis firmanima, altgrade volfortika kaj tenera homo. La kuracistoj Gusjkova, Baranov kaj la aliaj sincere miris pri lia aŭdaco kaj pacienco.
6호 병실에 있는 우리 아들은 이미 죽음의 위기에 처해 있었고, 자신의 운명을 알고 끝까지 굳건했고 의지가 강하고 다정한 사람이었습니다. 의사 구시코바, 바라노프, 다른 사람들은 그의 용기와 인내에 진심으로 놀랐습니다.

Se vidus tiu verkisto lian korpon! Kio al ĝi fariĝis!
그 작가가 그의 몸을 볼 수 있다면! 그것에 뭐가 됐을까!

Se scius li pri nia filo, pri lia edukeco, pri lia respondeco antaŭ la kolegoj, pri lia honesteco, ĉu povus li tiel skribi?!
우리 아들에 대해, 학력에 대해, 동료들 앞에서 자신의 책임에 대해, 정직성에 대해 그가 알고 있다면 그런 글을 쓸 수 있을까요?!

Ni ne atendas de la verkisto laŭdon de la faktoj, des pli pri tia temo kiel Ĉernobil. Sed se oni ekokupiĝis pri tiu temo, malkvietiginta la tutan mondon, do skribu honeste, verece, saĝe.
우리는 작가가 특히 체르노빌과 같은 주제에 대해 사실을 칭찬할 것이라고 기대하지 않습니다. 그러나 온 세상을 어지럽히는 그 주제에 사로잡혀 있다면, 정직하고, 진실하고, 현명하게 글을 쓰야하지요.

Por justeco, por leciono al posteuloj, fine por la gepatroj, parencoj de la mortintoj dum la akcidento endas skribi veron pri Ĉernobil...
정의를 위해, 후손에게 교훈을 주기 위해, 마지막으로 사고로 사망한 사람들의 부모, 친척을 위해 체르노빌에 대한 진실을 써야 합니다...

Zinaida Timofeevna Akimova kaj Fjodor Vasiljeviĉ Akimov, Severodvinsk de Arhangelska provinco".
지나이다 티모페에브나 아키모바Zinaida Timofeevna Akimova 그리고 표도르 바실리에비치 아키모프, 아르항겔스크 도道의 세베로드빈스크".

Tiuj leteroj estas kiel du pafoj en mian koron.
그 편지들은 내 심장을 향한 두발의 총알입니다.

Senpere. Ja mi ne povas kaŝiĝi, kiel la romanisto, post elpensitajn nomojn de la herooj des pli ke ankaŭ la elpensitaj familinomoj, kiel ni vidas, ne liberigas la verkiston de la senpera respondeco pri ĉiu vorto, kiam li tuŝetas la freŝan, ankoraŭ sangantan vundon, la homan malfeliĉon.
단도직입적으로. 결국 나는 소설가처럼 영웅의 이름 뒤에 숨을 수 없습니다. 우리가 보는 바와 같이, 생각한 가족 성姓조차도 작가가 신선하고 여전히 피를 흘리는 상처, 인간의 불행을 만질 때 모든 단어에 대한 즉각적인 책임에서 벗어나지 않습니다.

Mi povas permesi al mi eĉ ne unu malĝustan vorton
(cetere por romanistoj tio same ne indas), ne havas
rajton pri supozoj kaj hipotezoj.
나는 한 마디의 잘못된 낱말도 허용할 수 없습니다 (그런데 소
설가에게도 그럴 명분이 없습니다). 나는 가정과 가설에 대한 권
한이 없습니다.

Ankaŭ mi ne volas, ne povas, ne havas rajton esti
akuzanto precipe por tiuj, kiuj jam ne estas inter la
vivantoj.
나는 또한 특히 더 이상 살아 있는 사람들 가운데에 있지 않은
사람들을 고발하는 사람이 되기를 원하지도, 할 수도 없고, 가질
권리도 없습니다.

Ja la pereintoj silentas. Sed pri la vivantoj jam diris
sian vorton la juĝo.
참으로 가버린 자는 침묵합니다. 그러나 심판은 이미 산 자들에
대하여 말하였습니다.

Do, eble mi restu pura, neniun ofendu, ne dolorigu,
ne tuŝu la eventojn, ĉirkaŭ kiuj ankoraŭ bolas
pasioj.
그래서 아마도 나는 순수함을 유지해야 하고, 다른 사람의 기분
을 상하게 하지 않고, 상처를 입히지 않고, 여전히 열정이 끓는
사건을 접하지 않아야 합니다.

Ne. Tio estus malinda pozicio.
아니. 그것은 가치없는 처지로 될 것입니다.

Restaŭrante en detaloj la bildon de la akcidento, mi renkontiĝis kun du senperaj partoprenintoj de la eventoj - kun alternĉefoj de la 4-a bloko Igorj Ivanoviĉ Kazaĉkov kaj Jurij Jurjeviĉ Tregub. I. Kazaĉkov deĵoris de la 8-a ĝis la 16-a horo la 25-an de aprilo 1986, KAJ ĜUSTE DUM LIA DEĴORO DEVIS ESTI OKAZIGATA TIU DAMNITA EKSPERIMENTO, KIU POVIS FINIĜI PER EKSPLODO: LA BLOKO POVIS EKSPLODI JAM LA 25-AN DE APRILO JE LA 2-A HORO TAGE.

사고 당시 모습을 자세히 복원하며 사건 현장에 직접 참석한 두 사람을 만났습니다. - 카자츠코프는 1986년 4월 25일 오전 8시 부터 오후 4시까지 근무한 4 블록 이고르 이바노비치 카자츠코 프 및 유리 유르예비치 트레굽의 교체 리더- 두사람과 함께.
그리고 폭발로 끝날 수 있는 그 빌어먹을 실험은 그의 임무 중 에 수행되어야 했습니다. 블록은 4월 25일 오후 2시에 이미 폭 발할 수 있었습니다.

Nur la ordono de reguligisto el "Kievenergio" devigis la estraron de la centralo transmeti la eksperimenton.

"키이우 에너지"의 규제 기관의 명령 만이 발전소 이사회에서 실험을 연기하도록 강요했습니다.

La sekvan alternon - de la 16.00 h. ĝis la 24.00 h. -

gvidis Ju. Tregub. ANKAŬ TIU ALTERNO HAVIS LA SANCON EKSPLODIGI LA BLOKON.

다음 교대. 16.00부터 24.00까지. - 트레굽이 지휘했습니다. 이 교대는 블록을 폭발시킬 기회도 있었습니다.

Tamen pro vico de hazardaĵoj la eksperimento estis denove transmetita.

그러나 일련의 우연의 일치로 실험이 다시 연기되었습니다.

La providenco ekdeziris, ke la plej sensacia akcidento de la 20-a jarcento okazu ce la alterno de A. Akimov.

신의 섭리는 아키모프의 교체 중에 20세기의 가장 극적인 사고가 일어나기를 원했습니다.

Jurij Tregub, transdoninta la deĵoron al Akimov, restis por partopreni la eksperimenton.

아키모프에게 교대를 넘겨준 유리 트레굽은 실험에 참여하기 위해 머물렀습니다.

Li ĉion vidis propraokule, eĉ plie dum la hororaj minutoj li helpis al SIMR (supera inĝeniero pri manipulado de la reaktoro) L. Toptunov elpreni la protektostangojn por pliigi la kapaciton de la reaktoro... Poste estis eksplodoj.

그는 모든 것을 자신의 눈으로 보았고, 더군다나 끔찍한 시간 동안 SIMR(원자로 조작 수석 엔지니어) 토프투노프가 원자로 용량을 늘리기 위해 보호봉을 빼는 것을 도왔습니다...

그런 다음 폭발이 일어났습니다.

Teruras en siaj detaloj la rakonto de Ju. Tregub pri tio, kio okazis dum tiuj minutoj ĉe la bloka panelo n-ro 4.
블록 패널 4번에서 그 시간 동안 일어난 일에 대한 트레굽의 설명은 세부 사항에서 보면 끔찍합니다.

Ju. Tregub trafis sub influon de forta radiado, havis akutan radimalsanon.
트레굽은 강한 방사선의 영향을 받아 급성 방사선 병에 걸렸습니다.

Kiam tiu junulo rememoras la detalojn de la akcidento, liaj manoj tremas. Kaj I. Kazaĉkov juna barbhava fortulo ĉiam nervozeme ridetas, kvankam al li tute ne estas ridinde.
그 젊은이는 사고의 세부 사항을 기억할 때 그의 손이 떨립니다. 그리고 카자츠코프는 수염을 기른 젊은 강자強者로 전혀 웃기지는 않지만 항상 긴장한 듯 미소를 짓습니다.

I. Kazaĉkov: "Kial nek mi, nek miaj kolegoj haltigis la reaktoron, kiam malpligrandiĝis la kvanto de la protektostangoj?
카자츠코프 : "호봉 수가 줄어들었을 때 왜 나와 내 동료들은 원자로를 멈추지 않았을까?

Ja pro tio, ke neniu el ni imagis, ke tio povas kaŭzi nuklean akcidenton.

실제로 우리 중 누구도 이것이 원자력 사고를 일으킬 수 있다고 상상하지 않았기 때문입니다.

Ni sciis, ke fari tion ne estas permesate, sed...
우리는 그것이 허용되지 않는다는 것을 알고 있었지만...

Neniu kredis pri ebleco de nuklea akcidento, neniu diris al ni pri tio.
아무도 원자력 사고의 가능성을 믿지 않았고 아무도 그것에 대해 알려주지 않았습니다.

Precedentoj ne estis.
전례가 없었습니다.

Mi laboras en AEC ekde 1974 kaj vidis ĉi tie multe pli danĝerajn reĝimojn. Sed se mi haltigos la aparaton oni al mi ege sapumos la kolon.
저는 1974년부터 원전에서 일해 왔으며 여기에서 훨씬 더 위험한 운전을 보았습니다. 그러나 장치를 멈추면 목에 비누를 많이 칠할 것입니다.

Ni ja la planon plenumas... Kaj pro tiu kaŭzo - pro kvanto de la protektostangoj - ni eĉ unufoje ne haltigis la blokon.
우리는 실제로 계획을 이행하고 있습니다 ... 그리고 그 이유 때문에 - 보호 바의 양이 많기 때문에 - 우리는 한 번도 차단을 멈추지 않았습니다.

- Sed se vi haltigus la reaktoron ĉe malpliigo de la stangokvanto plia sub la permesata?
- 하지만 허용된 것보다 더 적게 막대의 줄이는 상태에서 원자로를 멈추게 하시겠습니까?

Kio al vi okazus?
무슨 일이 일어날까요?

- Mi pensas, ke oni min maldungus de la laboro. Ĝuste maldungus. Ne pro tio, certe. Ĉikanus[42] pri io.
- 직장에서 해고될 것 같아요. 확실히 해고될지도
물론 그 때문은 아닙니다. 무언가에 대해 왕따를 당할 것입니다.

Ĝuste tiu parametro – kvanto de la stangoj – ĉe ni ne estis opiniata grava.
정확히 그 매개변수인 – 막대의 양은 – 우리에게 중요하지 않은 것으로 간주되었습니다.

Pri tiu parametro, interalie, ni ne havis "protekton kontraŭ stultulo".
그 매개변수와 관련하여 무엇보다도 "바보짓에 대응한 보호조치"가 없었습니다.

---

42) ĉikan/i (tr)
1 Intence fari al iu maljustajn ĝenojn, malagrablaĵojn, malhelpojn, por sentigi al li/ŝi sian superecon:
2 Subtilaĉi, pedante diskutaĉi, por venkigi sian malpravan vidpunkton:
3 (ark.) = klaĉi.

Kaj ĝis nun ne havas. Protektosistemoj abundas, sed pri la stangokvanto ne estas.

그리고 지금까지는 그렇지 않았습니다. 보호 시스템은 풍부하지만 막대 수량에 대해서는 아니었습니다.

Mi tiel diru: ni plurfoje havis malpi da stangoj ol permesatas - kaj nenio. Nenio eksplodis, ĉio normale pasis.

이렇게 말하겠습니다. 여러 번 우리는 허용된 것보다 더 적은 막대를 가지고 있었고 - 아무 것도 없었습니다. 아무것도 폭발하지 않았고 모든 것이 정상적으로 진행되었습니다.

Certe, la knaboj ne devis pliigi la kapaciton post ĝia malpliiĝo.

확실한 것은, 소년들은 용량이 줄어든 후에 용량을 늘릴 필요가 없었습니다.

Se ili ne pliigus la kapaciton - ne estus tia granda "veneniĝo" de la reaktoro, kaj ne estus la eksplodo. Sed ili volis finrezultigi la eksperimenton.

그들이 용량을 늘리지 않았다면 원자로에 그렇게 큰 "중독"이 없었을 것입니다. 폭발은 없을 것입니다. 그러나 그들은 실험을 끝내고 싶었습니다.

- Sed ĉu vi farus tion, Igorj Ivanović?
- Verŝajne jes. ordono?
- Ĉu vi memvole tion farus aŭ post ordono?
- 하지만 그렇게 하시겠습니까, 이고리 이바노비치?

- 아마 그렇습니다. 명령?
- 자발적으로 하시겠습니까, 아니면 명령 후에 하시겠습니까?

- Mi pensas, ke post ordono. Djatlov ordonus pliigi la kapaciton - kaj mi komandus la pliigon.
- 명령 후라고 생각합니다. 드야틀로프는 용량을 늘리라고 명령할 것이고, 나는 그 증가를 지휘할 것입니다.

- Ĉu pliigo de la kapacito estis la plej fatala decido?
- 용량을 늘리는 것이 가장 치명적인 결정이었습니까?

- Jes, tio estis fatala decido...
- 네, 치명적인 결정이었습니다...

Mi konis tiujn knabojn, kiuj sidis ĉe la manipulpanelo, Akimov, Toptunov, Stoljarêuk, Kirŝenbaum. Tio estis junaj homoj. Toptunov kiel SIMR laboris de antaŭnelonge.
나는 아키모프, 토프투노프, 스톨야레욱, 키르센바움과 같은 제어판에 앉아있는 소년들을 알고 있습니다. 젊은이들이었습니다. 토프투노프는 짧은 시간 동안 SIMR로 일해 왔습니다.

Saŝa Akimov - saĝa homo, edukita. Li interesiĝis ne nur pri la laboro, multe legis.
사샤 아키모프 – 교육받은 똑똑한 사람. 그는 일에만 관심이 있는 것이 아니라 책을 많이 읽었습니다.

Li tre amis siajn infanojn kaj tenere pri ili zorgis...
그는 아이들을 매우 사랑했고 그들을 애정으로 돌보았습니다.

La infanoj estis lia fiero - ili komencis legi de 5 jaroj, li konstante okupiĝis pri ili kaj ŝatis pri tio rakontadi.
아이들은 그의 자부심이었습니다. 아이들은 5살 때 읽기 시작했고, 그는 아이들과 쉬임없이 바빴고 그것에 대해 이야기하는 것을 좋아했습니다.

Automobilisto - li zorgegis pri sia aŭto. Li estis membro de Pripjatja urba partikomitato.
자동차운전자 - 그는 그의 차를 엄청 잘 보살폈습니다. 그는 프리피야트 시 당 위원회의 위원이었습니다.

Iutempe oni lin proponis por partia laboro, li estis partia gvidanto de la fako. Saŝa Akimov estis turbinisto, la reaktoron li sciis certe malpli bone...
한때 그는 당직 제의를 받았고 그 부서의 가이더였습니다. 사샤 아키모프는 터빈 엔지니어였습니다. 그는 확실히 원자로에 대해 잘 알지 못했습니다...

La knaboj, kiuj estis tiunokte, rakontis, ke Ljonja Toptunov ne sukcesis dum transiro de la aŭtomato kaj "perdis" la kapaciton.
그날 밤 그곳에 있던 소년들은 로냐 토프투노프가 자동 전환중에 성공하지 못하고 용량을 "잃어버렸다"고 말했습니다.

Tie multas aparatoj, eblas preteratenti... Des pli, ke li certe nervoziĝis: tia situacio estis la unuan fojon malpliigo de la kapacito.

거기에 많은 장치가 있어, 지나쳐버릴 수 있습니다... 그는 긴장했을 것이므로 더욱 그렇습니다. : 이런 상황은 처음있는 용량 감소이었습니다.

Li ja nur dum 4 monatoj laboris kiel SIMR, kaj dum tiu tempo neniam estis malpliigata la kapacito de la reaktoro.

그는 4개월 동안 SIMR로 일할 뿐이었습니다. 그 동안 원자로의 용량은 결코 줄어들지 않았습니다.

Kvankam ĝenerale nenio komplika en la situacio estis. Kaj en tio, ke li "perdis" la kapaciton - same nenio terura estis.

일반적으로 상황에 복잡한 것은 없었습니다. 그리고 그가 능력을 "잃었다"는 사실에서 - 끔찍한 것은 아무것도 없었습니다.

Sed poste... malfacilas diri. Diversaj homoj diverse rakontas. Eĉ la samaj homoj diverse parolas.

하지만 그 다음은... 말하기 어렵습니다. 여러 사람들은 달리 이야기를 합니다. 같은 사람들이라도 말은 다릅니다.

Ĉu estis la komando por pliigo de la kapacito far Djatlov, ĉu Saŝa Akimov donis la komandon.

드야틀로프가 용량을 늘리라는 명령을 내렸습니까? 사샤 아키모프가 명령을 내렸습니까?

Djatlov dum la juĝproceso tion neis, diris, ke li foriris ĉu en necesejon, ĉu aliloken - kaj la "perdon" ne vidis. Kvazaŭ kiam li revenis - oni jam pliigis la kapaciton.

재판 중 드야틀로프는 이것을 부인했고, 화장실이나 다른 곳으로 나가 "손실"을 보지 못했다고 말했습니다. 그가 돌아왔을 때 이미 용량을 늘렸습니다.

Unu atestanto diris, ke Djatlov mensogas, ke li ĉeestis dum tio.

한 증인은 드야틀로프가 이 과정에 있었다고 거짓말을 했다고 말했습니다.

Sed Djatlov diris, ke li ne ordonis pri la pliigo de la kapacito. Mi ne kontraŭas tian eblon tute eble, ke Akimov mem ordonis pliigi la kapaciton.

그러나 드야틀로프는 용량 증가를 명령하지 않았다고 말했습니다. 나는 그러한 가능성에 반대하지 않습니다. 아키모프 자신이 용량을 늘리라고 명령했을 가능성이 큽니다.

Kaj se li estus viva, do, mi pensas, oni lin severe punus kiel alternĉefon de la bloko.

그리고 그가 살아 있었다면, 그는 블록의 대체 지도자로서 가혹한 처벌을 받았을지도 모른다고 생각합니다.

Mi ĉeestis la proceson... Ili en sia sfero estas specialistoj kaj la juĝisto, kaj la prokuroro - tio

senteblis.
나는 재판에 참정參庭했습니다.. 그들은 자기 분야에서 전문가이고 판사인데, 검사가 그렇게 느꼈을 수 있었습니다.

Ĉio estis korekte, konkrete farata. Sed mi opinias, ke la akcidenton necesas kompreni pli vaste.
모든 것이 정확하게, 구체적으로 이루어졌습니다. 하지만 저의 의견으로는, 사고를 좀 더 폭넓게 이해해야 한다고 생각합니다.

Mi pri tio diris dum la proceso. Mia penso estas en tio, ke pli aŭ malpli frue tia aparato devis eksplodi.
나는 재판 중에 그것에 대해 말했습니다. 내 생각은 조만간 그러한 장치가 폭발해야 한다는 것입니다.

Ĝi povis eksplodi en Ĉernobila centralo (interalie, ĉu vi scias, ke ĝi estis la plej bona centralo en la lando?), sed povis eksplodi en Smolenska aŭ Kurska centraloj.
체르노빌 발전소에서 폭발할 수 있습니다 (무엇보다 국내 최고의 발전소였다는 사실 알고 계셨나요?), 그러나 스몰렌스크 또는 쿠르스크 발전소도 폭발할 수 있습니다.

Kompreneblas, ke ekzistas iuj organizaj nuancoj, kiuj garantias sendanĝerecon de tiu aparato, sed al la homo ĉion konfidi ne eblas.
해당 장치의 무해함을 보장하는 몇 가지 조직적 뉘앙스가 있다는 것은 이해할 수 있지만 모든 것을 사람에게 맡길 수는 없습니다.

La problemo konsistas en mankoj de la reaktoro RBMK mem.
문제는 RBMK 원자로 자체의 단점에 있습니다.

Nenie en la mondo oni konstruas tiajn reaktorojn por energio.
세계 어디에도 에너지를 위해 건설된 원자로는 없습니다.

Nur tiu reaktoro povas dum akcidento sin mem "rapidigi", pliigi sian kapaciton, igi aldonan vaporkreiĝon.
그 원자로만이 사고 중에 스스로 "가속"하고 용량을 늘리고 추가 증기 생성을 일으킬 수 있습니다.

Tial la homa faktoro ne donas centprocentan garantion.
따라서 인적 요소는 100% 보장하지 않습니다.

Se absolute ĝuste formuli, do la personaro de ĈAEC iĝis viktimo kiel de siaj eraroj, same de la nesufiĉa stabileco de la reaktorfunkciado, kaj periode post determinitaj tempopaŭzoj.
정확히 말하면 체르노빌 원전 직원은 실수와 원자로 작동의 불안정한 안정성, 그리고 특정 시간 휴식 후에 주기적으로 희생자가 되었습니다.

Ĝi ne donas konstantan informaron.

지속적인 정보를 제공하지 않습니다

Kaj foj-foje okazas, ke ĝi difektiĝas, okazas rompiĝoj de la programo, kaj ni restas ĝenerale sen informoj...
그리고 때때로 그것은 손상되고, 프로그램이 충돌하고, 우리는 일반적으로 정보 없이 남겨집니다...

Mi multe pensis pri la kaŭzoj de la akcidento. Se mi estus surloke de la juĝisto, kian decidon mi farus? Oni diras, ke kompreni signifas pravigi.
사고 원인에 대해 많은 생각을 했습니다. 내가 판사의 입장이라면 어떤 판정을 내릴까? 이해하는 것은 정당화하는 것이라고 합니다.

Ĉi-okaze mi komprenas la knabojn. Kiel mi punus la kulpintojn? Kulpo de la direktoro Brjuĥanov konsistas ne en la akcidento mem, sed en la agoj post ĝi. La ĉefinĝeniero Fomin mi certas pri la eksplodo ne kulpas.
이번 기회에 나는 소년들을 이해합니다. 범인을 어떻게 처벌할까? 브류카노프 감독의 잘못은 사고 자체가 아니라 사고 이후의 행동에 있습니다. 수석 엔지니어 포민이 폭발의 책임이 없다고 확신합니다.

Eble, li kulpas pro la postakcidentaj agoj. Kulpo de Djatlov estas, kvankam ĝis nun ni ne scias, ĉu li donis la komandon por pliigo de la kapacito aŭ ne donis.

아마도 그는 사고 후 행동에 대한 책임이 있습니다. 지금까지 그가 용량을 늘리라는 명령을 내렸는지 여부는 알 수 없지만 그것은 드야틀로프의 잘못입니다.

Sed ne 10 jarojn laŭ mi, li meritas malplimulton.

그러나 제 생각에는 10년이 아니라 그는 소수자 자격이 있습니다.

Al la alternĉefo de la centralo Rogojkin mi donus pli multe.

나는 로고즈킨 발전소의 대체 책임자에게 더 많은 것을 줄 것입니다.

Li estis en la centra aparatejo, kiam ĉio okazis, kaj eĉ ektimis veni al la 4-a bloka panelo.

그는 모든 일이 일어났을 때 중앙 기계실에 있었습니다. 4블록 패널에 오기까지 겁이 났습니다.

Li sciis, ke tie estas radiado. Kaj li plene memflankiĝis de la likvido de la akcidento.

그는 그곳에 방사능이 있다는 것을 알고 있었습니다. 그리고 그는 사고 청산에서 완전히 물러났습니다.

Al la alternĉefo de la bloko tio estas al mi mem mi donus ĉirkaŭ ok jarojn.

나 자신에 대한 블록의 대체 책임자에게 나는 약 8년형刑을 줄 것입니다.

Kaj se tio okazus dum mia deĵoro, mi komprenus, ke tio estas juste.
교대 근무 중에 그런 일이 발생했다면 이것이 공정하다는 것을 이해할 것입니다.

Sed, verŝajne, mi ĝenerale ne vivus. Se mi eĉ restus viva, mi ne eltolerus tiajn moralajn suferojn.
그러나 아마도 나는 보통으로는 살지 않을 것입니다. 내가 살아 있었다면 그러한 도덕적 고통을 견디지 못했을 것입니다.

Mi tre kompatas al Akimov. Ja li sendube komprenis sian respondecon pri la akcidento.
나는 아키모프에게 매우 유감스럽게 생각합니다. 결국 그는 사고에 대한 자신의 책임을 의심할 여지 없이 이해하고 있었습니다.

Post tago, post du sed komprenis. Li estis tre firmanima homo, li mortis en suferoj, sed pelis de si la edzinon, ĉar li tre radiis...
하루가 지나고 이틀이 지나고서 이해理解가 되었습니다. 그는 매우 단호한 사람이었고 고통속에서 죽었습니다. 그러나 그는 너무 방사선에 노출돼 그의 아내를 그에게서 쫓아냈습니다.

Mi nun pensas: kio bezonatas, por ke ĉio ĉi ne ripetiĝu?
나는 이제 생각합니다. : 이 모든 것이 다시 일어나지 않게 하기 위해 무엇이 필요한지?

Mi parolas ne pri la tekniko, mi pri ĝi ĉion diris, mi parolas pri la homoj.
나는 기술에 대해 말하는 것이 아니라 그것에 대해 모든 것을 말했고 사람들에 대해 이야기하고 있습니다.

Ĉe la manipuliloj devas sidi ne nur altkvalifikitaj homoj, sed ankaŭ PLI LIBERAJ. Liberaj de timo.
조작자는 자격을 갖춘 사람들뿐만 아니라 더 자유롭게 앉아 있어야 합니다.

Ne timantaj glavon, konstante pendantan super iliaj kapoj.
두려움이 없습니다. 칼을 두려워하지 않고 끊임없이 머리 위에 매달려 있습니다.

Jen ĉu vi scias, kion signifas esti forpelita de la laborejo en Pripjatj?
프리피야트에서 직장에서 쫓겨난다는 것이 무엇을 의미하는지 아십니까?

Tio estas ĉio, fino. Tio estas terura, ĉu vi komprenas?
그게 다야, 끝. 끔찍해요, 알겠어요?

Ĉe ni estis alternĉefo de la reaktora fako Kiriljuk.
En 1982 en ĈAEC estis rompo de la labora reĝimo.
키릴륙은 원자로 부서 차장이었습니다.

1982년 체르노빌 원전에서 노동 체제가 중단되었습니다.

Oni lin forpelis de la laborejo, de la centralo.
그는 직장에서, 발전소에서 쫓겨났습니다.

Kaj kie li dungiĝis? Ja Pripjatj estas malgranda
urbeto.
그리고 그는 어디에서 고용되었습니까? 프리피야트는 작은 마을
입니다.

Plej ĉefas tie AEC.
가장 중요한 것은 원전입니다.

Do jen tiu Kiriljuk dungiĝis kiel inĝeniero pri
provizado je 120 rubloj.
그래서 이 키릴륙은 120루블의 엔지니어로 고용되었습니다.

Tio ja estas koŝmaro, kiel vi komprenas. Nin regis
la timo.
당신이 이해하는 바와 같이 그것은 참으로 악몽입니다.

La timo, ke oni nin forpelos. Tiu timo diktis
nekorektajn agojn.
우리가 추방될 것이라는 두려움. 그 두려움은 잘못된 행동을 강
요했습니다.

- Sed kiel iĝi libera homo?
- Mi ne scias. Ne povas diri.

- 하지만 어떻게 자유인이 됩니까?
- 모르겠어요. 말할 수 없습니다.

Eble por tiu laboro necesas varbi kapablajn
knabojn-fizikistojn el Kiev, Moskvo, el
scienc-esploraj institutoj, por 5 jaroj.
아마도 이 작업을 위해서는 과학 연구 기관에서 모스크바 키이
우에서 5년 동안 유능한 소년 물리학자를 모집해야 할 것입니다.

Ne dependantajn de loĝejoj, de la rilato flanke de la
estroj. Mi donas al vi ekzemplon.
거주지에 의존하지 않고 지도자의 관계에 의존합니다.
나는 당신에게 사례 하나를 보여드리겠습니다.

Kiam mi estis SIBM (supera inĝeniero pri
blokmanipulado), mi havis tian situacion, ke ni loĝis
kvinope en unuĉambra loĝejo en Pripjatj.
제가 SIBM(블록운용에 대한 고위 엔지니어)이었을 때 프리피야
트에 있는 원룸 아파트에 다섯 명이서 살았던 적이 있습니다.

Mi venas de la nokta deĵoro - mi bezonas dormi,
sed kie?
야간 근무를 하고 있어요 - 자야 하는데 어디서?

Ĉiuj svarmas en unu ĉambro.
모두들 한 방에서 북적거립니다.

Mi iris al la direktoro por akcepto pri personaj

problemoj.
개인적인 문제로 원장님께 개인적인 문제에 대해 허가를 받으러
갔습니다.

Por iel plirapidigi la aferon.
어떻게든 그 사건에 속도를 높이려면.

Des pli, ke antaŭnelonge oni dungis purigistinon,
donis al ŝi triĉambran loĝejon.
게다가, 얼마 전에 청소부 아줌마를 고용해 방 3개짜리 주택을
주었습니다.

Mi diras: "Donu prefere al mi.
Ŝi estas purigistino, sed mi devas ripozi.
Mi respondecas pri la bloko".
나는 "대신 나에게 그것을 줘.
그녀는 청소부지만 나는 쉬어야 한다.
나는 블록 담당이야."

Sed Komiarĉuk - ĉefo de la etatfako demandas: "Sed
kial vi opinias, ke vi pli indas ol la purigistino? Si
estas sovetia homo, vi estas same sovetia homo..."
Kaj ĉio. Kion mi povas ĉi-kaze diri?
그러나 코미아르축 - 인사 부서장은 다음과 같이 묻습니다. :"근
데 왜 당신이 청소부보다 더 가치가 있다고 생각하세요? 그도
소비에트 사람이고, 당신도 소비에트 사람..." 그리고 모든 것.
이 경우 무엇을 말할 수 있습니까?

Kaj tial, estante SIBM, mi timas montri memstarecon. Mi plene dependas de la centralo. Nun mi estas dependa malpli. Sed antaŭ la akcidento plene. Ĉiuaspekte: morale, finance. Mi estas ligita je la manoj kaj piedoj. Kun mi oni povas fari ion ajn.

그래서 저는 SIBM으로서 독립성을 보여주기가 두렵습니다. 나는 전적으로 중앙 사무실에 의존하고 있습니다. 이제 덜 의존적입니다.

그러나 사고 전 완전히.모든 면에서 : 도덕적으로, 재정적으로. 나는 손과 발이 묶여 있다. 당신은 나와 함께 무엇이든 할 수 있습니다.

Se Saŝa Akimov estus libera, tiam li havus eblecon akcepti korektajn decidojn. La AEC-operatoro devas esti kiel piloto.

Eĉ pli ol piloto aŭ kosmonauto. Se kosmonaŭto pereas - estas tragedio. Sed ne tiaj teruraj postsekvoj estus, kiel ĉi tie..."

사샤 아키모프가 자유롭다면 올바른 결정을 내릴 기회가 있을 것입니다. 원전 운영자는 조종사와 같아야 합니다. 파일럿이나 우주 비행사보다 훨씬 더. 우주비행사가 죽으면 비극입니다. 하지만 이곳과 끔찍한 결과는 없을 것입니다..."

Ju. Tregub: "Se konsideri tiujn instrukciojn, kiuj estis antaŭ la akcidento, ĉiuj agoj de la personaro estis korektaj. Ilia kulpo ne estas. Ĉio, kio estis farita, estis en la limoj de kompetenteco de la dejoralterno.

"사고 전의 지시를 생각해보면, 스태프들의 모든 행동은 옳았습니다. 그들의 잘못이 아닙니다. 모든 행동은 교대조의 능력 범위 내였습니다.

Se estus antaŭvidata specifika danĝero tiam estus alia afero. La plejan potencon havis tiam en la bloko Djatlov. Lia aŭtoritato kaj nia konfido... ludis evidentan rolon. Ljonja Toptunov estis junulo.
특정한 위험이 예상된다면 그것은 또 다른 문제가 될 것입니다. 가장 큰 힘은 드야틀로프 블록에 있었습니다. 그의 권위와 우리의 신뢰가... 분명한 역할을 했습니다. 료냐 토프투노프는 청년이었습니다.

Lin mi komprenas. Mi pensas, ke se mi sidus sur lia loko, ĉe mi tio simple ne okazus. Kvankam eble mi ion ne komprenas aŭ ne scias...
나는 그를 이해합니다. 내가 그의 자리에 앉아 있었다면 그런 일은 일어나지 않았을 것이라고 생각합니다. 제가 이해를 못하거나 모르는게 있을수도 있지만..

Prepariĝis Toptunov longe - almenaŭ ĉe la manipulpanelo de SIMR ĉirkaŭ 8 monatoj, kaj laboris memstare minimume 2-3 monatojn.
토프투노프는 적어도 SIMR의 제어판에서 약 8 개월 동안 오랫동안 준비했으며, 최소 2-3 개월 동안 독립적으로 일했습니다.

Eble ludis certan rolon ankaŭ tio, ke antaŭe ni laboris sen aŭtomatikaj reguliloj, kaj tial ni mem

mem estis ŝaltitaj kiel aŭtomatoj.
아마도 자동 조절 장치 없이 일하기 전에 우리 자신이 자동 장치처럼 켜져 있다는 사실도 특정 역할을 했을 것입니다.

Ĉiam streĉitaj. Dum mezurado SIMR dum minuto faris de 40 ĝis 60 manipuloj per la stangoj.
항상 긴장합니다. 1분 동안 SIMR로 측정하는 동안 막대로 40에서 60까지 나타났습니다.

Poste oni instalis automatikajn regulilojn, kiuj multe plifaciligis la laboron, sed ili ŝanĝis ties karakteron kaj tian operacian sperton Toptunov ne havis.
나중에 자동 조절 장치가 설치되어 작업이 훨씬 쉬워졌으며, 그러나 그들은 성격이 바뀌었고 토프투노프는 그러한 운영 경험이 없었습니다.

Por ne perdi scipovon de manmanipulado per la reaktoro, ĉiun noktan deĵoron necesis dum 2 horoj labori en neaŭtomatika reĝimo. Praktike ĉio estis priskribita, konsiderita.
원자로의 수동 조작에 대한 지식을 잃지 않기 위해 야간 근무마다 비非자동모드에서 2시간 동안 작업해야 했습니다. 실질적으로 모든 면에 대해 설명되어있고 참작되어 있었습니다.

Sed Toptunov povis malpli bone labori... Ja tio ne estas same kiel labori dum jaro senrompe.
그러나 토프투노프는 덜 좋게 작동할 수 있었습니다. 결국 그것은 1년 동안 쉬지 않고 일한 것과는 같지 않습니다.

Ĉe ni estis eĉ tiel, ke ni dum 8 horoj ne eliris eĉ, pardonu, en necesejon for de la manipulpanelo. Sed tio estis ankoraŭ antaŭ la establo de la aŭtomatikaj reguliloj.

우리와 함께 8시간 동안 우리는 미안하지만 제어판에서 떨어진 화장실에 가기 조차 않았습니다. 그러나 그것은 여전히 자동 조절 장치가 설치되기 전이었습니다.

Mi kompatas la knabojn. Al mi ŝajnas, ke ni juĝas ilin ne pro la eraro, sed pro la postsekvoj. Djatlov ja estas punita pli pro sia karaktero, sed ne pro nescio.

나는 소년들에게 측은하게 생각합니다. 우리는 실수가 아니라 결과로 그들을 판단하는 것 같습니다. 드야틀로프는 실제로 그의 성격 때문에 더 많은 처벌을 받았지 무지 때문이 아닙니다.

Li estis tre memfida. Bonega memorkapablo. Se ne tiu memfido, li ne surprenus sur sin la programon. Li estis por ni la plej granda aŭtoritato. Neatingebla aŭtoritato. Lia vorto estis leĝo".

그는 매우 자신감이 있었습니다. 뛰어난 메모리 용량. 그 자신감이 없었다면 그는 이 프로그램을 취급하지 않았을 것입니다. 그는 우리에게 가장 위대한 권위자였습니다. 닿을 수 없는 권위였습니다. 그의 말은 곧 법이었습니다."

A. Uskov: "Neniam mi imagis, ke tiom malfacilas respondi al la ŝajne simpla demando:

"단순해 보이는 질문에 답하는 것이 이렇게 어려울 줄은 상상하지 못했습니다.

"Se mi estus surloke de tiuj inĝenieroj de la 4-a blokpanelo nokte la 26-an de aprilo 1986 ĉu mi povus rompi la "Reglamenton" por fini tiun eksperimenton?"
"내가 1986년 4월 26일 밤 4차 블록 패널의 엔지니어들 대신 있었다면 "규정"을 깨고 그 실험을 끝낼 수 있었을까?"

Nur nun ni saĝiĝis. Per kia prezo ni tion atingis!
이제서야 우리는 현명해졌습니다. 우리는 그런 비용으로 거기에 도달했습니다!

En la memoro jam, verŝajne, poreterne restos mallumo, ruinoj de la bloko, terura bruo de vaporo, la reaktora grafito, eljetita sur la teritorion de ĈAEC, kaj poste brulvunditaj ĝis nerekoneblo vizaĝoj de la knaboj en moskva kliniko.
체르노빌 원전의 영역에서 분출된 암흑, 블록의 폐허, 끔찍한 증기의 소음, 원자로의 흑연은 아마도 영원히 기억에 남을 것입니다.
그리고 그 소년들의 얼굴은 모스크바 클리닉에서 알아볼 수 없을 정도로 화상을 입었습니다.

Sed se provi dejeti tiun elprovitan sur la propra haŭto sperton kaj provi rememori, kia mi estis "antaŭ milito", do ne videblas la kategoria "Neniam".

그러나 자신의 피부에 테스트한 경험을 던져버리려고 시도했다면 그리고 "전쟁 전"에 내가 어땠는지 기억하려고 했다면, "아무때도 아닌" 범주는 볼 수 없습니다.

Kaj se esti absolute honesta, do mi povis rompi la "Reglamenton" (verŝajne...).
그리고 솔직히 말해서 "통제규정"을 깨뜨릴 수 있습니다 (아마도...).

Se mi estus laboranto de la blokpanelo, mi, eble, povus kontraŭdiri al la ĉefinĝeniero de la centralo Fomin (aŭ al lia anstataŭanto Djatlov),
내가 블록 패널의 직원이라면 포민 발전소의 수석 엔지니어 (또는 그의 대리인 드야틀로프)와 모순 될 수 있습니다.

SED KATEGORIE RIFUZI PLENUMI LIAN KOMANDON - POR TIO MANKUS LA AŬDACO.
그러나 그의 명령 수용을 범주내에서 거부하는 것은 - 용기가 부족했을지도 모릅니다.

Kial estas tiel?
왜 그래야할까?

Ĉu eble mi estas malkuraĝulo?
어쩌면 내가 겁쟁이인가?

Ja ne, ŝajne ne estas. La ordeno* por la nokto de la 26-a de aprilo estas sufiĉa pruvo. Eble, la kapo malplenas?

아니, 분명히 그렇지 않습니다. 4월 26일 밤의 조례*가 증거가 됩니다. 아마도 머리가 비어 버린지도?

Certe, mi ne estas la plej elstara specialisto en la atoma energetiko, sed la scioj sufiĉas por kompreni - oni igas vin rompi la "Reglamenton"...

물론 제가 원자력 분야의 최고 전문가는 아니지만, 그러나 지식으로는 이해하기에 충분합니다. "규정"을 어기게 만듭니다...

Mi provos kompreni, se sukcesos...

내가 성공하면 이해하려고 노력할 것입니다 ...

Unue. Ni ofte ne vidas neceson senescepte plenumi niajn leĝojn, ĉar tiujn leĝojn oni rompas tie kaj aliloke antaŭ viaj okuloj, kaj plurfoje!

첫 번째. 우리는 종종 예외 없이 법을 집행할 필요성을 느끼지 못합니다. 왜냐하면 그러한 법들은 여러분의 눈앞에서 그리고 다른 곳에서, 그리고 반복적으로 어겨지고 있기 때문입니다!

Cetere, tio nomiĝas "ĉirkaŭiri la leĝon". Kaj rompas la homoj, kiuj devas esti ekzemplo de plenumo de la devoj: civitanaj, partiaj, fine profesiaj.

그건 그렇고, 그것은 "법을 돌아간다"라고 합니다. 그리고 자신의 의무를 다하는 모범이 되어야 할 사람들이 무너지고 있습니다. 시민, 정당, 마지막으로 전문직입니다.

* A. G. Uskov estas dekorita per la ordeno "Amikeco

de popoloj" pro la heroeco dum la likvido de la postsekvoj de la akcidento en ĈAEC. (Red.)

*우스코프는 체르노빌 원전에서 사고의 결과를 청산하는 동안 영웅주의에 대한 "사람들의 우정"이라는 명령으로 장식되었습니다. (편집자 주)

Kaj la malmoraliga efiko de tiaj ekzemploj estas pli forta, ol tiu de deko da radiostacioj "deekster limoj".

그리고 그런 사례들에 있어 부도덕화化의 효과는 "국경 밖의" 라디오 방송국 12개보다 더 강력합니다.

Ĉar tiaj ekzemploj estas antaŭ niaj okuloj!

그러한 예들이 우리 눈앞에 있기 때문입니다!

Ĉu ne sciis la Ŝtata komisiono, akceptanta la 4-an blokon por la ekspluatado, ke akceptas ĝin kun devioj de la projekto?

개발을 위해 4호 블록을 수락한 국가 위원회는, 프로젝트에서 일탈하여 그것을 수락하고 있다는 것을 알고 있지 않았습니까?

Certe, sciis..."

진짜로, 알았어요..."

EL LA VERDIKTO: "La 31-an de decembro 1983, malgraŭ ke en la 4-a bloko ne estis faritaj necesaj ekzamenesploroj, Brjuhanov subskribis la dokumenton pri la akcepto por ekspluatado de la starta komplekso de la bloko kiel plene finfarita".

("Moskovskije novosti", la 9-an de aŭgusto 1987).

판결에서: "1983년 12월 31일, 4호 블록에서 필요한 검사 연구가 수행되지 않았음에도 불구하고, 브류카노프는 블록의 시작 단지를 완전히 완성된 상태로 개발하기 위한 승인에 관한 문서에 서명했습니다." ("모스코브스키에 노보스티", 1987년 8월 9일).

A. Uskov: "...Sed ĝi opiniis- ne gravas, poste ni finfaros! Do jen ni devis post pli ol du jaroj okazigi en la 4-a bloko la eksperimenton, por pliperfektigi la sekursistemon ĝis la postuloj de la projekto!

우스코프 : "...하지만 생각해보니- 상관없어, 나중에 끝낼것입니다! 그래서 2년이 넘는 시간이 흐른 후, 우리는 프로젝트의 요구사항에 맞는 보안 시스템을 완성하기 위해 4호 블록에서 실험을 개최해야 했습니다!

Kaj jen ni venigis la blokon al la eksplodo!

그리고 여기 우리는 그 블록을 폭발로 가져 왔습니다!

Se rigardi pli profunde, la akcidento komenciĝis ne je la 1-a horo 23 minutoj la 26-an de aprilo 1986, sed decembre 1983, kiam la direktoro de AEC Brjuhanov metis sian subskribon en la dokumento de Ŝtata komisiono kiel ĝia plenrajta ano.

자세히 들여다보면 사고는 1986년 4월 26일 1시간 23분에 시작되지 않았고, 그러나 1983년 12월 원전 브류카노프 이사회가 정회원으로서 국가 위원회 문서에 서명했습니다.

Metis, ne vidante la neceson insisti pri okazigo de la

ekzamenesploro de la turbogeneratoro por la interna
energilivero.
놓아두었습니다, 내부 에너지 공급을 위한 터보제너레이터의 시
험 연구를 고집할 필요가 없다고 봅니다.

Sed por la moskvaj kamaradoj tiu ekzameno des pli
ne estis bezonata: la 4-a bloko ja ekfunkciis kaj
eniras la ĉi-jaran raporton! Kiel agrable...
그러나 모스크바 동지들에게는 그 시험이 훨씬 더 불필요했습니
다. : 4호 블록이 가동하기 시작했습니다. 그리고 올해의 보고서
에 들어갑니다! 얼마나 좋은…

Sed ja tute alia situacio estus, se tiam oni okazigus
damnitan eksperimenton.
하지만 그 때 망할 실험을 했다면, 상황은 완전히 달라졌을 것
입니다.

La reaktoro kun la freŝa fuzaĵo[43], kun granda
kvanto de la absorba materialo en la aktiva zono
havas minusan kapacitan koeficienton, alivorte NE
KAŬZAS AKCELON PER MOMENTAJ NEUTRONOJ!
활성 구역에 많은 양의 흡수 물질이 있는 신선한 추진제推進劑
가 있는 원자로는 마이너스 용량 계수를 가지며, 즉, 순간 중성
자에 의한 가속을 일으키지 않습니다!

Jen tiel ni laboris.

---

43) fuz-i [자] 〈화학〉 폭발하지 않고 오래 동안 불꽃을 내며 타다. ˜aĵo 신관
(信管) 속에 들어가는 화약. ˜ilo 로켓. ˜aviadilo 제트기.

우리는 그렇게 일했습니다.

Sed ĉefa kaŭzo, laŭ kiu la personaro tiunokte rompis la "Reglamenton" (ja ankaŭ ĝi estas Leĝo), - estas manko de ĝusta klarigo: kial KATEGORIE MALPERMESATAS labori kun la operacia rezervo de reaktiveco malpli ol 15 stangoj.

그러나 그날 밤 직원이 "규정"을 위반하게 된 주된 이유는 (결국 그것은 또한 법률이기도 함) 적절한 설명이 부족하기 때문입니다. : 15바 미만의 반응성의 운용 재고로 작업하는 것이 절대적으로 금지된 이유.

La knaboj ja eĉ imagi ne povis, ke ili LABORAS NUKLE-DANĜERA REGIMO!

소년들은 자신들이 위험한 핵 체제에서 일하고 있다는 것을 상상조차 할 수 없었습니다!

Nenie eĉ duonlinio pri tio estis skribita.

어디에도 그것에 대해 쓰여진 것은 반줄 조차 없었습니다.

Sed ankoraŭ de instituto en niajn kapojn oni por ĉiam ennajlis: LA REAKTORO EKSPLODI NE POVAS!

그러나 여전히 연구소는 그것은 영원히 우리 뇌리에 못박았습니다. 원자로는 폭발할 수 없다고!

Jam post la akcidento oni determinos la operacian rezervon de 30 (!) stangoj kaj ne malpli.

사고 후 이미 30개(!)개의 봉과 그 이하의 운용 재고在庫가 결정될 것입니다.

Jam oktobre 1986 oni enkondukos en la "Reglamenton" la severan averton: "...Ĉe la rezervo malpli ol 30 stangoj LA REAKTORO TRANSIRAS AL NUKLEDANĜERA STATO!"
1986년 10월에 "규정"에 심각한 경고가 채택되었습니다.
"...30개 미만의 재고在庫에서 원자로가 핵 위험 상태로 전환됩니다!"

Alivorte, havante la rezervon el 29 stangoj, ni trafas al nukle-danĝera reĝimo, sed antaŭ la akcidento tia rezervo estis reglamenta kaj oni opiniis ĝin normala.
즉, 29바의 재고량을 보유하고 있는 우리는 핵-위험 체제에 도달하고, 그러나 사고 전에 그러한 재고는 규제되었고 정상적인 것으로 간주되었습니다.

Kie do estis antaŭe kamaradoj sciencistoj, projektantoj, konstruantoj?
그렇다면 과학자, 디자이너, 건축업자는 이전에 어디에 있었습니까?

Kiel respondis la eksperta grupo al la demando de juĝistoj en Ĉernobil?
체르노빌 판사의 질문에 전문가 그룹은 어떻게 대답했습니까?

DEMANDO DE JUĜISTOJ. - Kial en la (malnova) "Reglamento" la personaro ne estis avertata, ke dum laboro de la reaktoro ĉe la kapacito malpli ol 700 MVt (termikaj) kaj kun la rezervo malpli ol 15 stangoj la reaktoro transiras al la nukle-danĝera stato?

판사의 질문. - (이전) "규정"에서 700MW (열熱) 미만의 용량에서 직원이 원자로에서 작업 중에 경고하지 않은 이유 그리고 재고량이 15바 미만이면 원자로가 핵-위험 상태가 되는지도?

RESPONDO DE LA EKSPERTOJ. - Ni opiniis tion nenecesa, pensis, ke en la centralo laboras kleraj fizikistoj (?!). Nun ni estis devigitaj fari tion.

전문가의 답변. - 우리는 그것이 불필요하다고 생각했고 교육받은 물리학자들이 발전소에서 일한다고 생각했습니다(?!). 이제 우리는 그렇게 할 수 밖에 없었습니다.

Infana balbutado. Honte estas aŭstkulti. La unuaj opiniis nenecesa klarigi (kaj eble mem ne sciis la kialojn de la tre grava malpermeso); sed ni, personaro, opiniis, ke tiun malpermeson eblas "ĉirkaŭveturi". Jen do oni ricevis la rezulton.

유치한 말더듬. 듣기가 부끄럽습니다. 첫 번째는 설명할 필요가 없다고 생각했습니다 (그리고 아마도 매우 중요한 금지의 이유를 몰랐을 것입니다). 그러나 직원인 우리는 그 금지를 "운전"하는 것이 가능하다고 생각했습니다. 이것이 우리가 결과를 얻은 방법입니다.

Dum la juĝproceso unuj sidis sur benko de juĝatoj, la aliaj - ĉe tablo de ekspertoj kaj severe akuzis pri ĉio (inkluzive la proprajn pekojn).

재판 중에 일부는 피고인의 벤치에 앉고 – 다른 일부는 전문가 테이블에 앉았습니다. 그리고 (자신의 과실들을 포함하여) 모든 것에 대해 가혹하게 비난을 받았습니다.

Due. Tre grava nuanco, (kvankam estas strange aŭdi tion) mi opiniis kaj opinias la altan nivelon de la operacia disciplino en la atomaj centraloj.

두 번째로 매우 중요한 뉘앙스, (이 말을 듣는 것은 이상하지만) 원자력 발전소에서 높은 수준의 운영 규율을 생각했고, 생각합니다.

Cetere, tio estas karakteriza trajto de multaj reĝimaj entreprenoj, kie la laborantoj havis pli grandan salajron, certajn privilegiojn kaj alte taksis siajn laborlokojn.

더욱이 이것은 노동자들이 더 높은 급여와 특정 특권을 갖고 자신의 직업을 높게 평가하는 많은 기관 기업의 특징입니다.

Al la nivelo de teknika instruado, teknologia disciplino de la personaro estis donita aparta atento!

기술 교육의 수준에서, 직원의 기술 훈련은 특별한 주의를 기울였습니다!

Radikoj de la skrupula elekto kaj preparo de la personaro situis en tiuj "fermitaj" objektoj, kie estis kreataj niaj nukleaj armiloj.

인원의 세심한 선택과 준비의 근간은 우리의 핵무기가 만들어진

"폐쇄된" 시설에 있었습니다.

Certe, poiome la elekto iĝis pli simpla, postuloj al la enketaj donitaĵoj iĝis malpli severaj, sed la operacia disciplino restis altnivela.
확실히, 점차 선택이 단순해지고 설문 데이터에 대한 요구 사항이 덜 엄격해졌지만 운영 규율은 높은 수준으로 유지되었습니다.

Kaj la subiĝanta laboranto ne havas rajton ne plenumi ordonon de sia ĉefo.
그리고 휘하 직원은 상사의 지시를 따르지 않을 권리가 없습니다.

Li havas rajton argumentite kontraŭi al la nekorekta ordono. Sed post ripeto la ordono devas esti plenumita senprokraste! Kaj nur poste apelacii...
그는 잘못된 명령에 대해 이의를 제기할 권리가 있습니다. 그러나 반복 후에는 지체 없이 명령을 이행해야 합니다!
그리고 나중에 항소..

Sed, malfeliĉe, estis malfacile argumentite kontraŭi en tiu situacio, ĉar ekzistis kaŝvojoj.
하지만, 안타깝게도, 허점이 있었기 때문에 그 상황에서 반박하기 어려웠습니다.

Cetere, kontraŭi preskaŭ neniu provis, tiom prema estis la aŭtoritato de fizikisto Djatlov, vicĉefinĝeniero pri ekspluatado. Nun ni venis al la tria grava kaŭzo.

더욱이, 거의 아무도 이의를 제기하지 않았으므로 개발을 위한 수석 엔지니어인 물리학자 드야틀로프의 권위가 너무 억압적이 었습니다. 이제 우리는 세 번째 중요한 원인이 있습니다.

Trie. Kontraŭi al la altranga estro estas risko. Malobeuloj estas malplaĉaj; plejofte oni ne kontraŭas al analfabeta estro, silentas kaj kapjesas al la estroj kleraj.

셋째. 고위 상사에게 맞서는 것은 위험합니다. 불복종자는 마음 에 들지않게 됩니다. 대부분의 경우 당신은 문맹인 상사에게는 반대하지 않고 침묵을 지키며, 식견이 있는 상사에게는 수긍표 시를 보입니다.

Ĉar vivas en niaj animoj servutula[44] obeemo, deziro bone sinmontri antaŭ la estraj okuloj. Ja, eble, oni rimarkos vian penemon.

우리의 영혼에는 농부노예의 복종심이 잠재되어 있기 때문에, 상사의 눈 앞에서 잘 보이고 싶은 욕망이 있습니다. 결국, 아마 도 사람들은 당신의 노력을 눈여겨 볼 것입니다.

Kaj se ankoraŭ la scioj ne abundas?.. Tiam oni ne tre kuraĝas kontraŭi, sen tio estas peketoj en la laboro.

그리고 지식이 여전히 부족하다면?.. 그렇다면 강하게 반대할 수 는 없고, 그렇지 않으면 일에 실수가 있게 됩니다.

---

44) servut/o Laboro, kiun kamparano ŝuldas senpage al la senjoro aŭ al la ŝtato.

servutulo . Homo submetita al ˜o: la ˜uloj devis frotpurigi la ŝildojn Z .

Mi ne laboris ĉe la bloka panelo kaj ne scias, kia SIMR mi estus, sed certas, ke ĉiuj tri momentoj diversgrade influus ankaŭ al mi.

나는 블록 패널에서 일하지 않았습니다. 내가 어떤 SIMR이 될지 모르지만, 그러나 나는 이 세 순간 모두 나에게도 다방면으로 영향을 미칠 것이라고 확신합니다.

Ne tre agrablas paroli pri tio, sed mi ne havas plenan certecon, KE MI NE POVUS RIPETI LA ERARON DE LA PERSONARO de la manipulpanelo de la 4-a bloko la 26-an de aprilo 1986. ANKAŬ MI POVUS ESTI SUR ILIA LOKO".

그것에 대해 이야기하는 것은 그다지 유쾌하지 않지만, 1986년 4월 26일 4번 구역 제어판 직원의 실수를 반복할 수 없었다고 확신할 수 없습니다. 나도 그 자리에 있을 수 있었습니다."

Kiel postvortojn mi volas prezenti la vortojn de tia aŭtoritata eksperto, esplorinta la kialojn de la akcidento, kia estas Valentin Aleksandrovićĉ Ĵilcov:

끝으로 사고 원인을 조사한 발렌틴 알렉산드로비치 질코프와 같은 권위 있는 전문가의 말을 소개하고자 합니다.

"La akcidento en ĈAEC montris, kiom necesas esti kompetenta, skrupula en problemoj de atoma energetiko. Ĉi tie ne estas negravaĵoj, necesas ĉion kontroli kaj rekontroli.

"체르노빌 원전의 사고는 원자력 문제에 대해 권위와 세심한 주의가 얼마나 필요한지 보여주었습니다. 여기에는 중요하지않은 문제는 없으니 모든 것을 확인하고 다시 확인해야합니다.

Mi ofte rememoras vortojn de unu el miaj pedagogoj - kunlaboranto de I.V. Kurêatov: "Al la atoma reaktoro necesas sinturni per "Vi", ĝi erarojn ne pardonas; la akcidentoj okazas tiam, kiam oni pri tio forgesas"...

나는 종종 내 교육자 중 한 명인 쿠레아토프의 동료의 말을 기억합니다. "원자로에는 "당신"으로 돌릴 필요가 있습니다. 실수를 용납하지 않습니다. 부주의하면 사고가 나게 돼있습니다."

Gravegan rolon ludas kvalifiko de la personaro. Ni prenu por ekzemplo SIMR'on L. Toptunov.

직원의 자격이 중요한 역할을 합니다. SIMR 토프투노프를 예로 들어 보겠습니다.

Nun estas absolute ĝuste evidentigite, ke dum transiro de lokaj automatikaj reguliloj al aŭtomatikaj reguliloj okazis perdiĝo de la kapacito de la reaktoro.

이제 국지적인 자동 조절기에서 자동 조절기로 전환하는 동안 원자로 용량의 손실이 있었음이 절대적으로 올바르게 입증되었습니다.

La kapaciton "perdis" Toptunov - ĝi falis ĝis nulo. Tamen metinte la manon sur la koron, mi ne akuzus pri tio Toptunov'on.

토프투노프는 용량을 "잃었습니다" – 0으로 떨어졌습니다. 그러나 내 가슴에 손을 대고 토프투노프를 비난하지 않을 것입니다.

Li ne kulpas pri tio. Estas nesufiĉo de lerto, kvalifiko. En tiu komplika transira procezo, kiu tiumomente okazis, eĉ altkvalifikita SIMR kun malfaciloj kompensus la aparaton.

그의 잘못이 아닙니다. 기술, 자격이 불충분합니다. 그 순간에 일어난 복잡한 전환 과정에서 우수한 SIMR조차도 장치를 보상하는 데 어려움을 겪을 것입니다.

Reĝimo de la aparato en tia situacio tre nestabilas. Fakte la tuta vico de malsukcesoj komenciĝis ĝuste de tiu perdo de la reaktor-kapacito.

이러한 상황에서 장치의 모드는 매우 불안정합니다. 사실, 일련의 전체 고장은 원자로 용량의 손실에서 정확하게 시작되었습니다.

Por iĝi la altkvalifikita SIMR, necesas trairi ĉiujn transirajn procezojn, ekscii ilin.

우수한 SIMR이 되려면 모든 전환 과정을 거쳐야 합니다.

Sed ili, konsiderante tiun mallongan tempon, dum kiu Toptunov laboris en la 4-a bloko, praktike ne estis.

그러나 그들은 토프투노프가 4 블록에서 일한 짧은 시간을 고려할 때 실제로는 그렇지 않았습니다.

Trejnaparato en ĈAEC same mankis. Li nenie povis trejniĝi. Se Toptunov travivus tiun transiran procezon de pli - kaj malpliigo de la reaktorkapacito, komprenus ĝian dinamikon li, laŭ mia opinio, sukcesus.

체르노빌 원전의 훈련 장비도 부족했습니다. 그는 어디에서도 훈련할 수 없었습니다. 토프투노프가 점점 더 적은 원자로 용량의 과도기적 과정을 거쳤고 그 역학을 이해했다면 내 생각에 그는 성공했을 것입니다.

Ĉar ankaŭ antaŭe estis ĉe la reaktoro similaj situacioj. Pri tio ĉi Toptunov'on akuzi ne indas, eblas nur kompati. -

이전에 원자로에도 비슷한 상황이 있었기 때문입니다. 토프투노프를 이것에 대해 비난하는 것은 가치가 없으며 그를 단지 유감스럽다고는 생각할 수 있습니다.

Sed ĉio, ligita kun la pliigo de la kapacito post ĝia "perdo", - ĉio ĉi estis plene nekorektaj agoj.

그러나 그의 "손실" 후 용량 증가와 관련된 모든 것은 완전히 잘못된 행동이었습니다.

Ĉar estis tre malgranda operacia rezervo de reaktiveco. Tio signifas, ke en la reaktoro restis nur kelkaj stangoj, plene aŭ parte enkondukitaj en la aktivan zonon por distribuo de energieliĝa kampo laŭ la amplekso.

반응성의 작동 예비가 거의 없었기 때문입니다. 이것은 범위에 따라 에너지 방출 필드를 분배하기 위해 활성 구역으로 완전히 또는 부분적으로 구동되는 원자로에 몇 개의 막대만 남아 있음을 의미합니다

Ĉiuj aliaj stangoj estis eligitaj. En tiaj kondiĉoj pliigi la kapaciton tre malfacilas kaj eĉ pli malfacilas gvidi distribuon de la neŭtrona kampo.
다른 모든 봉棒은 내보냈습니다. 이러한 조건에서 용량을 늘리는 것은 매우 어렵습니다. 그리고 중성자장의 분포를 안내하는 것은 훨씬 더 어렵습니다.

- Valentin Aleksandroviĉ, kiu ordonis pri la pliigo de la kapacito?
- 발렌틴 알렉산드로비치, 누가 용량 증가를 지시했습니까?

- Valentin Aleksandroviĉ,
- 그가 용량 증가를 지시했습니까?

- Djatlov. Ili volis okazigi la ekzamenesploron ĉiuokaze.
- 드야틀로프, 그들은 어느 경우든 시험을 치르기를 원했습니다.

- Kaj se SIMR Toptunov rifuzus pliigi la kapaciton? Ĉu li havis tian rajton?
- SIMR 토프투노프가 용량 증가를 거부하면 어떻게 됩니까? 그에게 그런 권리가 있나요?

- Havis. Li povis premi la butonon AZ-5 kaj haltigi

la reaktoron. La reglamento ĝuste tion postulis. La reaktoro estus en la "joda kavo" dum diurno - kaj ĉio.
- 가졌지요 그는 AZ-5 버튼을 누르고 원자로를 끌 수 있었습니다. 규정은 정확히 그것을 요구했습니다. 원자로는 진종일 동안 "요오드 구덩이"에 있을 것입니다. - 그리고 전부.

- Kaj ĉu la alternĉefo de la bloko Akimov povis tion fari?
- 그리고 아키모프 블록의 대체 리더가 그렇게 할 수 있습니까?

- Jes. Ankaŭ Akimov povis tion fari.
- 예. 아키모프도 그렇게 할 수 있습니다.

- Valentin Aleksandroviĉ, tio estas tre dolora precipe por la parencoj kaj geamikoj de la mortintoj - demando: se Toptunov kaj Akimov restus vivaj, ĉu ili sidus sur la benko de juĝatoj?
- 발렌틴 알렉산드로비치, 이것은 특히 죽은 자의 친척과 친구들에게 매우 고통스럽습니다. - 질문: 토프투노프와 아키모프가 살아 있었다면 피고인석에 앉았을까요?

- Jes. Bedaŭrinde, sidus. Se ili haltigus la reaktoron, ilin neniu punus. Ĉar tiam ili agus konvene al la "Reglamento".
- 예. 불행히도, 앉았을 것입니다. 그들이 원자로를 멈추었더라면 아무도 그들을 처벌하지 않았을 것입니다. 왜냐하면 그들은 "규정"에 맞게 행동했할 것이기 때문입니다.

Krom tio, kiel mi komprenis, kiel komprenis plejmulte de miaj kolegoj, ĉe la juĝproceso okazis ludo en unu golejon: pruvi sendisputan kulpon de la ekspluatanta personaro. Kaj, kiel videblas el la verdikto, tio absolute sukcesis.

그 외에도 대부분의 동료들이 이해한 것처럼 재판에는 1골 게임이 있었습니다. 운영 요원의 명백한 유죄 입증. 그리고 판결문에서 알 수 있듯이 그것은 절대적으로 성공적이었습니다.

De la starpunkto leĝa, eble, ĉio korektas: malbono estas punita... (Ĉu la tuta malbono tamen estas punita?) Kaj kiel pri la Bono? Ĉu ĝi venkis? Demandoj... Demandoj....

법적인 관점에서 보면 아마도 모든 것이 옳을 것입니다. 악은 처벌을 받습니다... (어쨌든 모든 악은 처벌을 받나요?) 그리고 善은 어떻습니까? 이겼어요? 질문.... 질문....

La personaro rompis la "Teknologian reglamenton", ekzemple la postulon pri nepermeseblo de malpliigo de kvanto de protektostangoj, situantaj en la aktiva zono, ĝis malpli ol 15,

kvankam en la formiĝinta situacio la formala plenumo de la postuloj de la reglamento ĉi-parte tute ne signifus plenan garantion de sekureco; ĉio dependas de konkretaj kondiĉoj.

직원이 "기술 규정"을 어겼습니다, 예를 들어, 활성 영역에 있는 방호바의 양을 15개 미만으로 줄이는 허용 불가 요건,

하지만 규정이 적시한 요구사항의 정식으로 실행해진 상황에서라도 이 부분에 있어 안전을 충분히 보장한다는 의미는 아닐수도 있습니다. 모든 것은 구체적인 조건에 달려 있습니다.

Interalie mi ĉeestis la okazon, kiam necesis labori kun multe malplia rezervo de reaktiveco, kiam estis pliigata la kapacito post nelonga halto (precipe post misa funkcio de AZ) kaj kiam postulo pri paso de "joda kavo" estis ne nepra.
일면 반응성의 훨씬 더 적은 재고에서 작업해야 할 때, 짧은 정지 후 용량이 증가했을 때 (특히 AZ의 오작동 후) 그리고 "요오드 구덩이"에 통과 요구가 필수적이지 않은 때, 행사에 참석하였습니다.

Sed kion tio povas kaŭzi?.. Pri tio vere nenie estis menciite.
그러나 이것으로 무엇을 일으킬 수 있습니까? .. 실제로 어디에도 언급되지 않았습니다.

Eble nur en iu teknika tasko aŭ en priskribo de la protektosistemo kaj manipulado de reaktoro en en proksimume tia formo: "... la operacia rezervo estas bezonata por plibonigo de manevroeblo ĉe la regata parta malpliigo de la kapacito en la reĝimoj AZ-1 - AZ-3..."
일부 기술 작업 또는 보호 시스템에 대한 설명과 대략 다음과 같은 형태의 원자로 조작에만 있을 수 있습니다. "... AZ-1 - AZ-3 모드에서 용량의 제어된 부분 감소에서 기동성을 향상시키기 위해 작전 예비가 필요합니다..."

Mi ne garantias laŭvortecon, sed pri tio, ke estas ebla la nukle-danĝera stato pri tio vere nenie estas eĉ mencio.
문자 그대로를 보장하지는 않지만 핵 위험 상태가 가능하다는 사실은 어디에도 언급되지 않습니다.

Ankaŭ estis rompita la programo de la eksperimento. Kiom ajn malbona ĝi estu, sed la kapacito de la reaktoro tie estis indikita ne malpli ol 700-1200 termikaj MGV.
실험 프로그램도 깨졌습니다. 그것이 아무리 나쁠지라도 원자로의 용량은 700-1200 열 MGV 이상으로 표시되었습니다.

La reaktoro devis aŭtomatike halti laŭ la signalo "paneo de du turbinoj". Sed unu turbino jam ne funkciis, sed ĉe la 8-a, ĉe kiu estis okazigata la eksperimento, ESTIS FORŜALTITA LA PROTEKTOSISTEMO, ĉar oni "FORGESIS" ŝalti ĝin post fino de vibra ekzamenado.
원자로는 "2개의 터빈 고장" 신호에 따라 자동으로 정지해야 했습니다. 그러나 하나의 터빈은 더 이상 작동하지 않았지만 실험이 진행된 8시에 보호 시스템을 건너 뛰었습니다. 진동 검사를 마친 후 전원을 켜는 것을 "잊어버렸기" 때문입니다.

Tio estas serioza kulpo de la personaro. Tial la reaktoro daŭre funkciis ankoraŭ preskaŭ 30 sekundojn post la forŝalto de la turbino; post tio sekvis la provo haltigi ĝin per la butono AZ-5. Faris tion, laŭ la enskribo en la "operacia registra libro" SIMR Toptunov.

그것은 직원의 심각한 잘못입니다. 따라서 원자로는 터빈이 꺼진 후에도 거의 30초 동안 계속 작동했습니다. 그 후 AZ-5 버튼으로 중지하려는 시도가 이어졌습니다. "운영 기록부" SIMR 토프투노프의 항목에 따르면 이렇게 했습니다.

Same li post kelkaj sekundoj turnis la ŝaltilon "estas malŝaltita energiprovizado de mufoj".

같은 방식으로 몇 초 후에 그는 스위치를 "연결통의 에너지공급 스위치차단"으로 돌렸습니다.

Ankaŭ pri tio ni eksciis el la enskriboj en la registra libro (interalie plej honeste kaj akurate ĝin plenigis L. Toptunov) kaj el materialoj de la "nigra kesto".

우리는 또한 기록부 기재에서 그리고 "블랙 박스"의 자료에서 이에 대해 알았습니다 (무엇보다도 가장 정직하게 그리고 그것을 토프투노프가 정확하게 채웠습니다).

Sed pri kio la personaro vere ne kulpas, estas tio, ke ili ĝuste ne imagis ĉiujn specifojn de la reaktoro kaj ĝiajn konstruajn mankojn.

그러나 직원들이 정말로 과실을 범하지 않는 것은 원자로의 모든 사양과 건설 결함을 제대로 예상하지 못했다는 것입니다.

Ĉe malpliiĝo de la rezervo de reaktiveco la reaktoro

RBMK praktike perdas gvideblon, la protekteblo malboniĝas. Plie, formiĝis tiu rarega situacio, kiam la sistemo de akcidenta protekto (AZ) iĝis starta puŝo por akcelo de la reaktoro.

반응성 재고가 감소하면 RBMK 원자로가 실질적으로 제어성을 상실하고 보호성이 저하됩니다. 더욱이 사고 보호 시스템(AZ)이 원자로 가속을 위한 출발 추진력이 되면서 매우 드문 상황이 전개되었습니다.

Se la gardsistemo estus normala SIMR la reaktoro neniam akcelus, faru L. Toptunov ajnajn erarojn. Ja bremsa pedalo devas bremsi, sed ne akceli aŭtomobilon.

보호체계가 정상적인 SIMR이라면 원자로는 절대 가속되지 않을 것입니다. 결국, 브레이크 페달은 제동해야 하지만 차를 가속해서는 안 됩니다.

Se ankoraŭ paroli pri la malpliigantaj la kulpon cirkonstancoj, do la eksperimenton devis okazigi ne la deĵoralterno de Akimov kaj Toptunov, sed la antaŭaj alternoj de Kazaćkov aŭ de Tregub.

우리가 여전히 완화 상황에 대해 이야기한다면, 따라서 실험은 아키모프와 토프투노프의 교대 근무가 아니라 카자츠코프 또는 트레굽의 이전 교대로 진행되어야 했습니다

Tiuj alternoj pli bone sciis la programon, ili estis pretaj morale al la eksperimento. Sed vi scias, ke tage reguligisto de "Kievenergio" petis konservi la kapaciton de la bloko ĝis la vespero.

그 대안들은 그 프로그램을 더 잘 알고 있었고, 그들은 실험을 위해 도덕적으로 준비되었습니다. 그러나 낮에는 "키이우 에너지"의 규제 기관이 저녁까지 블록의 용량을 유지하도록 요청했습니다.

La alternĉefo de la centralo Rogoĵkin povis rifuzi fari tion. Li povis diri, ke la reaktoro funkcias en la transira reĝimo kaj AEC ne povas plenumi la postulon de "Kievenergio".

로고즈킨 발전소 교대책임자는 이것을 거부할 수 있습니다. 그는 원자로가 전환 모드에서 작동하고 있음을 알 수 있었습니다. 에엑은 "키이우 에너지"의 수요를 충족시킬 수 없습니다.

Sed evidentiĝis, ke Rogoĵkin eĉ ne sciis pri la programo. Tiel li al ni diris, kiam ni lin vokis kaj demandis.

그러나 로고즈킨은 프로그램에 대해 알지도 못했습니다. 우리가 그에게 전화를 걸어 물어봤을 때 그가 우리에게 이렇게 말했습니다.

Imagu, Jurij Nikolaević, eĉ mia lango paraliziĝis, kiam mi tion ekaŭdis... mi ne sciis, kion demandi... Li sidis ĉe la centra panelo de manipulado kaj DEVIS scii, kio okazas en la bloko.

상상해봐, 유리 니콜라에비치, 그 말을 들었을 때 내 혀도 마비되었어...나는 무엇을 물어야 할지 몰랐다... 그는 중앙 조작 패널에 앉아 블록에서 무슨 일이 일어나고 있는지 알아야 했습니다.

Ĉio ĉio rilatas la "homan faktoron". Sed estas ankoraŭ "teknika faktoro".

모든 것은 "인적 요인"과 관련이 있습니다. 그러나 여전히 "기술적 요소" 역시 있습니다.

Kaj ankaŭ pri tio necesas paroli malkaŝe. Ja nun ni detale komprenis ĉion, kio okazis en la reaktoro, nur dank' al ekzisto de potencaj komputiloj, pri kiuj ni nun disponas.

그리고 이 또한 공개적으로 이야기해야 합니다. 결국, 우리는 지금 우리가 마음대로 사용할 수 있는 강력한 컴퓨터의 존재 덕분에 원자로에서 일어난 모든 일에 대해 자세히 이해할 수 있습니다.

Sed tiutempe, kiam estis projektata la reaktoro RBMK-1000, la projektantoj ne disponis pri tiaj potencaj komputiloj, tridimensiaj programoj kaj fidinda sistemo de konstantoj, kiuj permesus krei plenan matematikan modelon de la reaktoro kaj "provludi" en ĝi ĉiujn eblajn kaj neeblajn situaciojn kaj trovi optimumajn decidojn por ilia solvo.

그러나 RBMK-1000 원자로가 설계되었을 당시, 설계자들은 원자로의 완전한 수학적 모델을 만들고 "리허설"할 수 있는 강력한 컴퓨터, 3차원 프로그램 및 신뢰할 수 있는 상수 시스템을 마음대로 사용할 수 없었습니다. 가능한 모든 상황과 불가능한 상황에서 솔루션에 대한 최적의 결정을 찾습니다.

Tial antaŭ la akcidento en la kvara bloko de ĈAEC multo estis neekkonita, la konstruaj mankoj neforigitaj.

그렇기 때문에 체르노빌 원전 4블록의 사고가 많이 알려지지 않은 이전에는 시공施工상의 결함이 제거되지 않았습니다.

La unua bloko RBMK en Leningrada AEC ekfunkciis en 1973. Ekde tiam en la lando estis konstruitaj 14 energiblokoj RBMK. Ni opiniis, ke ni bone ĝin scias. Ve... tute ne ĉion ni sciis.

레닌그라드 원전의 첫 번째 RBMK 장치는 1973년에 가동을 시작했습니다. 그 이후로 14 RBMK 전원 장치가 국내에 건설되었습니다. 우리는 그것을 잘 알고 있다고 생각했습니다. 애석하게도.. 우리는 모든 것을 전혀 알지 못했습니다.

Necesas honeste konfesi, ke la komplikega teknika sistemo, kreita de homoj, iuparte restis neekkonita, neprognozebla. Ĝuste tiu neprognozeblo riveliĝis kune kun la rompoj de la
"Reglamento" kaj eraroj de la personaro.

인간이 만든 매우 복잡한 기술 시스템이 어느 정도 인식되지 않고 예측할 수 없다는 것을 정직하게 인정할 필요가 있습니다. '규정' 위반과 스태프의 실수와 함께 폭로된 것은 바로 이 예측 불가능성이었습니다.

En alia situacio tio ne evidentiĝus.

다른 상황에서는 이것이 분명하지 않을 수도 있습니다.

Unu el mankoj de la reaktoro RBMK estas manko de sufiĉa informaro pri la operacia stato de aktiva zono.

RBMK 원자로의 단점 중 하나는 활성 구역의 작동 상태에 대한 정보가 충분하지 않다는 것입니다.

De vidpunkto de la reaktora fiziko, la komplikegaj procezoj, pasantaj en ĝi, evidentiĝis nesufiĉa ankaŭ la kvanto de ekzistantaj signaliloj, ilia perceptokapablo.

원자로 물리학, 그 안에서 일어나는 매우 복잡한 과정의 관점에서, 기존 신호 장치의 양, 인식 능력도 불충분하다는 것이 분명해졌습니다.

Informado de ili rimarkeble malfruas de la paso de procezoj en la reaktoro.

그들로부터의 정보는 원전의 공정 통과로 인해 눈에 띄게 지연됩니다.

Sendube la strukturo mem de la bloka panelo de manipulado povus esti pli racia. Ekzemple, Ignalinskaja AEC - nova centralo - la informaro estas donata pli oportune kaj plene, ĝi estas pli rapida, kaj la operatoro pli rapide orientiĝas en la situacio.

의심할 여지 없이 블록 조작 패널의 구조 자체가 더 합리적일 수 있습니다. 예를 들어 이그날린스카야 원전 - 새로운 발전소 - 정보가 더 편리하게 제공됩니다. 그리고 완전히 더 빠르며 운영

자는 상황에서 더 빨리 방향을 잡습니다.

En Ĉernobila AEC la informaro ne plenumas funkcion de konsilanto kiel pli bone agi? La operatoro devas havi grandan sperton de la laboro.
체르노빌 원전에서 정보 시스템은 컨설턴트의 기능을 수행하지 않고 어떻게 더 잘 행동합니까? 작업자는 작업에 대한 풍부한 경험이 있어야 합니다.

Estu ni sinceraj. Venis tempo por diri la amaran veron.
솔직해 봅시다. 쓰라린 진실을 말할 때가 왔습니다

Pri ĉio akuzi sole ekspluatantojn - tio estus tro simple kaj ne postulas apartajn pruvojn, ĉar eraroj efektive estis kaj tion ne eblas nei.
모든 것을 개발자에게만 고발하는 것에 대해 - 너무 간단하고 별도의 증거를 필요로하지 않습니다. 실수가 실제로 발생했고 부인할 수 없기 때문입니다.

Sed la akcidento en la 4-a bloko de ĈAEC evidentigis antaŭ ĉio multajn konstruajn mankojn de la reaktoroj RBMK, la inĝenierajn kaj fizikistajn miskalkulojn, kaj ankaŭ difektecon de la ekzistinta (kaj ankaŭ nun tiuj malfacilaĵoj ne estas solvitaj) sistemo de administra diseco de ĉefprojektanto, scienca estraro, ĉefa konstrukciisto, ekspluatantaj organizoj.

그러나 체르노빌 원전 4블록의 사고는 무엇보다도 RBMK 원자로의 많은 건설 결함, 엔지니어링 및 물리학자의 잘못된 계산착오임이 분명해졌습니다. 또한 기존 제품의 불량 (지금도 이러한 어려움은 해결되지 않았음) 주요 설계자, 과학 위원회, 주요 구성자, 개발 조직의 관리 분리 시스템.

Ĝenerale tio, kio okazis en ĈAEC, povis okazi en ajna AEC kun la bloko de RBMK-tipo, sed okazis ĝuste tie, ĉar Ĉernobila AEC estis pli "preparita" al tio, parte ĝuste pro tiuj kaŭzoj, kiujn vi juste rimarkigis en la unua parto de la novelo, - kvazaŭ tio estus iu "fatala guto" en la komuna kunligo de ĉiuj faktoroj.

일반적으로 체르노빌 원전에서 발생한 유형은 RBMK형식의 블록이 있는 모든 원전에서 발생할 수 있습니다. 그러나 그것은 바로 거기에서 일어났습니다. 왜냐하면 체르노빌 원전이 그것에 대해 더 "준비" 되었기 때문입니다. 부분적으로는 소설의 첫 부분에서 올바르게 지적한 이유 때문이었습니다. - 마치 이것이 모든 요인의 공통 연결에서 "치명적인 물방울"인 것처럼.

ĈAEC kompare kun aliaj AEC estis pli malfortigita pri teknika estraro. Al tio oni aldonu egan rapidecon de konstruado de ĈAEC, kiam simple mankis homoj, kaj por respondecaj postenoj estis proponataj neglekte preparitaj homoj, foj-foje sen konsidero de antaua praktika sperto.

체르노빌 원전은 다른 원전에 비해 기술적 관리 측면에서 더 취약했습니다. 거기에다가 단순히 사람이 부족했던 체르노빌 원전 건설의 엄청난 속도는, 그리고 소홀하게 조직한 인력들이 이전의 실제 경험과 상관없이 책임 직위에 포진시켰다는 것입니다.

Krom tio ĈAEC estis en pli komplika, kompare kun aliaj AEC, administra subiĝo: de unu flanko sia respublika Ministerio pri energetiko kaj elektrizado de Ukraina SSR, de alia flanko Departemento pri atoma energetiko ĉe Ministerio pri energetiko kaj elektrizado de USSR.
그 외에도 체르노빌 원전은 다른 원전에 비해 행정적 종속이 더 복잡했습니다. 한편 우크라이나 SSR의 전력공급과 에너지 담당 당 에너지부와, 다른 한쪽에는 USSR 에너지 및 전력공급부에 원자력부가 있습니다.

Kaj estis ankoraŭ la tria kaj kvara flankoj - kontrolantaj, limigantaj kaj ordonantaj organizoj.
그리고 조직을 통제하고 제어하고 지휘하는 세 번째와 네 번째 측면이 여전히 있었습니다.

La unuaj postulas plenumon de plano, superplenumon de plano, pli rapidan ekposedon de teknikaĵoj.
첫 번째는 계획의 실행, 계획의 초과 이행, 기술 장비의 더 신속한 확보를 요구합니다.

La aliaj plenumon de postuloj de "Reglamento", "Reguloj", "Normoj", konsideron de templimoj de riparoj kaj simile.

기타 "규정", "규칙", "기준"의 요구 사항 충족, 수리 기한 고려
등.

La estraro de Ĉernobila AEC devis manovri, por
kunligi foje nekunligeblajn aĵojn, serĉi
kompromisojn, persvadi tiujn, de kiuj dependas
permeso pri tia aŭ alia rompo de la projekto,
체르노빌 원전 이사회는 때때로 함께 묶을 수 없는 것들을 묶기
위해 술책을 강구해야했고, 프로젝트의 이것 또는 다른 파기사
항에 허가사항에 묶여있는 사람들을 설득하기 위해 타협점을 찾
기도 해야했습니다,

"Normoj" kaj "Reguloj"... Jen ĉi tie reliefiĝis difekteco
de la ekzistanta sistemo de disigo de eblecoj kaj
respondeco: AEC respondecas pri la plenumo de la
planoj pri ellaboro de elektroenergio, pri sekureca
laboro de la energiblokoj, pri evoluo kaj rekonstruo
de AEC, ne havante en la manoj eblecojn "influi",
"provizi", "liveri", ĉar la tuta poreksperimenta,
konstrukcia[45] bazo, ĉiuj liverantoj estas en alies
manoj - post interadministreja bariero; kaj tiuj
manoj, plej ofte, pri nenio respondecas (ĝuste tio
evidentiĝis dum la juĝproceso).
"규범"과 "규칙"... 여기에서 가능성과 책임을 분리하는 기존 시
스템의 결함이 부각되었습니다.
원전은 전기 생산에 대해, 에너지 블록의 안전 작업에 대해, 원

---

45) konstrukci/i (tr) Ⓣ Elpensi, plani, kalkuli, desegni inĝenieran kreaĵon: ~
aĵo, ~ejo, ~isto

전의 개발 및 재건설에 대해, 계획과 실행에 대한 책임은 실려 있지만, 그들의 손에 "영향력", "공급", "배전" 능력은 부여되지는 않습니다.

왜냐하면 전체가 실험목적적이고, 기술설계의 기반에 있어, 모든 공급업체들은 다른 사람의 손에 있습니다. - 행정기관 간의 장벽 이후; 그리고 그들의 손은 대부분 아무 것도 책임지지 않습니다.(이것은 재판과정에서 정확히 밝혀진 것임).

Tiel, kun beno de ĉefa konstrukciisto kaj scienca estraro, estis permesitaj iuj "provizoraj" rompoj de reguloj, ekfunkciado de nefinfaritaj teknikaĵoj kun plene ne funkciantaj sistemoj, permeso por laboro en intensiigitaj reĝimoj (por plenumi la planojn "ĉiupreze") kaj simile.

따라서, 주主 설계디자이너와 과학 위원회의 가호加護로 규칙의 일부 "일시적인" 위반이 허용되었고, 완전히 작동하지 않는 시스템으로 미완성 기술 장비의 가동개시, 강화 모드에서 작업할 수 있는 권한(이를 충족하기 위해 "어떤 비용을 치르더라도" 계획) 등.

Kial do akuzi sole ekspluatantojn, se la idea bazo de la reaktoro kaj ĝia konstrustrukturo entenas gravajn mankojn, kaj ĉiuj devioj de la projekto estis sankciataj, plej ofte, de la aŭtora kontrolo, kiu estas en ajna AEC?

그렇다면 왜 개발자만을 비난하고, 만약에 원자로의 이념적 기초, 그리고 건설 구조에 심각한 결함을 안고 있으며, 그리고 프로젝트의 모든 일탈들, 대부분은, 대개 어느 원전이든 작성자의 통제에 의해 승인되었습니다.

Kaj ankoraŭ.
그리고 역시나.

Ĝis nun (ĝis la akcidento) ĉio estis akurate mezurata kaj kontrolata nur en la komenca periodo — kun "freŝa" zono dum fizika starto de la reaktoro.
지금까지(사고까지) 모든 것은 초기 기간에만 정확하게 측정되고 제어되었습니다. 즉, 원자로의 물리적 시동 동안 "신선한" 영역 이 있었습니다.

La komenca, "nula" punkto ĉiam estis fidinda.
초기 "영점" 상태는 항상 신뢰할 수 있었습니다.

Sed kio okazas kun la reaktoro dum ĝia funkciado, des pli ke ĉiu reaktoro funkciis kaj "kondutis" diversmaniere, neniu kaj nenion sciis.
그러나 특히 원자로가 작동하는 동안 모든 원자로가 각기 다른 방식으로 작동내지 "거동"이 진행하면 할수록 원자로에 무슨 일 이 발생하는지 아무도 알 수 없었습니다.

Aŭ oni kontentiĝis per tiu minimumo de scioj, kiujn oni sukcesis ricevi kalkulmaniere laŭ simpligitaj modeloj.
또는 단순화된 모델에 따라 계산 방식으로 받은 최소한의 지식 에 만족했습니다.

Sed okazigo de iuj eksperimentoj cele ĝustigi fizikajn karakterizojn de la reaktoro dum gia funkciado estis kategorie malpermesata, ĉar tio malhelpis plenumi la planon pri ellaboro de elektroenergio.

그러나 운전 중 원자로의 물리적 특성을 조정하기 위한 몇 가지 실험을 하는 것은 절대적으로 금지되었고, 이는 전기에너지 이행계획에 방해가 되었기 때문입니다.

Kaj el vidpunkto de diletantoj[46) tio ne estis bezonata: ja la reaktoro funkciis normale kaj kio ĝenerale povas al ĝi okazi?...

그리고 아마추어의 관점에서 그것은 필요하지 않습니다. 결국 원자로는 정상적으로 작동하고 있었고, 일반적으로 그에 무슨 사고가 발생할 수 있었겠습니까?...

Kial ĉio ĉi estis ebla?

왜 이 모든 것이 가능했을까요?

Mi opinias, ke la kaŭzo de ĉiuj kaŭzoj estas monopolo de apartaj personoj, institutoj, ministerioj kaj departementoj pri la vero en lasta instanco.

나는 모든 원인의 원인은 최후의 수단으로 특정인, 기관, 부처 및 부서가 진실을 독점하는 것이라고 생각합니다.

Ajnaj decidoj, foj-foje kun seriozaj teknikaj misaĵoj, kun devioj de "Reguloj" kaj "Normoj", estis sankciataj

---

46) diletant-o 딜레탕트, (문학 · 학술 · 예술의) 아마추어 애호가, (특히)미술 애호가, 어설픈 지식의 사람

permane de potenca Aŭtoritato, sen kontrolo, sen objektiva teknika ekspertizo.

"규칙" 및 "표준"과의 편차가 있는 심각한 기술적 오류가 있는 모든 결정은 객관적인 기술 전문 지식 없이, 통제 없이 강력한 당국에 의해 손에 의해 승인되었습니다.

Sed eĉ en tia atmosfero de perforta kaj autoriteca premo aŭdiĝis la voĉoj avertaj, vokantaj al sobra rigardo al la aferoj... Sed tiujn oni ne aŭskultis.

하지만 그런 폭력적이고 권위적인 압력 속에서도 불편부당한 시선을 요구하는 경고의 목소리가 들렸습니다. 그러나 그들은 듣지 않았습니다.

Okazis la akcidento.

사고는 발생하고 말았습니다.

Jen kia prezo estis pagita pro la neglektbienula rilato al ĉio, kio venis el aliaj institucioj.

이것은 다른 기관에서 온 모든 문제에 대한 방치지주 관계로 지불하게된 대가입니다.

Ĉi tie kun plena evidenteco montriĝis la difekteco de la sistemo, kiam neelprovitaj kaj nesufiĉe bazitaj kalkule kaj eksperimente decidoj tuj estis enkondukataj kaj disvastigataj.

여기에서 미처 테스트되지 않고 그리고 계산적으로나 실험적으로 불충분하게 기초한 결정이 즉시 도입되고 전파되었을 때 시스템의 결함이 완전한 증거로 나타났습니다.

Mi ofte estis atestanto pri tio, ke decidoj estis akceptataj malgraŭ opinio de ekspertizo, kaj iam la opinio de ekspertizo estis anstataŭata per potenca krio desupre aŭ anticipe estis elektataj nur konvenaj ekspertoj...

나는 종종 전문가의 의견에도 불구하고 결정이 수락되었다는 사실을 목격했습니다. 그리고 전문가의 의견이 상부로부터 강력한 함성으로 바뀌거나 또는 적절한 전문가만 미리 선택되었다면 말입니다.

Ĉio, kio jam estis farita kaj estas farata ĉe la reaktoro de RBMK-tipo (kaj estas farite post la akcidento tre multe, kredu min!) por pliigo de ties sekureco kaj fidindeco, estas farata plej ofte je la konto de malbonigo de ekonomiaj karakterizoj de la reaktoro.

RBMK형 원자로에서 이미 행해지고 행해지고 있는 모든 것은 (그리고 사고 후 많은 일들이 이루어졌습니다. 저를 믿으십시오!) 원자로의 경제적 특성을 악화시키는 대가로 안전과 신뢰성을 높이기 위해 가장 자주 행해집니다.

Se ĉio ĉi estus konsiderata en la stadio de projektado, do la reaktoro RBMK (mi pri tio preskaŭ certas) ne estus aprobita por la seria produktado - kiel nekonkurencebla kaj nekonforma al la postuloj de sekureco.

이 모든 것이 설계 단계에서 고려되었다면 RBMK 원자로(거의 확신함)는 경쟁력이 없고 안전 요구 사항을 준수하지 않기 때문에 연속 생산에 대해 승인되지 않았을 것입니다.

Kaj ĉu eblas ne konsideri, ke la konstruita bloko laŭ faktaj elspezoj je 20%, kaj iam eĉ 1,5-oble superis la aprobitajn projektajn elspezojn!

그리고 건설 블록이 실제 비용에 따라 20%, 그리고 어느때 승인된 프로젝트 비용을 1.5배 초과했다고 간주하지 않을 수 있습니까!

Persone mi, kiel specialisto, fordoninta al la atoma energetiko la tutan vivon, tute ne estas kontraŭulo de tiu direkto kaj la reaktoro de RBMK-tipo ne estas tiom senespere malbona.

개인적으로 나는 평생을 원자력에 바친 전문가로서 그 방향에 전혀 반대하지 않으며 RBMK형 원자로가 그렇게 절망적으로 나쁘지도 않다고 봅니다.

Ekzistas realaj ebloj kaj premisoj por ĝin perfektigi kaj fari efektive sendanĝera, fidinda kaj optimuma el vidpunktoj fizika kaj ekonomia.

그것을 완벽하게 만들고 물리적, 경제적 관점에서 실제로 안전하고 신뢰할 수 있으며 최적으로 만들 수 있는 실제 가능성과 전제가 있습니다.

Sed ĝis nun ne estas instituto, ne estas homo, kiu respondecus pri AEC ĝenerale kaj nomiĝus: "Ĝenerala konstrukciisto de AEC" (kiel ekzemple en aviado, kosmonautiko).

그러나 지금까지는 연구소가 없었고 일반적으로 원전을 책임지고 "원전의 일반 설계자"(예: 항공, 우주 비행사)로 불릴 사람이 없습니다.

Kaj kio estas? Generala projektanto - tio estas ĉefe projektado de ejoj kaj konstruaĵoj de AEC, projektado de la sistemoj de elektrokaj akvoprovizo ktp.

그리고 이것은 무엇입니까? 일반 설계자 - 주로 원전 부지 및 건물 설계, 전기 및 물 공급 시스템 설계 등입니다.

Ĉefkonstrukciisto de la reaktoro projektas kaj respondecas nur pri la reaktoro mem en limoj de sia "projekta zono". Scienca gvidanto respondecas nur pri fiziko de reaktoro kaj bazigo de sekurlimoj de ekspluatado.

원자로의 주요 건설자는 "설계 구역"의 한계 내에서 원자로 자체를 설계하고 책임을 집니다. 과학 리더는 원자로 물리학 및 작동 안전 한계 설정에만 책임이 있습니다.

Ekzistas ankoraŭ aro de projektantoj kaj liverantoj de apartaj teknologiaj sistemoj kaj instalaĵoj: turbinoj, pumpiloj, ŝarĝ-malŝarĝa maŝino, inform-kalkula sistemo ktp, - kiuj laboras laŭ siaj teknologiaj taskoj, donataj al ili de la supre menciitaj institucioj.

특정 기술 시스템 및 시설의 설계자와 공급업체는 여전히 존재합니다. 터빈, 펌프, 로드 언로드 기계, 정보 계산 시스템 등 – 위에서 언급한 기관에서 부여한 기술적 작업에 따라 작동합니다.

Mi diras ĉion ĉi kun sola celo : similaĵo neniam ripetiĝu".
나는 이 모든 것을 단 하나의 목적으로 말합니다. : 같은 일이 다시는 일어나지 않아야 합니다."

EL LA VERDIKTO : "La kriminalan esploron rilate la personojn ne uzintajn necesajn rimedojn por perfektigo de la reaktor-strukturo, la esploraj organoj eliminis en apartan proceson" ("Moskovskije novosti", la 9-an de aŭgusto 1987).
판결에서 : "원전구조 완성에 필요한 수단을 사용하지 않은 자에 대한 범죄수사, 조사 기관은 별도의 재판에서 제외되었습니다" ("모스코브스키예 노보스티", 1987년 8월 9일).

V. Jilcov: "Pardonu, Jurij Nikolaeviĉ, sed al mi ne plaĉas la verkoparto "Antaŭsentoj kaj avertoj". Mi estas kontraŭ ĉiuj referencoj al "Apokalipso", kontraŭ ĉiuj paroloj pri mistikaj "aŭguroj".
"미안해요, 유리 니콜라에비치. 하지만 나는 작품의 "예고와 경고" 부분을 좋아하지 않습니다. 나는 "묵시록"에 대한 모든 언급과 신비로운 "징조"에 대한 모든 이야기에 반대합니다.

En la akcidento estas nenio mistika. Ni mem obstine iris al ĝi dum multaj jaroj. Estas teknikaj fiaventuristoj, kiuj ŝatus nun pri ĉio akuzi la

"blindan" naturon.
사고에 대해 신비한 것은 없습니다. 우리는 수년 동안 완고하게 스스로 걸어왔습니다. 이제 모든 것에 대해 "눈먼" 본성을 탓하고 싶어하는 저질기술자들이 있습니다.

Jen ĝuste ilin necesas senmaskigi, sed ne mediti pri "Apokalipso". Tiel ni povas nur pravigi la difektecan sistemon, kaŭzintan la akcidenton en Ĉernobila AEC.
바로 그들의 가면을 벗겨야 하지만 "묵시록"을 묵상해서는 안 된다는 것입니다. 따라서 우리는 체르노빌 원전에서 사고를 일으킨 결함 시스템만 정당화할 수 있습니다.

Ja antaŭ tiu akcidento estis la aliaj, kiuj estis detale analizataj: estis farataj korektaj konkludoj, kiuj ofte restis nur bonaj intencoj.
결국, 그 사고 이전에 자세히 분석된 다른 사람들이 있었습니다. 올바른 결론이 도출되었으며, 이는 종종 좋은 의도로만 남아 있었습니다.

Tiamaniere estis preparata la grundo por la grava akcidento (apokalipso). Mi asertas, ke la veraj kulpintoj (kreintoj de la apokalipso) evitis punon.
이렇게 하여 대지는 큰 사고(묵시록)에 대비했습니다. 나는 진짜 범인 (묵시록의 창시자)이 형벌을 피했다고 주장합니다.

Sur la benko de juĝatoj sidis nur ordinaraj plenumantoj, kreintaj la akcidenton sen malbonaj intencoj, - produkto, naskita de la sistemo.

재판석에는 – 시스템에서 생성된 생산물로 인한 악의 없이 사고를 발발하게된 평범한 작업자들만 앉아 있습니다.

Mi ankaŭ nun daŭre asertas, ke TIO povis okazi kun la sama grado de probableco en ajna AEC, sed okazis en Ĉernobil ne tial, ke iu tiel sonĝis, sed tial, ke Ĉernobila AEC pleje proksimiĝis al la danĝera limo...

나는 또한 그 일이 모든 원전에서 동일한 정도의 확률로 발생할 수 있다고 계속 주장합니다. 그러나 체르노빌에서 일어난 일은 누군가가 그렇게 꿈을 꿔서가 아니라 체르노빌 원전이 위험한 한계에 가장 가까이 왔기 때문입니다.

Mi memoras la vortojn de V.P. Potapova – altkvalifikita specialisto pri la reaktoroj.

원자로에 대한 자격을 갖춘 전문가 포타포바의 말이 생각납니다.

Ankoraŭ en 1977 ŝi diris: "ILI ja ne imagas, kion faras. Ili ja eksplodigos la centralon!"

여전히 1977년에 그녀는 이렇게 말했습니다. "그들은 그들이 무엇을 하고 있는지 전혀 모릅니다. 그들은 발전소를 폭파시킬 것입니다!"

Tio ĉi ne estis deliro de malsana cerbo, sed senduba konkludo, farita post observo de realaj homoj, de grado de ilia preteco por plenumo de certaj funkcioj.

이것은 병든 뇌의 착란이 아니라 실제 사람들을 관찰한 후 특정

기능 수행에 대한 준비 정도에 대한 명백한 결론이었습니다.

Por ĉiu afero necesas maturiĝi - morale, politike, intelekte. Ĉiu patologio estas rezulto de nekonformeco de evoluo de la scienco kaj tekniko, unuflanke, kaj nivelo de scioj, kompetenteco, morala kaj socia preteco por regi tiun teknikon, aliflanke".

도덕적으로, 정치적으로, 지적으로 모든 일에 성숙이 필요합니다. 모든 병리학은 과학과 기술 발전의 부적합의 결과이며, 한편으로는 그 기술을 마스터하기 위한 지식, 능력, 도덕적, 사회적 적응의 수준입니다."

PUNOJ KAJ DEKOROJ
벌칙과 서훈

Ne estas bezono reveni al la konataj decidoj (1986) de Politika Buroo de CK KPSU kaj Politika Buroo de CK de Ukrainia Komunista Partio, en kiuj estas nomitaj konkretaj kulpintoj de la okazintaĵo, punitaj de la partio kaj de la ŝtato pro la faritaĵoj.

La verdikto same estas bone konata.

CK KPSU 정치국의 잘 알려진 결정 (1986)으로 돌아갈 필요가 없습니다. 그리고 우크라이나 공산당의 CK 정치국에서 사건의 특정 범인이 언급되고, 행위에 대해 당과 국가에 의해 처벌됩니다. 그 판결문도 같이 잘 알려진 것입니다.

Tamen per tio ne elĉerpiĝas la demando pri la kulpo kaj puno de apartaj postenhavaj personoj.

Ekzistas ankoraŭ moralaj kriterioj.

그러나 이것은 특정 직책을 맡은 특정인의 죄책감과 처벌에 관한 문제를 없애버리지 않습니다.

아직 도덕적 기준이 존재합니다.

Ekzemple, en kelkaj leteroj kaj dum renkontiĝoj kun la legantoj oni min demandas pri la sekretario de Kieva provinca komitato de la partio V. Malomuĵ, interesiĝas: kiel li estis punita pro siaj agoj por kaŝi la informon dum la unuaj horoj de la akcidento en Pripjatj?

예를 들어, 일부 편지와 독자와의 만남에서 말로무즈 당의 키이우 지방위원회 비서에 대해 질문을 받았습니다. 관심이 있습니다. 프리피야트에서 사고가 발생한 첫 시간 동안 정보를 숨기려는 행동에 대해 그는 어떻게 처벌을 받았습니까?

Kion mi povas respondi? Mi verkis ne felietonon,[47] ne senmaskigan[48] artikolon. Se tio estus mia celo, mi devus efektivigi specialan esploron, postulantan multan tempon. Tamen mi estas verkisto, sed ne prokuroro.

뭐라고 대답할 수 있나요? 나는 마스킹 기사가 아니고 칼럼도 쓰지 않았습니다. 그게 나의 목적이라면, 특검特檢을 해야 해서 시간이 많이 걸립니다. 그러나 나는 작가이지 검사는 아니고요.

Mi nur prezentis faktojn. La konkludojn faru la aliaj, inkluzive tiuj, kiuj estas nomitaj aŭ subkomprenitaj en la verko.

나는 사실만 제시했습니다. 기술에 이름이 있거나 암시된 사람을 포함하여 다른 사람이 결론을 내려야 합니다.

Tio estas la afero de ilia konscienco indigniĝi, ŝajnigi, ke nenio okazis, aŭ, suferante pro la hontego, deklari pri eksoficiĝo, pentinte pri siaj volaj aŭ nevolaj pekoj.

분개하는 것, 아무 일도 없었던 척하는 것, 부끄러움에 괴로워하면서 자발적 또는 비자발적으로 죄를 회개한 후 사임을 선언하는 것이 그들의 양심의 문제입니다.

---

47) felieton-o (신문 · 잡지 등의)연재   소설 난(欄), 문예란(文藝欄).
48) senmaskigi ①가면을 벗기다. ②누구의 진실한 면을 보여주다.

Sed, laŭ ĉiuj signoj, V. Malomuĵ ne suferas pro la honto. Li daŭre laboras kiel sekretario de Kieva provinca partia komitato.

그러나 모든 징후에 따르면 말로무즈는 수치심을 겪지 않습니다. 그는 키이우 지방당 위원회의 비서로 계속 일하고 있습니다.

Eĉ pli. La personaro de ĈAEC kaj eksloĝantoj de Pripjatj kun mirego ekvidis la nomon de V. Malomuĵ... en la listo de delegitoj al la 19-a Tutsovetia partia konferenco, elektita de Kieva provinca partia organizo!

더 나아가. 체르노빌 원전의 직원과 프리피야크의 전 거주자들은 키이우 지방 당 조직이 선택한 19차 전 소비에트 당 대회 대의원 목록에서 놀랍게도 말로무즈의 이름을 보았습니다!

La homo, kies nomo plurfoje estis menciata dum la juĝproceso, kiam temis pri la provoj misprezenti la veran bildon de la eventoj la 26-an de aprilo 1986, prezentiĝas hodiaŭ en la rolo de batalanto por publikeco kaj rekonstruo! Estas originale, ĉu ne?

1986년 4월 26일 사건의 실상을 왜곡시키려 했던 재판 과정에서 여러 차례 이름이 거론되었던 그 남자가 오늘 홍보와 재건을 위한 투사로 등장합니다! 원래 그렇지 않습니까?

Ne ĉio ordas, laŭ mi, ankaŭ pri la dekoroj.

제 생각에는 훈장에 대해서도 모든 것이 차례대로 되어 있지 않습니다.

NENIEL estas dekoritaj tiaj efektivaj herooj de Ĉernobil, kiel brila piloto Nikolaj Andreeviê Volkozub (vd la ĉapitron "Flugo super la reaktoro") kaj Anatolij Andreeviĉ Sitnikov, fordoninta sian vivon por preventi pli grandan katastrofon...

홀륭한 조종사 니콜라아 안드레에비치 볼코줍("원자로 위의 비행" 장障 참조)와 더 큰 재앙을 막기 위해 목숨을 바친 아나톨리 안드레에비치 시트니코프와 같은 체르노빌의 실제 영웅들은 어떤 식으로든 서훈敍勳되지 않았습니다...

Se dekoro restis ankaŭ al la senrifuza laborulo, "pezlaboranto de la akcidento", Aleksandr Esaulov - vicprezidanto de Pripjatja urba plenumkomitato, pri kiu estis rakontite en la unua parto de la verko.

사양않는 일꾼, "사고의 중노동자"에게도 서훈이 떨어졌다면, 알렉산드르 에사울로프 - 프리피야트 시 집행 위원회 부의장이 작업의 첫 부분에서 그에 대해 이야기를 한 바 있습니다.

Tre malrapide, laŭ mia opinio, estis decidata la sendisputa demando pri dekoro de la aŭdacaj fajrobrigadanoj: ĉu ne eblus promocii ilin Heroo de Soveta Unio, dekori ilin per ordenoj ANKORAŬ DUM VIVO - komence de majo 1986?

내 생각에는, 대담한 소방관의 서훈에 대한 논쟁의 여지가 없는 질문이 매우 천천히 결정되었습니다. 1986년 5월 초에 - 소련의 영웅으로 승격시키고 아직 사는 동안 이라는 훈장증으로 서훈하는 것이 가능하지 않을까요?

Ja ne estis dubo pri tio, ke ili faris heroaĵon.
실제로 그들이 위업을 수행했다는 데는 의심의 여지가 없었습니다.

Absolute malrapide, laŭ la malnovaj tradicioj funkciis la maŝino de dekorado. Kaj foje eĉ la proceduro de "proponoj" mem. Cetere estis ankaŭ interesaj esceptoj.
오래된 전통에 따르면 서훈기계는 아주 천천히 작동했습니다. 그리고 때로는 "제안" 자체의 절차도 있습니다. 게다가 흥미로운 예외도 있었습니다.

Antaŭ mi kuŝas "dekora folio" al la estinta unua sekretario de Pripjatja urba partia komitato A.S. Gamanjuk al la homo, plene respondeca pri ĉio, okazinta en AEC, kaj ricevinta pro tio partian punon.
내 앞에 프리피야트 시당 위원회 전 제1서기 가마뉵의 "서훈 시트"가 놓여 있습니다. 가마뉵은 원전에서 일어난 모든 일에 대해 전적인 책임을 지고, 그에 대한 당의 처벌을 받았습니다.

En tiu "folio" estas dirite: "Ekde la 4-a de majo post eliro el malsanulejo li partoprenas la likvidadon de la akcidentaj postsekvoj en Ĉernobila AEC.
그 "시트"에 언급내용 : "5월 4일부터 퇴원 후 그는 체르노빌 원전 사고 결과 청산에 참여.

La personaro de la urba partia komitato, gvidata de A.S. Gamanjuk, opiniis kaj opinias, ke la ĉefa tasko de la komitato estas partia influo al la loĝantaro dum la likvidado de la postsekvoj".

가마뉴이 이끄는 시당위원회 간부들. 위원회의 주요 임무는 결과를 청산하는 동안 주민에 대해 당의 영향이라는 의견을 제시하고, 제시했습니다.

Estis proponite dekori k-don Gamanjuk per Honora folio de Prezidio de Supera Soveto de Ukraina SSR. Kaj en la "dekora folio" estas... subskribo de A.S. Gamanjuk mem kaj stampo de Pripjatja urba partia komitato!

우크라이나 SSR의 최고 소비에트 상임위원회의 간부회의 명예 시트로 가마뉴 씨를 추대가 제안되었습니다.
그리고 "서훈 시트"에는... 가마뉴의 자필서명과 프리피야트 시당위원회의 스템프가 찍혀있습니다.

Diverse estis decidata la demando pri la dekoro de tiuj, kiuj partoprenis la likvidadon de la postsekvoj de la akcidento.

사고의 결과 청산에 참여한 사람들의 서훈에 대한 결과는 다양한 방식으로 결정되었습니다.

Iuj estis dekoritaj per ordenoj, iuj per honorfolioj aŭ monpremioj. En unu el armeoj oni montris al mi memfaritajn insignojn, kiuj estis enmanigataj al ĉiuj partoprenantoj de la likvido de la postsekvoj.

일부에게는 훈장을 수여하였고, 일부에게는 명예시트나 상금으로 서훈되었습니다. 군부대 중 한 곳에서는 후속청산에 참여한 모든 참가자들에게 나눠어 준 수제 배지를 나에게 보여주었습니다.

Unikaj, interalie, estas la insignoj. Kaj tamen, laŭ mia opinio, la demando pri dekoro de ĉiuj partoprenintaj la eventojn de la tutmond-historia signifo ĝisfine ne estas solvita.
무엇보다도 독특한 것은 배지입니다. 그러나 내 생각에는, 全세계사적으로 중요한 사건에 참여한 모든 사람들에게 배푸는 예후 문제는 끝까지 해결되지 않았습니다

Tial mi turnas min al Prezidio de Supera Soveto de USSR kun la propono establi memoran medalon "Al partopreninto de la likvidado de la akcidentpostsekvoj en Ĉernobil".
그래서 나는 "체르노빌 사고의 후속결과를 청산하는 참가자에게" 기념 메달을 설립하자는 제안으로 소련 최고 소비에트 상임위원회로 향했습니다.

La plej tragika evento post Granda Patria Milito devas esti inde eternigita, kaj ĝiaj partoprenintoj devas ricevi tion, kion ili meritas plenrajte.
위대한 애국 전쟁 이후 가장 비극적인 사건은 가치있게 영원성을 지녀야합니다. 그리고 그에 참가자들은 그들이 충분히 받을 자격이 있는 것은 받아야 합니다.

Kaj nur solan privilegion necesus doni al tiuj, kiuj ricevus la medalon: la privilegion pri tuja ekstervica altkvalifika medicina helpo.

그리고 메달을 받을 사람들에게는 단 하나의 특권만 주어져야 합니다. 바로 열외列外로 고도의 의료 지원의 특권입니다.

KIO DO PLU?
무엇을 더?

Ritme-kutima iĝis la vivo de la Zono: vicoj de aŭtobusoj, veturigantaj el Zelonij Mis kaj reen vican alternon de la ekspluatantoj, la armeaj taĉmentoj, desradioaktivigantaj la teritorion...
존에서의 삶은 규칙적 관습이 되었습니다. 젤로니 미스에서부터 운행하는 버스 행렬과, 개발자들의 연이은 교대행렬, 지역내 방사능저감하는 군부대, ...

De la "Rufa arbaro" restis sola arbo - multtrunka pino, similanta kandelingon. Sub la pino estas memorigaj signoj: tie, sur tiu pino, okupaciantoj[49] dum la milito pendumis la partizanojn...
"황갈색 숲"에는 촛대를 닮은 - 가지가 여럿인 소나무 한 그루만 있었습니다. 소나무 아래에는 알림이 있습니다. 여기, 이 소나무에, 전쟁 중에 점령자들은 유격대원들을 교수형에 처했습니다...

En la Zono aperis multaj ronĝuloj[50] - kampaj musoj. La grenkampoj en 1986 ne estis rikoltitaj, jen tial ili multnombriĝis.
존에는 많은 설치류 - 들쥐들이 나타났습니다. 1986년 밭곡식을

---

49) okupaci/o ✕ Uzurpa okupado de loko, lando ks .
--- uzurp/i (tr) ⚐ Senrajte proprigi al si bienon, povon aŭ titolon: ~i la tronon, la rajtojn, la agokampon de iu .
50) ronĝulo〈동물〉설치류.

수확하지 않아 그것들이 많이 번식했습니다.

Iuj maltrankviliĝis, vidante la danĝeron de epidemio, sed efektiviĝis la leĝoj de la naturo - aperis rabobirdoj, vulpoj - kaj stabiliĝis la ekologia ekvilibro.
어떤 사람들은 전염병의 위험을 보고 걱정했는데, 그러나 자연의 생태법칙이 실현되었습니다 - 맹금, 여우가 나타났습니다 - 생태 균형이 안착되었습니다.

La animaloj tre rapide reagis al foriro de la homoj el la Zono: el proksimaj kaj eĉ foraj kampoj kaj arbaroj la bestaro migris en la Zonon.
동물들은 존에서 사람들이 떠나는 것에 매우 빠르게 반응했습니다. 동물들은 가깝고도 먼 들판과 숲에서 존으로 이주했습니다.

Aperis ankaŭ la "ruĝlibraj" specoj. "La homo do estas por ili plia malamiko ol radiado", diris al mi radiadekologo Nikolaj Pavlović Arhipov, vicdirektoro de la industria unuiĝo "Kompleks".
"빨간책" 종種들도 등장했습니다. 산업 협회 "콤플렉스"의 부국장인 방사선 생태학자인 니콜라이 파블로비치 아르히모프는 "인간들에게는 방사선보다 그들 동물들에게 오히려 더 적입니다." 라고 말했습니다.

Kaj Julij Borisović Andreev, kiun mí jam prezentis kiel stalkeron, tre maltrankviliĝas pri tio, ke ĝis nun ne estas ellaborita la serioza ekologia programo de la Zono.

그리고 내가 이미 스토커로 소개한 율리 보리소비치 안드레에프는 존의 심각한 생태프로그램의 개발이 아직 완성되지 않았다는 사실에 대해 매우 걱정하고 있습니다.

Ju. Andreev: "Ce ni formiĝis misa situacio en la scienco.
Kvante pleja parto de la scienco estas departementa, sed nomi ĝin "scienco" estas ne tute korekte.

안드레에프: "우리에게 과학에 있어 결함있는 상황이 형성되었습니다. 대부분의 과학은 부서적이지만 그것을 "과학"이라고 부르는 것은 옳지 않습니다.

Tio estas priservo de ies interesoj sur certa nivelo.
En la tridekaj jaroj en nia lando estis pereigita la tuta tavolo de intelektularo - altkvalifikaj sciencistoj kaj inĝenieroj. Kaj oni kreskigis tiun armeon de departementaj pseŭdosciencistoj.

그것은 누군가의 이익을 일정 수준에서 돌보는 것입니다.
우리나라의 30년대 지식인군知識人群의 전체 계층이 파괴되었습니다 - 우수한 자격을 갖춘 과학자와 엔지니어들.
그리고 그 국부적 사이비 과학자들의 집단을 생성시켰습니다.

Ja kio estas la scienco? Antaŭ ĉio ĝi estas venkanta objektiveco. Ĉu povas esti ekzemple departementa aritmetiko?

결국, 과학이란 무엇입니까? 무엇보다 그것은 이기는 객관성입니다. 예를 들어 부서部署 산술이 있을 수 있습니까?

Sed departemental ekologio, kiel rezultiĝis ĉe ni, povas ekzisti. Povas ekzisti departementa rilato ankaŭ al teknikaj problemoj.

그러나 우리에게 밝혀진 것처럼 부서별 생태는 존재할 수 있습니다. 기술적인 문제와도 부서 관계가 있을 수 있습니다.

Al medicino. Tio estas terure! Devio de la objektiveca vero.

약藥에. 그건 끔찍해! 객관적인 진실에서의 일탈.

Rezulto de malalta nivelo de la ĝenerala spirita kulturo de la socio. Inklino al mensogo por propra tuja profito - jen kiel tio nomiĝas.

사회의 일반적인 영적 문화 수준이 낮은 결과입니다. 자신의 즉각적인 이익을 위해 거짓말을 하는 경향이 바로 그런것입니다.

La ĉernobila akcidento naskigis multajn utopiajn projektojn.

체르노빌 사고는 많은 유토피아 프로젝트를 낳았습니다.

En la sfero de ekologio tio estas la ideo planti fabojn, kiuj, laŭ oni, eltiros ĉiujn radionukleidojn el la grundo. Kaj ni ilin poste falĉos kaj forprenos...

생태학 분야에 있어서 그것은, 토양에서 모든 방사성핵종을 추출하는 콩을 심는 아이디어입니다. 그리고 우리는 그것들을 나중에 자르고 그것을 제거할 것입니다...

Sed seriozaj ekologiaj decidoj pri la Zono estas akceptitaj ĝis nun. Estas eĉ ne unu logike finfarita programo. Do devis ni, - teknikistoj, inĝenieroj, sed ne ekologoj - krei tian programon.

그러나 존에 대한 심각한 생태학적 결정은 지금까지 받아들여졌습니다. 논리적으로 완성된 프로그램은 하나도 없습니다. 그래서 우리 - 기술자, 엔지니어, 그러나 생태학자는 아닙니다. 그러한 프로그램을 만드는 것입니다.

Ni disdividis la tutan Zonon je kvadratoj, esploris ĉiun kvadraton kaj proponis rimedojn, kiuj permesos en konkretaj kvadratoj likvidi la radiadan polucion.

우리는 전체 존을 사각형 형태의 일정한 구역으로 나누어, 각 사각형구역별로 조사하고, 각 사각형구역별로 방사선 오염을 제거할 수 있는 조치를 제안했습니다.

Tiuj rimedoj diversas, ili dependas de la pejzaĝo, de specifoj de la polucioj mem. En ĉi-afero ni ricevis helpon de Ukrainia Akademio de Sciencoj, de ĝia vicprezidanto Viktor Ivanović Trefilov.

이러한 수단은 다양하며 환경, 오염 자체의 특성에 따라 다릅니다. 이 문제에서 우리는 우크라이나 과학 아카데미의 부회장 빅토르 이바노비치 트레필로프에게서 도움을 받았습니다.

Nia programo estas destinita por 7-10 jaroj. Tio estas la programo de desradioaktivigo de la Zono, neniigo de tiu kontaĝujo.[51]

---

51) kontaĝ-i [타] 〈의학〉 (병을)전염시키다, 감염시키다.

우리 프로그램은 7~10세 어린이를 위해 설계되었습니다. 그것이 존의 방사능 제거 프로그램, 그 전염지역의 섬멸입니다.

Eble ni faras erarojn. Verŝajne faras. Sed mi opinias, ke multe malpli bone estas nenion fari, ĉirkaŭbari la Zonon, sidigi meze iun saĝan biologon, kaj jen tiu rigardos en la mikroskopon, kaj ĉirkaŭe estos morta zono.

어쩌면 우리는 실수를 할 수도 있습니다. 아마 그럴 것입니다. 하지만 아무 것도 하지 않고, 존을 둘러막고, 어떤 영리한 생물학자의 한가운데에 앉아놓게하는 것은 더욱 덜 좋은 일이라고 생각합니다. 여기에서 그는 현미경을 들여다 볼 것입니다. 주변에 死角지대가 생길 것입니다.

Ne, ni ne bezonas mortan zonon. Se iri tiun vojon, do ni post 300~500 jaroj restos ĝenerale sen tero, ĉar Ĉernobil iĝos precedento: oni neniigis - ĉirkaŭbaris - atendas.

아니요, 데드존은 필요하지 않습니다. 우리가 그런 식으로 간다면, 300~500년 안에 우리는 일반적으로 땅 없이 남게 될 것입니다. 왜냐하면 체르노빌이 선례가 될 것이기 때문입니다. : 그들은 전멸-포위-기다립니다.

Kio min esperigas? Ni kun miaj junaj kolegoj kaj ili estas vere entuziasmuloj - ellaboras ne nur teknologion, sed ankaŭ kreas MAŜINOJN.

무엇이 나에게 희망을 줍니까? 저와 제 젊은 동료들은 정말 열정적인 사람들이었습니다. - 우리는 기술을 개발할 뿐만 아니라

기계도 만듭니다.

Maŝinojn, kiuj ebligos en mola reĝimo, gardante la naturon, efektivigi desradioaktivigon de la Zono.
자연을 보존하면서 소프트 모드에서 존의 방사능저감의 실현을 가능케 하는 기계.

- Julij Borisoviĉ, kaj kia estas la teknika perspektivo de Ĉernobil, de la sarkofago? Ĉu ĝi eterne staros sur nia tero?
- 율리 보르소비치, 그리고 체르노빌의 석관에 대한 기술적 형세는 무엇입니까? 그것이 우리 땅에 영원히 서있을 것인가요?

- Kio estas la sarkofago? Se ne konsideri la tragikan aspekton de la akcidento, do esence la sarkofago estas bloko, ĉesinta sian funkciadon.
- 석관은 무엇입니까? 사고의 비극적인 측면을 고려하지 않는다면, 그래서 기본적으로 석관은 작동을 멈춘 블록입니다.

Nun formiĝas la koncepto kion necesas fari al la blokoj, ĉesintaj funkciadon. Usonanoj la unuan sian centralon ne plu ekspluatas. Ĝenerale la plej bona solvo estus verda herbejo surloke de la bloko.
이제 작동을 멈춘 블록에 대해 수행해야 할 작업의 개념이 형성되고 있습니다. 미국인들은 더 이상 첫 번째 자기 발전소를 이용하지 않습니다. 일반적으로 가장 좋은 해결책은 블록 대신에 푸른 초원이 되는 것입니다.

En tio estas profunda senco. Aliokaze la tuta mondo fin-fine estos dense kovrita de tiaj ĉerkoj. Kie do ni troviĝos?

거기에는 깊은 의미가 있습니다. 그렇지 않으면 온 세상이 결국 그러한 관으로 빽빽하게 덮일 것입니다. 그래서 우리는 어디에 있을 것인가?

Ĉe ni en Soveta Unio iuj blokoj same jam ne plu estas ekspluatataj, necesas ilin malmunti. Kaj la sarkofago devas esti purigita de la atomhejtaĵo kaj poste malmuntita. Sed la hejtaĵon necesas enterigi.

여기 소련에서는 일부 블록도 더 이상 활용되지 않으므로 해체해야 합니다. 그리고 석관은 핵 히터에서 청소한 다음 분해해야 합니다. 그러나 히터분해물은 묻어야합니다.

- En Kiev cirkulas panikaj onidiroj, ke baldaŭ komenciĝos rompado, malmuntado de la sarkofago. Min oni demandas: ĉu necesas forveturigi la infanojn?

- 키이우에서는 석관의 파괴와 해체가 곧 시작될 것이라는 공포스러운 소문이 돌고 있습니다. 내게 묻어봅니다. : 아이들을 멀리 보낼 필요가 있습니까?

- Ne. Tiu koncepto estas ankoraŭ esplorata. Samojlenko opinias, ke ni povos purigi la sarkofagon dum tri kvar jaroj. Li estas homo pli juna, pli optimisma.

- 아니. 그 개념은 아직 연구 중입니다. 사모일렌코는 우리가 석

관을 3~4년 동안 청소할 수 있을 것이라고 생각합니다. 그는 더 젊고 낙관적인 사람입니다.

Mi opinias, ke por tio estas bezonataj ses- ok jaroj. Necesas prepari robotojn, specialajn mekanismojn, instalaĵojn. La tasko eĉ por nia organizo estas komplika". - Ĉernobil difektis nian konscion, formis en ĝi iajn nigrajn truojn.

그러기 위해서는 6~8년이 필요하다고 생각합니다. 로봇, 특수 메커니즘, 시설을 준비해야 합니다. 우리 조직의 작업도 복잡합니다." - 체르노빌은 우리의 의식을 손상시키고 일종의 블랙홀을 형성했습니다.

Mia kieva amiko Vladimir Mihajlović Ĉernousenko - ĉefa scienclaboranto de Instituto de teoria fiziko ĉe Akademio de Sciencoj de Ukraina SSR, laboris en Ĉernobil multe kaj aŭdace.

우크라이나 SSR 과학 아카데미의 이론 물리학 연구소 수석 과학자인 블라디미르 미하일로비치 체르노우센코라는 키이우 친구는 체르노빌에서 많이 대담하게 일했습니다.

Kaj jen aŭskultu, kiaj ŝanĝoj okazis post la akcidento en la konscio de la tipa fizikisto.

그리고 이제 전형적인 물리학자의 의식 속에서 사고 이후 어떤 변화가 일어났는지 들어봅시다.

V. Ĉernousenko: - "Mi opinias, ke ni forgesis la popolan saĝecon: la avara kaj malsaĝa pagas duoble, sed pagas ne per mono per la vivo...

체르노우센코: - "나는 우리가 사람들의 지혜를 잊었다고 생각합니다. 구두쇠와 바보는 두 배로 지불하고, 그러나 돈으로 지불하지만, 돈으로 말고 생명으로...

Kaj tial, se ni povis eluzi miliardon por konstruo de la bloko, mi ne povas kompreni, kial ni ne eluzis dudek milionojn, por ke la bloko estu momente lokalizebla okaze de ia akcidento... Kaj la plej miriga estas tio, ke pasis jam du jaroj, sed ni ja tute ne moviĝas.

그래서 만약 우리가 블록을 짓는데 10억을 쓸 수 있었다면, 사고가 났을 때 순간적으로 블록을 찾을 수 있도록 왜 2천만을 쓰지 않았는지 이해할 수 없습니다... 그리고 가장 놀라운 것은 이미 2년이 지났지만 전혀 움직이지 않는다는 것입니다.

Dum du jaroj ni kun Jurij Samojlenko provis realigi la ideon pri fondo de "korpuso de urĝa reago".

2년 동안 유리 사모일렌코와 나는 "긴급대응단"을 창설하는 아이디어를 실현하기 위해 노력했습니다.

Se ni kreas potenciale danĝerajn por la homaro - ne por regiono eĉ! - industriajn objektojn, do ni devas kun dekobla anticipo antaŭvidi eblecojn de akcidento...

지역이 아니라 인류에게 잠재적으로 위험한 요소를 만들면! - 공업용 물건이라 사고 가능성은 10배는 미리 예상해야...

Ja vidu, kiom da danĝeraj akcidentoj okazis ĉi ni jam post Ĉernobil! Kial do ni ne akiras sperton de la propraj katastrofoj?

체르노빌 이후 얼마나 많은 위험한 사고가 발생했는지 보십시오! 그렇다면 왜 우리는 우리 자신의 재난에서 경험을 얻지 못합니까?

La "korpuso de urĝa reago" devas havi precizan strategion, lertan personaron, teknikon por reagi al ĉiuj lokaj, kaj okaze de tia bezono, ankaŭ al terglobaj katastrofoj en ajna punkto de la tero.

"긴급 대응 부대"는 정확한 전략, 숙련된 인력, 모든 지역에 대응할 수 있는 기술, 그리고 그러한 필요가 있는 경우 지구 어느 지점에서든 글로벌 재해에 대응할 수 있는 기술을 갖추고 있어야 합니다.

Ĉu tio ne estas humana ideo, en kadroj de la nova pensmaniero? POR ĈIUJ AKCIDENTOJ: atomaj, kemiaj, industriaj...

그것은 새로운 사고방식의 틀에서 볼 때 인간적인 생각이 아닙니까? 모든 사고: 원자력, 화학, 산업...

Kiam ni nun parolas pri demokratio, nin esperigas la ebleco penetri en iun fermitan sferon, por kiu jen Ukrainio, jen Belorusio, jen Kubo ĉio egalas.

이제 민주주의에 대해 이야기할 때 우크라이나, 벨로루시, 쿠바가 모두 평등한 폐쇄된 영역으로 침투할 가능성이 있다는 사실에 고무됩니다.

Oni nur ordonu, en kiu regiono endas labori, kaj moralaj kriterioj…
어느 지역에서 일하기 적합한지, 도덕적 기준만 말하면…

Tial eĉ tiuj tragedioj, kiuj okazis en nia ŝtato antaŭe - eĉ la politikaj procesoj de 1937, stalinaj persekutoj, ili malpligraviĝas, ĉar ĉifoje temas pri plena memneniigo.
그렇기 때문에 1937년의 정치적 재판, 스탈린의 박해까지도 우리 주에서 일어났던 그 비극들이 덜 심각한 이유입니다. 왜냐하면 이번에는 완전한 자멸에 관한 것이기 때문입니다.

Kaj tial la decidoj, havantaj rilaton al la vivo kaj ekzisto de grandega kvanto de homoj, de la tuta nacio, devas estis demokratiaj.
그러므로 수많은 국민, 전체 국민의 생명과 존재와 관련된 결정은 민주적이어야 합니다.

Ekde la momento de ilia naskiĝo ĝis la realigo. Mi komprenas, ke povas ekzisti bona gvidanto, malbona gvidanto, aktiva, pasiva, sed ĉio ĉi estas detaloj.
태어난 순간부터 깨달음까지. 좋은 리더, 나쁜 리더, 능동형, 수동형이 있을 수 있다는 것을 이해하지만, 이것은 모두 세부 사항입니다.

Necesas solvi la plej radikajn demandojn de la vivo, ekzisto de la popolo.

Necesas ŝanĝi la vidpunktojn pri tio, kion ni faras.

삶의 가장 근본적인 문제인 사람의 생존문제를 해결하는 것이 필요합니다.

우리가 하는 일에 대한 관점을 바꾸는 것이 필요합니다.

Ĉu necesas, ekzemple, munti iun blokon, se ĝi ne idealas teknike?

예를 들어, 기술적으로 이상적이지 않다고해서, 블록을 꽤맞추어야 합니까?

Kaj ŝovu tien ajnan personaron por la priservo, ĝi ne savos.

그리고 서비스제공을 위해 거기에 직원을 배치해봤자, 그것은 도움될 일니 아니라고 봅니다.

Kaj eble pli bonas etendigi elektroliniojn de Arkta oceano ĉi tien. Antaŭ ni staras la dilemo: aŭ ni efektivigos demokratiajn mekanismojn kaj konsideros ne nur opinion de malgranda homgrupo - konstrukciistoj, konstruistoj, sed opinion de la tuta popolo, aŭ ni pereos.

그리고 여기 북극해에 전력선을 확장하는 것이 더 나을 수도 있습니다. 우리 앞에 딜레마가 있습니다. 또는 우리는 민주적 메커니즘을 구현하고 그리고 건설자, 건축업자와 같은 소수그룹의 의견뿐만 아니라 전체 사람들의 의견을 들어봐야할 것인데 아니라면 괴멸할 것입니다.

Siatempe mi studis en Harjkova aviada instituto. Ĉe

ni tiam estis esplorata la delira ideo: krei aviadilojn kun atoma motoro.

한때 나는 하리코프 항공 연구소에서 공부했습니다. 당시 원자 엔진으로 비행기를 만든다는 망상이 연구되고 있었습니다.

Transporti super la kapoj de homoj tiun aĉaĵon-reaktorojn, atomhejtaĵon. Feliĉe, la ideon oni malaprobis.

사람들의 머리 위에 그 쓰레기를 - 원자로, 핵 가열제의 운반. 다행히 그 아이디어는 거부되었습니다.

Sed mi memorfiksis tiun frenezecon. Kaj poste mi studis en nuklea fako de fizika fakultato de Harjkova universitato, nun mi okupiĝas pri teorio de plasmo.

그러나 나는 그 광기를 기억에 담았습니다. 그리고 나는 하리코 프 대학의 물리학 교수진의 핵과에서 공부했으며 지금은 플라즈 마 이론에 종사하고 있습니다.

Kaj se paroli honeste, do nun, post Ĉernobil, mi ne volas krei plasman energetikan maŝinon. Ni, fizikistoj, ial malmulte atentis la ĉirkaŭantan nin medion.

정직하게 말한다면, 체르노빌 이후에는 플라즈마 에너지 기계를 만들고 싶지 않습니다. 우리 물리학자들은 어떤 이유에서인지 주변 환경에 거의 관심을 기울이지 않았습니다.

Ia blindeco. Ni bezonis urĝan profiton kaj tujan rezulton. Kiel trompi la naturon? Sed la naturon trompi ne necesas. Ĝi al ni ĉion donacis.

일종의 실명失明. 우리는 긴급한 이익과 즉각적인 결과가 필요
했습니다. 자연을 속이는 방법? 그러나 자연을 속일 필요는 없습
니다. 자연은 우리에게 모든 것을 주었잖아요.

Ni plendas, ke al ni ne sufiĉas energio. Sed se tiujn
miliardojn da rubloj uzi por serĉoj de ekologie puraj
fontoj de energio...

우리는 에너지가 충분하지 않다고 불평합니다. 하지만 그 수십
억 루블이 생태학적으로 깨끗한 에너지원을 찾는 데 사용된다
면...

Sufiĉas elkonduki dekon da sputnikoj al la stabilaj
orbitoj kaj ni povus satigi nin per energio por
dekmil jaroj.

수십 개의 스푸트니크를 안정된 궤도로 발사하는 것으로 충분하
며 우리는 만 년 동안 에너지로 스스로를 만족시킬 수 있습니다.

La sputnikoj transdonus la sunan energion al la
Tero. Kaj dum ekzistas la suno ekzistus ankaŭ ni..."

스푸트니크는 태양 에너지를 지구로 전송할 수 있게 될지도 모
릅니다. 그리고 태양이 존재하는 한 우리 인간도 존재할 수 있
을 것인지도..."

Kreante la unuan parton de la novelo, mi konatiĝis
kun interesega homo - akademiano Valerij
Alekseeviĉ Legasov, kiun la kolegoj karese nomis
"Valekseeviĉ".

소설의 첫 부분을 집필하는 동안, 동료들이 애정 어린 "발렉세에비치"라고 부르는 학자 발레리 알렉세에비치 레가소프라는 매우 흥미진진한 사람을 알게 되었습니다.

Mi vidas lian vizaĝon de ordinara metiisto, aŭdas lian specifan basan voĉon, rememoras la elsuferitajn, verecajn vortojn pri la kialoj de niaj plagoj, ne nur ĉernobilaj: la kaŭzoj estas kaŝitaj ne en la sfero de pura tekniko, sed en la sfero morala.

나는 평범한 장인匠人의 얼굴을 보고, 그의 특수한 저음 육성을 듣고, 체르노빌뿐만 아니라 우리의 재앙의 이유에 대해 오래 참고 진실한 말을 회상합니다. 원인들은 순수한 기술의 영역이 아니라 도덕적 영역에 숨겨져 있습니다.

Nun, kiam venis la neatendita kaj terura informo pri la morto de Valerij Alekseević, mi refoje tralegis la liniojn de lia monologo, publikigita en la unua parto de la novelo.

이제 발레리 알렉세에비치의 죽음에 대한 예상치 못한 끔찍한 소식이 왔을 때, 나는 단편 소설의 첫 부분에 발표된 그의 독백을 다시 한 번 읽었습니다.

Multon mi nun komprenas alimaniere; kaj la vortojn, kiujn diris Legasov pri la generacio de grandaj sciencistoj kaj teknikistoj de nia lando, kiuj staris sur ŝultroj de Tolstoj kaj Dostoevskij, oni povus hodiaŭ adresi al Valerij Alekseeviê mem: ja ĝuste li en sia penega sercado de la vero klopodis bazigi la sciencon sur la firma fundamento de moralo.

나는 이제 다른 방식으로 많은 것을 이해합니다. : 그리고 레가
소프가 톨스토이와 도스토예프스키의 어깨 위에 섰던 우리 나라
의 위대한 과학자와 기술자의 세대에 대해 한 말은 오늘 발레리
알렉세에비치 자신에게 해줄 수 있습니다. 결국 그는 진리에 대
한 그의 열렬한 탐구에서 도덕의 확고한 기초위에 과학의 기초
를 두려고 노력했습니다.

Apogante sin je la ŝultroj de literaturaj gigantoj, li,
kemiisto, rigardis pli profunden ol multaj liaj
kolegoj, vidante konturojn de estontaj tragedioj en
malklara nebulo de estonteco, avertante la homaron
pri la danĝero de senpripensa obligo de tekniko,
senbrida pliigo de ties potenco.

문학 거인들의 어깨에 자신을 기댄체, 화학자인 그는, 많은 동료
들보다 더 깊이 들여다보고 미래의 흐릿한 안개 속에서 미래 비
극의 윤곽을 보고, 기술에 대한 무분별한 헌신의 위험에 대해
인류에게 경고하고 기술의 힘의 제한없는 증독에 대해 경고했습
니다.

Vladimir Stepanoviĉ Gubarev, verkisto, ĵurnalisto,
laŭreato de Ŝtata premio de USSR, aŭtoro de la
teatraĵo "Sarkofago" kaj de la libro "Brulrebrilo super
Pripjatj": "La morto de Valerij Alekseević Legasov
konsternis min. Mi delonge konis lin - ankoraŭ
antaŭ Ĉernobil.

블라디미르 스테파노비치 구바레프Vladimir Stepanoviĉ Gubarev,
작가, 언론인, 소련 국가상 수상자, 연극 "석관"과 "프리피야트

위의 불꽃"의 저자 : "발레리 알렉세에비치 레가소프의 죽음은 저에게 충격을 주었습니다. 나는 그를 체르노빌 이전부터 오랫동안 아는 사이입니다.

Li estis ne nur elstara sciencisto, sed ankaŭ verkis poezie, ŝatis teatron, estis vera pensulo, vigle interesiĝis pri multaj sferoj de nia vivo.
그는 뛰어난 과학자일 뿐만 아니라, 시를 썼고 연극을 좋아했으며 우리 삶의 많은 영역에 예리한 관심을 가진 진정한 사상가였습니다.

Dum la ĉernobilaj eventoj mi vidis akademianon Legasov en laboro, certiĝis pri lia kapablo momente analizi la situacion, akcepti la plej respondecajn decidojn.
체르노빌 사건 동안 나는 아카데미회원 레가소프가 일하는 것을 보았고, 상황을 순간적으로 분석하고 가장 책임 있는 결정을 받아들이는 그의 능력을 확신하게 되었습니다.

Niaj rilatoj fortiĝis en Ĉernobil, kaj ankaŭ dum la "postĉernobila erao", en Moskvo, mi ofte renkontiĝis kun Valerij Alekseeviĉ, pri multo konversaciis kun plena sincero.
우리의 관계는 체르노빌에서 강화되었으며 "체르노빌 이후 시대"에도 모스크바에서 발레리 알렉세에비치를 자주 만나 최고의 진지한 정신으로 많은 부분에 대해 이야기했습니다.

Aŭtune 1987 li prenis grandan dozon de dormigilo.

Kial li faris tion? Valerij Alekseević ne respondadis al tiaj demandoj... Ĉu eble hazardaĵo?

1987년 가을에 그는 다량의 수면제를 복용했습니다. 그는 왜 그랬을까? 발레리 알렉세에비치는 그런 질문에 대답하지 않았습니다... 우연의 일치일까요?

Mi tiam la unuan fojon eksentis, kia abismo aperis inter akademiano Legasov, personeco kaj sciencisto, kaj la ĉirkaŭanta lin realeco.

나는 그때 처음으로 학자인 레가소프, 인간성과 과학자, 그리고 그를 둘러싼 현실 사이에 어떤 간극이 나타났는지 느끼게 되었습니다.

Necesas ke rekte diri kiom ajn amara tio estu, Valerij Alekseeviê dum la lastaj du jaroj vivis en ia vakuo. Liaj amikoj ĉion vidis, ili povas konfirmi tion.

아무리 씁쓸하더라도 지난 2년 동안 발레리 알렉세에비치는 일종의 진공 상태에서 살았다고 말할 필요가 있습니다. 그의 친구들은 모든것을 보았고, 그들은 그 사실을 확인할 수 있습니다.

- En kio respeguliĝis tiu vakuo?
- 그 진공은 무엇에 반영되었습니까?

- Jen la ekzemplo. Mi petis lin verki grandan artikolon por "Pravda". La artikolo nomiĝis "El hodiaŭ en morgaŭon". Ĝi estis publikigita la 5-an de oktobro 1987.

- 여기 예가 있습니다. 나는 그에게 "프라우다"에 대한 큰 기사를 써달라고 요청했습니다. 기사 제목은 "오늘부터 내일까지"입니다. 1987년 10월 5일에 발간되었습니다.

En ĝi estis emfazitaj la akraj, principaj problemoj de sekureco ne nur en la atoma energetiko, sed ĝenerale en grandaj teknologiaj sistemoj.
이 책에서 보안의 심각하고 원칙적인 문제는 원자력뿐만 아니라, 일반적으로 대규모 기술 시스템에서도 강조되었습니다.

Do, tiu artikolo ESTIS SIMPLE NE RIMARKITA de tiuj, kiujn ĝi koncernis unuavice. Ili eĉ ne reagis al ĝi. Io tia: sciencisto skribetas, ni legetas, kaj ĉio pasas tiel, kiel pasis antaŭe.
그래서, 그 기사는 처음에 관련된 사람들에 의해 단순히 감지되지 않았습니다. 그들은 그에 반응조차 하지 않았습니다. : 다음과 같은 것입니다. 과학자가 쓰고, 읽고, 그리고 모든 것이 이전에 스쳐지났던 것처럼 지나갔습니다.

La plena ignoro de liaj pensoj kaj maltrankviliĝoj - kio povas esti pli ofenda por la sciencisto?
그의 생각과 걱정에 대한 완전한 무시無視 - 과학자에게 더 모욕감을 줄 수 있는 것은 무엇일지?

La vakuo, pri kiu mi diris, en multo formiĝis post Ĉernobil.
내가 말한 진공은 여러 면에서 체르노빌 이후에 형성되었습니다.

Mi estas certa, ke Ĉernobil ludis la senperan rolon en la fatala decido de Valerij Alekseeviĉ foriri el la vivo.

나는 체르노빌이 발레리 알렉세에비치의 생명을 떠나보낸 운명적인 결정에 직접적인 역할을 했다고 확신합니다.

Kaj silentu la departementaj optimistoj, estu ili medicinistoj aŭ atomenergetikistoj...

그리고 의료 전문가든 원자력 전문가든 국부적 낙관론자들든, 그들은 함구하시지요...

Certe, neniu povas ĝuste respondi al la demando "kial?", turmentanta nun ĉiujn, kiuj konis Legasov, amis lin kaj amikis kun li.

물론 아무도 레가소프를 알고 그를 사랑하고 그와 친구였던 모든 사람들을 괴롭히는 "왜?"라는 질문에 올바르게 대답할 수 없습니다.

La mistero de la morto estas unu el la plej sakramentaj misteroj de la Ekzisto... Sed tamen ni devas kompreni, kio puŝis akademianon Legasov al la fatala limo.

죽음의 신비는 존재의 가장 성사적聖事的인 신비 중 하나입니다... 하지만 여전히 우리는 학자 레가소프를 치명적인 한계로 몰아넣었던 것이 무엇이었는지를 이해해야 합니다.

Ĉar lia morto estas peza bato kontraŭ nia scienco, kontraŭ niaj esperoj je la venko de vero kaj justeco en la vivo. Tio estas riproĉo al ni ĉiuj.

그의 죽음은 우리의 과학과 삶의 진리와 정의의 승리에 대한 우리의 희망에 큰 타격을 주었기 때문입니다. 그것은 우리 모두에 대한 양심의 가책입니다.

Kaj jenas ankoraŭ unu nuanco, pri kiu necesas mediti. Kemiisto laŭ la specialeco, Legasov neniam senpere okupiĝis pri la atomaj reaktoroj, pri ties avantaĝoj kaj malavantaĝoj.

그리고 여기에 한 가지 더 생각해야 할 뉘앙스가 있습니다. 화학자였던 레가소프는 원자로와 원자로의 장단점에 직접 관여한 적이 없습니다.

Kaj subite la vivo devigis lin en Ĉernobil ekokupiĝi pri tio. Jam la 27-an de aprilo 1986 li en kirastransportaŭto venis proksime al la 4-a bloko por kompreni kio okazis.

그리고 갑자기 삶이 그를 체르노빌에서 일을 시작하도록 강요했습니다. 이미 1986년 4월 27일에 그는 무슨 일이 일어났는지 이해하기 위해 장갑차로 4호 블록 가까이에 왔습니다.

Li komencis skrupule - tian karakteron li havis - esplori la kaŭzojn de la akcidento, la futan aron de la kaŭzoj.

그는 사고의 원인, 전체 원인을 조사하기 위해 꺼리김없이 시작했습니다. 그의 성격이 그러했습니다.

Multo tiam malkaŝiĝis, multajn problemojn li

komencis kompreni alimaniere, ĉar Ĉernobil malkovris la profundajn radikojn de niaj delongaj malsanoj.

체르노빌이 우리의 오랜 질병의 깊은 뿌리를 발견했기 때문에 많은 것이 밝혀졌고 많은 문제들에 대해 다른 방식으로 이해하기 시작했습니다.

Jen kiel li skribis pri tio en siaj rememoroj, sed fakte - en sia testamento, publikigita jam post lia morto la 20-an de majo 1988 en "Pravda": "Post kiam mi vizitis Ĉernobilan centralon, mi faris unusignifan konkludon, ke la ĉernobila akcidento estas kulmino, pinto de la tuta malkorekta mastrumado, kiu estis efektivigata en nia lando dum multaj jardekoj".

이것은 그가 회고록에서 그것에 대해 쓴 것이지만, 실제로는 - 1988년 5월 20일 "프라우다"에서 사망한 후 이미 출판된 그의 유언장에 있습니다. "체르노빌 발전소를 방문한 후, 체르노빌 사고가 정점이라는 확실한 결론을 내렸고, 수십 년 동안 우리나라에서 행해진 모든 부실 관리의 첨단" 이라고 말했습니다.

Mi estas certa, ke post Ĉernobil li iĝis alia homo, same kiel iĝis aliaj ni ĉiuj. Li jam al ĉio ĉirkaŭa rigardis tra la prismo de Ĉernobil.

나는 체르노빌 이후 우리 모두가 달라졌듯이 그도 다른 사람이 되었다고 확신합니다. 그는 체르노빌의 프리즘을 통해 주변의 모든 것을 이미 보았던 것입니다.

Sed tio tute ne al ĉiuj plaĉis.
그러나 모두가 그것을 전혀 마음에 들어하지는 않았습니다.

Kaj jen troviĝis la homoj, kiuj arde komencis malgrandigi la rolon de akademiano Legasov en la likvidado de la akcidentpostsekvoj.
그리고 여기 사고 여파를 청산하는 데 학자 레가소프의 역할을 극히 과소 평가하기 시작한 사람들이 있었습니다.

Kvankam, mi ripetas, li ludis en Ĉernobil la ĉefan, la ple respondecan rolon.
반복하지만 그는 체르노빌에서 가장 중요한 역할을 담당했습니다.

Dum la plej streĉaj tagoj tiuj homoj silentis, pri ĉio konsentis kun Valerij Alekseeviĉ.
가장 긴장해야 할 날에 이 사람들은 침묵했고 모든 일에 대해 발레리 알렉세에비치와 동의했습니다.

Sed jam post konstruo de "Kaŝejo" ili komencis senpere kritiki Legasov pri iuj decidoj, akceptitaj dum la unuaj tagoj de la akcidento, atribuante al li tion, al kio li tute ne havis rilaton.
그러나 "은신처"를 건설한 후 그들은 즉시 사고 첫날에 내린 몇 가지 결정에 대해 레가소프를 비판하기 시작했으며 그와 전혀 관련이 없는 사안을 그에게 돌렸습니다.

Denove, jam kioman fojon, evidentiĝis nia malnova

malsano: ni scipovas mallaŭdi la homojn, scipovas vundi ties dignon. Pri tio ni kompetentas.

다시 한 번, 우리의 오랜 병폐가 명백해졌습니다. 우리는 사람들을 비판하는 방법과 그들의 존엄성을 손상시키는 방법을 알고 있습니다. 그것이 우리가 잘하는 것입니다.

La scienco de malŝategi, izolado, maltoleremo sidas en ni ekde la stalinaj tempoj. Sed ni ne scipovas ĝustatempe laŭdi, diri bonajn vortojn, subteni dum malfacilaj minutoj tiujn, kiuj staras apude. Kaj poste estas jam malfrue...

경멸, 고립, 편협의 과학은 스탈린주의 시대부터 우리 안에 도사리고 있었습니다. 그러나 우리는 우리 옆에 있는 사람들을 제때에 칭찬해주거나, 좋은 말을 하고, 어려운 순간에 돕는 방법을 모릅니다. 그리고는 너무 늦었습니다...

De mia vidpunkto, V.A. Legasov meritis la titolon de Heroo de Socialisma Laboro pro la glorago en Ĉernobil.

내 관점에서 레가소프는 체르노빌에서의 영광을 위해 사회주의 노동의 영웅이라는 칭호를 받을 자격이 있었습니다.

Se ne li, do kiu? Kial do oni ne donis al li la stelon de Heroo? Eble nun, kiam ni finfine komprenis, KIAN SCIENCISTON, KIAN PATRIOTON DE LA PATRUJO ni perdis, eble indas reveni al tiu ideo kaj almenaŭ POSTMORTE promocii la titolon Heroo al akademiano Legasov?

그가 아니라면 누가? 그렇다면 왜 그는 영웅 별을 달아주지 않았습니까? 어쩌면 이제 우리가 알고 있었던 어떤 과학자, 어떤 조국의 애국자를 잃게 되었습니다. 아마도 그 생각으로 돌아가서 적어도 사후에 학자 레가소프에게 영웅이라는 칭호를 홍보하는 것이 가치가 있지 않을런지요?

Mi pensas, ke tio estus altgrade justa.
나는 그것이 매우 공정하다고 생각합니다.

La vakuo formiĝis ne nur en la demandoj, ligitaj kun ĉernobil. La vivafero de Legasov estis evoluigo de kemio.
진공은 체르노빌과 관련된 질문에서만 형성된 것이 아닙니다. 레가소프의 일생은 화학의 발전이었습니다.

Jen unu el la plej karakterizaj liaj ecoj: li vivis ne en hodiaŭa kaj eĉ ne en morgaŭa tago, sed rigardis pli malproksimen.
이것은 그의 가장 큰 특징 중 하나입니다. 그는 오늘과 내일의 날에도 살지 않고 더 먼 곳을 바라보며 살았습니다.

Kio estos postmorgaŭ, jam en la 21-a jarcento?
모레, 벌써 21세기는?

Sed ja grizeco, kiu – ve! - profunde penetris en nian sciencon, vivas nur en hodiaŭa tago.
그러나 예, 회색이 있습니다. 오호 통재! - 그것은 우리 과학에 깊숙이 들어와 단디 오늘날에 살고 있습니다.

Kaj tial tiu griza ŝimo malaprobis la kuraĝajn ideojn de Valerij Alekseeviĉ pri fondo de neformalaj provizoraj junularaj sciencaj kolektivoj, celitaj estonten.

이것이 바로 그 회색 곰팡이가 미래를 목표로 하는 비공식 임시 청소년 과학 집단을 설립하려는 발레리 알렉세에비치의 용감한 아이디어를 거부한 이유입니다.

Certe, neniu el tiuj kaŭzoj per si mem povis esti decida. Sed ĉiuj kune ili formis makabran[52] psikologian fonon.

확실히, 이러한 원인 중 어느 것도 그 자체로는 결정될 수는 없습니다. 그러나 그들은 모두 함께 소름끼치는 심리적 배경을 형성했습니다.

Komprenu, li vivis nur por la scienco, li estis obsedita pri la scienco.

이해해주기 바란다면, 그는 과학만을 위해 살았고 과학에 집착했습니다.

Kaj kiam li ekvidis, ke eĉ post Ĉernobil multaj liaj proponoj kaj avertoj dronas en la marco de indiferenteco, li faris tion, kion ni ne povas pravigi, kun kio ne povas konsenti.

그리고 체르노빌 이후에도 그의 제안과 경고 중 많은 부분이 무관심의 수렁에 빠져 있음을 알게 되었을 때 우리가 동의할 수

---

52) makabr-a 〈시문〉 죽음의, 죽음을 연상시키는, 무시무시한, 소름끼치는

없는 일과 더불어 그는 우리가 정당화할 수 없는 일을 했습니다.

Tio estis krio de malespero...
그것은 절망의 외침이었습니다...

Eble certan rolon ludis ankaŭ lia sanstato,
malboniĝinta post Ĉernobil. Ja pro la radiado estas
damaĝataj la la imunaj sistemoj. Tial Legasov
lastatempe polonge estis en malsanulejo.
아마도 체르노빌 이후 악화된 그의 건강 상태도 일정한 역할을
했을 것입니다. 방사선 때문에 면역 체계가 손상되었습니다. 그
래서 레가소프는 최근 오랫동안 병원에 입원했습니다.

Al la dua datreveno de la akcidento mi volis fari
kun li grandan "Pravda" materialon: por la tuta paĝo
de "Ĉernobil: du jarojn poste". Sed li estis ĝis fino
de marto en malsanulejo.
사고 2주년 기념일에 나는 그와 함께 커다란 "프라우다" 자료를
만들고 싶었습니다. "체르노빌: 2년 후"의 전체 페이지. 그러나
그는 3월 말까지 병원에 있었습니다.

Kaj la 27-an de aprilo 1988 en la dua datreveno de
Ĉernobil Valerij Alekseeviĉ al la 12-a horo tage
mendis aŭton. La ŝoforo venis ĝustatempe. Eniris la
loĝejon... Legasov jam estis malviva...
그리고 1988년 4월 27일 체르노빌 2주년 기념일에 발레리 알렉
세에비치는 정오 12시에 자동차를 주문했습니다. 운전자는 정시
에 왔습니다. 집안에 들어갔습니다... 레가소프는 이미 돌아가셨

어...

Ankoraŭ unu tragedio de Ĉernobil, ankoraŭ unu sonorbato de la sonorilo, ankoraŭ unu memorigo al ni ĉiuj.
체르노빌의 비극이 한 번 더, 종소리가 한 번 더 울리고, 우리 모두에게 다시 한 번 상기시켜줍니다.

Ja Ĉernobil montris la abismon inter scio kaj analfabeteco, inter vero kaj mensogo, inter konscienco kaj malhonesteco.
결국 체르노빌은 지식과 문맹, 진실과 거짓, 양심과 부정직 사이의 심연을 보여주었습니다.

Valerij Alekseeviê Legasov staris ĉe tiu abismobordo, kie estas scio, vero kaj konscienco. Bedaŭrinde ĉe la alia bordo de la abismo staris kaj staras liaj oponantoj.
발레리 알렉세에비치 레가소프는 지식, 진리, 양심이 있는 심연의 가장자리에 서 있었습니다. 불행하게도, 심연의 반대편에는 여전히 그의 적들이 서 있었습니다.

Ili organizas la lukton malbrue, preskaŭ nerimarkeble, formante ĉirkaŭ la talento vakuon. Nun, en niaj tagoj, ili uzas ankaŭ la "elprovitajn" armilojn - kalumnion, denuncon, mensogon.
그들은 거의 눈에 띄지 않게 조용히 투쟁을 조직하여 재능 주위에 공백을 형성합니다. 이제 우리 시대에는 중상, 비난, 거짓말과 같은 "검증된" 무기도 사용합니다.

Kaj ne nur dumvive, sed ankaŭ post la morto... Al tiu atako de "inkvizicio de la 20-a jarcento" necesas kontraŭstarigi la senkompatan batalon, alimaniere ĝi povas sufokigi... La morto de akademiano Legasov vokas ĉiun el ni al tiu batalo".

그리고 살아있는 동안 뿐만 아니라 죽은 후에도... "20세기의 종교 재판"의 공격에는 무자비한 전투에 반대해야합니다. 그렇지 않으면 질식 할 수 있습니다... 아카데미회원 레가소프의 죽음은 우리 각자를 부릅니다. 그 전투에."

Antaŭnelonge la stalkero Ju. Andreev alportis al mi la ĉernobilan suveniron53) : verdan kvadratan prembutonon kun surskribo 2AR2.

얼마 전 스토커 안드레에프는 체르노빌 기념품인 2AR2가 새겨진 녹색 사각형 푸시 버튼을 가져왔습니다.

La butonon el la 4-a bloka panelo. Unu el la fatalaj prembutonoj, kiujn oni premis nokte la 26-an de aprilo 1986 antaŭ la eksplodo de la 4-a bloko. Mi konservas ĝin kaj memoras.

네 번째 블록 패널의 버튼입니다. 1986년 4월 26일 밤 4블록이 폭발하기 전 눌려진 치명적인 푸시버튼 중 하나.
나는 그것을 간직하고 그리고 그 때를 기억하고자합니다.

Estontaj historiistoj, mi certas, ankoraŭ devos timoj,

---

53) suvenir-o 기념품(紀念品). ☞ memorajo

pritaksi la rolon de Ĉernobil en la vekiĝo de nia popolo, ĝia liberiĝo de la stalinaj enbatitaj en niajn animojn deinfanece, de brejneva dormeco en putraj akvoj de stagnado, indiferenteco, paciĝo kun ĉio maljusta kaj malhonesta.

미래의 역사가들은, 내가 확언컨데, 여전히 두려워해야 할 것입니다. 체르노빌이 우리 민족을 각성시키는 역할, 어린 시절부터 우리 영혼에 박힌 스탈린주의자들로부터의 해방, 침체, 무관심의 썩은 물 속에서의 뇌신경성 수면으로부터의 해방, 불공정하고 부정직한 모든 것과의 평화.

El la nocio fizika, teknika, geografia Ĉernobil iĝis la kategorio morala, ĝi poreterne eniris la homajn animojn. Simile al malrapida ĉenreakcio ĝi disvolviĝas en la homaj cerboj kaj animoj, igas la homojn ne timante levi la plej akrajn demandojn de nia vivo.

물리적, 기술적, 지리적 개념에서 체르노빌은 도덕적 범주가 되어 영원히 인간의 영혼에 들어갔습니다. 인간의 두뇌와 영혼에서 발달하는 느린 연쇄 반응과 유사하게 사람들은 우리 삶의 가장 심각한 질문을 제기하는 것을 두려워하지 않습니다.

Kaj tiu, kiu trovas en si aŭdacon fari malsimplajn demandojn, jam ne estas sklavo, sed konscia civitano de nia Patrujo.

그리고 복잡한 질문을 할 용기를 찾은 사람은 더 이상 노예가 아니라 의식이 있는 조국의 시민입니다.

Ĉernobil estas tro minaca kaj ankoraŭ ne komprenita ĝisfine okazintaĵo, ke oni povus facile preteriri ĝin, ĉion forgesi, kiel volus kelkiuj.
체르노빌은 너무 위협적이며 일부 사람들이 원하는 것처럼 쉽게 우회하고 모든 것을 잊어버릴 수 있는 아직 완전히 이해되지 않은 사건입니다.

Ĝi ne subiĝas al la mizera kaj provizora potenco de apartaj administruloj. Ne estas dubo, ke oni ankoraŭ nomos tiujn, kiuj akceptis la decidojn pri kaŝo de la informoj, kiuj penis sekretigi la akcidenton kaj ties postsekvojn, kiuj respondecas antaŭ nia popolo, antaŭ niaj infanoj.
특정 관리자의 미약하고 일시적인 권한에 종속되지 않습니다. 그들이 정보를 숨기는 결정을 수락한 사람들, 사고와 그 결과를 비밀로 유지하려고 노력한 사람들, 우리 국민 앞에서, 우리 아이들 앞에서 책임을 지는 사람들을 여전히 지명할 것이라는 데는 의심의 여지가 없습니다.

Se ne per la homa juĝo, do eble per la juĝo dia (tio estas la supera juĝo de la historio) estos severe punitaj tiuj malrespektindaj servantoj de mensogo.
인간의 심판이 아니라면 아마도 신의 심판(역사의 최고의 심판)에 의해 그 무례한 거짓말의 종들은 엄한 벌을 받을 것입니다.

Hodiaŭ, du jarojn post Ĉernobil, estas klare videble, ke la ondo, levita de la akcidento, ne malgrandiĝas, sed kreskas.

체르노빌 사고가 발생한 지 2년이 지난 오늘날, 사고로 인한 파도가 줄어들지 않고 커지고 있음을 분명히 알 수 있습니다.

La socia opinio de Ukrainio kaj ne nur Ukrainio leviĝis al la batalo kontraŭ senpensa multigo de AEC, kontraŭ nepripensita lokigo de tiuj en strategie damaĝeblaj, densloĝataj regionoj de nia lando, kaj ĉu volas tion estroj de Ministerio pri atoma energetiko de USSR aŭ ne, ili devos konsideri tion.

우크라이나뿐만 아니라 우크라이나의 사회적 의견은 원전의 무분별한 확산, 우리 나라의 전략적으로 취약하고 인구 밀도가 높은 지역에 사람들을 무분별하게 배치하는 것에 반대하고 원자력부의 수장이 소련이 원하든 원하지 않든, 그들은 그것을 고려해야 할 것입니다.

La 21-an de januaro 1988 en la gazeto "Literaturnaja Ukraina" estis publikigita la letero de akademianoj A. Alimov, N. Amosov, A. Grodzinskij kaj aliaj elstaraj sciencistoj kaj energetikistoj "Kia prognozo estas por morgaŭ?", en kiu estis levitaj la bazitaj kaj tre maltrankvilaj demandoj al Ministerio pri atoma energetiko.

1988년 1월 21일, 아카데미회원 학자 알리모프, 아모소프, 그로드진스키 및 그외 저명한 과학자 및 에너지 전문가의 "내일 예측은 무엇입니까?"라는 편지가 '리테라투르나야 우크라이나' 신문에 게재되었습니다. 근거가 충분하고 매우 우려스러운 질문이 원자력부에 제기되었습니다.

Tiu ministerio ekintencis aldone al 7 AEC konstrui en Ukrainio ankoraŭ ses blokojn, ĉiu por miliono da kilovattoj.

그 부部는 7개의 원전에 추가하여, 우크라이나에 6개의 블록을 추가로 건설하기 시작했으며, 각 블록은 백만 킬로와트씩입니다.

La publikaĵo kaŭzis grandegan kvanton da reeĥoj de ĉiuj regionoj de la respubliko.

출판물은 공화국의 모든 지역에서 엄청난 양의 반향을 불러 일으켰습니다.

Dum la unua kunsido de ekologia komisiono de Unuiĝo de verkistoj de Ukrainio, prezidanto de kiu estis elektita mi, estis la unuanime akceptita "Ekologia deklaracio", enhavanta la postulon formi demokratian mekanismon por akcepto de respondecaj, gravaj decidoj ĉe kondiĉoj de publikeco kaj konstruiva dialogo kun la socia aktivularo.

대통령으로부터 선임된 나는 우크라이나 작가 연합 환경 위원회의 첫 번째 회의에서 '생태 선언문'이 만장일치로 채택되었으며 홍보 조건 하에서 책임있고 중요한 결정을 수용하기 위한 민주적 메커니즘을 구성할 것을 요구했습니다. 그리고 사회 운동과 건설적인 대화도.

Pasis la tempo de obea silentemo antaŭ ĉiu okazo de administra arbitreco.

모든 행정부서의 자의적 사건이 있기 전에 순종적인 침묵의 시대는 지났습니다.

Dum la kunsido estis donitaj la sekvaj ciferoj: sur la teritorio de Ukrainio, kiu estas nur 2,7% de la tuta teritorio de USSR, lokiĝas preskaŭ 25% de ĉiuj sovetiaj blokoj de AEC.

세션 중에 다음 수치가 제공되었습니다. 소련 전체 영토의 2.7%에 불과한 우크라이나 영토에는 원전의 모든 소비에트 블록의 거의 25%가 있습니다.

Tamen, laŭ opinio de specialstoj, nur 10% de ukrainiaj grundoj konvenas al la postuloj por konstruado de AEC.

그러나 전문가들에 따르면 우크라이나 토지의 10%만이 원전 건설 요건을 충족합니다.

Kaj se konsideri la plej grandan densloĝitecon, densecon de loĝlokoj en Ukrainio, do iĝos klare, ke la problemoj de lokigo de atamaj centraloj ĉi tie postulas ege respondecan rilaton, precipe post la akcidento en Ĉernobila AEC.

그리고 우크라이나에서 가장 높은 인구 밀도, 주거 지역 밀도를 고려하면 여기에 원자력 발전소를 배치하는 문제는 특히 체르노빌 원전 사고 이후에 극도로 책임있는 조치가 필요하다는 것이 분명해질 것입니다.

Ne plu iun certigas la viglaj televidaj asertoj de specialistoj de Ministerio pri atoma energetiko de USSR pri tio, kia bonega grado de sekureco estis

atingita fin-fine ĉe la atomreaktoroj.
어느 누구도 마침내 원자로에서 탁월한 수준의 안전이 달성되었다는 생생한 텔레비전 주장에 더 이상 안심할 수 없습니다.

Ne kredas la homoj. La mito pri sendanĝereco kaj ekologia "pureco" de la atoma energetiko por ĉiam pereis en Ĉernobil.
사람들은 믿지 않습니다. 원자력의 무해성과 생태학적 '순수성' 에 대한 신화는 체르노빌에서 영원히 사라졌습니다.

Ignori la ĉernobilan ŝokon - signifas vican nepardoneblan stultaĵon.
체르노빌 충격을 무시하는 것은 다음 사안으로볼대 용납할 수 없는 어리석음을 의미합니다

Tiel pensas plejmulto de la ukrainia popolo.
이것이 대다수의 우크라이나 사람들이 생각하는 방식입니다.

Tiun sen troigo, unuaniman opinion tre ĝuste esprimis la ukrainia poeto Boris Olejnik, dirinte de la tribuno de la 19-a Tutsovetia partia konferenco: "Mi alveturigis proklamon de la respublika socia aktivilaro al la 19-a Tutsovetia partia konferenco "Pri revizio de la programo de energetika evoluo en Ukrainio", sub kiu estas pli ol ses miloj da subskriboj.
이것은 과장 없이 만장일치로 우크라이나 시인 보리스 올레이닉 Boris Olejnik이 19차 전 소비에트 당 대회의 트리뷴에서 다음과

같이 매우 정확하게 표현한 것입니다. "나는 6000명이 넘게 서명한 바있는 '우크라이나의 에너지 개발 프로그램 수정에 관한' 제19차 전소련 당 대회에서 공화당 사회 활동가들의 선언문을 전달했습니다.

Tromemfido kaj neglektemo de tuj tutuniaj instancoj, kaj antaŭ ĉio de Ministerio pri atoma energetiko, al sorto de Ukrainio limas ne nur kun ia malkaritata krueleco, sed ankaŭ kun la ofendo de la nacia digno.
우크라이나의 운명에 대한 연합 당국, 그리고 무엇보다도 원자력부의 과신과 태만은 일부 무자비한 잔학 행위뿐만 아니라 국가 존엄성에 대한 침해와도 맞닿아 있습니다.

Mi rememoras, kiel iuj, postulante konstruadon de Ĉernobila AEC, ridetante pri la "ukrainia sindromo", diris: ja tio ĉi estas tiom sendanĝera, ke oni povas munti la reaktoron sub lito de novgeedzoj.
체르노빌 원전 건설을 요구하는 일부 사람들이 "우크라이나 증후군"에 미소를 지으며 말한 것을 기억합니다. 결국 이것은 전적으로 무해하여 신혼 부부의 침대 밑에도 원자로를 설치할 수 있다는 것과 다를 바 없습니다.

Ni ne opinias inda konsili al tiuj ŝerculoj instali sian liton ĉe la 4-a bloko. Sed ni rajtas postuli, ke oni persekutu tiujn personojn, tiujn projektintojn, kiuj faris evidentegajn erarojn dum elekto de lokoj por AEC en Ukrainio.

우리는 그 조커들에게 4호 블록에 침대를 마련하라고 조언할 가치가 없다고 생각합니다. 그러나 우리는 우크라이나에서 원전의 위치를 선택하는 동안 명백한 실수를 한 사람들, 그 기획자들을 기소하도록 요구할 권리가 있습니다.

Ekzemple konstruo de Rovenskaja AEC sur karsta grundo jam kaŭzis superon de la elspezoj je multaj milionoj de rubloj. Konstruado de Krimea AEC sur la netaŭga loko ĉe leviĝo de grunda akvo minacas per katastrofo.

예를 들어, 카르스트 토양에 로벤스카야 원전을 건설하면 이미 수백만 루블의 비용이 초과되는 것입니다. 지하수가 분출하는 부적합한 부지에 크림반도 원전을 건설하면 재난이 발생할 위험이 있습니다.

Kaj la projekto de parigitaj energiblokoj la 3-a kaj la 4-a en ĈAEC, kaj la radiadekologia situacio, formiĝinta post la akcidento de CAEC en Kieva, Jitomira, Cernigova, Rovenska, Cerkasska provincoj kaj kelkaj regionoj de nia bluokula fratino Belorusio...

그리고 체르노빌 원전에서 3호와 4호에 짝을 이뤄 건설될 에너지 블록 프로젝트, 그리고 키에바, 지토미르, 체르니고바, 로벤스카, 체르카스카 지방과 우리의 파란 눈의 자매 벨로루시의 일부 지역에서 체르노빌 원전 사고 이후에 형성된 방사능 생태학적 상황...

Kaj la historio pri Ĉigirinskaja AEC, konstruadon de

kiu sub premo de socia opinio oni promesis haltigi, sed cirkulas onidiroj, ke ŝajne la konstruado daŭras...

그리고 사회 여론의 압박을 받아 건설을 중단하겠다고 약속한 치기리느카야 원전에 대한 이야기지만, 건설이 계속되고 있는 것 같다는 소문이 돌고 있는데...

En la menciita proklamo estas donitaj science bazitaj alternativoj. Ne necesas tuj alkroĉi la ŝildojn, ke iuj ne volas AEC ĝuste en Ukrainio, sed estu la centraloj ĉe aliaj.

과학적으로 근거한 대안은 앞서 언급한 선언문에 나와 있습니다. 일부는 우크라이나에서 원전을 정확히 원하지 않는다는 표시를 즉시 부착할 필요는 없지만 발전소가 다른 것들과 함께 있게 하지 말기를.

Ne, certe, ni ne kontraŭas disvolvon de energetiko. Sed ja ekzistas limoj, limoj de saturigo, transiri kiujn estas jam krimo".

아니오, 물론, 우리는 에너지 개발에 반대하지 않습니다. 그러나 이미 범죄가 된 한계, 포화의 한계, 횡단이 실제로 존재합니다."

Ĉernobil estas la evento senekzempla en la monda historio, kun kiu povas esti komparita neniu ĝis nun konata katastrofo.

체르노빌은 알려진 재앙과 비교할 수 없는 세계 역사상 유례가 없는 사건입니다.

Nek pereo de "Titanik" aŭ "Admiral Nahimov", nek akcidentoj de aviadiloj, nek eksplodoj en minejoj, eĉ kun multaj viktimoj, ne povas esti komparataj kun tio, kio okazis en Ĉernobil: tiu ĉi "stelo Absinto" kvazaŭ estus sendita el estonto, el la 21-a jarcento, al ĉiuj ni kiel minaca averto rekonsciiĝu, ekmeditu pri la tuta evoluo de la civilizo, faru, dum ne estas malfrue, seriozajn konkludojn.

"타이타닉"이나 "나히모프 제독"의 침몰, 비행기 사고, 광산 폭발, 많은 희생자가 있더라도 체르노빌에서 일어난 일과 비교할 수 없습니다. 마치 21세기부터 미래에서 온 것 같은 이 "압생트의 별"은 우리 모두에게 정신을 차리라는 위협적인 경고로 문명의 발전 전반에 대해 묵상을 시작하고, 그렇게 하지 않으면서도 늦은 심각한 결론.

Cetere, la unuaj seriozaj signaloj, unuaj avertoj estis senditaj al ni ankoraŭ en la jarcento 19-a: rememoru ni Dostoevskij, Tolstoj, Jules Verne, Engels, Vernadskij. Ĉiu el ili siamaniere avertadis nin. Ni ne aŭskultis...

더욱이, 첫 번째 심각한 신호, 첫 번째 경고는 여전히 19세기에 우리에게 보내졌습니다. 도스토예프스키, 톨스토이, 율레스 베르네, 엥겔스, 베르나드스키를 기억합시다. 그들 각각은 자신의 방식으로 우리에게 경고했습니다. 우리는 듣지 않았다...

Ne kredis... Ni pensis: ili nenion komprenas. Ili estas naivaj kaj malmodaj. Ni estas venkintoj. por ni ĉio estas atingebla, ni ĉion scipovas!

나는 그것을 믿지 않습니다... 우리는 생각했습니다 : 그들은 아무것도 알아듣지 못합니다. 그들은 순진하고 유행에 뒤떨어져 있습니다. 우리는 우리를 위해 모든 것이 손이 닿는 곳에 있으며, 우리는 모든 것을 알고 있는 승자입니다.

Ni povas forgesi pri la konscienco kaj dekalogo, povas rapide, laŭplane formi novan, idealan homon - necesas nur bone lin edukadi en lernejo kaj dum politikaj informadoj.
우리는 양심과 십계명을 잊을 수 있습니다. 계획에 따라 신속하고 새로운 이상적인 사람을 구성할 수 있습니다. - 학교에서 그리고 정치 브리핑 중에도 잘 교육시키기만 하면 됩니다.

Kaj venis ni al Ĉernobil. Ni venis al krizo de la kredo. Ni venis al la rando de abismo...
그리고 우리는 체르노빌에 왔습니다. 우리는 믿음의 위기에 이르렀습니다. 우리는 심연의 위기에 이르렀습니다…

... Venis pasko de la jaro 1988, kaj mia filino Bogdana decidis fari donacon al la avino - mia patrino, estanta en malsanulejo, al la homo, profunde kredanta je Dio.
... 1988년 부활절이 오고 내 딸 보그다나는 할머니, 즉 병원에 계신 어머니에게 하느님을 깊이 믿는 사람에게 선물을 주기로 결정했습니다.

Laŭ la delonga ukraina popola tradicio ŝi pentrornamis la paskajn ovojn - "pisanki". Hela, belega tradicio, devenanta ankoraŭ el "antaŭkristanaj" epokoj: ovo estas simbolo de vivo, printempo, suno.

오랜 우크라이나 민속 전통에 따르면 그녀는 부활절 달걀을 그렸습니다. – "피산키" "기독교 이전" 시대로 거슬러 올라가는 밝고 아름다운 전통 : 계란은 생명, 봄, 태양의 상징입니다.

Kioma ja estis mia teruro, kiam inter aliaj mi ekvidis unu "pisanka" kun desegno de atomo, Ĉernobila AEC, pikdrato kaj subskribo: "Fermita Zono!"

무엇보다도 나는 원자형상의 디자인, 체르노빌 AEC, 철조망과 서명이 깃든 하나의 "피산카"를 보았을 때 나의 공포는 과연 얼마나 되었을까, "폐쇄된 존!"

La unua ĉernobila "pisanka" en la historio de nia Ukrainio.

우리 우크라이나 역사에 최초의 체르노빌의 "피산카"